DEANA ZINSSMEISTER

Die vergessene Heimat

GOLDMANN
Lesen erleben

Buch

Die Geschichte von der Flucht ihrer Eltern aus der DDR kennt Britta Hofmeister seit Kindesbeinen. Sie selbst kam in der Bundesrepublik zur Welt, wuchs mit ihren Geschwistern behütet auf und hatte nie Grund, sich mit der Vergangenheit zu beschäftigen. Bis ihr Vater an Demenz erkrankt. Zunehmend verwirrt, beginnt er, von früher zu erzählen. Und bald wird klar: Was bei der Flucht 1961 wirklich geschah, hat er jahrzehntelang verschwiegen. Nun kommt die dramatische Wahrheit ans Licht und stellt die Familie vor eine Zerreißprobe …

Autorin

Deana Zinßmeister widmet sich seit einigen Jahren dem Schreiben historischer Romane. Mit *Die vergessene Heimat* betritt die Autorin Neuland: In ihrem halb autobiographischen Roman schildert sie die Flucht ihrer Eltern aus der DDR kurz nach dem Mauerbau, deren Details erst ans Licht kommen, als ihr Vater an Demenz erkrankt und im verwirrten Zustand das ausplaudert, über das bisher nicht gesprochen wurde. Deana Zinßmeister lebt mit ihrer Familie im Saarland.

Deana Zinßmeister

Die vergessene Heimat

Roman
nach einer wahren Geschichte

GOLDMANN

Dieses Buch ist auch als E-Book erhältlich.

MIX
Papier aus verantwortungsvollen Quellen
FSC® C014496
FSC
www.fsc.org

Verlagsgruppe Random House FSC® N001967

1. Auflage
Originalausgabe Oktober 2020

Gestaltung des Umschlags und der Umschlaginnenseiten:
UNO Werbeagentur, München
Umschlagmotiv: © 1/4 U1 (Paar): Ildiko Neer/arcangel images;
Composing-Elemente (Haare Mann, Wachturm, Zaun):
FinePic, München; Composing (Vögel): Westend61/getty images
Redaktion: Eva Wagner
BH · Herstellung: kw
Satz: GGP Media GmbH, Pößneck
Druck und Bindung: GGP Media GmbH, Pößneck
Printed in Germany
ISBN: 978-3-442-49100-1
www.goldmann-verlag.de

Besuchen Sie den Goldmann Verlag im Netz

Gewidmet neun mutigen Menschen in meiner Familie
und in Erinnerung an die Kinder, Frauen und Männer,
die an der DDR-Grenze zu Tode kamen

Aus Respekt vor den bereits verstorbenen Familienmitgliedern und aus Rücksicht gegenüber meiner Familie bleiben diese Personen im Roman namenlos.

Die meisten anderen Namen sind fiktiv, auch wenn es diese Personen tatsächlich gab bzw. gibt.

Jahre später erkannte ich die Situationen.
Jahre später konnte ich das Gehörte verstehen.
Jahre später wusste ich das Gesagte zu deuten.
Jahre später schoben sich die Puzzleteile zusammen.
Jahre später ergab alles einen Sinn!

Prolog

Samstag, 12. August 1961

Leni und Ernst mussten sich sputen, um die letzte S-Bahn nach Falkensee nicht zu verpassen. Kurz vor Mitternacht waren sie zuhause, wo sie müde in ihr Bett fielen. Die gestrige Rückreise von Thüringen nach Berlin und der aufregende Abend bei den Schmitts hatten sie erschöpft.

»Udo quasselt ohne Punkt und Komma. Das hat mich zusätzlich fertiggemacht«, gähnte Ernst und drehte sich auf die Seite. Bald verriet sein leises Schnarchen, dass er eingeschlafen war.

Leni hingegen war hellwach. Sie lehnte sich gegen das Rückenteil ihres Betts und betrachtete Ernst. Im Schein des Mondlichts, das schwach durch den Stoff der dünnen Vorhänge fiel, konnte sie die Konturen seines Gesichts erkennen. Es wirkte entspannt. Nichts ließ auf das schließen, was er hinter seiner Stirn plante. Mit seinen siebenundzwanzig Jahren war er nur drei Jahre älter als sie, und doch bestimmte er ihr Leben mit. Dabei waren sie nicht einmal verheiratet. Dass er sie als *meine Frau* und sie ihn als *meinen Mann* vorstellte, war der Situation geschuldet, weil dadurch ihr Zusammenleben leichter wurde. In der prüden Gesellschaft der DDR bekamen Pärchen selten eine Wohnung vermietet, wenn sie nicht verheiratet waren.

Leni schmunzelte, als sie an ihre erste Vermieterin dachte, bei der sie ein möbliertes Zimmer bewohnt hatte. Es war ungemütlich eingerichtet gewesen, mit dunklen, schweren Möbeln. Das Bett hatte Rollen, so dass man es hin und her schieben konnte. Manchmal rollte es von selbst, weil der Boden nicht eben war. Bei Lenis Einzug damals hatte die Frau mit den kleinen Augen sie mit stechendem Blick regelrecht durchbohrt und sie ermahnt, dass sie keinen Herrenbesuch dulden würde. Zum Glück lag das Zimmer im Erdgeschoss. Nach einem halben Jahr fand Ernst jemanden, der ihnen ohne Trauschein ein ehemaliges Wochenendhäuschen mit zwei kleinen Zimmern, einer Kochküche und einem Plumpsklo im Garten vermietete. Seitdem wohnten sie zusammen in der Calvinstraße im Ortsteil Falkensee, im Sperrgebiet gegenüber von Spandau.

Als das Schnarchen von Ernst lauter wurde, strich sie ihm sanft über den Oberarm. Sogleich ließ die Lautstärke nach. Vom ersten Augenblick ihres Kennenlernens an hatte sie instinktiv gewusst, dass sie sich auf ihn verlassen konnte. Auch wenn die Flucht ein Risiko barg und sie nicht wussten, wie es im Westen weitergehen würde, so vertraute sie trotzdem darauf, dass er immer das Beste für sie und ihre zukünftigen Kinder erreichen wollte. Sie war sich sicher, dass er sie beschützen und umsorgen würde.

Leni ließ den Blick durch das Schlafzimmer schweifen. Auch hier waren die Möbel dunkel, schwer und klobig. So wie der Rest der DDR, dachte sie. Trotz ihrer Zweifel, trotz ihrer Ängste spürte sie eine zaghafte Freude in sich auf das, was sie erwartete.

»Im Westen wird alles besser«, murmelte sie, streckte sich aus und wartete, bis der Schlaf sie holte.

Ernst hatte keine Ahnung, wie lang er geschlafen hatte, als ein fürchterlicher Krach ihn aus dem Schlummer riss. Schlaftrunken fuhr er hoch und riss die Augen auf. Gleißendes Licht erhellte das Zimmer. Nur kurz, dann erlosch es, um gleich wieder zu erstrahlen. Das Scheppern von Metall, aufheulende Motorengeräusche, Kettenrasseln und laute Stimmen, deren Worte man nicht verstehen konnte, dröhnten in seinen Ohren. Leni drückte sich an ihn und starrte wie er zum Fenster hinüber.

»Was ist da draußen los?«, wisperte sie.

»Ich habe keine Ahnung. Bleib liegen, ich sehe nach.«

Ernst spürte, wie sein Herz raste. Er schlug die Decke zur Seite, krabbelte aus dem Bett und schlich in gebeugter Haltung zum Fenster hinüber. Mit zittrigen Fingern zog er die beiden Vorhänge einen Spalt auseinander und linste hinaus.

Was er sah, verschlug ihm die Sprache. Er zählte stumm acht Planwagen und zwei Panzerfahrzeuge. Etliche Soldaten, die hin und her rannten, entluden die Fahrzeuge. Leider konnte er nicht erkennen, was sie forttrugen. Doch dann erleuchtete ein Autostrahler die Straße.

»Was siehst du?«, flüsterte Leni.

Ernst brachte kein Wort heraus. In seinem Kopf dröhnte es. Er hätte schreien mögen in diesem Augenblick und wäre am liebsten hinausgelaufen, um die Soldaten aufzuhalten und die Lkw fortzuschicken. Doch stattdessen hockte er da und kämpfte mit den Tränen.

»ERNST! WAS IST LOS?«, fragte Leni hysterisch.

Er schluckte mehrmals. »Hätten wir doch nur die letzte S-Bahn verpasst, dann wäre es anders gekommen. Wir hätten bei den Schmitts bleiben sollen. Einfach drüben bleiben und nicht mehr hierher zurückkehren.« Seine Stimme glich einem Hauchen. Sie war kraftlos, fast unhörbar.

»Wie meinst du das?« Leni kam aus dem Bett, kniete sich neben ihn und öffnete den Vorhang etwas weiter. Als sie erkannte, was sich in ihrer Straße abspielte, schlug sie sich die Hand vor den Mund. »Um Himmels willen, das kann nicht wahr sein. Das können sie nicht machen!« Voller Entsetzen und zugleich ungläubig sah sie Ernst an.

»Es ist zu spät, Leni. Sie ziehen Stacheldraht um unser Leben.«

Kapitel 1

Dezember 2013

Ich knabbere am letzten Weihnachtskeks, den ich in der Plätzchendose gefunden habe. Obwohl er einen feinen Zimtduft verströmt, schmeckt er mir nicht. Ich seufze und lege den Rest zurück. Jedes Jahr dasselbe. Kaum sind die Feiertage vorbei, ist der Weihnachtszauber verflogen und mit ihm der Appetit auf die Köstlichkeiten, die es ab der Adventszeit zu naschen gibt. Während ich mir an der Jeans die Krümel von den Fingern wische, schaue ich mich in meinem Esszimmer um. Die zwei Tische stehen noch immer zu einer langen Tafel zusammengeschoben. Nicht zu glauben, dass das große Weihnachtsessen drei Tage her ist, denke ich und grinse bei der Erinnerung an den Heiligen Abend. Auch dieses Mal war das Treffen mit meinen Geschwistern und ihren Familien laut und fröhlich gewesen. Ich entdecke Fichtennadeln auf den Fliesen.

»Bis zum 3. Januar darfst du stehen bleiben, dann fliegst du«, murmele ich dem Weihnachtsbaum zu.

Dabei kann er nichts dafür, dass er nadelt. Wegen seiner Größe muss er in der Nähe des warmen Kachelofens stehen, da dort die Decke höher ist als in den anderen Räumen. Doch selbst wenn der Baum seine Nadeln nicht verlieren würde, würde ich ihn Anfang Januar draußen auf die Terrasse stellen. Dann wird auch die Weihnachtsdekoration in ihre Kisten gepackt, denn für mich beginnt gleich nach Silvester der Frühling. Bunte Primeln und Tulpen sollen dann mein Haus schmücken und das Grau des Winters vertreiben.

Mein Blick streift die Engelsfigur auf dem Kamin, als das Telefon klingelt. Ich suche den Hörer, der wie immer nicht auf seiner Ladestation liegt. Gerade noch rechtzeitig, bevor sich der Anrufbeantworter einschaltet, finde ich das Telefon unter der Fernsehzeitschrift. Hastig drücke ich auf den kleinen grünen Knopf und melde mich.

»Hat Mutti dich erreicht?«, höre ich die ernste Stimme meiner Schwester am anderen Ende der Leitung.

Manuela hat mich nicht begrüßt, bemerke ich sofort.

»Nein, warum?«, frage ich stirnrunzelnd.

»Vati geht es nicht gut. Sie werden morgen nach Hause fliegen.«

Meine Hand umschließt den Hörer fester. »Was heißt das?«

»Soviel ich verstanden habe, hat Vati blaue Lippen und scheint verwirrt zu sein. Mutti schiebt Panik, dass sie ihn nicht mehr nach Deutschland bekommt, wenn es ihm schlechter gehen sollte. Ich habe ihnen gerade zwei Flüge gebucht und veranlasst, dass Rocky in seiner Hundetasche zwischen ihren Beinen stehen kann. Zum

Glück hat Mutti noch eine Tablette, um ihn ruhigzustellen. Kannst du sie vom Flughafen abholen? Ich muss morgen arbeiten.«

»Ja, klar. Schick mir ihre Ankunftszeit. Hat Mutti eine Vermutung, was mit Vati sein könnte?«

»Sie hat nichts angedeutet.«

»Ich rufe bei ihrem Hausarzt an und lasse mir morgen für Vati einen Termin geben.«

»Gute Idee. Nicht, dass wir an Silvester einen Notfall haben. Schließlich wird er nächstes Jahr achtzig.«

»Hoffentlich geht es jetzt nicht los«, flüstere ich.

»Dasselbe habe ich auch gedacht, als der Anruf kam. Ich gebe Marko Bescheid, damit er ihre Wohnung einheizt.«

Wieder einmal zeigt sich, dass es ein weiser Entschluss war, dass unser Bruder unseren Eltern ihr Wohnhaus abgekauft hat. Ihnen reicht die kleine Einliegerwohnung in dem Haus, weil sie seit ihrem Rentendasein die Wintermonate auf Mallorca verbringen. Da Markos Wohnung über der ihren liegt, kann er unkompliziert nach dem Rechten sehen, wenn sie nicht da sind.

»Was machen wir …«, beginnt Manuela, doch ich unterbreche sie:

»Weißt du, was die Menschen im Mittelalter glaubten?«

»Woher soll ich das wissen? Du bist die mit den Weisheiten.«

»Ich kann nichts dafür. Manchmal lese ich so was bei meinen Recherchen und merke es mir. So was kann nicht schaden«, erkläre ich. »Und roll nicht mit den Augen!«

»Woher willst du wissen, dass ich das tue?«

»Ich kenne dich, Schwesterherz. Dich interessieren meine schlauen Sprüche nicht die Bohne«, erwidere ich schmunzelnd.

»Blödsinn. Das bildest du dir ein.« Ich kann ihr unterdrücktes Glucksen hören.

»Du rollst immer mit den Augen, wenn ich was Kluges von mir gebe.«

»Ertappt … aber nur ein kleines bisschen.«

»Alles okay, ich habe mich daran gewöhnt. Als ältere Schwester hat man es nicht leicht mit zwei jüngeren Ungeheuern«, lache ich.

»Wir mit dir auch nicht«, erwidert Manuela ebenfalls lachend. »Was macht dein neues Kochbuch? Hat es schon einen Titel?«

»Nein, noch nicht. Mein Arbeitstitel *Blick in den Sterne-Kochtopf* gefällt dem Verlag nicht so richtig. Gleich im neuen Jahr werden wir darüber diskutieren.«

»Hast du schon beim großen Meister vorgesprochen?«

»Stell dir vor, Ende Januar will er mich kontaktieren, um einen Termin mit mir abzusprechen.«

»Großartig! Bitte, bitte entlock ihm das Rezept von seiner einzigartigen Mousse au Chocolat und nimm es in dein Buch mit auf, und das von der Soup …?«

»Komm auf den Punkt, Schwesterchen! Ich weiß, was du eigentlich willst«, unterbreche ich lachend ihren Redefluss.

»Ach ja?«, frotzelt sie.

»Du willst nur, dass ich euch zum Probeessen einlade, wenn ich seine Rezepte für die Fotos nachkoche«, unterstelle ich ihr amüsiert.

»Wir sind ja wohl die dankbarsten Probeesser, die du finden kannst.«

»Okay, du hast gewonnen. Wenn es so weit ist, gebe ich euch Bescheid.«

»Dann darfst du mir jetzt auch die Weisheiten von früher mitteilen.«

»Endlich«, stöhne ich theatralisch und gebe mein Wissen preis. »Angeblich erhält jeder Mensch bei seiner Geburt ein Säckchen mit Glück. Das eine ist mit mehr, das andere mit weniger Glück gefüllt. Wenn jemand stirbt, ist sein Glückssäckchen aufgebraucht.«

»Aha!«

»Manuela, jetzt tu nicht so. Wir müssen nur fest daran glauben, dass die Säckchen unserer Familie randvoll sind. Du sagst doch selbst immer, dass wir Glückskinder sind.«

»Ja, das sind wir auch. Trotzdem habe ich ein ungutes Gefühl dieses Mal.«

»Wir müssen abwarten, was bei der Untersuchung herauskommt. Ich rufe seinen Arzt gleich an.«

»Ja, mach das. Wir sprechen uns, wenn Vati und Mutti zurück sind. Bis dann, Britta.«

»Okay, bis dann!«

Kaum habe ich aufgelegt, verkrampft sich etwas in mir. Eben war das Leben noch so leicht, so unkompliziert. Doch nach diesem Anruf scheint alles anders zu sein. Ich lasse mir vom Hausarzt meiner Eltern einen Termin für den morgigen Nachmittag geben, damit mein Vater gleich nach seiner Ankunft untersucht wird. Manuelas Skepsis färbt auf mich ab. Was, wenn es jetzt tatsächlich losgeht und uns das Glück verlässt? Was, wenn unser Vater schwerkrank ist und sich von jetzt auf gleich unser aller Leben ändert? Was ist, wenn unser Säckchen ein Loch bekommen hat und das Glück herausrieselt?

Ich kann mich auf nichts konzentrieren. Meine Gedanken kreisen nur noch um meine Eltern. Wie glücklich beide waren, als sie sich das Apartment auf Mallorca leisten konnten. Der Ruhesitz in der Sonne sollte die Belohnung für ein hartes und arbeitsreiches Leben mit vielen Entbehrungen sein. Seitdem genossen sie das halbe Jahr auf der Sonneninsel und die andere Hälfte in Deutschland. Sollte dieses Leben nun zu Ende gehen? Hoffentlich schaffen sie den Rückflug, denke ich und setze mich ins Esszimmer. Meine Finger trommeln auf der Tischdecke, die das Geräusch verschluckt.

Es wird schon alles gut gehen, denke ich. Sicher hat Vati nur einen Schwächeanfall. Wir sind doch alle Glückskinder! Unsere Säckchen sind randvoll. Sicherheitshalber klopfe ich dreimal auf das Holz der Tischplatte.

Kapitel 2

Januar 2014

Am liebsten schreibe ich mitten in der Nacht, wenn meine Familie schläft. Zwar habe ich die Fähigkeit, im wildesten Trubel an meinen Kochbüchern zu arbeiten, und Krach stört mich ebenfalls nicht, denn ich kann mich komplett aus dem Hier und Jetzt ausklinken. Ablenkung hingegen ist tödlich für meine Kreativität. Und diese lauert tagsüber überall. Entweder klingelt das Telefon, oder der Postbote oder der Staubsauger erinnert mich daran, dass ich putzen müsste, oder die Waschmaschine piepst, weil die Wäsche fertig ist. Nachts hingegen hält mich nichts und niemand auf. Dann sitze ich mehrere Stunden ohne Unterbrechung an meinem Schreibtisch und recherchiere Geschichten aus fremden Ländern, die zu den Rezepten in meinen Kochbüchern passen.

Das war auch gestern Abend mein Plan, als ich mir den Wecker stellte und er mich um halb drei aus dem Schlaf riss. Aber anstatt in Fachbüchern über die kulinarischen Geheimnisse der Côte d'Azur zu lesen, liege ich im Bett und denke an meinen Vater im Krankenhaus.

Gestern Nachmittag hatte man ihm drei der fünf nötigen Stents gesetzt, da seine Halsschlagader verstopft war und sich gänzlich zu verschließen drohte. Nur weil sein Hausarzt ihn direkt in die Spezialklinik eingewiesen hatte, konnte die Gefahr eines Schlaganfalls gebannt werden.

Ich lächle, als ich daran denke, wie er bei unserem Besuch nach dem Eingriff putzmunter im Bett gesessen und seine Bettnachbarn unterhalten hat. Mein Bruder hatte uns grinsend angesehen und geflüstert: »Er hat neue Opfer gefunden, bei denen er seine Geschichten zum Besten geben kann.« Da unser Vater viele Jahre für eine weltweit agierende Firma im Ausland tätig war, weiß er interessante Geschichten zu erzählen; vor allem aus Russland, wo er bis zu seiner Rente arbeitete. Wir kennen seine Storys in- und auswendig und sind froh, wenn er neue Zuhörer findet. Oft sind Fremde fasziniert von seinen Erlebnissen an fernen Orten, zumal er das Talent hat, spannend und interessant zu berichten.

Ich glaube, in diesem Augenblick waren wir alle erleichtert, die alten Russlandgeschichten zu hören. Sind sie doch der Beweis dafür, dass es unserem Vater gut zu gehen scheint. *»Ich gebe euch Brief und Siegel, Vati wird die ganze Station unterhalten, sobald er wieder aufstehen darf«*, höre ich noch meine Schwester sagen.

»Wir sind eben Glückskinder«, murmle ich und schließe die Augen in der Hoffnung einzuschlafen.

Doch ich bin hellwach und starre nach einer Weile

wieder in unser dunkles Schlafzimmer. Vielleicht hilft mir heiße Milch, überlege ich und schiebe mich vorsichtig über die Bettkante, damit mein Mann nicht wach wird. Er ist erst spät ins Bett gekommen, weil er noch am PC arbeiten musste. Manchmal wäre ich froh, er wäre im Angestelltenverhältnis und hätte nach acht Stunden Arbeit Feierabend. Doch sein Herz schlägt für die Selbstständigkeit, und das seit fünfzehn Jahren. Zum Glück sind unsere Kinder erwachsen, so dass sie den Vater nicht mehr so oft brauchen. Da beide in der Nähe studieren, wohnen sie noch bei uns, worüber ich sehr froh bin.

Auf Zehenspitzen schleiche ich an ihren Zimmern vorbei und die Treppe nach unten in die Küche. Während ich darauf warte, dass die Milch heiß wird, schaue ich zum Küchenfenster hinaus in den Garten. Im Schein der Straßenlaterne, deren Lichtkegel bis über unsere Hecke reicht, kann ich erkennen, wie der Wind weiße Flocken vor sich hertreibt. O nein, nicht noch mehr Schnee, schreit es in mir. Sofort beschließe ich, morgen auf dem Weg ins Krankenhaus am Blumenladen anzuhalten und bunte Primeln zu kaufen, damit wenigstens im Haus der Frühling einzieht. Als ich aus den Augenwinkeln sehe, wie die Milch hochkocht, ziehe ich den Topf von der Herdplatte. Süßes soll die Nerven beruhigen, denke ich und lasse einen Löffel Honig in die Tasse fließen. Und noch einen, das kann nicht schaden. Dann gieße ich die heiße Milch dazu und verrühre beides. Meine Hände umfassen das Porzellan. Die Wärme fließt durch meine Finger. Nachdem ich ein paar kleine Schlucke getrunken habe, bilde ich mir ein, mich zu entspannen.

Bis ich wieder müde werde, will ich nun doch noch arbeiten und mir ein paar Notizen machen. Zufrieden mit dem Entschluss gehe ich in mein Arbeitszimmer. Doch anstatt meinen Laptop aufzuklappen, blättere ich in einer Frauenzeitschrift und nippe dabei an der Milch. Als die Tasse leer ist, stelle ich sie auf die Glasplatte meines Schreibtisches und schiele schuldbewusst zu meinem Mac. Heute wird das nichts mehr mit uns beiden, denke ich und husche zurück ins Bett. Ich ziehe mir die Bettdecke bis zu den Ohren hoch. Schon fallen mir die Augen zu.

Im Schlaf spüre ich, wie mich jemand anstupst. Blinzelnd öffne ich erst das eine, dann das andere Auge. Tageslicht fällt durch die Jalousienritzen. Auf der Bettkante sitzt meine Tochter.

»Musst du nicht zur Uni?«, frage ich verschlafen und strecke mich.

»Doch, ich bin schon auf dem Weg. Du sollst Oma zurückrufen.«

Hastig setze ich mich auf. »Ist was mit Opa?«

Sie zuckt mit den Schultern. »Hat sie nicht gesagt.«

»Ach, Kind, du hättest sie fragen sollen«, ermahne ich sie sanft, werfe die Zudecke zurück und stehe auf. »Ist Papa schon unterwegs?«, frage ich mit einem Blick auf die leere Bettseite.

Sie nickt. »Es ist nach neun!«

»Was? Ich habe total verschlafen. Um zehn will Oma hier sein, damit wir zusammen ins Krankenhaus fahren. Sicher hat sie deshalb angerufen.«

»Hast du wieder die Nacht durchgearbeitet?«

»Leider nein. Ich war zwar auf, aber geschrieben habe ich nicht einen Satz. Opa ging mir nicht aus dem Kopf«, gestehe ich zerknirscht.

»Mach dir nicht zu viele Gedanken, Mama. Du wirst sehen, wenn Opa die restlichen zwei Stents gesetzt bekommt, ist er wieder fit wie ein Turnschuh. Er überlebt uns alle«, lacht meine Tochter und küsst mich auf die Wange. »Bis heute Nachmittag«, verabschiedet sie sich und ist auch schon verschwunden.

Gähnend stöpsle ich mein Smartphone vom Ladegerät und wähle die Nummer meiner Mutter.

»Guten Morgen, Mutti, ich habe verschlafen …«, beginne ich, doch sie unterbricht mich:

»Wir müssen sofort ins Krankenhaus fahren. Die Nachtschwester hat mich schon in aller Herrgottsfrühe angerufen …« Ihre Stimme überschlägt sich fast.

»Mutti, du musst langsam sprechen. Ich verstehe kein Wort«, versuche ich sie zu beruhigen.

Nun höre ich meine Mutter weinen. »Es ist schrecklich, Britta. In der Nacht hat euer Vater die Mitbewohner im Zimmer übelst beleidigt und sich nicht beruhigen lassen. Deshalb hat man ihn in ein anderes Krankenzimmer gebracht, wo er alleine liegt. Doch anstatt zu schlafen, hat er sich die Infusionsschläuche aus dem Arm gerissen und sich in eine dunkle Zimmerecke verkrochen. Als der Krankenpfleger ihn ins Bett zurückbringen wollte, wurde euer Vater panisch und schrie: ›Stasi! KGB!‹ Er ist sogar mit einem Stuhl auf den Pfleger losgegangen. Anscheinend hat er ihn für einen feindlichen Spion gehalten … Kind, was sollen wir nur tun?«, schluchzt sie.

Ich plumpse zurück auf meine Matratze. Meine Hände und Füße werden eiskalt. Was hat das zu bedeuten? Ich wische mir mit der Hand durchs Gesicht und versuche einen klaren Gedanken zu fassen. »Ich sage Manuela und Marko Bescheid. Anschließend müssen wir sofort ins Krankenhaus fahren.«

»Du musst mich abholen. Ich kann unmöglich zu dir fahren. Mir ist hundeelend wegen der Sache«, erklärt sie.

Ich nicke, als mir bewusst wird, dass sie meine Zustimmung nicht sehen kann. »Kein Problem, Mutti. Ich mache mich fertig und komm dich holen.«

»Ja, mach das! Bis gleich.«

»Okay, ich beeile mich. Nimm ein paar von deinen Beruhigungstropfen«, schlage ich noch schnell vor und lege auf.

Bevor ich unter die Dusche springe, rufe ich meine Schwester an. Als ich sie nicht erreiche, wähle ich die Nummer meines Bruders. Zum Glück hebt er ab. Ich erzähle ihm, was passiert ist.

»Das ist typisch Mutti. Sie schiebt uns die Verantwortung zu, indem sie von *unserem Vater* und nicht von *ihrem Mann* redet«, schimpft er zwar, doch sein Ausbruch ist nur Zeichen seiner Hilflosigkeit, da er auf der Arbeit sitzt und sich um nichts kümmern kann.

»Mach dir keine Gedanken, Marko, ich werde Mutti ins Krankenhaus begleiten und mit dem Arzt sprechen«, nehme ich ihn aus der Verantwortung.

»Danke, Schwesterherz«, meint er hörbar erleichtert.

»Kannst du Manuela Bescheid geben, was los ist? Ich habe sie nicht erreichen können eben, kann aber auch nicht länger warten, denn ich muss Mutti abholen und vorher noch duschen.«

»Ja, kein Problem. Melde dich, wenn ihr zurück seid.«

»Mach ich«, verspreche ich, lege auf und eile ins Bad.

Kapitel 3

Mittwoch, 2. August 1961

Ernst klemmte sich die braune Lederaktentasche zwischen die Beine und zündete sich eine Zigarette an. Die erste *Chesterfield* nach der Arbeit schmeckt am besten, dachte er und blies den Rauch weit von sich. Er hatte keine Eile. Seine S-Bahn fuhr erst in dreißig Minuten ab. Entspannt schaute er an der Überdachung des Bahnsteigs vorbei zum Himmel hinauf. Den Sommertag trübte keine Wolke. Immer noch kein Regen in Sicht, dachte er, als er seinen Arbeitskollegen Willi auf sich zueilen sah. Irgendetwas an dessen Blick gefiel ihm nicht. Auch schien er unter der sonnengebräunten Gesichtshaut bleich zu sein.

Sein Kumpel blieb dicht vor ihm stehen und sah sich nach allen Seiten um. Ernsts Blick folgte seinem. Ein Hund pinkelte an eines der abgestellten Fahrräder, Menschen hetzten an ihnen vorbei, ein Pärchen konnte sich nicht voneinander lösen. Niemand schien von den beiden Männern Notiz zu nehmen.

»Hast du das von den Kellers gehört?«, raunte sein Kumpel ihm zu.

Ernst legte die Stirn in Falten und schüttelte den Kopf.

»Sie haben sie vor zwei Tagen mitten in der Nacht abgeholt.«

Ernsts Stirnfurchen vertieften sich. Albert Keller arbeitete im selben Metallverarbeitungsbetrieb wie er und Willi. Im Gegensatz zu Ernst, der erst knapp zwei Jahre dort tätig war, hatte Albert in dem Betrieb bereits gelernt. »Ich verstehe nicht, was du mir sagen willst, Willi.«

Sein Kumpel nahm ihm die Zigarette aus der Hand und zog mehrmals daran, ohne den Rauch auszustoßen. Erst als er den Filter zu Boden fallen ließ und die Glut mit dem Absatz austrat, nebelte der Rauch seinen Kopf ein. »Sie haben die gesamte Familie abgeholt und weggeschafft«, verriet er leise.

Ernst war irritiert. Die Kellers wohnten nur einige Straßen von ihnen entfernt. Er hätte doch mitbekommen, wenn sie nicht mehr da wären. »Wie meinst du das? Wohin sind sie gebracht worden, und wer hat sie abgeholt?«

»Hast du nichts darüber gehört auf der Arbeit?«, fragte Willi erstaunt.

»Ich war allein in der Kontrolle heute.«

»Vorgestern Nacht sind zwei Planwagen vorgefahren. Kaum standen die Lkw, sprangen mehrere Soldaten von den Pritschen. Sie müssen die Wohnung der Kellers regelrecht gestürmt und das Ehepaar aus den Betten geholt haben. Ohne Erklärungen wurden sie aufgefordert, nur das Notwendigste einzupacken. Selbst Klagen, Betteln und Schimpfen hat den Kellers nicht geholfen. Noch in derselben Stunde mussten sie mit den fünf Kindern ihr Heim verlassen.« Willi fuhr sich mit beiden Händen durchs Haar. »Wie Verbrecher hat man sie aus ihrem Haus geführt. Die Kinder sollen laut geweint haben.«

»Warum hat man sie fortgebracht?«, fragte Ernst geschockt.

»Angeblich steht ihr Haus zu dicht am Grenzverlauf.«

»Woher weißt du das alles so genau?«

»Es war Gespräch bei uns auf der Schicht, gestern und heute.«

Hinter Ernsts zerknitterter Stirn fing es an zu klopfen, als er sich bewusst wurde, was das bedeutete. »Sie werden uns Grenzgänger fortschaffen, weil wir das Leben im Westen kennen und weil sie Angst haben, dass wir einen Aufstand anzetteln könnten.«

»Du faselst dummes Zeugs. Warum sollten wir das tun?«

»Weil die Mauer kommt. Sie werden sie bauen und uns damit vom Westen abschneiden. Dann rauchst du keine *Chesterfield* mehr, sondern *CABINET*- oder *CLUB*-Zigaretten. Statt Bohnenkaffee werden wir dann Muckefuck trinken«, zischte Ernst.

»Quatsch doch nicht!«, unterbrach ihn sein Kumpel. »Unser Staatsratsvorsitzender, Genosse Ulbricht, hat doch neulich erst gesagt, dass niemand die Absicht hat, eine Mauer zu bauen. Und der muss es wissen, schließlich ist er der mächtigste Mann im Staat«, gab Willi zu bedenken und sah sich erneut um.

»Politikergeschwätz«, entgegnete Ernst, dessen Gedanken hin und her sprangen. »Weiß man, wohin die Kellers gebracht wurden?«

»Einige haben versucht, das herauszufinden, aber ohne Erfolg.«

»Wahrscheinlich hat man sie ins Tal der Ahnungslosen verbannt«, schlussfolgerte Ernst.

»Tal der Ahnungslosen? Wo soll das sein?«

Ernst sah ihn ungläubig an. »So wird das Hinterland genannt, wo man weder Westfernsehen noch Westradio empfangen kann. Dort, wo es keinen Fortschritt gibt und manche ohne fließend Wasser und Strom zurechtkommen müssen. Dort, wo man die Menschen mit zensierten Medien gefügig macht, so dass sie unser Regime nicht hinterfragen. Hast du wirklich noch nie davon gehört?«

Willi verneinte.

»Na ja, eigentlich kein Wunder, dass du das nicht kennst. Du bist in Berlin geboren und aufgewachsen und hast schon immer im Westen gearbeitet. Lass dir gesagt sein, Willi: Je weiter du in unserem Land nach Osten fährst, desto unwissender sind die Menschen. Vor einiger Zeit sagte einer von dort zu mir, dass die Bundesrepublik Deutschland keine zwei Jahre mehr überleben würde, dann hätte die DDR sie eingenommen.«

Willi schüttelte den Kopf. »Ich kann mir nicht vorstellen, dass die Menschen dort tatsächlich so denken.

Jeder weiß doch, dass der Westen dem Osten weit voraus ist.«

Ernst zuckte mit den Schultern. »Wenn du stets nur Schlechtes über die BRD im Radio hörst und man dir außerdem Lügen auftischt, die du nicht überprüfen kannst, dann glaubst du jedem alles.«

Willi kratzte sich über die Kopfhaut. »Trotzdem glaube ich nicht, dass sie eine Mauer bauen werden. Wie soll das funktionieren? Sie müssten Berlin auch unterirdisch abriegeln und bis zur Kanalisation vordringen, außerdem die Häuser an der Grenze zumauern. Nee, Ernst, so was geht nicht.«

»Denk, was du willst. Ich weiß, dass es so kommen wird. Wenn es tatsächlich stimmt, dass die Kellers fortmussten, weil Albert im Westen gearbeitet hat und ihr Haus zu dicht an der Grenze stand – dann sind Leni und ich die Nächsten, die sie wegbringen werden. Unser Haus liegt ebenfalls im Sperrgebiet, keine hundert Meter von Spandau entfernt.«

»Dort, wo du wohnst, laufen mehr Soldaten rum als im Ostteil der Stadt. Ihr werdet gut überwacht. Da passiert nichts.«

Ernst hörte seinem Kumpel kaum zu. Er wusste, dass sie auf das Unmögliche gefasst sein mussten. Plötzlich zuckte ein Gedanke durch seinen Kopf, den er auf keinen Fall laut aussprechen durfte. Im Grunde durfte er ihn nicht einmal denken. Erschrocken über sich selbst drängte er ihn zurück und beugte sich hastig zur Aktentasche hinunter, die noch immer zwischen seinen Waden klemmte. Er kramte das Päckchen Zigaretten hervor und bot aus der Hocke Willi davon an. Bevor er wieder aufstand, atmete er tief durch. Im selben Augenblick fuhr ihre S-Bahn ein.

Ernst setzte sich mit einem mulmigen Gefühl in das Abteil. Um sich abzulenken, zählte er die Bäume, die auf der Wegstrecke standen. Am ersten Bahnhof im Osten mussten sie aussteigen. Als die Station Albrechtshof in Sicht kam, holte er erleichtert Luft.

Willi und er gingen zum Ausgang des Bahnhofs. Wie jeden Abend wurden die heimkehrenden Ostbürger von Grenzpolizisten erwartet, die ihre Ausweise kontrollierten. Über die Jahre kannte man die unterschiedlichen Gesichter, die sich jede Woche abwechselten. Kaum einer der Polizisten besah sich die Pässe der Männer und Frauen genauer. Sie kannten »ihre« Grenzgänger und winkten sie durch, noch bevor sie den Ausweis in die Höhe hielten. Heute jedoch standen fremde Polizisten am Ausgang. Sie prüften jeden Namen auf Listen und machten hinter manchen einen Haken.

Ernsts Hand mit dem Dokument wurde feucht, feine Schweißperlen bedeckten seine Oberlippe. Wie fast jeden Tag hatte er zwischen dem Hemdstoff und seiner nackten Haut die BILD-Zeitung versteckt. Weil es verboten war, das Tagesblatt in den Osten zu bringen, schmuggelte Ernst die Zeitung unter der Kleidung hinüber. Er wollte Leni damit eine Freude machen, denn sie interessierte sich für die Neuigkeiten, die in der DDR nicht erzählt wurden.

Schon winkte ihn der Grenzpolizist, der besonders grimmig umherschaute, zu sich und befahl: »Den Ausweis!«

Trotz des unfreundlichen Tons versuchte Ernst zu lächeln und hielt den Ausweis vor sich.

»Herr Schimpf und Frau Schande verdienen im Westen und kaufen im Osten. Doch damit ist bald Schluss«, spottete der Polizist und sah grinsend zu seinen Kollegen, die hämisch auflachten.

Ernst tat, als habe er nichts gehört. Schon zu oft hatte er sich ähnliche Beschimpfungen und Beleidigungen von fahnentreuen DDR-Bewohnern anhören müssen. Mancherorts waren an Geschäften sogar Propagandaplakate angebracht, auf denen zu lesen stand, dass Ostbürger, die im Westen arbeiteten, in diesem Laden »nicht zuvorkommend bedient werden«. Sogar in seinem Bekanntenkreis waren einige neidisch, weil er und Leni sich den guten Kaffee aus dem Westen leisten konnten und nicht den Kaffeeverschnitt aus dem Osten trinken mussten, der aus gerösteten Eicheln hergestellt wurde. Durch den günstigen Devisenumtausch bekamen sie fünf Mark Ost für eine Mark West. Dadurch konnten sie Dinge erwerben, die man sich mit einem Ostgehalt nicht kaufen konnte.

»Was ist in der Tasche?«, wollte der Volkspolizist wissen und zeigte auf die Aktentasche.

»Brotdose und Thermoskanne.«

»Herzeigen!«

Ernst holte die beiden Utensilien hervor. Der Polizist

zog eine Augenbraue hoch, machte einen Haken auf die Liste, gab Ernst den Ausweis zurück und winkte ihn durch.

Als Ernst ihm den Rücken zudrehte und zum Ausgang ging, trat er fest auf.

Vor dem Bahnhof wartete Willi, der ihm nägelkauend entgegensah. »Warum haben die unsere Namen auf einer Liste stehen?«

»Vielleicht, weil der Staat wissen will, wer Grenzgänger ist in dem Bezirk.«

»Diese Polizisten habe ich noch nie hier gesehen.«

»Glaubst du jetzt endlich, dass die Mauer kommt? Sie sperren uns dahinter ein, Willi«, zischte Ernst.

»Nee, das glaube ich immer noch nicht. So etwas machen sie nicht mit uns«, erwiderte sein Kumpel entschlossen.

Ernst wusste, dass jedes weitere Wort darüber unnötig war. Willi war in seiner Meinung gefangen. Erneut schwirrte ihm der Gedanke durch den Kopf, den er vorhin zurückgedrängt hatte.

Dieses Mal ließ er ihn zu.

Kapitel 4

Januar 2014

Als meine Mutter und ich durch die Drehtür das Innere der Klinik betreten, schlägt uns ein Gemisch aus Desinfektionsmittel und Bratendunst, der aus der Kantine im Souterrain die Treppe hochschwappt, entgegen.

»Hier wird wohl schon das Mittagessen gekocht«, versuche ich zu spaßen.

»Da vergeht einem ja der Appetit«, sagt meine Mutter und verzieht das Gesicht. Wir folgen der orangefarbenen Linie zum Aufzug und fahren in den dritten Stock. Auf dem Gang der Kardiologie kommt uns ein Pfleger entgegen, den wir nach dem Zimmer meines Vaters fragen.

»Wir haben ihm ein leichtes Beruhigungsmittel verabreicht. Er schläft tief und fest. Deshalb wäre es besser, wenn Sie am Abend wiederkommen würden«, meint er freundlich.

»Wir haben gehört, was passiert ist letzte Nacht. Wäre es möglich, mit seinem behandelnden Arzt zu sprechen?«, bitte ich kleinlaut.

Der Mann lächelt. Er scheint meine Not zu erahnen.

»So etwas geschieht öfter«, versucht er uns zu trösten und begleitet uns zum Arztzimmer.

Dort treffen wir auf einen sympathisch aussehenden Mediziner, dessen freundliche Art die Peinlichkeit aus unserem Treffen nimmt. Nachdem wir vor seinem Schreibtisch Platz genommen haben, erklärt er:

»Diese Wesensänderung ist nicht selten nach solch einem Eingriff. Wir nennen es ›Durchgangssyndrom‹. Deshalb müssen Sie sich nicht sorgen. Dieses Phänomen entsteht manchmal durch die Kombination der unterschiedlichen Medikamente, die wir verbreichen müssen – wie Schmerzmittel, Narkosemittel und andere. Dieser Medikamentencocktail kann Symptome wie Gedächtnis- und Denkstörungen, Schlafstörungen, Stimmungsschwankungen und sogar völlige Verwirrung hervorrufen. Es kann innerhalb weniger Stunden nach dem Eingriff auftreten, manchmal aber auch erst nach einigen Tagen. Ihr Vater beziehungsweise Ihr Ehemann ist also kein Einzelfall. Damit seine Unruhe und die Wahnvorstellungen verschwinden, haben wir ihm Neuroleptika gespritzt. Wie Sie schon wissen, schläft er momentan.« Dann schlägt er uns vor: »Es wäre gut, wenn Sie später noch einmal vorbeikommen, damit er sieht, dass alles in Ordnung ist.«

»Jetzt geht es uns besser, nicht wahr, Mutti?«, frage ich sie. Als ich zu ihr blicke, nickt sie gequält.

»Morgen sieht die Welt schon besser aus«, versucht der Arzt sie aufzumuntern. Dann verabschieden wir uns und verlassen das Zimmer.

Auf der Heimfahrt sehe ich ihre verkrampften Hände in ihrem Schoß. »Mach dir keine Sorgen, Mutti. Der Arzt hat Vatis Verhalten logisch erklärt.«

Statt zu antworten, starrt sie aus dem Autofenster.

Am Nachmittag rufe ich sie an, um zu fragen, wie es ihr geht und wann ich sie abholen soll.

»Kannst du allein zu Vati fahren? Ich habe rasende Kopfschmerzen und möchte früh zu Bett gehen.«

»Ja, das mache ich. Hast du schon mit Marko geredet?«

»Er kommt nachher zu mir. Dann werde ich ihm das sagen, was uns der Arzt erklärt hat. Marko kann anschließend Manuela informieren.«

»Gut. Dann fahre ich später zu Vati. Ich ruf dich morgen an, damit ich dich nachher nicht wecke, falls du schon schläfst.«

Als keine Antwort kommt, sage ich sanft: »Mutti, alles wird gut. Du wirst sehen, sobald Vati zuhause ist und die Medikamente wieder aus seinem Körper draußen sind, wird alles wie immer sein.«

»Dein Wort in Gottes Ohr«, höre ich ihre leise Stimme.

»Ich melde mich morgen!«, verspreche ich erneut und lege auf.

Gegen 19 Uhr fahre ich wieder in die Klink, um nach meinem Vater zu sehen.

»Wo ist deine Mutter?«, will er wissen, als ich ohne sie an sein Bett trete. Sein bleiches Gesicht, das von seinem weißen Haar eingerahmt ist, scheint in der faden Bettwäsche, in der er liegt, zu verschwinden. Nur seine Pupillen stechen wie schwarze Knöpfe aus dem Weiß hervor.

»Wir wollten dich heute Morgen besuchen, Vati. Da du tief geschlafen hast und wir dich nicht wecken wollten, sind wir wieder heimgefahren. Mutti geht es nicht gut, deshalb hat sie sich hingelegt«, erkläre ich ihm einfühlsam.

»Sie soll auf sich aufpassen«, flüstert er mir erregt zu.

»Du musst dich nicht sorgen, Vati. Manuela, Marko und ich geben auf Mutti acht.« Ich nehme seine Hand, deren Fingerknöchel sich weiß unter der wie durchsichtig wirkenden Haut abzeichnen, in die meine. »Geht es dir besser? Der Arzt hat erzählt, dass du verwirrt warst.«

Sein Blick verändert sich. Mit den Augen wandert er unruhig hin und her, als ob er den Raum abscannt. »Können sie uns hören?«, murmelt er und krallt sich an meinem Finger fest.

»Wen meinst du?«

»Frag nicht so dumm! Die Leute von der Staatssicherheit!«, schimpft er nun.

»Vati, hier sind keine Männer von der Stasi«, erwidere ich irritiert.

»Natürlich sind sie hier. Sie verstecken sich. Ich habe letzte Nacht deutlich ihre Schatten erkannt, als sie auf dem Dach des Gebäudes gegenüber gelegen und mich beobachtet haben«, wispert er und deutet zum Fenster hinüber.

»Das hast du dir eingebildet. Der Arzt hat erklärt …«, beginne ich und verstumme wieder, als ich bemerke, dass mir mein Vater nicht zuhört.

Stattdessen murmelt er Unverständliches, hebt den Kopf leicht an und späht über meine Schulter zur weit offen stehenden Zimmertür. »Glaub mir, diese Spitzel sind überall. Dabei haben wir niemandem erzählt, dass wir fliehen wollen. Nicht einer Menschenseele haben wir etwas verraten.«

Ich hätte beinahe laut aufgelacht, da die Situation dermaßen grotesk ist, dass ich schon glaube, mein Vater würde sich einen Spaß mit mir erlauben. Doch sein ängstlicher Blick verdeutlicht mir, dass er selbst glaubt, was er sagt. Um ihn nicht noch mehr zu verwirren, spiele ich mit, auch wenn es mich Kraft kostet, ruhig zu bleiben.

»Wohin wollt ihr fliehen?«, frage ich sanft. Zwar ahne ich, wovon er redet, doch um keine falschen Schlüsse zu ziehen, will ich es von ihm selbst hören.

»Das weißt du doch«, erregt er sich. Dann legt er sich zurück in sein Kissen und flüstert: »In den Westen.« Er sieht mich verschwörerisch an und scheint auf meine Reaktion zu warten.

»Es gibt keinen Grund zu fliehen«, versuche ich ihn zu beruhigen.

»Was redest du? Sie wollen eine Mauer bauen! Bis dahin müssen wir drüben sein.«

Ich kann kaum mehr meinen Atem kontrollieren. Da mein Vater meine rechte Hand nicht loslassen will, ziehe ich mit der linken umständlich einen Stuhl zu mir ans Bett. Obwohl er schwach ist, quetscht sein Griff meine Hand zusammen. Ich versuche, seine Finger von meinen zu lösen, doch er lässt nicht locker und zieht mich dicht zu sich heran.

»Lenichen! Hör gut zu! Du musst keine Angst haben. Ich werde dich beschützen. Wir müssen uns nur eine Leiter besorgen, mit der wir aus dem Fenster steigen können. Dann können sie uns nichts mehr anhaben, und wir sind in Sicherheit«, flüstert er und blickt erneut zum Klinikfenster hinüber.

Meine Augen weiten sich ungläubig. Mein Vater hält mich für seine Frau – meine Mutter. Ich überlege kurz, wie ich reagieren soll. Da ich ihn nicht aufregen will, entscheide ich, mir nichts anmerken zu lassen, und spiele das Spiel mit.

»Ernst …«, sage ich mit zittriger Stimme, »… das ist ein guter Plan. Aber zuerst müssen wir uns ausruhen, sonst schaffen wir die Strecke nicht bis zur Grenze.«

Mein Vater kneift die Augen zusammen und überlegt. Schließlich stimmt er mit einem Nicken zu. »Du hast recht, Leni. Morgen werde ich eine Leiter stibitzen, und dann geht es los.«

Während ich meinem Vater über die Hand streiche, wie es sonst meine Mutter tut, klopft mir das Herz schmerzhaft unter den Rippen. Diese Situation ist so unwirklich.

Kurz darauf spüre ich, wie sich sein Griff lockert. Mein Vater ist eingeschlafen. Vorsichtig ziehe ich meine

Hand aus seiner. Bebend streiche ich ihm das Haar zurück und hauche ihm einen Kuss auf die Stirn. Auf zittrigen Knien gehe ich zu meinem Auto und fahre nach Hause.

Kapitel 5

Freitag, 4. August 1961

Leni drückte sich das Geschirrhandtuch gegen die Brust, mit dem sie sich die Hände abtrocknen wollte. Sie musste sich gegen die Küchenanrichte lehnen, da sie glaubte zu schwanken.

»Du hast *was*?«, fragte sie, damit ihr Mann das Gesagte wiederholte.

»Ich habe mich krankschreiben lassen.«

»Du bist kerngesund.«

»Leni, sie werden uns Grenzgängern die Ausweise abnehmen …«

»Das weißt du nicht.«

»Doch, das weiß ich. Denk an die Kellers. Sie waren die Ersten, die sie ins Hinterland verfrachtet haben.«

Leni lief ein Schauer über den Rücken. Seit Ernst ihr vom Schicksal der Familie erzählt hatte, konnte sie kaum noch an etwas anderes denken. »Was ist, wenn jemand dich sieht und deinem Kolonnenführer meldet, dass dir nichts fehlt? Sie werden dich fristlos entlassen, dann bekommst du nicht einen Pfennig mehr.«

»Jetzt beruhig dich. Mich wird schon niemand anschwärzen. Außerdem weiß keiner hier, dass ich krankgeschrieben bin. Wichtig ist, dass sie mir den Ausweis nicht wegnehmen können.«

»Falls du recht haben solltest, werden sie ihn dir früher oder später sowieso abnehmen.«

»Dann besser später«, spaßte ihr Mann, doch Leni war nicht zum Lachen zumute.

»Glaubst du wirklich, dass sie die Grenze dichtmachen?«

»Für mich ist das so sicher wie das Amen in der Kirche.«

»Was sollen wir dann machen, Ernst? Wo willst du arbeiten? Hier im Osten wirst du sicherlich keine so gut bezahlte Stelle bekommen wie im Westen. Mein Gehalt in der PGH reicht für uns beide nicht aus.« Leni konnte nicht verhindern, dass ihre Stimme vorwurfsvoll klang. Sie war zwar die Leiterin eines der fünf Friseurgeschäfte der Produktionsgenossenschaft des Handwerks, die vor knapp drei Jahren unter dem Namen *PGH Friseur Charmant* gegründet worden waren, aber sie verdiente nicht annähernd so viel wie ihre Kolleginnen im Westen.

»Leni …«, hörte sie ihren Mann sagen. Sie schaute zu ihm. »Wir sollten nach Westberlin fliehen«, erklärte er schwach.

Sie glaubte sich verhört zu haben und schaute ihn ungläubig an. »*Was* sagst du?«

»Wir sollten in den Westen fliehen«, wiederholte er, doch dieses Mal mit fester Stimme und entschlossen.

Leni forschte in seinem Gesicht. Seine Miene bestätigte ihre Vermutung. »Du willst tatsächlich fliehen«, wisperte sie. »Wie stellst du dir das vor? Meine Schwester lebt mit ihrer Familie in Ostberlin, mein Bruder und meine Mutter in Thüringen. Soll ich sie zurücklassen, nur weil du das willst?«

»Vielleicht kommen sie ja mit.«

Leni lachte verzweifelt auf. »Meine Mutter wird bestimmt nicht mitkommen. Sie kennt doch nur ihr kleines Dorf. Die Großstadt wird sie ängstigen. Und mein Bruder kann seine Stelle bei der Bahn nicht so einfach aufgeben. Er hat eine Frau und zwei Kinder, für die er sorgen muss. Das geht nicht, Ernst. Wir können nicht fort von hier, denn dann dürfen wir nie wieder zurück.« Lenis Stimme überschlug sich. Sie presste sich das Geschirrtuch vor den Mund, um ihr Schluchzen zu unterdrücken.

Ihr Mann kam zu ihr und nahm sie in den Arm. »Weine nicht, Leni. Du weißt nicht, ob deine Familie nicht doch mit uns mitkommen will. Wir können hier nicht bleiben, denn sie werden uns wie die Kellers von hier fortschaffen. Weil ich Grenzgänger bin, werden sie mich bestrafen und mir irgendeine Stelle als Hilfsarbeiter in irgendeinem kleinen Betrieb geben. Wir werden uns nichts mehr leisten können und hinter einer Mauer leben, die uns vom Rest der Welt abtrennt. Unsere zukünftigen Kinder werden die Freiheit, das bunte Leben, den Fortschritt niemals kennenlernen. Das kannst du nicht wirklich wollen.«

»Natürlich will ich das nicht. Aber der Preis dafür ist

zu hoch«, wisperte sie. Sie bekam kaum noch Luft, japste.

Ihr Mann ließ sie los und setzte sich an den Küchentisch mit den dünnen Metallbeinen. Nachdenklich sah er zu ihr. »Wir werden zu deiner Mutter und deinem Bruder reisen und sie fragen, ob sie mit uns kommen wollen. Ich werde gleich zu meinem Bruder gehen und ihm von unseren Plänen erzählen«, sagte er, griff nach seiner Jacke, die über der Stuhllehne lag, und drückte die Türklinke herunter.

»Es sind deine Pläne, Ernst, nicht meine«, rief Leni ihm hinterher, bevor sich die Tür hinter ihm schloss.

Wütend griff sie nach ihrer Handtasche, die an der Garderobe neben der Tür hing. Sie zog das Etui hervor, in dem sie die West-Zigaretten sammelte, die ihr eine Kundin anstelle von Trinkgeld spendierte. Mit zittriger Hand zündete sie sich eine *Chesterfield* an und inhalierte tief. Mit jedem Zug wurde sie ruhiger. Sie versuchte sachlich über Ernsts Vorschlag nachzudenken und setzte sich an den Tisch. Mit starrem Blick schaute sie vor sich und zog wieder an der Zigarette. Nachdem sich der Rest des Tabaks in Qualm aufgelöst hatte, drückte sie den Filter im Aschenbecher aus.

Vielleicht sollte ich wie früher bei wichtigen Entscheidungen eine Pro-und-contra-Tabelle erstellen, dachte sie und holte Stift und Papier hervor. Sie unterteilte das Blatt mit einer Linie in zwei Hälften. In eine schrieb sie OST, in die andere WEST.

Doch anstatt ihre Gedanken zu notieren, starrte sie

nachdenklich auf das Wachstuch mit dem bunten Blumenmuster. Es ist genauso farbenfroh wie der Westteil von Berlin, stellte Leni fest. Dort wurde angepackt und aufgeräumt. Mehr und mehr pulsierte das Leben am Kurfürstendamm, in Schöneberg und in den anderen Westbezirken der Stadt. Es gab Kinos, Restaurants, Bars und Einkaufshäuser. Ernst und sie mochten es, durch die Straßen zu bummeln und die Schaufensterauslagen zu betrachten. Oder sich abends mit Freunden in einer Bar zu treffen. Vor Kurzem erst hatte Ernst von seinem Westgeld Leni im KaDeWe einen roten Teddymantel gekauft. Wenn sie ihn trug, kam sie sich vor wie eine Filmschauspielerin. Neidische Blicke waren ihr dann sicher. So etwas Schönes, Ausgefallenes und Farbenfrohes gab es im Osten nicht. Es gab auch keine bunten Neonreklamen an den Häuserfassaden oder chice Restaurants, in denen eine Vielfalt an Speisen und Getränken angeboten wurde. In Westberlin blieben keine Wünsche unerfüllt.

Anders im Osten. Immer wenn sie nach ihren Westberlin-Ausflügen mit der S-Bahn über die Grenze nach Hause fuhren, hatte sie das Gefühl, dass es mit einem Mal düster wurde. Plötzlich erstarben die Gespräche der Fahrgäste, ihr Lachen verstummte. Wenn sie in Albrechtshof ausstiegen, schien alles grau und eintönig zu sein. Noch immer lag ein Großteil von Ostberlin in Schutt und Asche. Der Potsdamer Platz war ein einziges Trümmerfeld. An manchen Stellen waren schmale Pfade durch das Geröll entstanden, so dass man leicht von einem Stadtteil in den anderen gelangen konnte. Doch meistens mussten sie über Steinberge hinwegsteigen, deren dumpfes Grau nur hier und da von grünem Wildwuchs durchbrochen wurde, der nicht ausreichte, um die Monotonie zu durchbrechen.

»Unsere zukünftigen Kinder werden die Freiheit, das bunte Leben, den Fortschritt niemals kennenlernen …«, hörte sie Ernsts Stimme wieder. Aber war es das wert, ihre Mutter, ihren Bruder und ihre Schwester zurückzulassen?

Woher willst du wissen, ob sie nicht mitwollen? Hast du sie gefragt?, meldete sich ihre innere Stimme zu Wort.

Leni streckte das Kreuz durch. Ihr Mann hatte recht! Sie würden es erst wissen, wenn sie mit ihrer Familie gesprochen hatte.

Kapitel 6

Januar 2014

Ich bin froh, dass mein Mann zuhause ist, als ich aus dem Krankenhaus komme. Er sitzt im Wohnzimmer und schaut die Nachrichten, als ich mich zu ihm setze. Kaum habe ich Platz genommen, kann ich meine Tränen nicht mehr zurückhalten. Ich schlage mir die Hände vors Gesicht und schluchze wie ein Kind.

»Was ist passiert?«, fragt er entsetzt.

Schon sprudelt es aus mir heraus. Ich erzähle ihm von dem Realitätsverlust meines Vaters und dem Gespräch mit dem Arzt. Er hört aufmerksam zu.

»Das hört sich zwar besorgniserregend an. Aber ihr müsst dem Arzt vertrauen. Wie hat er es genannt? *Durchgangssyndrom*? Das Wort sagt doch schon aus, dass der verwirrte Zustand deines Vaters vorübergehend ist, denke ich. Du wirst sehen, morgen geht es ihm besser. Ihr müsst Geduld haben. In seinem Alter ist selbst dieser Routineeingriff eine schwerwiegende OP.«

»Wahrscheinlich hast du recht«, stimme ich zögerlich zu. Ich bin froh, dass er einen klaren Kopf behält und nicht wie ich panisch reagiere. Ich lehne meinen Kopf an seine Schulter.

»Hast du mit deinen Geschwistern und deiner Mutter gesprochen?«

»Ich will das nicht am Telefon machen, sondern mich mit Manuela und Marko treffen. Meine Mutter und ich fahren morgen früh zusammen in die Klinik. Unterwegs werde ich sie aufklären.«

Unsere Kinder kommen ins Wohnzimmer und setzen sich zu uns. »Wie geht es Opa?«, fragt mein Sohn.

Ich weihe beide in meine Sorgen ein, erwähne auch die Meinung ihres Vaters.

»Das scheinen ja die reinsten Horrormedikamente zu sein, wenn jemand solche Ängste davon bekommt«, findet mein Sohn kopfschüttelnd.

»Daraus könntest du einen Thriller stricken«, meint meine Tochter lachend und lockert dadurch die Situation auf.

Ich sehe meine Familie dankbar an. »Wenn ich euch nicht hätte, würde ich sicherlich verzweifeln.«

»Das würdest du nicht, Mama. Du bist ein positiv denkender Mensch«, sagt meine Tochter.

»Ich muss leider noch an den Schreibtisch«, gesteht mein Mann und sieht mich entschuldigend an.

»Kein Problem, mir geht es dank euch schon wieder besser. Du kannst ruhig abhauen«, sage ich lachend und scheuche ihn mit einer Handbewegung aus dem Zimmer.

Sein Büro befindet sich im Erdgeschoss unseres Hauses, meins im ersten Stock. Wir beide können zu jeder Tages- oder Nachtzeit arbeiten, ohne das Haus verlassen zu müssen. Das ist ein großer Vorteil unserer Berufe, die ansonsten keine Gemeinsamkeiten haben.

»Ich muss für meine Klausur nächste Woche lernen«, erklärt mein Sohn und verschwindet nach oben.

Ich sehe meine Tochter fragend an. »Welche Ausrede hast du, mich zu verlassen?«

»Johanna wartet auf mich«, sagt sie grinsend.

»Akzeptiert.«

Sie beugt sich zu mir und gibt mir einen Kuss auf die Wange. »Alles wird gut«, versichert sie mir augenzwinkernd und geht ebenfalls.

»Dann ist das wohl das Zeichen, mich auch an meinen Schreibtisch zu setzen«, seufze ich und gehe nach oben in mein Arbeitszimmer.

Dort klappe ich mein MacBook auf und öffne die Schreibdatei des Kochbuchs. Ich lese meinen kleinen Bericht über Tricastin durch, die Trüffelhochburg Frankreichs. Doch schon nach wenigen Sätzen kann ich mich nicht mehr konzentrieren. Meine Gedanken schweifen ab zu meinem Vater.

Immer und immer wieder rasen seine Worte durch meinen Kopf. *»KGB … Stasi«*, höre ich ihn flüstern. Ich fahre mir mit den Fingerspitzen über die zerfurchte Stirn und versuche mir alles ins Gedächtnis zurückzurufen, was ich von der Flucht meiner Eltern weiß. Doch meine Erinnerungen sind unvollkommen, nur fetzenhaft. Einzig das Datum weiß ich bestimmt. »Es war in der Nacht vom 24. auf den 25. August 1961, als Mutti und Vati mit den anderen von Ost- nach Westberlin geflohen sind«, überlege ich leise.

Als ich das erste Mal davon hörte, waren meine Geschwister noch nicht geboren. Ich selbst muss vier oder fünf Jahre alt gewesen sein. In meiner Erinnerung sehe ich mich wieder mit meinem gleichaltrigen Cousin auf dem Wohnzimmerteppich spielen. Unsere Mütter sitzen redselig und rauchend auf der Couch, als die Worte *Pferde* und *Polizisten* fallen. Ich interessierte mich für Pferde, mein Cousin für alles, was mit der Polizei zu tun hat. Aus diesem Grund hatten wir nachgefragt und vorwurfsvoll zur Antwort bekommen: »Lauscht ihr etwa den Erwachsenen?« Schuldbewusst zogen wir die Köpfe zwischen die Schulterblätter, während unsere Mütter in den Eichsfelder Dialekt wechselten, den nicht einmal ihre Männer verstanden. Im Laufe der Zeit lernten wir Kinder die Umgangssprache des thüringischen Eichsfelds, der Heimat unserer Mütter, recht gut zu verstehen, doch schon bald interessierten wir uns nicht mehr für ihre Geschichten und hörten ihnen nicht mehr zu.

»Hätten wir doch besser aufgepasst damals«, schimpfe ich jetzt und weiß doch, dass es Blödsinn ist, darüber zu grollen. Welches Kind, das noch nicht einmal zur Schule geht, interessiert sich für die Geschichten seiner Eltern? Selbst als Teenager habe ich nicht mehr nachgefragt, zumal die Flucht kaum noch thematisiert wurde. Meine Eltern hatten anderes zu tun. Meine Geschwister kamen zur Welt, sie bauten ein Haus und gründeten mehrere Geschäfte. Die Gegenwart und die Zukunft waren wichtig, nicht aber die Vergangenheit. Damals hätte wohl niemand gedacht, dass sie erst wieder aufploppen wird, wenn Vati einen Medikamentencocktail bekommt, der ihn verwirren würde. Wäre es nicht so ernst, müsste man darüber lachen, denke ich und schließe kurz die Augen. Kann ein Durchgangssyndrom Vergangenes zurückbringen? Schließlich ist die Flucht meiner Eltern mehr als fünfzig Jahre her.

»Arbeitest du noch lange?«, fragt meine Tochter hinter mir.

Ich drehe mich zu ihr um. »Du bist schon zurück? Wie spät ist es?«

»Halb zwölf.«

»Nein, ich mache Schluss«, gähne ich und klappe den Rechner zu.

Kapitel 7

Sonntag, 6. August 1961

Die Fahrt mit der Eisenbahn von Berlin in ihren Heimatort Ferna, der zwischen Ohmgebirge und Hahlethal auf dem Eichsfeld lag, schien ewig zu dauern. Mehrmals mussten Ernst und Leni umsteigen und auf den Anschlusszug warten.

Leni machte das nichts aus. Ihre Freude überwog. Schließlich fuhr sie nach Hause zu ihrer Familie, die sie länger nicht mehr gesehen hatte. Da wegen der Schulferien im Friseurladen wenig zu tun war, hatte sie sich unkompliziert einige Tage freinehmen können. Beschwingt schaute sie zu ihrem Mann, der ihr gegenübersaß. Der kleine Tisch, der unter dem Zugfenster ausgeklappt war, trennte die beiden voneinander. Ernst schien in das Buch vertieft zu sein, das aufgeschlagen vor ihm lag. Leni erkannte jedoch, dass er gar nicht las. Nur zu gern hätte sie ihm über die Finger gestreichelt. Stattdessen verschränkte sie die Hände auf dem Schoß. Sie konnte ihren Mann nicht trösten, denn seine Enttäuschung saß tief.

Ernst hatte fest damit gerechnet, dass seine beiden

Brüder mit ihnen in den Westen kommen würden. Doch sein jüngerer Bruder hatte erst vor wenigen Wochen geheiratet. Er genoss diesen neuen Lebensabschnitt, fühlte sich wohl und sah keinen Anlass, die DDR zu verlassen. Sein älterer Bruder hingegen hatte Angst, mit einer Flucht seine Familie in Gefahr zu bringen. »Ich würde mitgehen. Im Westen habe ich bessere Perspektiven als Ingenieur. Aber unsere Kinder sind noch zu klein. Ich kann sie der Gefahr nicht aussetzen. Außerdem wird doch unser Mädchen dieses Jahr eingeschult. Der Ranzen ist gekauft, die Schultüte gebastelt. Das Kind freut sich auf den neuen Lebensabschnitt. Es geht beim besten Willen nicht! Ich würde sie ihrer Heimat berauben, wenn wir mit euch kommen«, hatte er resigniert erklärt.

Durch die beiden Absagen war Ernsts Enthusiasmus, die DDR zu verlassen, gedämpft worden. Sein Wille hingegen war ungebrochen.

Leni blickte durch das Zugfenster hinaus. Wie würden ihre Mutter und ihr Bruder auf ihre Absichten reagieren? Würde sie selbst auf der Rückfahrt ebenso traurig dasitzen? Sie versuchte sich auf die Landschaft zu konzentrieren, die an ihnen vorbeiflog. Viele Orte, die sie durchfuhren, kannte sie aus ihrer Jugend. Mit manchen Ortsnamen verband sie schöne Erinnerungen, in anderen Orten war sie nie gewesen. Ganz besonders mochte sie die grünen Landstriche zwischen den Ortschaften: die riesigen Wälder und die zahlreichen Wiesen, auf denen Rinder und Kühe grasten und

Schweine in der Erde wühlten. In Berlin gab es zwar Bäume und auch Grünflächen, aber nichts davon war mit dem Grün des Thüringer Walds zu vergleichen.

Als sie ihrem Zuhause näher kamen, schien ihr Herz einen Takt schneller zu schlagen. Trotzdem spürte sie auch Beklemmung, wenn sie an das bevorstehende Gespräch mit ihrer Familie dachte. Die Freude, ihre Mutter wiederzusehen, entschädigte sie aber dafür.

Ernst hatte ihrem Bruder ihr Kommen in einem Telegramm angekündigt, auch dass sie vorhatten, einige Tage bei ihnen zu bleiben. Neben ihren Fahrrädern und dem Notwendigen für die Dauer des Aufenthalts hatten sie kleine Geschenke eingepackt, die sie im Westen für ihre Verwandten besorgt hatten. Ihre Nichte und ihr Neffe würden Süßigkeiten, ihre Schwägerin ein Päckchen Bohnenkaffee, ihre Mutter eine kleine Flasche Kölnisch Wasser und ihr Bruder eine Stange *Roth-Händle*-Zigaretten bekommen.

Endlich lief der Zug in den kleinen Bahnhof von Ferna ein. Kaum stand er still, sprang Leni auf, schnappte ihre Tasche und ging zur Tür, die der Schaffner von außen öffnete. Auf dem Bahnsteig schloss sie die Augen für einen Moment und atmete die klare Landluft ein. Sie war daheim!

Während ihr Mann das Gepäck und die Fahrräder auslud, schaute Leni zur Ziegelei hinüber. Obwohl es Sonntag war, hoffte sie, jemand Bekannten zu entdecken, denn sie wusste, dass der Ringofen im Dreischichtbetrieb bedient wurde, also auch heute. Doch leider war noch keine Mittagspause und deshalb niemand zu sehen.

Weil ihr Dorf klein und überschaubar war und das Haus ihrer Familie nur wenige Straßen entfernt stand, schoben Ernst und sie die Räder, anstatt zu fahren. Zu gern hätte Leni an ihrem Kleingarten angehalten und Beeren genascht. Aber da ihr Bruder sicherlich schon auf die Uhr schaute, mussten sie weiter. Sie genoss es, durch die vertrauten Gassen zu gehen und bekannte Gesichter zu sehen. Immer wieder mussten Ernst und sie stehen bleiben, da die Menschen sie begrüßten und sich nach ihrem Befinden erkundigten. Als sie in die Rökestraße einbogen, in der ihre Familie in einem kleinen Haus wohnte, erwartete ihr Bruder sie in der Eingangstür.

»Ihr habt euch wohl verquatscht unterwegs«, näselte er. Seit einem Unfall beim Fußballspielen vor vielen Jahren, bei dem ihm ein Ball die Nase zertrümmert hatte, hörte sich seine Stimme an, als ob er stark verschnupft wäre.

Wie früher als Kind wollte Leni Rechenschaft abgeben und ihre Verspätung erklären. Da schob sich Lenis Mutter an ihrem Sohn vorbei ins Blickfeld.

»Jetzt lass die beiden erst mal reinkommen«, schimpfte sie und streckte die Arme nach ihrer Tochter aus. »Ach, mein Lenichen! Wie habe ich mich auf euch gefreut! Ich wollte es zuerst nicht glauben, als dein Bruder mir sagte, dass ihr kommen wollt«, schniefte sie und umarmte ihre Tochter.

Leni erwiderte die liebvolle Begrüßung und sog den vertrauten Duft ihrer Mutter ein.

Nachdem auch Ernst geherzt worden war, brachten sie ihre Gepäcktaschen die Treppe hinauf in das Zimmer ihrer Nichte und ihres Neffen, die während ihres Aufenthalts im elterlichen Schlafzimmer nächtigen würden. Leni nahm die Geschenke mit nach unten und ging mit Ernst ins Wohnzimmer, wo die Kaffeetafel auf dem Couchtisch gedeckt war.

»Mohnkuchen mit Streuseln«, freute sich Leni und sah zu ihrer Mutter, die mit Lenis Bruder auf der Couch saß. Sie und Ernst nahmen jeweils in einem der beigegelben Sessel Platz.

Während sie aßen, plauderten ihr Bruder und ihr Mann über Unverfängliches. Leni wagte kaum ihren Bruder anzuschauen aus Angst, er könnte ihre Nervosität erkennen. Stattdessen wandte sie sich ihrer Mutter zu und fragte sie nach ihrem Wohlbefinden und dem ihrer anderen Verwandten im Dorf.

»Erzähl mir lieber von eurem Leben in der Großstadt«, entgegnete diese.

Kaum waren sie mit dem Kaffeetrinken fertig, kam ihre Schwägerin mit den beiden Kindern zur Tür herein. Nun verteilte Leni die Geschenke.

»Das ist doch viel zu teuer«, schimpfte ihre Mutter und roch an dem Eau de Toilette. »Wie das duftet! So etwas Gutes gibt es bei uns nicht zu kaufen«, sagte sie und hielt ihrer Schwiegertochter das Fläschchen unter die Nase.

»Sie können sich das leisten. Der Westen bezahlt gut«, meinte ihr Bruder und steckte sich eine *Roth-Händle* ohne Filter an.

Jetzt war eine gute Gelegenheit, das Gespräch auf ihre geplante Flucht zu lenken. Leni sah Ernst auffordernd an. Ihr Mann nahm zwei Westmünzen aus seinem Portemonnaie und gab zuerst der Nichte und dann dem Neffen ein Geldstück. »Dafür lasst ihr uns allein, denn ich möchte mit Oma und euren Eltern etwas besprechen.«

Mit roten Wangen und heftig nickend nahmen die Kinder das Westgeld entgegen und liefen lachend aus dem Zimmer.

»Leni und ich möchten euch etwas mitteilen. Wir tragen uns mit dem Gedanken zu fliehen …«, sagte Ernst angespannt.

Nachdem er ihre Pläne gebeichtet hatte, schaute er nervös zu Leni, die nach seiner Hand griff und sie sanft drückte. *Das hast du gut gemacht*, sollte das heißen, denn ihr Mann hatte sensibel die Gründe erklärt, warum sie in den Westen wollten.

»Wir hoffen, dass ihr mit uns kommt«, sagte sie und sah ihren Bruder bittend an.

Doch es war ihre Mutter, die antwortete: »Einen alten Baum verpflanzt man nicht, Kind.«

»Somit können auch wir nicht mit. Wer soll sich um unsere Mutter kümmern, wenn nicht ich?«, fragte ihr Bruder mit leichtem Vorwurf in der Stimme.

Leni war enttäuscht, obwohl sie die Antworten geahnt hatte. »Du schimpfst nicht und versuchst nicht, uns umzustimmen und zum Bleiben zu überreden?«, fragte sie nach einer Weile vorsichtig ihren Bruder.

»Dazu habe ich kein Recht. Ihr seid erwachsene Menschen. Jeder muss für sich selbst entscheiden. Doch ihr müsst bedenken: Wenn ihr tatsächlich geht, ist dieses Zusammensein unser letztes. Wir werden uns danach nie mehr sehen«, sagte er und atmete mit jedem Wort den Qualm der Zigarette aus, deren Rest er im Aschenbecher ausdrückte.

Leni spürte einen Schmerz in der Magengrube, als ob ihr jemand in die Eingeweide geboxt hätte. Er war so intensiv, dass sie die Arme vor dem Bauch verschränkte. Als ihre Mutter ein Taschentuch aus der Kittelschürze zog, um sich damit über die Augen zu reiben, presste Leni die Lippen aufeinander.

Wie hatte sie glauben können, dass ihre Familie mitkommen würde? Ihre Mutter war mit dem kleinen Ort auf dem Eichsfeld verwurzelt, hatte nie woanders gelebt und war nur selten von hier weggekommen. Für kein Geld der Welt würde sie woanders leben und erst recht nicht woanders sterben wollen. Lenis Blick glitt zu ihrem Bruder, der sich die nächste Zigarette anzündete.

Er hatte schon als junger Bursche die Verantwortung für die Familie übernehmen müssen. Das würde sich bis zu seinem Tod nicht ändern, da war sie sich sicher. Als der Vater aus dem Krieg nicht heimgekehrt war, musste der Bruder früh erwachsen werden. Er hatte die Pflicht gegenüber seiner Mutter und seinen beiden jüngeren Schwestern ernst genommen und war sich seiner Verantwortung bewusst gewesen. Schon als Jugendlicher hatte er wie ein Erwachsener handeln müssen. Manchmal war er in seinem Eifer, alles richtig machen zu wollen, »über das Ziel hinausgeschossen«. So hatte Lenis Schwester es immer genannt, wenn ihr Bruder die beiden maßregelte und dabei vergaß, dass er nicht der Vater der beiden Mädchen war.

Leni lächelte. Dank ihres Bruders hatten sie eine unbeschwerte Kindheit gehabt. Nur seine eigene Jugend hatte er kaum genießen können. Leni wäre glücklich, wenn er es sich anders überlegen würde. Das sagte sie ihm, doch er schüttelte den Kopf.

»Lass gut sein, Leni!«, antwortete er sanft und sah dann Lenis Mann an. »Du weißt, dass ich offiziell von eurer Flucht nichts wissen darf, Ernst. Sobald ihr im Westen bleibt, wird die Partei davon Wind bekommen und mich verhören, um herauszufinden, ob ich euch unterstützt habe. Sollte die SED erfahren, dass ihr mich eingeweiht habt, gelte ich als Fluchthelfer und komme womöglich sogar in Haft. Auf jeden Fall würde ich meinen guten Posten bei der Bahn verlieren und stattdessen Gleise kontrollieren.«

Seine Stimme klang belegt. Trotzdem verstand jeder die Gewichtigkeit seiner Worte.

Ernst nickte. »Sobald wir drüben sind, schicken wir euch eine unverfängliche Postkarte aus Westberlin. Dann wisst ihr Bescheid, dass es uns gut geht.«

Leni biss sich so fest auf die Innenseite der Wange, bis sie Blut schmeckte. Sie traute sich kaum, zu ihrer Mutter zu schauen. Doch aus den Augenwinkeln konnte sie erkennen, wie deren Schultern zuckten.

Vier Tage später saß Ernst mit Leni im Zugabteil Richtung Berlin. Er hatte neben ihr Platz genommen. Weinend lehnte sie den Kopf gegen seine Schulter.

»Vielleicht sollten wir in einer Woche noch mal herkommen und mit ihnen reden. Wenn sie in Ruhe darüber nachgedacht haben, überlegen sie es sich womöglich«, wisperte sie.

»Glaub mir, mein Schatz: Du wirst sie auch bei einem zweiten Besuch nicht umstimmen können. Das müssen wir akzeptieren. Trotzdem dürfen wir uns von unseren Plänen nicht abbringen lassen. Die Zeit arbeitet gegen uns. Wir müssen uns beeilen und alles planen, damit es nicht plötzlich zu spät ist und sie uns ebenfalls ins Hinterland verbannen. In den restlichen Tagen meiner Krankschreibung müssen wir die nötigen Vorkehrungen treffen«, flüsterte er ihr ins Ohr.

Sie hob den Kopf und sah ihm forschend ins Gesicht. Ernst konnte ihre Angst erkennen und versuchte zu lächeln.

»Ich will für uns nur das Beste, und das bekommen wir hier in der DDR nicht. Wir werden die Schmitts in Spandau besuchen. Da sie selbst geflohen sind, müssen wir keine Angst haben, dass sie uns verraten werden. Sie wissen, was zu tun ist, und werden uns sicherlich gute Ratschläge geben können. Ich spekuliere sogar darauf, dass sie uns eine Wohnung besorgen können.« Ernst dachte an die freundliche Familie, die zwei Straßen neben ihnen gewohnt hatte. Sie waren vor einigen Monaten nach Spandau geflüchtet, wo sie nun in einem Schreberhäuschen lebten. Tatsächlich hatten die Schmitts ihren Fortgang sorgsam vorbereitet und in regelmäßigen Abständen ihren Verwandten im Westen Kleidung und alles Notwendige für einen Neustart zukommen lassen. Irgendwann waren sie von einem Besuch in Westberlin nicht mehr in ihre Wohnung zurückgekehrt.

Genauso würden sie es auch machen.

»Lass uns nicht einen Tag länger warten, sondern gleich morgen zu den Schmitts fahren. Wenn die Polizei uns erst die Papiere abnimmt, können wir nicht mehr rüberfahren«, entschied Ernst und drückte Leni einen Kuss auf die Stirn.

Kapitel 8

Januar 2014

Auf dem Weg zur Klinik erzähle ich meiner Mutter von den wirren Plänen meines Vaters.

»Er will *was*?«, ruft sie entsetzt.

»Eine Leiter stehlen und fliehen, weil er glaubt, dass die Stasi ihn beobachtet«, wiederhole ich. Auch jetzt kommt mir die gestrige Situation wie aus einem Agententhriller vor. Als meine Mutter schweigend die vorbeiziehende Landschaft aus dem Autofenster betrachtet, verrate ich ihr: »Vati erwähnte eure Flucht gestern. Sonst spricht er nie darüber, und dann erinnert er sich von einer Sekunde zur nächsten daran.«

Nun schüttelt sie den Kopf und sagt: »Dein Vater und ich reden oft und sehr viel über unsere Flucht.«

»Das wusste ich nicht.« Ich sehe kurz zu ihr, um dann wieder auf die Straße zu blicken.

»Das war nicht immer so. In der ersten Zeit, die wir in der Landeswohnsiedlung in Lebach wohnten, bestimmte Angst unser Leben. Wir waren schon fast panisch, dass man uns finden, verhaften und einsperren könnte. Untereinander schwiegen wir über die Flucht, und wir verboten uns gegenseitig, mit Fremden darüber zu reden. Wir haben versucht, das Erlebte zu verdrängen.«

»Wie meinst du das … man hätte euch verhaften können? Ihr wart auf westdeutschem Boden.«

Meine Mutter lacht bitter auf. »Die Stasi hat versucht, ihre verlorenen Schafe einzusammeln. Als wir erfahren haben, dass manche sogar umgebracht wurden …«

»Mutti!«, rufe ich entsetzt. Es fällt mir schwer, mich weiter auf das Fahren zu konzentrieren. Trotzdem widerspreche ich ihr. »Jetzt übertreibst du. Das glaube ich nicht. Ich habe noch nie gehört, dass die DDR versucht hätte, Überläufer zurückzuholen.«

»Einige Orte weiter ist ein Flüchtling angeblich bei einem Motorradunfall ums Leben gekommen … Angeblich!«, wiederholt sie heftig. »Und viele Jahre später haben sie sogar einen Fußballspieler aus der ehemaligen DDR, der ebenfalls in den Westen geflohen war, umgebracht.« Ich sehe aus dem Augenwinkel, wie meine Mutter die Lippen aufeinanderpresst.

»Woher willst du das wissen?«

»So etwas sickert durch«, zischt sie.

»Ich kann mir nicht vorstellen, dass die DDR einen Mann, den jeder aus dem Fernsehen kennt, hat umbringen lassen. Weißt du den Namen des Fußballspielers?«

Sie schüttelt den Kopf. »Das ist so lange her. Daran erinnere ich mich nicht mehr.«

»Das klingt total verrückt. Bei Gelegenheit werde ich im Internet stöbern, ob ich darüber Informationen finde.«

»Ja, tu das. Dann wirst du sehen, dass du deiner Mutter glauben kannst.« Störrisch wie ein Kind sitzt sie neben mir. Doch dann versteinert sich ihre Miene. »Bevor wir aus Berlin ausgeflogen wurden, wollten wir noch mal an die Grenze in Spandau gehen, um von unserer Heimat Abschied zu nehmen. Leider durften wir nur aus großem Abstand hinüberblicken, denn es kam immer wieder vor, dass DDR-Soldaten bereits Geflohene mit vorgehaltenem Maschinengewehr zwangen, zurück in den Osten zu treten.«

Ich schaue skeptisch und geschockt zugleich zu ihr hinüber.

Meine Mutter erkennt meine Zweifel und fügt hinzu: »Dem Bürgermeister von Schönwalde ist das passiert. Aber frag mich nur nicht nach dem Namen des Mannes. Den weiß ich nach so langer Zeit auch nicht mehr.« Sie klingt leicht gereizt, obwohl ich nichts gesagt habe.

Trotzdem kann ich es mir nicht verkneifen und bemerke: »Das mag unmittelbar an der Grenze so gewesen sein. Euer neuer Heimatort Lebach liegt aber doch Hunderte Kilometer von Berlin entfernt. Wie hätte die Stasi euch dort finden sollen?«

»Glaub mir, die Stasi hatte ihre Spitzel überall.« Meine Mutter sieht mich von der Seite an. »Seit unserem Rentendasein auf Mallorca haben dein Vater und ich sehr oft über diesen Teil unserer gemeinsamen Vergangenheit gesprochen. Dafür war früher keine Zeit«, gesteht sie leise. »Du musst wissen, als wir im Westen ankamen, hatten wir nichts außer den Kleidern auf unseren Leibern und ein bisschen Bargeld. Um an Westmark zu kommen, wollte dein Onkel seine Zeiss-Kamera im Westen verkaufen. Alles andere mussten wir zurücklassen. Im Gegensatz zu den heutigen Flüchtlingen bekamen wir keinerlei Unterstützung im Westen – weder von der Stadt noch vom Staat. Vati musste sofort Arbeit finden. Aber so einfach war das nicht. Zudem war ich schwanger mit dir. Wir benötigten einen Kinderwagen, Babysachen und vieles mehr. Dein Vater ging sogar zum Bürgermeister unseres neuen Wohnortes und fragte, ob wir eine Art Startkapital von der Stadt bekommen könnten, das wir zurückzahlen wollten, sobald wir eigenes Geld verdienten. Doch der Bürgermeister wies uns ab und sagte, dafür hätte er keinen Etat frei. Ich glaube, niemand kann sich vorstellen, wie wir uns damals fühlten. Wir kannten keine Menschenseele hier. Zwar waren wir Deutsche in Deutschland, doch auch wir wurden angefeindet, weil wir Flüchtlinge waren. *Ich komm aus dem Osten und such' nen Posten* war noch der harmloseste Spruch, den wir uns anhören mussten.«

Als meine Mutter das sagt, erinnere ich mich plötzlich daran, dass tatsächlich einmal ein Nachbar meinem Vater diesen Satz über die Straße zugebrüllt hatte. Ich war damals neun Jahre alt und wusste damit nichts anzufangen. Jetzt sehe ich das mit anderen Augen. Demnach gab es Anfeindung nicht nur am Anfang der damaligen Flüchtlingswelle, sondern noch viele Jahre später.

Der Seufzer meiner Mutter holt mich aus meinen Gedanken zurück. »Dein Vater nahm jede Arbeit an, die er finden konnte. Es waren harte, sehr harte Zeiten. Doch das schweißt zusammen«, erklärt sie mit einem zärtlichen Lächeln.

»Wovon habt ihr gelebt damals? Ihr musstet ja nicht nur Lebensmittel kaufen, sondern auch alles andere.«

»Ich weiß noch, dass ich wegen des Magnesiumbedarfs in der Schwangerschaft eine Banane pro Tag zugeteilt bekam. Ansonsten erhielten wir Essensmarken. Von der Caritas bekamen wir Kleiderspenden. Man durfte nicht wählerisch sein. Ich war dankbar und änderte die Kleidung für uns ab. Als deine Geburt nahte, bekam ich aus der Kleiderkammer einen Morgenmantel, dessen Ränder ausgefranst waren. Ich habe ihn auf meine Größe umgearbeitet und hübsch zurechtgemacht, damit ich ordentlich aussehe, wenn du geboren wirst.« Sie schluckt hart. »Wir bekamen nichts geschenkt, mussten viel und schwer arbeiten, um uns in unserer neuen Heimat eine Existenz aufzubauen. Auch deshalb hatten wir gar keine Zeit, über unsere Flucht zu reden oder auch nur darüber nachzudenken«, sagt sie mit zittriger Stimme und wischt sich mit dem Handrücken über die Wange. »Aber der Hauptgrund, warum wir kaum darüber gesprochen haben, war dieser Herzschmerz, der einem die Luft zum Atmen nahm. Diese Sehnsucht nach meiner Mutter und meinem Bruder, die ich in der Gewissheit zurücklassen musste, sie nie mehr wiederzusehen. Ich konnte hier im Westen nur weiterexistieren, wenn ich mir verbot, über das nachzudenken, was ich verlassen hatte, was ich eintauschen musste für unsere Freiheit – für die Gewissheit, dass meine Kinder in Selbstbestimmung aufwachsen können«, flüstert sie mit einem gequälten Lächeln. »Manchmal«, gesteht sie, »wenn ein bestimmter Geruch in der Luft lag oder ein bestimmtes Wort fiel, konnte ich es nicht mehr ausblenden, und die Erinnerungen an mein Zuhause in Thüringen drängten an die Oberfläche. Dann sah ich mein Elternhaus vor mir, hörte meine Mutter singen oder meinen Bruder lachen. Auch heute geht es mir manchmal noch so.«

Blind ergreife ich ihre Hand und drücke sie sanft.

»Keiner, der das nicht mitgemacht hat, kann ermessen, was wir durchgemacht haben. Damals fühlte sich manchmal sogar die Freiheit wie ein Gefängnis an. Leider sind Vatis beide Brüder ja schon tot. Ihre Frauen sprechen auch heute noch nicht über unsere Flucht. Manches wissen Vati und ich nicht mehr und würden gern bei seinen Brüdern nachfragen, doch es ist zu spät. Vielleicht ist es uns deshalb so wichtig, gerade jetzt über das Geschehen zu reden, bevor der Nächste nicht mehr da ist, den wir fragen können.«

Unverhofft werde ich von Erinnerungen überrollt. »Ich erinnere mich noch vage an einen unserer Besuche bei unseren Verwandten in Ferna. Ich muss ungefähr elf Jahre alt gewesen sein. Wir haben dort Weihnachten gefeiert.«

Meine Mutter nickt. »Als wir flohen, ahnten wir nicht, dass nach Kennedys Rede im Sommer 1963 der Berliner

Senat unter dem damaligen Bürgermeister Willy Brandt ein Passierscheinabkommen mit dem Osten aushandeln würde, damit Westbürger erstmals Verwandte in Ostberlin besuchen durften. Ich glaube, an Weihnachten 1963 wurden die ersten Passierscheine für Westbürger ausgestellt. 1971 gab es dann eine dauerhafte Regelung für DDR-Besuche. Da wir aber zehn Jahre lang auf der Fahndungsliste standen, durften wir erst 1972 wieder in die DDR reisen.«

»Fahndungsliste?«

»Ich weiß, es klingt unglaublich, doch es war tatsächlich so. Da die Flucht von unserem Haus aus stattfand, wurden Vati und ich beschuldigt, Fluchthelfer für die anderen gewesen zu sein. Deshalb wurden wir per Haftbefehl gesucht, und deshalb durfte ich 1967 nicht zur Beerdigung meiner Mutter reisen. Deine Tante bekam einen Passierschein, aber mich hätten sie an der Grenze verhaftet. Manuela, mit der ich damals schwanger war, wäre in einem Gefängnis zur Welt gekommen und sicherlich danach zur Adoption freigegeben worden.«

Ich runzle die Stirn. »Manchmal träume ich von einer Schneeballschlacht, die wir als Kinder in der Landeswohnsiedlung hatten. In dem Traum gehe ich anschließend in unsere Wohnung. Ich höre dich und Vati streiten, weil du nach Ferna reisen willst und er dich nicht lässt. Ich glaube, es hat etwas mit Oma zu tun.« Ich spüre den Blick meiner Mutter und wende mich ihr kurz zu.

»Daran erinnerst du dich noch?«

»Ist es kein Traum?«

Sie schüttelt den Kopf. »Dein Vater und ich hatten einen furchtbaren Streit damals, weil ich unbedingt zur Beerdigung wollte«, flüstert sie und knetet ihre Hände im Schoß.

Im Spiegelbild der Frontscheibe glaube ich zu erkennen, dass sie weint. Ich weiß nicht, was ich sagen soll, und schweige. Als ich in das Parkhaus des Krankenhauses einbiege, atme ich erleichtert aus.

Kapitel 9

Samstag, 12. August 1961

Wie Ernst gehofft hatte, wurden sie in ihrem Vorhaben vom Ehepaar Schmitt bestärkt.

»Es ist die richtige Entscheidung«, meinte Udo Schmitt und goss jedem einen Cognac in die kurzstieligen, bauchigen Schwenker ein. »Wir haben unseren Schritt nicht einen Augenblick bereut, nicht wahr, Mauseken?«, sagte er in Richtung seiner Frau Erika und prostete allen zu. Ernst verzog das Gesicht, als der scharfe Alkohol durch seine Kehle floss. Leni nippte nur daran.

»Kommt so oft wie möglich zu uns und bringt jedes Mal Dinge mit, die ihr unbemerkt transportieren könnt und die ihr für den Neustart benötigt. Allerdings glaube ich, dass man sogar einen Sessel über den Stacheldraht werfen könnte, das merkt keiner. Hier an der Grenze zu unserer Kleingartenanlage laufen die Grenzsoldaten nur selten vorbei«, lachte Udo und zündete sich eine Zigarette an.

»Zieht zwei Lagen Kleidung übereinander. Eine Garnitur lasst ihr dann jeweils hier«, schlug seine Frau Erika vor.

»Es ist Sommer. Da fällt es sicher auf, wenn wir dick eingepackt wie Eskimos zu euch kommen«, gab Leni zu bedenken.

»Zwei, drei Schlüpper übereinander, Weste und Bluse doppelt, das müsste gehen, ohne dass jemand Verdacht schöpft«, überlegte Erika laut.

»Ich bekomme Schweißhände, wenn ich nur daran denke zu fliehen«, gab Leni zu und wischte sich die Handflächen an ihrem Rock ab.

Ernst legte den Arm um sie und zog sie kurz an sich. »Du musst keine Angst haben. Uns wird schon nichts passieren.«

»Noch ist es einfach rüberzukommen. Noch ist die Grenze offen«, versicherte Udo ruhig. »Deshalb wartet nicht zu lange und bringt schon morgen die ersten Sachen her. Wir haben es nie bereut, nicht wahr, Mauseken?« Udo zwinkerte seiner Frau zu. Sie nickte.

»Warum seid ihr abgehauen?«, wollte Ernst wissen.

Ein harter Zug legte sich um Udos Mund. Er leerte sein Glas und inhalierte tief von der Zigarette. »Eines Tages«, begann er, »hat mich die Volkspolizei zu sich bestellt. Ich hatte keine Ahnung, was sie von mir wollten. Treudoof bin ich aufs Revier marschiert. Dort haben sie mir unterstellt, ich würde die DDR verraten, weil ich im Westen arbeite. Sie haben mich regelrecht in die Zange genommen und auf mich eingeredet, ich solle meine Arbeit aufgeben. Nachdem ich mich strikt geweigert habe, wurde unsere Hausgemeinschaft angesprochen, sie sollen erzieherisch auf mich und meine Familie einwirken. Von da an hat man uns nicht mehr gegrüßt, sondern wie Menschen zweiter Klasse behandelt. Plötzlich hat sich der Staatssicherheitsdienst für uns interessiert. Die haben mich massiv unter Druck gesetzt und mich aufgefordert, einen Teil meiner Schuld abzutragen, indem ich in der S-Bahn Leute belausche und Gespräche aufzeichne, die ich an die Staatssicherheit weiterleiten sollte. Natürlich habe ich das abgelehnt. Da erklärten sie mir, es gäbe Beweise, dass ich vor Jahren jemandem zur Flucht verholfen habe. Das habe ich vehement abgestritten, weil es nicht stimmt. Da meinten sie, ich könnte es mir noch überlegen. Ansonsten käme meine Angelegenheit vor den Staatsanwalt. Auch dadurch ließ ich mich nicht einschüchtern und habe ihnen gesagt, dass ich mir keiner Schuld bewusst bin. Kurz nach diesem Gespräch bemerkte ich, dass ich beschattet wurde.« Udo schaute Ernst entschlossen an. »Ich lasse mich nicht für etwas erpressen, das ich nicht getan habe. Erika und ich haben daraufhin entschieden, der DDR für immer den Rücken zu kehren.« Er atmete tief durch. »Ihr macht das einzig Richtige, Ernst und Leni! Irgendwann ist die DDR sowieso menschenleer.«

»Könntet ihr uns eine Unterkunft besorgen, wenn wir herkommen?«

»Selbstverständlich wohnt ihr die erste Zeit bei uns«, bestimmte Udo sofort.

Ernst sah sich in der anderthalb Zimmer großen Laube um. Abends wurde das Wohnzimmer mit einer ausklappbaren Couch zum Elternschlafzimmer umfunktioniert. In dem kleinen Raum nebenan schlief ihr Sohn Achim. Eine winzige Kochnische mit einem Zweiplattenherd und einer Waschschüssel rechts an der Eingangstür sowie ein Plumpsklo im Garten vervollständigten ihr Heim. Wo sollen hier zusätzlich zwei Erwachsene wohnen?, dachte Ernst skeptisch.

Udo schien seine Zweifel zu erahnen. »Achim schläft bei uns auf seiner Luftmatratze. Ihr beide könnt sein Zimmer haben, bis ihr eine eigene Bleibe gefunden habt.«

Ernst sah zu seiner Frau, die ihn unglücklich anschaute.

»Nun macht euch mal keinen Kopp. Das kriegen wir schon geregelt«, versuchte Udo sie aufzumuntern und goss die Cognacschwenker wieder voll. Nachdem er jedem sein Glas gereicht hatte, rief er munter: »Auf den Neuanfang!«

Kapitel 10

Januar 2014

So lange ich zurückdenken kann, war mein Vater kein einfacher Mensch. Mit seinem starken Willen und seinem ausgeprägten Charakter akzeptiert er die Meinung anderer nur selten. Auch war er schon immer eigensinnig und stur. Als Kind dachte ich, dass ein Mann so sein müsste. Vor allem, wenn man wie er in leitender Position arbeitet. Doch selbst in seinem Rentendasein hat sich sein Verhalten nicht geändert. Er bevormundet andere Menschen – besonders uns Kinder – und verlangt von uns Gehorsam, obwohl wir erwachsen sind und eigene Meinungen vertreten. In den letzten Jahren scheinen seine Launen extremer zu werden und rascher zu wechseln, so dass man sich kaum darauf einstellen kann. Da Menschen mit zunehmendem Alter ja manchmal starrsinnig und griesgrämig werden, ertragen wir seine Stimmungsschwankungen notgedrungen, denn diesbezüglich ist unser Vater sicherlich keine Ausnahme.

Daran muss ich denken, als ich mit meiner Mutter auf dem Krankenhausflur stehe und durch die angelehnte Zimmertür meinen Vater schimpfen höre. Offenbar hat man ihm einen zweiten Patienten ins Zimmer gelegt, denn er scheint sich mit ihm wegen des Fernsehprogramms zu streiten. Als seine Stimme auf den Flur dringt, zieht sich mein Magen zusammen – genau wie früher, als ich noch ein Kind war.

Ich schaue zu meiner Mutter, die regelrecht zu schrumpfen scheint. Als wir eintreten, registriere ich sofort den verächtlichen Blick meines Vaters, mit dem er seinen Bettnachbarn taxiert.

»Ich habe auf der ganzen Welt in Führungspositionen gearbeitet. Da werde ich mir von Ihnen sicherlich nicht das Fernsehprogramm vorschreiben lassen«, schnauzt er. Als er uns in der Tür stehen sieht, wandelt sich seine Miene. Wie auf Knopfdruck lächelt er.

»Lenichen«, ruft er freudig und streckt meiner Mutter die Hände entgegen. »Und Britta ist auch da«, sagt er und lächelt mich an.

Zögerlich setzt sich meine Mutter zu ihm auf den Bettrand und ergreift seine Finger. »Wie geht es dir, mein Lieber?«, fragt sie scheinbar beherrscht. Doch ich sehe, wie ihre Mundwinkel zucken. Sie schaut entschuldigend zu dem fremden Patienten im Nachbarbett.

Der Mann schüttelt grimmig den Kopf und zieht sich die Tageszeitung vors Gesicht.

»Ich werde Kaffee holen«, schlage ich vor, in der Hoffnung, die Stimmung zu entschärfen. Fragend schaue ich zu dem anderen Patienten. Er winkt ab. Trotzdem flüchte ich aus dem Zimmer.

Auf dem Gang treffe ich auf den behandelnden Arzt meines Vaters.

»Ihrem Vater geht es heute sichtlich besser«, sagt er und nickt mir zufrieden zu, so dass ich es wage, ihm vom aggressiven Verhalten meines Vaters vor wenigen Minuten zu berichten.

»Machen Sie sich keine Gedanken, Frau Hofmeister. Das legt sich, sobald die Medikamente aus dem Körper abgebaut sind. Ihr Vater hat den operativen Eingriff gut überstanden und kann morgen entlassen werden. In etwa vier Wochen werden wir ihm die beiden restlichen Stents einsetzen. Schon bald wird er wieder der Alte sein«, verspricht er und verabschiedet sich.

Ich bin erleichtert und gehe zu dem Servierwagen, der vor dem Schwesternzimmer steht. Dort stehen Thermoskannen mit Kaffee und Teewasser, dazu Geschirr. Meine Hände zittern, als ich zwei Tassen mit dem lauwarmen Kaffee fülle, den das Krankenhaus für die Patienten und ihre Besucher spendiert, dann trage ich sie ins Zimmer.

Als ich meinem Vater mitteile, dass er morgen entlassen wird, schaut er mit einem triumphierenden Gesichtsausdruck zu dem Bettnachbarn hinüber, der kurz über den Zeitungsrand spitzt.

»Dann werde ich das Fernsehprogramm schauen, das ich will«, feixt er und schlürft den Kaffee.

Ich lächle meiner Mutter zu, die mehr und mehr in sich zusammenfällt.

Nachdem ich meinem Vater versprochen habe, ihn

nach der Morgenvisite abzuholen, verabschieden wir uns und verlassen das Krankenzimmer.

»Hat Vati von seinem Verfolgungswahn gesprochen, als ich Kaffee holte?«, frage ich meine Mutter, als ich die Krankenzimmertür zuziehe.

»Nur andeutungsweise. Er flüsterte, dass wir froh sein können, heil im Westen angekommen zu sein. Und dann hat er mir von seiner Zeit in Russland erzählt, als er dort auf Montage war.«

»Schon wieder?«, murmle ich und rufe den Aufzug.

Plötzlich greift meine Mutter meinen Arm, so dass ich sie anschauen muss. »Ich weiß nicht, ob ich das schaffe, Britta.«

»Wie meinst du das?«

»Manchmal kommt mir euer Vater wie ein Kind vor. Unselbstständig und unerfahren. Dann wieder erdrückt er mich mit seiner Liebe. Im nächsten Moment pöbelt er fremde Menschen an und schimpft wie ein Rohrspatz, weil ihm irgendetwas nicht passt. Und dann diese alten Geschichten über Russland. Er wärmt sie immer wieder auf und tut, als ob er sie mir das erste Mal erzählt. Das ist nicht erst seit heute so. Schon auf Mallorca hat das angefangen.«

Mir kommt das ebenfalls seltsam vor. Doch um meine Mutter nicht noch mehr zu verunsichern, behalte ich meine Gedanken für mich und wiederhole stattdessen die Worte des Arztes: »Mach dir keine Sorgen, Mutti. Du wirst sehen, sobald Vati die Medikamente absetzt, geht es ihm besser.«

Sie zuckt mit den Schultern und betritt den Aufzug. Ich nehme mir vor, noch heute mit meinen Geschwistern darüber zu sprechen.

Kapitel 11

Sonntag, 13. August 1961

Wie jeden Sonntagmorgen trafen sich Ernst und seine Kumpels zum Frühschoppen in der Kneipe *Siedlereck*, die hinter dem Schlagbaum Richtung Westen lag. Meist plauderten die Männer über Fußball oder ihre Arbeit. Heute waren die Ereignisse der letzten Nacht das einzige Thema. Vom Qualm der unzähligen Zigaretten war die Luft zum Schneiden dick. Man spürte die aufgeheizte Stimmung. Unterschiedliche Meinungen prallten aufeinander.

»Nie im Leben hätte ich gedacht, dass unsere Politiker ihr Wort brechen und uns lebendig einmauern würden«, schimpfte Otto.

»Noch ist es nicht so weit. Bis jetzt ziehen sie nur den Stacheldraht um uns herum«, murmelte Willi, während er das Bierglas zum Mund hob und einen kräftigen Zug tat.

»Das ist gut so! Unsere Regierung schützt uns dadurch vor der Ausbeutung durch den Westen«, erwiderte ein älterer Mann aus der Nachbarschaft, der in der Kneipe regelmäßig mit Altersgenossen Skat spielte.

»Nichts für ungut, aber Sie sind doppelt so alt wie wir und haben Ihr Leben gelebt. Wir hingegen sind jung. Welche Perspektive haben wir, wenn wir nicht mehr im Westen arbeiten dürfen? Drüben habe ich gutes Geld verdient und konnte mir so manches leisten, was es hier nicht zu kaufen gibt. Als Elektriker bekomme ich hier in der DDR gerade mal hundertzwanzig Mark Lohn. Wie soll ich davon eine Familie ernähren? Ein Paar Schuhe kosten achtzig bis neunzig Mark, weil es Importware ist. Für einen *Trabant* muss man zwischen siebentausend und achttausend Mark hinlegen. Ich kann von meinem Gehalt niemals so viel sparen, dass ich mir irgendwann ein Auto leisten kann. Wenn ich gewusst hätte, dass es so weit kommt, wäre ich drüben geblieben.«

Ernst blickte Otto erschrocken an. Er kannte ihn seit etlichen Jahren durch ihre gemeinsame Leidenschaft, das Motorradfahren. In den Sommermonaten kutschierten sie oft ihre Freundinnen auf ihren roten tschechischen Jawas an einen der Seen zum Baden und Picknicken. Manchmal trafen sie sich nach der Arbeit, um zusammen noch ein Feierabendbier in einer der Kneipen am Ku'damm zu trinken. Sie genossen ihre Jugend und ihre Unbekümmertheit und waren einander sehr vertraut. Trotzdem würde Ernst den beiden niemals ihre Fluchtpläne verraten. Doch nun hatte Otto seine Gedanken laut ausgesprochen.

Ernst forschte in den Gesichtern der übrigen Kneipengäste, wie sie auf Ottos Freimütigkeit reagierten.

Viele kannte er nur durch die sonntäglichen Besuche im *Siedlereck*. Manche sah er regelmäßig, andere nur hin und wieder. Deshalb konnte er nicht einschätzen, wem man vertrauen konnte oder ob sich hinter einer dieser scheinbar gleichgültigen Mienen jemand verbarg, der Otto wegen seiner Äußerung bei der Volkspolizei anschwärzen würde. Wer war der Freund, und wer war der Feind? Vorsichtig schaute sich Ernst um, als sein Blick an Willi hängen blieb. Der schien die gleichen Gedanken wie er zu haben, denn er zuckte kaum merklich mit den Schultern.

Da warnte einer der Skatspieler, ein Mann mit Doppelkinn und Stiernacken, ihren Kumpel Otto: »Pass auf, was du von dir gibst, Jungchen. Seit 1948 wurde Westberlin systematisch als Frontstadt ausgebaut, um Grünschnäbel wie dich zu blenden. Dieses Gebilde verführt mit bunten Reklamen und schillernden Angeboten. In ihm versuchen Dutzende von Organisationen nichts anderes, als Unruhe zu erzeugen und Misstrauen gegen die Regierung zu schüren, um die Verbesserung des Lebens in unserem Staat nach besten Kräften zu behindern. Deshalb wird es Zeit, dass wir unsere Grenze befestigen, um dies zu unterbinden.«

»Kennen wir uns? Oder warum duzen Sie mich, Genosse?«

Der Mann zog einen Mundwinkel hoch, beantwortete die Frage aber nicht.

Ernst sah, wie Ottos Halsschlagader hervortrat, als er weitersprach: »Außerdem rate ich Ihnen: Drohen Sie mir nicht, Genosse. Indem Sie einen Verräter zitieren, der selbst aus dem Westen stammt, in den Osten übergetreten ist und trotzdem im Westen einkauft, uns aber das Gegenteil predigt, zeigen Sie, wes Geistes Kind Sie sind. Ich bin intelligent genug, um zu erkennen, dass auf der anderen Seite der Grenze das Leben pulsiert. Sie reden Unsinn, wenn Sie behaupten, dass der Glanz einer Stadt mich täuschen kann.«

Ein Raunen ging durch die Gäste. Ernst hielt kurz die Luft an. Otto war leichtsinnig. Wie konnte er in aller Öffentlichkeit Karl-Eduard von Schnitzler kritisieren? Auch wenn der Chefkommentator des DDR-Fernsehens zu den meistgehassten Systemvertretern in der DDR gehörte – erst recht, seit er die Sendung *Der schwarze Kanal* mitmoderierte und darin Reden von Westpolitikern mit aggressiver Polemik kommentierte –, so wagte es doch niemand, das Tun dieses Mannes öffentlich infrage zu stellen.

»Wie kannst du es wagen, einen linientreuen Menschen unseres Staates zu diffamieren?«

»Pah! Linientreu! Dass ich nicht lache! Warum wohl hat der Kommentator des Senders Freies Berlin, Günther Lincke, Herrn Schnitzler den Spottnamen *Sudel-Ede* verpasst?« Otto sah wankend in die Runde.

Mittlerweile hatte er dem Alkohol gehörig zugesprochen. Als keiner wagte, die Frage zu beantworten, tat er es selbst: »Weil der ehrenwerte Herr Schnitzler Westprodukte liebt und im Westen einkauft. Aber nicht nur das, meine Herren! *Sudel-Ede* liebt außerdem das Westberliner Nachtleben und besucht regelmäßige ominöse Nachtlokale … ja, ja … in der Nacht sind alle Katzen grau.« Otto grinste, hob schwankend das Glas und prostete seinen beiden Freunden zu.

Ernst spürte, wie sein Blut erstarrte. Das war die schlimmste Beleidigung, die jemand in der DDR über Schnitzler aussprechen konnte. *Wenn Blicke töten könnten …*, dachte er, als er die des Skatspielers auffing, der mit den anderen tuschelte und dabei Otto nicht aus den Augen ließ. Otto musste doch trotz seines Suffs erkennen, dass dieser Mann ein Linientreuer war, den man besser nicht herausforderte.

Doch anstatt die Klappe zu halten, wandte sich sein Kumpel dem Widersacher erneut zu und sagte: »Sind Sie wirklich so verblendet, dass Sie nicht erkennen, wie gut es den Menschen im Westen geht?«

»Du siehst wohl zu viel Westfernsehen, Jungchen! Man müsste dir das Schandmaul mit Seife auswaschen«, brüllte der Skatspieler und erhob sich von seinem Stuhl.

Wie zur Warnung stand er inmitten der Kneipe. Mit finsterer Miene taxierte er die Gäste, von denen manche die Blicke senkten oder sich abwandten. Keiner wagte etwas zu entgegnen.

Ernst schüttelte es. Ihm war das duckmäuserische Verhalten der Männer zuwider. Meine Kinder werden kein trostloses Dasein hinter einer Mauer aus angstvollem Schweigen fristen, dachte er und beschloss endgültig, seinen Fluchtplan umzusetzen, egal wie. Kämpferisch erhob er sich nun ebenfalls und stellte sich dem

Stiernacken gegenüber. Da auch er genügend Bier im Bauch hatte, wurde er mutig und sagte:

»Wir brauchen kein Westfernsehen, um zu erkennen, was in der DDR schiefläuft. Fast zwei Monate lang fehlte es an Kartoffeln. Kartoffeln, die ein Grundnahrungsmittel darstellen, waren in der gesamten *Deutschen Demokratischen Republik* nicht zu bekommen. Wie erklären Sie so etwas, Herr GENOSSE?«

»Du bist wohl ein ganz Schlauer!«, spottete der Skatspieler und fragte mit strenger Stimme: »Was kann unser Staat für die schlechte Ernte im vergangenen Jahr? Noch können wir das Wetter nicht beeinflussen, das auch dieses Jahr zu feucht war, so dass die Kartoffeln faulen.«

»Welche Ausrede haben Sie dafür, dass es nicht genügend Butter für alle gibt? Liegt es womöglich daran, dass alle Bauernbetriebe vergenossenschaftlicht wurden?«

Der Mann zuckte gelangweilt mit den Schultern. »Fresst Margarine, dann bekommt jeder genügend Butter ab.« Dann ging er zu den Toilettenräumen.

Ernst schaute zu Otto und zu Willi. »So ein Idiot«, murmelte Otto und bestellte drei Korn.

Kaum standen die Schnäpse vor ihnen, kippten sie sie hinunter. Als der Skatspieler zurückkam, beachteten sie ihn nicht weiter.

Kapitel 12

Januar 2014

Manuela und ich verabreden uns bei Marko. Da das Saarland klein und überschaubar ist, wohnen wir drei in einem kleinen Dreieck. Jeder hat zum anderen nicht mehr als fünfzehn Minuten Fahrzeit. Auf dem Weg zu meinem Bruder halte ich beim Blumenhändler, um endlich meine Frühlingsblumen zu kaufen, die ich am Vormittag vergessen habe. Zusätzlich lasse ich mir einen Strauß gelber Tulpen binden, den ich meiner Mutter schenken möchte.

Ich parke das Auto hinter dem meiner Schwester vor unserem Elternhaus, nehme den Blumenstrauß und gehe zu dem kleinen Tor im weißen Zaun, das ich öffne. Durch den Bewegungsmelder über der Eingangstür schaltet sich das Licht an. Ich drücke die Klingel und warte.

»Wer ist da?«, ruft meine Mutter hinter der Tür.

»Ich bin's, Mutti. Ich wollte sehen, ob es dir gut geht.« Ich höre, wie sie den Schlüssel herumdreht und öffnet.

»Du bist schon im Nachthemd«, stelle ich erstaunt fest und trete ein.

»Ich habe immer noch Kopfschmerzen und wollte deshalb gerade ins Bett gehen. Außerdem läuft nichts Gescheites im Fernsehen.«

»Das kann ich verstehen. Wir treffen uns oben bei Marko.«

»Ich weiß. Deine Schwester war auch schon hier und hat es mir gesagt.«

»Kann ich irgendetwas für dich tun? Brauchst du etwas?«

»Nein, danke. Ich habe meine Baldriantropfen genommen und hoffe, dass ich einschlafen kann.«

Ich reiche ihr die Tulpen.

»Danke schön!«, sagte sie leise. Kurz gehen ihre Mundwinkel nach oben.

»Ich dachte, etwas Frühlinghaftes kann nicht schaden.«

»Da hast du recht. Es ist erst früher Abend, und schon ist es stockdunkel. Ich glaube, das kalte und triste Wetter schlägt mir zusätzlich aufs Gemüt. Wann holst du Vati morgen ab?«

»Nach der Visite. Wahrscheinlich sind wir gegen zwölf Uhr zuhause.«

Ihre Miene wirkt versteinert. Ich sehe die Angst in ihrem Blick. Ich weiß nicht, was ich ihr noch sagen könnte, um sie aufzumuntern. Ich gebe ihr einen Gutenachtkuss auf die Wange und verabschiede mich. Als ich mich umdrehe, schließt sie wortlos die Tür hinter mir. Ich könnte heulen.

Meine Geschwister und ich setzen uns an den großen Tisch aus hellem Holz in Markos Esszimmer. Nachdem unser Bruder jedem ein Glas Wasser ausgeschenkt hat, erzähle ich von den Ereignissen im Krankenhaus.

Meine Geschwister sind geschockt.

»Ihr könnt euch sicher vorstellen, wie unangenehm Mutti und mir Vatis Verhalten war. Sein Bettnachbar hat uns kaum eines Blickes gewürdigt.«

»Das ist verständlich«, murmelt Manuela kopfschüttelnd.

Marko sagt kein Wort. Er dreht sein Glas zwischen den Händen hin und her. Schließlich fragt er: »Was meint der Arzt zu Vatis Aggressionen?«

»Vati sei kein Einzelfall, da solch ein Verhalten durch diesen Medikamentencocktail ausgelöst werden kann.«

Nun verzieht er einen Mundwinkel und schüttelt den Kopf. »Unser Vater war vor der OP schon kein einfacher Mensch und hat andere angepöbelt.«

»Das stimmt, nur war seine Hemmschwelle nicht ganz so niedrig. Jetzt scheint er kaum einen Anlass zu brauchen, um zu explodieren«, meint Manuela.

Marko holt Luft und wirft ein: »Ich habe das bis jetzt nicht laut ausgesprochen, aber ich glaube, dass unser Vater dement wird beziehungsweise schon ist. Sein Verhalten würde zu dieser Krankheit passen.«

»Das denke ich auch«, stimmt Manuela ihm scheu zu.

Ich sehe beide ungläubig an. »Blödsinn. Die Tabletten sind schuld.«

»Diese Medikamente haben die Demenz für uns nur sichtbar gemacht«, erwidert mein Bruder.

»Woher willst du wissen, dass er dement ist?«, frage ich lächelnd und sehe zu meiner Schwester, die jedoch meinem Blick ausweicht. Seit Jahren gibt es unter uns Geschwistern eine Art Running Gag. Sobald Marko mit seinem Wissen auftrumpft, rufen wir beiden Schwestern wie aus einem Mund: »Er hat beruflich damit zu tun …« Dieses Mal schweigen wir.

Ich umschlinge meinen Oberkörper mit beiden Armen. Selbst durch meinen warmen Wollpullover spüre ich meine eiskalten Hände.

»Ich weiß, was du denkst. Glaub mir, ich würde lieber etwas anderes sagen und euch zum Lachen bringen«, erklärt mein Bruder.

Ich presse die Lippen aufeinander. Natürlich vertraue ich Markos Wissen, das er sich durch seine Arbeit bei einer großen Krankenversicherung angeeignet hat. Tagtäglich bekommt er Arztbefunde auf den Tisch und muss entscheiden, ob die Patienten Anspruch auf bestimmte Medikamente oder Therapien haben. Wenn einer von uns dreien weiß, woran man Demenz erkennt, dann Marko, denke ich.

Anscheinend errät er meine Gedanken, denn er nickt. »Vati zeigt genau die Symptome, die diese Krankheit ausmachen. Leider nicht erst seit dem Eingriff. Erinnert euch daran, wie aggressiv er reagiert hat wegen des Wasserrohrbruchs.«

Ich erinnere mich sehr gut an den Streit im letzten

Frühling. Unser Vater musste früher als geplant von Mallorca zurückfliegen, weil im Flur unserer Eltern die Wände kniehoch schwarz geworden waren. Rasch war klar, dass eines der alten Eisenrohre des angrenzenden Badezimmers undicht geworden sein musste. Da wir unseren Vater mehrere Monate lang nicht gesehen hatten, wollten wir ihn mit seinem Lieblingsessen bei Marko willkommen heißen. Doch anstatt frohgelaunt zu sein, beleidigte unser Vater ihn und sprach ihm die Kompetenz ab, einen Wasserrohrbruch zu erkennen. Keiner habe mehr Erfahrung als er, hatte unser Vater damals lautstark geschimpft, als Marko seine Meinung äußerte. Daraufhin war das Wiedersehensessen rasch beendet. Jeder von uns fuhr frustriert heim.

Einen Tag später zeigte sich, dass auch unser Vater die schadhafte Stelle weder feststellen noch ausmessen konnte. Da hätte man schon stutzig werden müssen, denke ich, als mein Bruder mich aus meinen Gedanken holt:

»Es tut mir leid, Mädels«, sagt er, »ich glaube nicht erst seit gestern, dass unser Vater dement ist. Sondern ich bin überzeugt, er ist es schon länger.«

»Ich denke zwar auch, dass Vati dement *wird*, aber es noch nicht wirklich ist. In seinem Alter gibt es diese Altersdemenz«, wirft Manuela ein.

»Glaub mir, unser Vater ist bereits seit Jahren krank. Wir haben es nur nicht gesehen, weil er die meiste Zeit auf Mallorca und zudem in seinem Verhalten schon immer extrem war. Da ich weiß, wie ihr beide auf meinen

Verdacht reagieren würdet, habe ich bis jetzt geschwiegen. Doch nun bin ich mir sicher, dass er sehr krank ist, und muss euch das auch sagen.«

Marko sieht Manuela und mich bedeutsam an. Seine blauen Augen wirken kalt, als er sagt: »Das heißt im Klartext: Wir müssen Vorkehrungen treffen. Als Erstes brauchen wir von ihm Vollmachten, damit wir alles regeln können …«

Weiter kommt er nicht. Mit glühendem Blick fällt Manuela ihm ins Wort. »Du spinnst!«, schnauzt sie. »Vati ist noch lange nicht so krank, dass wir Vollmachten brauchen. Darum geht es auch nicht. Warum sagst du nicht, was du willst? Sei ehrlich! Du willst ihn entmündigen und in ein Heim sperren. Und Mutti am besten gleich mit, dann hast du ihre Wohnung auch noch für dich.«

Auch ich bin geschockt über das, was Marko fordert. Ich schweige aber dazu, denn als Ältere sollte ich versuchen, einen klaren Verstand zu behalten und beide zu besänftigen. »Beruhig dich, Manuela! Das hat Marko nicht gesagt …«

»Aber gedacht«, unterbricht sie mich schluchzend und verlässt den Raum. Kurz darauf schlägt die Haustür zu.

Entsetzt schaue ich meinen Bruder an. »Musste das sein?«, schimpfe ich.

»Unsere Schwester hatte schon immer den Hang zum Theatralischen«, meint er schnippisch. Plötzlich scheint er sich immer weiter weg von mir zu entfernen.

Von einer Sekunde zur nächsten zerbricht etwas in

mir, das ich nicht benennen kann. Ich fühle mich plötzlich fremd in der Wohnung meines Bruders.

»Sag, dass ihr Vorwurf nicht stimmt«, fordere ich ihn auf in der Hoffnung, dass mein Gefühl mich täuscht.

»Natürlich hat sie unrecht. Um die Wohnung geht es mir doch nicht!« Erleichtert atme ich aus. »So schnell kann man niemanden entmündigen. Trotzdem müssen wir alles Notwendige zügig regeln. Denn wenn die Krankheit von einem Arzt diagnostiziert wird, ist es dafür zu spät. Dann akzeptiert kein Amt und keine Bank mehr seine Unterschrift. Ihr müsst begreifen, was auf uns zukommt. Wir brauchen eine Patientenverfügung und eine Vollmacht, um alles für Vati regeln zu dürfen. Wenn nicht wir, dann Mutti. Allerdings glaube ich, dass sie damit überfordert ist. Wenn wir das nicht in die Hand nehmen, wird das Amt für unseren Vater einen Vormund anordnen. Dann bestimmt der Staat, was passiert. In all den Jahren haben wir uns nicht um die Formalitäten gekümmert, weil unsere Eltern fröhlich und munter auf Malle lebten. Doch glaub mir, das ist jetzt vorbei. Vati wird Mallorca nicht mehr wiedersehen.«

Mein Mund wird staubtrocken. Ich schaue meinen Bruder an wie einen Fremden. Er sitzt da, überzeugt von dem, was er sagt, und ohne Scheu, es auszusprechen. In diesem Augenblick wirken seine Worte brutal und gefühllos. Nur zu gern hätte ich ihn angeschrien, doch stattdessen versuche ich ihn mit ruhiger Stimme zu widerlegen:

»Unserem Vater wurden lediglich ein paar Stents eingesetzt. Von Demenz war niemals die Rede.«

»Ich weiß, was ich beobachte. Und ich wiederhole noch mal, ob du es hören willst oder nicht: Die Krankheit ist schon viel weiter vorangeschritten, als du, Manuela oder unsere Mutter es wahrhaben wollen.« Sein Blick scheint hart und unnachgiebig.

»Du spinnst tatsächlich, Marko«, versuche ich ihn zurechtzuweisen, doch meine Stimme ist nur noch ein Flüstern.

Mit brennenden Augen verlasse ich sein Haus.

Ich liege die halbe Nacht wach. Gedanken und Bilder springen durch meinen Kopf und lassen mich nicht zur Ruhe kommen. Immer wieder rufe ich längst vergangene Situationen auf, in denen mein Vater merkwürdig reagiert hat. Ich versuche sie aus einem anderen, aus Markos Blickwinkel zu betrachten. Plötzlich zweifle ich an allem. Was, wenn er recht hat? Traurig versuche ich die Tränen zu unterdrücken. Um nicht weiter nachzudenken, kuschle ich mich an meinen schlafenden Mann. Als er nach meiner Hand greift, fühle ich mich sicher.

Doch dann sehe ich vor meinem geistigen Auge unser Glückssäckchen. In dem goldenen Stoff klafft ein Loch. Sand rieselt heraus.

Kapitel 13

Sonntag, 13. August 1961

Seit ihr Mann zum Frühschoppen gegangen war, saß Leni zusammengesunken auf dem Stuhl in ihrer kleinen Küche. Sie starrte auf das Frühstücksgeschirr auf dem Tisch, unfähig, es abzuräumen. Der Kaffee in der Porzellantasse von V&B war mittlerweile kalt geworden. Sie hatten sich die zwei Tassen mit den dazugehörigen Untertassen erst vor Kurzem geleistet und beschlossen, sie nur sonntags zu benutzen. Nach und nach wollten sie das Geschirr vervollständigen. Jetzt würde es wie vieles andere zurückbleiben und irgendwann den Tisch von jemand Fremdem schmücken. Seufzend betrachtete sie ihr Butterbrot, auf dem sie einen Klecks Brombeermarmelade verteilt hatte. Es lag unangerührt auf ihrem Teller. Dabei liebte sie ihre selbst gemachte Konfitüre. Beim Kochen des Brotaufstrichs hatte sie das Mus durch ein Sieb gestrichen, damit beim Essen die Kerne nicht zwischen den Zähnen hängen blieben. Doch heute verschmähte sie das leckere Frühstück. Der Schrecken der letzten Nacht saß ihr in den Gliedern, verdarb ihr den Appetit und lähmte sie regelrecht. Seit der Lärm auf der Straße sie geweckt hatte, war sie wach. Mittlerweile brannten ihre Augen vor Müdigkeit.

Leni schob den Teller zur Tischmitte und legte die Stirn auf die hellgraue Platte. Unglücklich schloss sie die Augen. Im Dunkeln hatten Ernst und sie hinter dem Vorhang im Schlafzimmer gekauert und zugesehen, wie die Soldaten eine Stacheldrahtrolle nach der anderen und unzählige spanische Reiter von den Planwagen abgeladen und zur Grenze geschleppt hatten. Zuerst wusste Leni nicht, wofür die aus Holz gefertigten X-förmigen Gebilde sein sollten, die fast so hoch wie sie schienen. Ernst erklärte ihr, dass es Barrieren waren, deren Arme man mit Stacheldraht verbinden würde. »Darin bleibt jeder Mensch hängen, der versucht, sie zu überwinden«, hatte er gemurmelt und sich mit dem Rücken gegen die Wand zwischen den beiden Schlafzimmerfenstern gelehnt.

Sie war neben ihn gerutscht, hatte die Beine angezogen und sie mit den Armen umschlungen. Verzweifelt, traurig, resigniert und wütend zugleich saßen beide stumm in dem dunklen Zimmer, das immer wieder blitzartig vom Licht der Autoscheinwerfer erhellt wurde.

Zwischendurch hatte ihr Mann vorsichtig über den Rand der Fensterbank hinausgespäht. Leni linste ebenfalls. Licht verzerrte die Schatten der Menschen, die sich an den Lastwagen zu schaffen machten. Motoren heulten auf, Reifen schienen durchzudrehen. Stimmen wurden laut, Befehle hin- und hergerufen.

Was sie sah und hörte, machte Leni Angst. Sie rutschten zurück auf ihren Platz am Boden. Plötzlich schlug Ernst mit beiden Fäusten auf den Boden und zischte:

»Vor wenigen Stunden erst waren wir in Freiheit. Doch dann sind wir wie dummes Vieh zu unserem Metzger zurückgekehrt.«

»Wie kannst du so etwas sagen?«, hatte sie erschüttert geflüstert. »Woher sollten wir ahnen, dass sie in dieser Nacht die Grenze befestigen würden?«

»Die Anzeichen waren da, doch wir haben sie ignoriert. Im Grunde wollten wir sie nicht wahrhaben. Trotz der Offensichtlichkeit haben wir gehofft, dass alles bleibt, wie es ist. Nun bleiben *wir*. Eingesperrt in einem Land, das uns vorschreibt, was wir zu denken und wie wir zu leben haben.«

Leni war über seine Worte so entsetzt gewesen, dass sie in Tränen ausgebrochen war. Anstatt sie zu trösten, hatte ihr Mann seinen Kopf auf die Knie gelegt und geschwiegen.

Erst als der Morgen dämmerte, verschwanden die Soldaten, die Lkw und das Licht der Scheinwerfer. Als man sicher sein konnte, dass sie nicht zurückkamen, öffneten sich fast zeitgleich die Eingangstüren der Häuser in der Straße. Ihre Bewohner traten hinaus ins Freie, die Gesichter gezeichnet vom Schrecken und von der Müdigkeit. Nur wenige hatten sich über ihr Nachthemd oder den Schlafanzug einen Morgenmantel angezogen. Eine gespenstische Stille lag über der Ansiedlung. Kaum einer sagte oder fragte etwas. Alle starrten hinunter zur

Grenze. Vielen standen Tränen in den Augen. Auch Leni schluckte. Bloß Ernsts Miene schien erstarrt zu sein.

Nun war er seit über einer Stunde im *Siedlereck*, und sie saß wie festgeklebt auf ihrem Stuhl. Leni hob den Kopf und sah sich in der Küche um. Sie spürte, wie ihre Lider schwer wurden und eine bleierne Müdigkeit sie erfasste. Gerade als sie sich aufrappelte, um ins Bett zu gehen, ließ das schrille Schellen der Türklingel sie hochschrecken. Sie sind zurück, dachte sie sofort. Ihre Finger umkrallten die Ecken der Tischplatte. Leni gab keinen Mucks von sich, selbst das Atmen stellte sie immer wieder ein. Nur kein Geräusch machen, dann verschwinden sie, dachte sie und lauschte angestrengt in Richtung Eingangstür.

Erneut klingelte es. Jetzt schien jemand leise ihren Namen zu rufen. Sie runzelte die Stirn.

»LENI!«, wisperte eine Männerstimme halblaut.

Sie wurde neugierig und schleppte sich zum Eingang. Noch zögerte sie, doch dann zog sie die Tür einen Spalt auf. Vor ihr stand Karl, der zwei Häuser die Straße abwärts bei seinen Eltern wohnte.

»Ich dachte, die Soldaten …«, begann Leni, doch Karl unterbrach sie mit einer energischen Handbewegung, drängte sich an ihr vorbei in den Hausflur und schloss die Tür hinter sich.

»Du musst deinen Mann aus dem *Siedlereck* rausholen. Sofort! Die Polizei ist auf dem Weg dorthin«, sagte er erregt.

»Warum? Was ist passiert?« Leni war plötzlich hellwach. Jegliche Müdigkeit schien verschwunden.

»Ernst und seine Freunde hetzen in der Kneipe gegen die Regierung. Einige Gäste scheint das zu stören. Ich habe durch einen Kumpel bei der Polizei gehört, dass sie verpfiffen wurden. Du musst dich beeilen und ihn und die anderen irgendwie aus der Kneipe locken, sonst landen sie im Knast.«

»Sie werden nicht auf mich hören. Wer lässt sich schon von einer Frau aus der Gaststätte rufen?«, gab Leni zu bedenken. »Karl, du musst hin. Dir werden sie folgen!«, schlug sie gehetzt vor.

»Was soll ich ihnen sagen?«

Leni überlegte angestrengt. »Lade sie zu euch nach Hause zum Mittagessen ein.«

»Damit soll ich sie aus der Kneipe locken können?«

Leni blähte hilflos die Wangen auf. »Kartoffelpuffer!«, stieß sie hervor. »Deine Mutter macht die besten Kartoffelpuffer weit und breit. Ernst liebt Kartoffelpuffer mit Apfelkompott.«

Karl schaute sie skeptisch an. »Ich probier es. Wenn sie mir nicht folgen, ziehe ich sie an ihren Ohren dort heraus«, drohte er und verließ das Haus.

Leni wartete ein paar Sekunden. Dann zog sie mit fahriger Bewegung den Haustürschlüssel aus dem Schloss und folgte ihm.

Sie versteckte sich hinter dem mächtigen Stamm der uralten Linde, die unweit der Kneipe stand. Von dort konnte sie, selbst ungesehen, den Eingangsbereich des *Siedlerecks* und die Zufahrtsstraße beobachten.

Vor der Gaststätte stand ein rotes Motorrad. Es musste Otto gehören, denn Ernst und Willi gingen immer zu Fuß zum Frühschoppen, da sie ganz in der Nähe wohnten. Leni dachte an ihren letzten gemeinsamen Ausflug mit ihren Freunden. Sie waren auf ihren Jawas nach Weißensee gefahren, als Willis Freundin Geburtstag hatte, um dort um den See zu spazieren und anschließend in einem Café Kuchen zu essen. Leni hatte ihr blaues Kleid angehabt, das so schön zu ihren Augen passte. Nach der einstündigen Fahrt auf dem Motorrad war der Rock total verknittert gewesen, worüber sie sich geärgert hatte.

Die paar Knitterfalten wären heute keinen Ärger mehr wert, dachte sie und knetete nervös ihre Finger, die sie sich immer wieder gegen den Mund presste. Nur zu gern wäre sie in den Schankraum gestürmt und hätte ihren Mann und seine zwei Freunde hinausgetrieben. Wie konnte Ernst nur so dumm sein und gegen die DDR lästern? Gerade jetzt, gerade heute? Er musste doch ahnen, dass jeder jeden belauschte und dass es Menschen gab, die nur darauf warteten, jemanden anzuzeigen. Natürlich konnte sie verstehen, dass er über die neue Lage wütend war. Aber es brachte nichts, dies hinauszuposaunen. Dass so etwas Konsequenzen nach sich ziehen würde, musste doch selbst er in seinem Zorn wissen.

Leni ließ die Luft zwischen den gespitzten Lippen entweichen. Ihr nervöser Magen machte sich bemerkbar. In Situationen wie jetzt spürte sie einen unangenehmen Druck im Bauch, der so stark anwachsen konnte, dass sie nichts mehr zu sich nehmen konnte. Sie stellte sich auf die Zehenspitzen und trampelte wie ein Pferd vor dem Start auf der Stelle. Wo bleiben sie nur?, dachte sie. Hoffentlich schalteten Ernst und seine Freunde nicht auf stur, wenn Karl sie drängte, nach Hause zu gehen.

Endlich! Die Tür der Gaststätte öffnete sich. Karl und Lenis Mann erschienen. Wo waren die beiden anderen? Da kam Willi herausgestolpert. Karl zeigte zur Gaststätte und redete auf ihn ein. Willi schüttelte den Kopf und eilte davon.

Leni erkannte sofort, dass Ernst nicht mehr nüchtern war. Sie winkte Karl vorsichtig zu, damit ihr Mann nicht auf sie aufmerksam wurde. Karl wies mit dem Kopf, dass sie ihm folgen sollte. Dann zog er Ernst am Arm mit sich.

Kapitel 14

Januar 2014

Wie versprochen hole ich meinen Vater am nächsten Tag im Krankenhaus ab und fahre ihn nach Hause. Er wirkt erschöpft und will weder etwas essen noch sich unterhalten, sondern gleich zu Bett gehen.

»Gestern wirkte er munter und fidel, und heute scheint es, als ob jeder Schritt eine Qual für ihn wäre.« Meine Mutter sieht mich ratlos an.

»Mach dir nicht zu viele Gedanken darüber, Mutti. Vati wird diesen Sommer achtzig, da darf er durchaus erschöpft sein von dem Eingriff. Manch junger Mensch hat damit Probleme«, versuche ich ihr Mut zuzusprechen. »Wie geht es dir heute?«

Meine Mutter winkt ab. »Ich habe eine Tablette genommen.«

»Immer noch Kopfschmerzen?«

Sie nickt.

»Ich komme heute Abend noch mal vorbei …«

»Willst du schon gehen? Bleib doch noch«, fleht sie regelrecht.

»Mutti, ich muss nach Hause. Ich bin seit neun Uhr

für euch unterwegs. Jetzt ist es kurz vor eins. Ich muss das Mittagessen für meine Familie zubereiten und endlich mal wieder an meinem Kochbuch arbeiten. Mir sitzt der Abgabetermin im Nacken.«

Meine Mutter sieht mich mit diesem besonderen Mamablick an, der mir sofort ein schlechtes Gewissen bereitet. Ich beiße mir auf die Innenseite der Wange. Nicht fest, nur gerade so viel, dass ich ein leichtes Kneifen spüre, das mich daran hindert, auf ihren Vorwurf zu reagieren. Natürlich verstehe ich, dass sie sich Gedanken macht, auch dass sie sich erst mit der neuen Situation arrangieren muss. Aber das ist nun mal das Leben, hätte ich ihr gerne gesagt. Auch dass sie und Vati jahrelang vergnügt und sorgenfrei auf Malle gelebt haben und sie jetzt eine Pause einlegen müssen. Dass Marko der Ansicht ist, dass Vati nie wieder nach Mallorca reisen wird, verschweige ich sowieso. Ebenso, dass ihr mitleidheischender Blick seine Wirkung verfehlt und mich eher wütend macht.

»Manuela wird später vorbeikommen und dir bestimmt Gesellschaft leisten. Ich werde mich morgen wieder blicken lassen. Soll ich einkaufen für euch?«

»Wenn du auf Vati aufpassen würdest morgen, kann ich selbst alles Notwendige erledigen. Ich muss in den Drogeriemarkt und zur Post.«

»Okay, dann machen wir das so. Nicht böse sein …«, entschuldige ich mich, denn mein schlechtes Gewissen, weil ich fahre, schleicht sich nun doch in den Vordergrund.

»Mach dir keine Gedanken. Ich weiß ja, dass du im Stress bist.«

Knall! Schon wieder so ein indirekter Vorwurf. Doch ich schaffe es, nichts zu erwidern und einfach zu gehen.

Nachdem ich mit meinem Mann und meinen Kindern zu Mittag gegessen habe – zum Glück hatte ich Gemüsesuppe eingefroren, die ich nur noch erwärmen musste –, mache ich mir einen Kaffee und gehe mit der Tasse in mein Schreibzimmer.

Als ich vor meinem Laptop sitze, atme ich tief durch. Endlich!, denke ich. Endlich kann ich wieder loslegen und das nächste Rezept heraussuchen. Es kribbelt in meinen Fingern. Um in Stimmung zu kommen, lese ich erneut die Seiten über die Trüffelsuche in Frankreich.

Da ploppt eine E-Mail auf. Sie ist von dem Fotografen, mit dem ich seit meinem letzten Kochbuch *Knoblauch kann auch anders* zusammenarbeite. Da die Rezepte bebildert werden, brauche ich einen Profi, der die Zutaten und die fertigen Gerichte fachmännisch in Szene setzt. Die Produkte dürfen nicht blass aussehen, so als ob alle Vitamine aus ihnen herausgekocht wären, aber auch nicht zu grell, damit sie nicht künstlich wirken. Max Gruner ist einer der Besten seines Fachs. Es war nicht einfach, ihn unter Vertrag zu bekommen. Doch der Verlag hatte nicht lockergelassen, bis er schließlich zustimmte, auch das Sternekochbuch zu fotografieren. Gruner bestätigt mir meinen Terminvorschlag für Ende April in seiner Mail. »Yes!«, juble ich und mache die Siegerfaust.

Glücklich über seine Zusage, will ich über die nächste Zutat des Rezepts recherchieren, das Olivenöl. Ich möchte herausfinden, wo die älteste Ölpresse Europas noch in Betrieb ist, und durchstöbere das Internet. Doch kaum scrolle ich die Links, die die Suchmaschine mir anzeigt, durch, verliere ich die Konzentration.

Ich habe keine Ahnung, was mich plötzlich aus meiner Arbeit katapultiert. Vielleicht der Krampf in meinem Magen, vielleicht der Druck hinter der Stirn. Plötzlich schieben sich die Gesichter meiner Geschwister in meine Gedanken, und ich erinnere mich an unser Streitgespräch.

Damit mir die Links über die Ölmühle nicht verloren gehen, speichere ich sie ab. Dann lehne ich mich auf meinem Schreibtischstuhl zurück.

Was war nur los mit uns gestern? Marko, Manuela und ich haben ein gutes Verhältnis zueinander. Je älter wir werden, desto besser verstehen wir uns. Natürlich hat jeder von uns seine Macken und seine Launen, aber wir sind immer füreinander da. Wir reagieren wie ein eingespieltes Team. Einer kann sich auf den anderen verlassen. Doch seit gestern habe ich zum ersten Mal das Gefühl, dass wir uns fremd werden könnten.

Ich reibe mir über die Stirn. Vielleicht täusche ich mich und sehe alles zu eng. Schließlich ist nichts Schlimmes passiert. Marko und Manuela haben lediglich ihre Vermutung über den Gesundheitszustand unseres Vaters geäußert. Wegen der letzten Wochen stecken wir alle in einer Stresssituation. Ich sollte noch mal mit beiden darüber reden, überlege ich und greife nach meinem Smartphone, das ausgeschaltet neben dem Laptop liegt. Ich gebe die PIN ein und checke meine Mitteilungen. Zwei neue Nachrichten auf der Mailbox: Mein Optiker informiert mich, dass meine Lesebrille abgeholt werden kann, und mein Physiotherapeut erinnert mich an das neue Rezept, das ich schon wieder vergessen habe.

Ich rufe sofort meinen Orthopäden an und bitte darum, das Rezept an die Praxis zu schicken.

Ich sehe die Anzahl meiner WhatsApp-Nachrichten und bin überrascht. Mein halber Freundeskreis will wissen, wie es meinem Vater geht. Anscheinend sprechen sich schlechte Nachrichten rasch herum. Da fällt mein Blick auf den Namen meiner Schwester. Als ich gearbeitet habe, muss sie mir die Sprachnachricht geschickt haben, denke ich und schaue auf das graue Dreieck. Zaghaft drücke ich darauf. Schon höre ich Manus Stimme.

Hallo, Britta, mir geht unser Gespräch nicht aus dem Sinn. Auch nicht, wie entsetzt du geschaut hast, als Marko seinen Verdacht über Vatis Zustand laut ausgesprochen hat. Auch wenn ich ihn angeschrien habe wegen der Vollmachten und der Art, wie er das gesagt hat, stimme ich ihm zu. Ich glaube ebenfalls, dass Vati dabei ist, dement zu werden. Erst recht, als mir heute eine Kollegin von ihrer dementen Mutter erzählt hat. Vieles, was sie geschildert hat, trifft auch auf Vati zu. Erinnere dich daran, wie er zum Tanken gefahren ist, heimkam, um fünf Minuten später auf die Post zu fahren. Dann wieder nach Hause kam und kurz darauf zur Bank fuhr. Jedes Mal hatte er vergessen, dass er vorher schon im Ort war. Oder als er tagelang jeden Mittag im Schlafanzug am Gartentor stand und die Nachbarn beleidigt hat. So was ist doch nicht normal! Ich gebe unserem Bruder recht: Wir brauchen dringend eine Vollmacht und eine Patientenverfügung von Vati, bevor ein Arzt die Diagnose stellt. Wenn tatsächlich herauskommt, dass er dement ist, wird es schwierig, das Nötige für ihn zu regeln.

Manuela stockt in ihrem Redefluss. Sie schluchzt, scheint mit den Tränen zu kämpfen. »*Vati tut mir so unendlich leid. Es tut so weh im Herzen, sich vorzustellen, dass er krank ist. Hoffentlich ist unser Glücksvorrat groß genug*«, schnieft sie. Dann ist die Sprachnachricht zu Ende.

Ich presse mir die Hand auf den Mund, um nicht laut aufzuschreien. Das kann alles nicht wahr sein. Unser Vater ist nicht dement, sondern nur verwirrt durch die vielen Medikamente, versuche ich mich zu trösten und nehme mir vor, ab jetzt mehrmals in der Woche zu meinen Eltern zu fahren und dabei meinen Vater zu beobachten. Ich werde meinen Geschwistern beweisen, dass sie unrecht haben!

Vorsichtshalber klopfe ich auf Holz.

Kapitel 15

Dienstag, 15. August 1961

»Ernst, das werde ich nicht mehr riskieren. Versteh doch, dass es dafür zu spät ist. Es ist zu gefährlich geworden. Was, wenn es schiefgeht und sie uns gefangen nehmen? Vielleicht schießen sie sogar auf uns!«, jammerte Leni und wollte ihren Mann am Arm festhalten.

Doch er riss sich los. Er ignorierte sie und ihre Bedenken und lief mit zornigem Gesichtsausdruck in der Wohnung auf und ab.

Seit der Geschichte im *Siedlereck* war er regelrecht besessen von seinem Vorhaben, aus der DDR zu fliehen. Erst recht, seit die Volkspolizei seinem Kumpel Otto einen Tag später Volksverhetzung vorgeworfen und ihn deshalb festgenommen hatte.

»Du kannst froh sein, dass unser Freund Karl dich rechtzeitig aus der Kneipe herausgeholt hat. Sonst müsste ich mich wahrscheinlich um dich sorgen«, hielt Leni ihm zum wiederholten Mal vor. »Wer weiß, ob die Polizei nicht auch noch hier auftaucht.«

»Das werden sie schon nicht. Ich habe kaum etwas gesagt«, erklärte Ernst mürrisch.

»Aber auch nur, weil Karl dich gerettet hat. Mit deinem Suffkopf hättest du sicherlich noch mehr Unsinn von dir gegeben.«

»Otto hat diesem Schwachkopf von Parteifritzen nur die Wahrheit gesagt. Ich musste mich einmischen, weil ...«

»Was hat er davon? Jetzt sitzt er im Gefängnis. Keiner weiß, wo. Er hätte besser den Mund gehalten, anstatt seine Meinung so hinauszuposaunen«, unterbrach Leni ihn wütend. Sie hätte schreien mögen, weil Ernst sein Tun in der Kneipe auch noch verteidigte, anstatt zuzugeben, dass er und seine Freunde einen großen Fehler begangen hatten. Doch sie versuchte ruhig zu bleiben.

Ernst blieb vor ihrem Stuhl stehen und stützte die Hände auf ihren Schultern ab. »Siehst du nicht, dass wir hier wegmüssen? Meine Arbeitsstelle habe ich ja jetzt verloren, weil die Grenze dicht ist. Hier werden sie mir keine adäquate Stelle mehr geben – ich werde als Hilfsarbeiter eingestellt und werde kaum noch was verdienen. Wie soll das gehen? Und außerdem: Möchtest du tatsächlich in einem Staat leben, in dem das Unrecht regiert? In dem man verhaftet wird, wenn man die Wahrheit ausspricht?«

Leni schüttelte den Kopf. »Aber wie willst du über die Grenze – jetzt, wo sie anfangen, alles abzusichern?«

»Ich weiß es noch nicht«, flüsterte ihr Mann und schnaufte resigniert aus. »Was ich jedoch sicher weiß, ist, dass es in diesem Land keine Zukunft für uns gibt. Irgendwann lande ich tatsächlich im Gefängnis, weil ich meinen Mund nicht halten kann. Deshalb müssen wir weg. Es wäre allerdings leichter, alles hinter sich zu lassen, wenn wenigstens einer meiner Brüder mitkommen würde.«

Leni drückte einen Kuss auf seinen Handrücken. Sie konnte nachempfinden, wie er sich fühlte. Trotzdem ließ sie sich nicht umstimmen.

»Ich werde nur in den Westen gehen, wenn meine Schwester und ihre Familie mitkommen. Schließlich hat sie uns beide zusammengebracht damals«, erklärte sie trotzig und dachte daran, wie die ältere Schwester sie nach Berlin eingeladen hatte, um ihr ihren neuen Freund vorzustellen.

Zu diesem Treffen damals hatte Lenis jetziger Schwager seinen jüngeren Bruder Ernst mitgebracht. Ernst gefiel Leni, und Leni gefiel Ernst. Obwohl viele hundert Kilometer zwischen ihren Wohnorten lagen, besuchten sie sich, so oft es ging. Als Leni eine Stelle als Friseurin in Ostberlin fand, zog sie von Thüringen zu Ernst in die Großstadt. Das war sechs Jahre her. Bis heute hatte Leni den Entschluss nie bereut. Ernst war ihre große Liebe.

Außerdem lebte sie in der Nähe ihrer Schwester, so dass sie sich täglich sehen konnten. Deshalb konnte sich Leni nicht vorstellen, ohne sie und ihren Schwager in den Westen zu gehen. Natürlich verstand sie deren Angst um die Kinder, die erst fünf und sechs Jahre alt waren. Ihre Schwester hatte geweint, als Leni versucht hatte, sie umzustimmen. Leider würde auch Ernsts zweiter Bruder nicht mitkommen. Da damit zwei ihrer drei Söhne in der DDR blieben, wollte Ernsts Mutter ebenfalls nicht mitkommen.

»Welche Perspektive haben wir, wenn wir bleiben?«, riss ihr Mann sie aus den Gedanken. »Leni, wir haben keine andere Wahl, als rüberzugehen.« Er löste sich von ihr und zündete sich eine Zigarette an. Rauchschwaden nebelten seinen Kopf ein, als er mehrmals hintereinander an der Kippe zog.

Leni presste die Hände zusammen. Dann nahm sie ihr Glas mit dem *Nordhäuser* vom Tisch und trank einen Schluck. Sie hoffte, dass der goldfarbene Korn ihre Nerven beruhigen würde. Allein der Gedanke, ihre Lieben und ihr Zuhause – ihre Heimat – für immer zu verlassen, ließ ihr Herz rasen. »Auch wenn wir es unbeschadet über die Grenze schaffen: Was ist das für ein Neuanfang, wenn wir alleine sind im Westen?« Sie kämpfte mit den Tränen.

Ernst legte die Zigarette im Aschenbecher ab, nahm Lenis kalte Hände in seine, so dass sie ihn anschaute, und sagte mit ruhiger Stimme: »Ich will für dich und für unsere Kinder, die wir eines Tages haben werden, dass ihr so viele Kartoffeln essen und so viel Butter aufs Brot schmieren könnt, wie ihr möchtet. Ihr sollt frei eure Meinung äußern dürfen. Ich will für euch ein buntes und helles Leben. Doch all das werden wir in diesem Überwachungsstaat, der seinen Bürgern vorschreibt, wie sie zu leben und was sie zu denken haben, nicht bekommen.«

Ernst ließ ihre Hand los, drückte die restliche Zigarette im Aschenbecher aus und zündete sich die nächste an.

Im selben Augenblick klingelte es an der Haustür. Mit schreckensweiten Augen sahen sich beide an.

»Sie kommen dich holen!«, wisperte sie erstickt.

»Bleib ruhig, Lenichen. Sie werden sicherlich verschwinden, wenn sie denken, dass wir nicht zuhause sind«, flüsterte ihr Mann und gab ihr ein Zeichen, sich hinter dem Couchtisch zu verschanzen. Er kniete sich neben sie.

Es klingelte erneut. Dieses Mal Sturm. Der schrille Ton dröhnte in Lenis Ohren. Sie presste die Hände dagegen, konnte kaum durchatmen.

»Verdammt, macht endlich auf! Ich weiß, dass ihr da seid«, hörten sie die Stimme ihres Schwagers halblaut rufen.

Erleichtert sah Leni zu ihrem Mann, der tief durchschnaufte. Mühsam kam er aus der Hocke hoch und ging zur Tür, um zu öffnen. Lenis Beine zitterten, als sie sich auf der Tischplatte abstützte und sich hochzog.

»Warum dauert das so lange? Es muss nicht jeder mitbekommen, dass ich zu euch will«, meckerte Ernsts Bruder verhalten, ohne seine Schwägerin oder seinen Bruder zu begrüßen. Stattdessen griff er nach Lenis Schnapsglas auf dem Tisch und kippte den restlichen Inhalt hinunter. Er schüttelte sich.

»Wir werden mit euch kommen«, erklärte er knapp.

Lenis Nasenflügel brannten. »Wo ist meine Schwester?«

»Sie ist mit den Kindern zuhause geblieben. Wir wollen so wenig auffallen wie möglich.«

»Warum der plötzliche Sinneswandel?«, hörte Leni ihren Mann wie aus weiter Ferne fragen.

Sein Bruder zögerte einen Augenblick, dann verriet er: »Die Stasi erpresst mich wegen des Unfalls vor ein paar Tagen.«

»Welcher Unfall?«

Der Schwager setzte sich auf das Sofa. Seine Schultern sackten nach vorn. »Ich habe euch das nicht erzählt, weil die Polizei mir verboten hat, darüber zu sprechen. Ich dachte, sie wollten mich schützen, schließlich konnte ich nichts für den Zusammenstoß. Aber ich habe mich geirrt: Sie verwenden den Unfall gegen mich.«

»Ich verstehe kein Wort. Um welchen Unfall geht es hier? Was hat die Stasi damit zu tun?«

Der Bruder zündete sich eine Zigarette an. »Letzte Woche war ich mit dem Auto unterwegs …«, begann er zögerlich, »… als ich merkte, dass etwas mit der Lenkung nicht stimmte. Während des Fahrens blockierte sie vollends, so dass der Wagen sich nicht mehr steuern ließ und ich einen Radfahrweg kreuzte. Dabei prallte mein Auto mit einem Radfahrer zusammen, der dort entlangfuhr … alles ging so schnell … Ich konnte nichts machen. Gestern habe ich erfahren, dass das Unfallopfer im Krankenhaus gestorben ist.« Lenis Schwager schlug sich die Hände vors Gesicht. »Jetzt erpresst mich die Stasi und behauptet, ich wäre gerast und hätte durch mein Verhalten den Tod eines Unschuldigen billigend in Kauf genommen. Aber das stimmt nicht! Ich konnte nichts dafür! Sogar die Werkstatt hat festgestellt, dass es ein technischer Fehler war. Doch das spielt für den Staatssicherheitsdienst keine Rolle. Er verlangt, dass ich Freunde und Arbeitskollegen ausspioniere und über sie Bericht erstatte, sonst komme ich ins Gefängnis. Aber so etwas mache ich nicht. Ich bin weder ein Mörder noch ein Verräter. Heute musste ich erneut bei ihnen vorstellig werden. Sie haben gedroht, mich sofort zu verhaften, wenn ich mich weigern sollte, ihren Forderungen nachzukommen.« Er sah seinen Bruder an und flehte: »Du musst mir glauben, Ernst. Ich konnte nichts dafür!«

»Natürlich glaube ich dir!« Lenis Mann drehte sich zu ihr um. »Ähnliches hat uns Udo in Spandau erzählt.«

Leni nickte.

»Was meinst du?«, fragte der Schwager.

Ernst erzählte seinem Bruder, warum Udo Schmitt mit seiner Familie in den Westen geflohen war. »Das scheint eine Stasi-Methode zu sein, um an Informationen über unbescholtene Bürger zu kommen«, schlussfolgerte ihr Mann.

»Doch selbst wenn ich mich darauf einlasse, werde ich vor ihnen niemals Ruhe haben. Sie werden mich immer wieder mit diesem Unfall erpressen. Sollte ich mich doch irgendwann weigern, ihnen zu helfen, werden sie die Akte über mich womöglich abändern und behaupten, ich hätte unter Alkoholeinfluss einen Menschen umgebracht. So oder so wandere ich für viele Jahre in den Knast.« Der Schwager rieb sich mit den Händen über die Schläfen. »Deshalb können wir nicht länger hierbleiben. Wir müssen schnellstmöglich in den Westen rüber«, erklärte er entschlossen.

Doch Leni sah, wie seine Finger zitterten, als er sich einen Doppelkorn in ihr Glas goss.

»Was sagt meine Schwester dazu?«, fragte sie vorsichtig.

»Sie hat Angst, dass die Flucht misslingt, dass wir festgenommen werden und man uns die Kinder wegnimmt. Wir haben aber keine Wahl, wenn wir als Familie zusammenbleiben wollen. Wir müssen es riskieren.«

»Vielleicht wird die Stasi dich in Ruhe lassen, wenn ...«, begann ihr Mann, doch sein Bruder fiel ihm ins Wort:

»Die Gefahr ist zu groß, dass die Stasi meine Frau aus nichtigen Gründen verhaftet, um mich unter Druck zu setzen. Unsere Kinder kämen dann in ein Waisenhaus. Wie das endet, wissen wir.«

»Zwangsadoption«, flüsterte Leni mit schreckensweiten Augen. »Das werden sie nicht wagen«, versuchte sie sich selbst zu beruhigen.

»Doch, das werden sie, Leni. Der Geheimdienst ist unberechenbar. Wir dürfen keine Zeit verschwenden. Noch ist keine Mauer aus Beton gezogen. Lasst uns überlegen, wie wir vorgehen wollen und was wir für die Flucht benötigen und mitnehmen.«

Leni faltete die Hände vor dem Mund. Sie konnte es nicht fassen, dass sie nun doch mit ihrer Schwester zusammenbleiben würde. Sie rieb sich die Handflächen am Stoff ihres Rocks trocken.

»Das Wichtigste sind Schlafmittel für die Kinder. Und Werkzeug, um den Stacheldraht durchzuschneiden«, erklärte ihr Schwager.

»Schlafmittel?«, wiederholte Leni entsetzt.

Der Schwager sah sie ernst an. »Wir müssen die Kinder ruhigstellen. Wenn es losgeht, dürfen sie keinen Mucks von sich geben, damit die Grenzsoldaten nicht auf uns aufmerksam werden.«

Sie nickte, obwohl ihr bei dem Gedanken elend zumute war. Doch ihr Schwager hatte recht. Ihre Nichte und ihr Neffe waren noch zu klein, um zu verstehen, dass sie keinen Laut von sich geben durften, wenn sie in der Dunkelheit den verbotenen Grenzstreifen passierten.

»Meine Arbeitskollegin nimmt Baldriantropfen wegen ihrer Wechseljahre. Ich werde versuchen, ihr das Fläschchen heimlich wegzunehmen. Dann muss sich keiner von uns eine Geschichte ausdenken, um das Mittel in einer Apotheke zu kaufen.«

»Sehr gut, Leni. Besorg die Tropfen so schnell wie möglich, damit die Kinder den Baldrian schon ein paar Tage vorher einnehmen können, sonst wirkt er womöglich nicht, wenn es losgeht. Unser größtes Problem wird der Bolzenschneider sein. Wenn wir ihn hier in der Nähe kaufen, könnte man misstrauisch werden«, überlegte der Schwager laut.

Ernst und sein Bruder fluppten eine Zigarette nach

der anderen, während sie laut darüber nachdachten, wie sie unauffällig an einen Bolzenschneider kommen konnten. Doch jede ihrer Ideen war unbrauchbar.

»Ernst, wie wäre es, wenn du mit deinem Neffen zum Angeln gehst? Vielleicht an einen der Seen Richtung Nauen. Unterwegs gibt es bestimmt einen Laden, in dem ihr das Werkzeug kaufen könnt. Wenn du einen Fünfjährigen im Schlepptau hast, wird niemand Fragen stellen oder misstrauisch werden«, schlug Leni vor.

»Das sind von hier mehr als zwanzig Kilometer. Die Strecke mit dem Fahrrad wird Stunden dauern. Bei der Hitze ist das kein Zuckerschlecken«, gab der Schwager zu bedenken.

Ernst hingegen sah Leni an und nickte. »Du hast recht. Wenn ich dort mit einem Kind in ein Eisenwarengeschäft gehe, wird niemand Verdacht schöpfen«, sagte er und gab ihr einen Kuss.

Kapitel 16

Februar 2014

Egal um welche Uhrzeit ich meine Eltern besuche – mein Vater liegt im Bett und weigert sich, es zu verlassen. Geduldig versuche ich, ihn zum Aufstehen zu überreden. Doch er bleibt stur liegen und erwidert, dass er müde ist und schlafen möchte.

Als ich im Beipackzettel seiner Medikamente, die er seit seiner Entlassung einnehmen muss, nachlese, dass die Tabletten Erschöpfung und Lethargie hervorrufen können, bin ich beruhigt. Denn trotz meiner Zweifel habe ich heimlich über Demenz im Internet recherchiert und dabei herausgefunden, dass auch demente Menschen ein höheres Schlafbedürfnis haben können. Dabei wollte ich doch eigentlich die Mutmaßung meiner Geschwister ignorieren. Doch letztendlich kann es nichts schaden, mehr über diese Krankheit zu wissen.

Als bei meinem nächsten Besuch meine Eltern nicht in ihrer Wohnung sind, befürchte ich schon das Schlimmste. Beunruhigt renne ich sogar in den Keller, um sie zu suchen. Doch da höre ich Stimmen hinter dem Haus. Ich laufe hinaus und entdecke meine Eltern und meinen Bruder in der Garage.

Meine Mutter bemerkt mich und winkt mir zu. »Marko räumt auf und hat uns gerufen, da noch einiges von deinem Vater hier herumliegt. Alles oller Krimskrams, den kein Mensch mehr braucht«, lacht sie.

Ich schaue zu meinem Bruder. Er zwinkert mir zu. Ich verstehe. Durch seine Aufräumaktion hat er unseren Vater aus seiner Höhle, wie er selbst sein Bett nennt, herausgelockt. Ich lächle und sehe ihn dankbar an. Seit dem Disput klammern wir das Thema Demenz aus unseren Gesprächen aus. Dennoch steht dieses Wort unausgesprochen zwischen uns. Ich weiß, dass jeder von uns Vati anders betrachtet, anders beobachtet und dabei jede seiner Äußerungen, jede seiner Gesten auf Anzeichen dieser Krankheit durchleuchtet.

Mein Bruder hebt ein langes, schweres Werkzeug vom Schrank herunter. Er verzieht das Gesicht und packt mit beiden Händen zu.

»Was ist mit dem, Vati? Kannst du den noch gebrauchen?«, will Marko wissen und zeigt ihm das Gerät.

Aus den Augenwinkeln sehe ich, dass meine Eltern zusammenzucken. Ich wende mich ihnen zu und merke, dass beide blass geworden sind.

»Dass es den noch gibt«, flüstert meine Mutter.

»Ich hatte vergessen, dass ich ihn, als ich das Haus übernommen habe, auf den Schrank gelegt habe«, erklärt Marko.

»Was ist das?«, will ich wissen, denn für mich ist diese riesige Zange fremd.

Mein Vater will sie Marko aus der Hand nehmen, doch er kann sie kaum halten. Mein Bruder reicht ihm das Werkzeug und hält es an einem Ende fest.

»Das ist der Bolzenschneider, mit dem wir den Stacheldraht an der Grenze durchgeschnitten haben«, verrät mein Vater, sichtlich ergriffen.

Marko und ich schauen uns überrascht an.

»Den habt ihr all die Jahre aufgehoben?«, frage ich verwundert und sehe mir die eiserne schwarze Zange, die fast so lang ist wie mein Arm, genauer an.

Mein Vater prüft mit dem Daumen die beiden Schneiden. »Sie sind immer noch scharf«, murmelt er. Die Zange glänzt, als wäre sie frisch eingeölt.

»Euer Vater hat den Bolzenschneider während der Flucht nicht aus der Hand gelegt, sondern die ganze Zeit mitgeschleppt, obwohl er so schwer ist«, verrät unsere Mutter und sieht dabei ihren Mann stolz an. »Erinnerst du dich noch daran, Ernst, wie du mit dem Jungen damals losgezogen bist?«

Unser Vater lächelt verschmitzt, doch dann bekommen seine Augen plötzlich einen seltsamen Ausdruck. Er scheint mit seinen Gedanken wegzudriften und uns nicht mehr wahrzunehmen.

Ich zupfe an seinem Ärmel, um ihn zurückzuholen. »Wollt ihr uns die Geschichte des Bolzenschneiders erzählen?«, frage ich sanft.

Er sieht durch mich hindurch. Als ich ihn erneut am

Pulli ziehe, zuckt er zusammen. Ohne ein Wort zu sagen, geht er zurück in die Wohnung. Sein Gang wirkt schwer. Wir folgen ihm.

Im Esszimmer der Eltern bitten wir unseren Vater, sich mit uns an den ovalen Tisch zu setzen. Marko legt den Bolzenschneider auf die Holzplatte. Gedankenverloren fahren die Finger unseres Vaters über die eingestanzten Prägungen am Griff. Geduldig beobachten wir seine Bewegungen und seine Mimik und warten darauf, dass er von damals berichtet.

Unsere Mutter streichelt ihm über die Wange. Lächelt aufmunternd. Er lächelt zurück.

Dann beginnt er zu erzählen. Erst schleppend, doch dann sprudeln die Worte nur so aus ihm heraus.

Kapitel 17

Mittwoch, 16. August 1961

»Onkel Ernst, wann sind wir endlich da? Mir tut der Popo weh, und ich habe Durst«, nörgelte sein Neffe auf dem Gepäckträger des Fahrrads.

Ernst konnte den Jungen verstehen. Seit sie losgefahren waren, brannte die Sonne auf sie herunter. Auch ihm klebte die Zunge am Gaumen. Die Riemen des Rucksacks mit dem Angelzubehör schnitten in seine Schultern. Sein Hemd darunter war schweißdurchtränkt. Die Waden und die Oberschenkel waren hart wie Stein vom stetigen Treten in die Pedale. Doch er konnte noch nicht anhalten. Sie mussten so weit wie möglich von ihrem Wohnort entfernt einen Eisenwarenladen finden. Nur dann riskierten sie nicht, einem Bekannten zu begegnen.

Während er weiterstrampelte, drehte er kurz den Kopf zur Seite. »Es dauert nicht mehr lang. Sobald wir einen Eisenwarenladen sehen, halten wir an.«

»Bekomme ich dort ein Eis?«, rief der Fünfjährige hinter ihm.

»Ich verspreche dir, wenn es dort Eis zu kaufen gibt,

dann bekommst du das größte, das sie haben. Ansonsten essen wir einen großen Becher Eis mit Sahne am See.«

Sein Neffe war zufrieden und schwieg die restliche Strecke.

Endlich entdeckte Ernst das gesuchte Geschäft. Erleichtert hielt er an, stieg vom Fahrrad und half dem Jungen, vom Gepäckträger zu rutschen.

»Meine Knie tun mir weh«, jammerte der Kleine und hüpfte abwechselnd auf einem Bein.

Ernst strich ihm tröstend über das raspelkurze blonde Haar. »Du hast tapfer durchgehalten«, lobte er den Jungen und lehnte den Drahtesel gegen die Wand neben der Eingangstür. Die Seitenflügel standen weit offen, um jeden Windzug einzufangen und nach innen in den Laden zu leiten. Ernst streckte sein Kreuz und trat ein.

»Ernst?«, fragte eine Stimme hinter der Ladentheke. »Was treibt dich hierher?«

Ernst blinzelte, da er in dem schwachen Licht das Gesicht zu der Stimme nicht sofort erkannte. Als sich seine Augen an den Helligkeitsunterschied gewöhnt hatten, erkannte er seinen ehemaligen Kollegen Kurt, mit dem er in Westberlin gearbeitet hatte. Für den Bruchteil eines Augenblicks erstarrte Ernst, doch dann lächelte er.

»Dasselbe könnte ich dich fragen«, erwiderte er und betrachtete die Erscheinung, die in einem grauen Arbeitskittel steckte.

Sein früherer Arbeitskollege kratzte sich über den

Schädel. »Nachdem man nicht mehr im Westen arbeiten darf, muss man schauen, wo man bleibt«, erklärte er verlegen.

»Du bist Ingenieur, Kurt, und arbeitest jetzt als Verkäufer?«

Kurt zuckte mit den Schultern. »Berta bekommt bald unser zweites Kind. Da kann ich nicht wählerisch sein. Was willst du hier?«

»Ich will mit meinem Neffen an einem der Seen angeln.«

»Es ist viel zu heiß. Da beißen keine Fische. Das musst du als Hobbyangler doch wissen.«

»Natürlich weiß ich das. Aber ich habe dem Jungen schon vor ewigen Zeiten versprochen, mit ihm einen Tag am See zu verbringen. Wir werden nur kurz die Angel auswerfen, Eis essen und anschließend baden, damit er zufrieden ist«, erklärte Ernst mit einem breiten Grinsen. Als er Kurts zweifelnden Blick sah, hoffte er, dass es nicht zu gekünstelt und dadurch verdächtig wirkte.

»Onkel, hast du Vanilleeis?«, rief der Kleine und stellte sich auf die Zehenspitzen, um über den Tresen schauen zu können. Im Stillen dankte Ernst seinem Neffen, da er Kurt mit der Frage ablenkte.

»Da seid ihr bei mir verkehrt«, lachte der und beugte sich dem Knaben entgegen.

Der Junge sah seinen Onkel vorwurfsvoll an und verschränkte die Arme vor der Brust. Ernst wiederholte sein Versprechen, ihm am See einen großen Eisbecher zu spendieren. Trotzdem konnte er dem Kind die Enttäuschung ansehen. Mürrisch verließ der Kleine den Laden und stellte sich neben das Fahrrad, wo er Kieselsteine wegkickte.

»Was kann ich für dich tun?«, fragte Kurt nun Ernst.

»Hast du zufällig einen Bolzenschneider?«

»Was willst du damit?«

Ernst zögerte für den Bruchteil einer Sekunde, dann erzählte er ihm die Geschichte, die er sich auf dem Weg überlegt hatte. »Mein Bruder hat mir vor einigen Wochen seinen geborgt, doch ich finde ihn nicht mehr. Keine Ahnung, wo ich das Ding hingelegt habe. Ausgerechnet jetzt will er dem Jungen einen stabilen Hasenstall für den Garten bauen, weil letzte Woche ein Fuchs zwei Karnickel getötet hat. Ich habe ihm gleich gesagt, dass der Kasten nichts taugt. Der Fuchs hat den dünnen Draht einfach durchgebissen. Kannst du dir das Geschrei des Kleinen vorstellen, als er das tote Karnickel gefunden hat und das andere verschwunden war? Deshalb will er dem Jungen jetzt einen Käfig aus fingerdickem Draht bauen.«

»Deshalb fährst du so weit?«

»Natürlich nicht! Ich habe deinen Laden eben erst durch Zufall entdeckt, und da ist es mir wieder eingefallen. Wenn ich den Bolzenschneider bei dir bekomme, muss ich nicht noch mal los bei der Hitze.«

Kurt nickte skeptisch. »Wie bekloppt ist das? Einen Hasenstall aus Eisenmatten! Mit einer gewöhnlichen Zange bekommt der solche Matten jedenfalls nicht durch. Außerdem kann er den Käfig dann kaum mehr vom Platz bewegen.«

Ernst spürte, wie sich auf seinem Gesicht Schweiß sammelte. Er wusste selbst, dass sich seine Geschichte bescheuert anhörte. Warum hatte er nicht einfach einen Bolzenschneider verlangt, anstatt sich in grotesken Erklärungen zu verlieren? Nun kam er aus der Nummer nicht mehr heraus. Er schluckte und leckte die feinen Perlen von seiner Oberlippe.

»Heiß heute«, meinte Kurt, der ihn beobachtete.

»Verdammt heiß«, stöhnte Ernst und wischte sich mit dem Arm übers Gesicht.

»Sag deinem Bruder, dem Schlauberger, er soll die Matten handbreit in die Erde einbuddeln. Sonst gräbt sich der Fuchs unter dem Käfig durch, und ihr habt das gleiche Problem«, spöttelte Kurt und ließ ihn allein, um ins Lager zu gehen. Kurz darauf kam er mit einem Bolzenschneider zurück und legte ihn auf die Ladentheke.

»Jetzt musst du das schwere Ding mitschleppen. Es wäre leichter für dich gewesen, ihn bei euch um die Ecke zu kaufen.«

»Wie gesagt, es ist mir erst wieder eingefallen, als ich den Laden hier sah. Wenn ich meinen Neffen nachher bei meinem Bruder wieder abliefere, kann ich ihm das Werkzeug gleich zurückgeben. Du kennst meinen Bruder. Er reißt mir den Kopf ab, wenn er mitbekommt, dass ich seine Sachen verlegt habe.«

Kurt lachte. »Das stimmt. Darin ist er wirklich eigen.«

Als Ernst später mit seinem Neffen auf der Gasthausterrasse am See saß, bestellte er für den Jungen einen großen Eisbecher mit Sahne und für sich einen doppelten Schnaps.

Kapitel 18

Februar 2014

Ich habe bis spät in die Nacht an den Rezepten und den dazu passenden Geschichten für mein Kochbuch gearbeitet und deshalb nur wenige Stunden geschlafen. Als ich wach werde, fällt Licht durch die Ritzen des Rollladens. Ich bemerke die Stille im Haus und weiß sofort, ich bin allein.

Gähnend schleppe ich mich ins Bad. Nachdem ich meine Haare getrocknet, bequeme Klamotten angezogen und mich dezent geschminkt habe, werde ich munter. Ein Blick zur Uhr zeigt, dass es halb zehn ist. Bis ich zu meinen Eltern fahre, bleibt noch Zeit, um in Ruhe zu frühstücken. Während der Vollautomat den Kaffee in meine Tasse presst, schmiere ich mir ein Brötchen mit Butter und Marmelade. Dabei fällt mir die Aussage meiner Mutter ein, dass ein ehemaliger DDR-Fußballspieler von der Stasi umgebracht worden sei. Ich nehme mein Frühstück mit in mein Arbeitszimmer, wo ich mich vor den Laptop setze. In die Suchmaschine gebe ich die Schlagwörter *Fußballspieler, DDR, Stasi, Mord* ein.

In Sekundenschnelle erzielt sie mehrere Treffer. Tatsächlich gab es einen DDR-Fußballspieler, der in den Westen geflohen war und vier Jahre später bei einem Verkehrsunfall umgekommen ist. Sein Name: Lutz Eigendorf.

Ich öffne den ersten Link in der Liste. Als ich seine Geschichte lese, überläuft mich eine Gänsehaut. Mir wird sofort klar, dass meine Mutter ihn gemeint haben muss. Ich klicke den nächsten Link über Eigendorf an. Das Schicksal des einstigen Nationalspielers beim Berliner FC Dynamo liest sich wie ein Thriller.

Lutz Eigendorf war der Vorzeigefußballspieler der DDR, der dank des Ministers für Staatssicherheit, Erich Mielke, zahlreiche Privilegien genoss. Trotzdem kehrte er 1979 nach einem Freundschaftsspiel beim 1. FC Kaiserslautern am 20. März nicht mehr in die DDR zurück. Bald darauf machte er Karriere bei Eintracht Braunschweig.

1983 kam es in einer Kurve zu einem schweren Unfall, an dessen Folgen Eigendorf wenige Tage später starb. Damals wurde in seinem Blut ein erhöhter Alkoholwert festgestellt, womit man das Unglück erklärte. Allerdings zweifelten die Menschen, die den Fußballspieler kannten, dass er betrunken Auto gefahren war. Sie waren der Ansicht, dass ein entgegenkommendes Auto Eigendorf absichtlich geblendet haben musste, wodurch der Unfall verursacht wurde. Aus Unterlagen des Staatssicherheitsdiensts, die später gesichtet wurden, geht hervor, dass Eigendorf bespitzelt worden war, weil er Mielke und dessen Konsorten durch regimekritische Interviews im Westen verärgert und gereizt haben soll.

Das erhärtete den Verdacht, dass die Stasi Eigendorfs Ermordung angeordnet haben könnte. Auch wurde vermutet, dass der hohe Alkoholwert in seinem Blut von verseuchten Blutkonserven stammen könnte, die man ihm auf dem Weg ins Krankenhaus verabreicht hatte. Es gab zudem die Theorie, dass das Bier, das Eigendorf zuvor getrunken hatte, mit einer giftigen Substanz versehen worden war …

Unfassbar, denke ich und klicke den Link des ARD-Films *Tod dem Verräter* aus dem Jahr 2000 an. In diesem Streifen wird erwähnt, dass der Historiker Heribert Schwan in den Stasi-Akten einen handschriftlichen Beweis für die angeordnete Tötung Eigendorfs gefunden haben will. Darin stehe, dass man den Fußballer in seinem eigenen Auto gekidnappt habe, um ihm eine giftige Substanz mit Alkohol zu verabreichen. Danach habe man Eigendorf befohlen zu verschwinden, woraufhin er losgerast sei. In einer Kurve sei er von einem anderen Wagen geblendet worden, so dass es zu dem Unfall kam. In dem Bericht ist von dem Stasi-Spitzel Karl-Heinz Felgner die Rede, der am 9. Februar 2010 vor dem Düsseldorfer Landgericht aussagte, er habe den Mordauftrag angenommen, aber nicht ausgeführt …

Ich bin entsetzt. Es schüttelt mich. Nun kann ich meine Eltern besser verstehen. Anscheinend waren DDR-Flüchtlinge tatsächlich sogar im Westen vor der Stasi nicht sicher.

»Unter diesen Umständen hätte ich auch geschwiegen«, murmle ich und klappe den Laptop zu.

Kapitel 19

Mittwoch, 16. August 1961

Ernst wischte sorgfältig mit einem ölgetränkten Lappen über die Zangenfedern des Bolzenschneiders. Dabei stützte er das schwere Werkzeug auf der Küchentischplatte ab, die er zuvor mit Zeitungen ausgelegt hatte. Obwohl sie nicht ein Möbelstück mitnehmen würden, wollte er nicht riskieren, dass Öl auf den Küchentisch tropfte. Leni würde ihm nicht verzeihen, wenn die beschichtete Platte unansehnlich werden würde.

Bei dem Gedanken, dass sie alles zurücklassen mussten, wischte er umso energischer über das Werkzeug. Ich muss dafür sorgen, dass wir den Stacheldraht schnell und glatt durchschneiden können, dachte er und versuchte, seinen Trübsinn zu überwinden. Umsichtig tupfte er das überschüssige Öl von den Federn, als die Haustürklingel schellte.

Vor Schreck wäre ihm fast der Bolzenschneider aus der Hand geglitten. Er verharrte mit angehaltenem Atem und lauschte. Schon folgte ein schnelles *Tocktocktock* und danach ein einzelnes *Tock* an der Tür. Es war das vereinbarte Zeichen, das er und sein Bruder sich ausgedacht hatten, um zu signalisieren, dass einer von ihnen vor der Tür stand und der andere ohne Furcht öffnen konnte. Obwohl sie außerhalb ihrer vier Wände nicht ein Wort über ihre Fluchtabsicht verlauten ließen, hatten sie Angst, dass jemand davon erfahren und sie an die Stasi verraten könnte.

Erleichtert atmete Ernst weiter, legte den Lappen und den Bolzenschneider auf den Tisch und ging zur Tür. Er schob die Sicherheitskette zurück und drückte die Klinke herunter. Schon drängte sich sein Bruder in die Wohnung und schloss die Tür hinter sich.

»Ich weiß endlich, wie wir herausfinden können, wann der sicherste Zeitpunkt ist, um über die Grenze zu gehen«, verriet er und flüsterte erregt: »Räum den Tisch frei!« Schon hob er den Bolzenschneider auf den Küchenschrank, wo er unsichtbar wurde.

»Ich bin gespannt«, murmelte Ernst und nahm die Zeitungen von der Tischplatte. Sogleich zog sein Bruder einen mehrfach gefalteten Bogen Papier unter seinem Hemd im Rücken hervor, breitete ihn auf dem Küchentisch aus und strich die Knickfalten mit der flachen Hand glatt.

Ernst stellte sich neben seinen älteren Bruder und betrachtete die Skizze. Es war ein Grundriss des Sperrgebiets, auf dem ihr Haus, die Grenze und die Umgebung eingezeichnet waren. Ein schwarzes Kreuz markierte die Stelle, wo sie die Grenze überqueren wollten. Nun wies er auf ihr Haus: »Von hier bis hier …«, der Zeigefinger wanderte zum fetten X, »… spannen wir einen Klingeldraht …«

»Einen Klingeldraht?«, unterbrach ihn Ernst.

Sein Bruder stupste die Brille, die zur Mitte seines Nasenrückens gerutscht war, zurück. »Ja, Klingeldraht.«

Der Ton, in dem sein drei Jahre älterer Bruder diese Worte ausstieß, ärgerte Ernst. Er fühlte sich wieder wie das Kind, das damals gemaßregelt wurde. Missmutig sah er seinen Bruder an.

Der schien seinen Ärger zu ahnen, denn grinsend warf er ein: »Trockene Luft hier. Habt ihr nichts zu trinken?«

Ernst unterdrückte seinen Groll und holte zwei Flaschen *Berliner Bürgerbräu* aus dem kühlen Kellerraum. Mit dem Öffner schnippte er die Kronendeckel in die Spüle und reichte eine Flasche weiter. Beide Männer nahmen einen kräftigen Schluck und stellten die Bierflaschen auf dem Herd ab.

»Schon besser«, meinte sein Bruder, wischte sich über den Mund und beugte sich erneut über die Zeichnung. Wieder zeigte sein Finger auf die Stelle, an der er den Draht spannen wollte. »Die Klingel würden wir in eurem Haus anbringen. Jedes Mal, wenn die Grenzsoldaten die Strecke abgehen und dabei den Draht berühren, hört ihr das Läuten. Ihr müsst die Zeit dazwischen auf die Sekunde genau aufschreiben. Dadurch erfahren wir, wann und wie lange die Soldaten nicht in diesem Abschnitt vorbeikommen. Anhand des Schemas finden wir heraus, wann der günstigste Zeitpunkt ist, um abzuhauen.«

»Das sind fast hundert Meter Klingeldraht, die zu spannen sind«, gab Ernst zu bedenken und sah seinen Bruder mit hochgezogenen Augenbrauen an.

Daraufhin maß der die Entfernung mit seinem gespreizten Daumen und Zeigefinger ab. »Das kommt hin!«, meinte er nickend.

Ernst schaute ihn ungläubig an. »Wenn die Sache nicht so wichtig wäre, würde ich laut lachen«, spottete er. »Wie willst du unbemerkt hundert Meter Klingeldraht spannen? Abgesehen davon, dass der Draht unmöglich zu verbergen ist. Ich verstehe nicht, wie du auf solch einen Einfall kommen kannst. Was glaubst du, was passiert, wenn sie ihn finden? Da können wir uns gleich selbst stellen und einbuchten lassen. Diese Idee ist bescheuert. Viel sinnvoller wäre es, wenn wir die Grenzsoldaten irgendwie ablenken, damit sie ihren Posten verlassen müssen. Aber wie sollen wir das hinkriegen?«

Der Bruder ließ geräuschvoll die Luft aus der Lunge und murmelte: »Dein Gedanke gefällt mir. Es müsste etwas Spektakuläres sein, so dass die Soldaten nicht lang überlegen, sondern sofort losrennen.« Sein Blick wanderte über die Skizze. Dann sah er grübelnd hoch. »Wie wäre es, wenn wir in der Dunkelheit einen Autobus an die Grenze schieben, der kurz darauf explodiert? Der Knall und das Feuer würden die Soldaten gleich dorthin locken. Wir könnten …«

Ernst schüttelte den Kopf und unterbrach den Redefluss seines Bruders. »Das ist viel zu gefährlich. Wie willst du unbemerkt einen Bus bis an die Grenze schieben und ihn dann auch noch zum Explodieren bringen?«

»Das lass meine Sorge sein! Sobald ihr den Knall hört, rennt ihr in den Westen. Ich werde euch schnellstmöglich folgen.«

»Du spinnst vollkommen. Wie soll das funktionieren, ohne dass du oder ein anderer zu Schaden kommen?«

»Herrgott, Ernst! Ich bin Ingenieur und weiß, was ich zu tun habe«, erklärte der Bruder gereizt.

»Dich schnappen sie doch zuerst, wenn dein Zeitplan nicht aufgeht«, schimpfte Ernst und strich sich über die Stirn.

»Behalt die Nerven. Mich kriegt so schnell keiner«, beschied ihn sein Bruder in einem Ton, der keinen Widerspruch duldete.

Kapitel 20

Anfang März 2014

Unser Vater muss für den letzten erforderlichen Eingriff ins Krankenhaus. Um die Wahrscheinlichkeit eines erneuten Durchgangssyndroms zu reduzieren, wollen die Ärzte die restlichen Stents nicht, wie beim ersten Mal, über die Leiste, sondern diesmal über die Armvene einsetzen, da dann weniger Medikamente verabreicht werden müssen.

Der Eingriff verläuft unproblematisch. Am späten Nachmittag darf ich meinen Vater besuchen. Als ich in sein Zimmer trete, ist er gut gelaunt und zum Spaßen aufgelegt. Nichts deutet auf erneute Wahnvorstellungen hin. Nachdem ich eine Zeitlang bei ihm war, fahre ich zu meiner Mutter, um ihr die gute Nachricht mitzuteilen. Als sie trotz mehrmaligen Läutens nicht aufmacht, weiß ich, dass sie mit dem Hund eine Gassirunde dreht.

Das Auto meines Bruders steht in der Einfahrt. Ich folge der kniehohen Mauer zur Eingangstreppe und klingle an seiner Wohnungstür. In den letzten Wochen haben wir uns kaum gesehen, meistens nur telefoniert.

»Schön, dass du da bist«, sagt er, als er mir die Tür öffnet und mich herzlich umarmt. »Willst du noch schnell deiner Nichte gute Nacht sagen? Ich habe sie gerade in ihr Bettchen gelegt.«

Ich nicke und folge ihm ins Kinderzimmer. Markos Tochter ist vor Kurzem ein Jahr alt geworden und der jüngste Nachwuchs in unserer Familie. Als ich mich über das Gitter des Babybetts zu ihr beuge, sieht sie mich mit ihren großen blauen Augen freudig an. Sie strampelt und streckt mir die Ärmchen entgegen.

»Sie sieht immer mehr wie wir aus«, lache ich und streichle ihr über das Köpfchen.

»Hinter uns liegen schlaflose Nächte, weil sie wieder zahnt. Eben konnte ich die weiße Spitze sehen. Ich hoffe, dass die nächste Nacht nun ruhiger wird.«

»Ich kenne das noch gut von meinen beiden Kindern. Kaum sind alle Zähne da, fallen sie auch schon wieder aus, und du hast ein zahnloses Schulkind«, lache ich und gebe meiner Nichte einen Kuss auf die Stirn. »Schlaf schön, Prinzessin«, flüstere ich und wende mich meinem Bruder zu.

»Ich gehe zu Mutti. Kommst du mit runter?«

Marko nickt.

»Schlaf, Mäuschen. Papa geht kurz zu Oma. Mama ist im Schlafzimmer nebenan und telefoniert. Sie kommt gleich nach dir sehen«, erklärt mein Bruder fürsorglich, obwohl seine Tochter sicherlich nicht alles versteht. Als er ihr den Schnuller in den Mund steckt, schließt sie die Augen.

Marko und ich gehen in die untere Etage seines Hauses, öffnen die Verbindungstür zur Wohnung unserer Eltern, die nie abgesperrt ist, und rufen unserer Mutter zu, dass wir kommen. Da hören wir ihre aufgeregte Stimme. Fragend sehen Marko und ich uns an.

»Was ist los, Mutti?«, rufe ich und eile ins Wohnzimmer.

»Gut, dass ihr beide kommt«, sagt unsere Mutter. »Euer Vater ist am Telefon. Er will dich sprechen, Britta.«

»Mich? Ich war doch eben erst bei ihm im Krankenhaus.«

»Irgendetwas stimmt nicht mit ihm«, jammert unsere Mutter und erklärt: »Die Krankenschwester hat mich angerufen, weil er so aufgewühlt ist. Als er meine Stimme hörte, schimpfte er sofort, dass er mich nicht kenne und nur mit seiner Tochter sprechen will.«

Unsere Mutter ist kreidebleich. Sie zittert. Marko legt den Arm um sie, während ich ihr den Telefonhörer abnehme und mir zögerlich ans Ohr halte.

»Vati?«, frage ich leise.

»Britta, bist du es?«, flüstert er.

»Ja, ich bin's.«

»Dem Himmel sei Dank, mein Kind! Du musst mich retten. Ich werde entführt.«

Dieser Satz reißt mir den Boden unter den Füßen weg. Ich greife nach dem Schrank neben mir, um mich abzustützen.

»Was ist?«, fragt mein Bruder leise.

Ich schalte den Lausprecher des Telefons an, damit alle mithören können.

»Vati, kannst du das wiederholen?«, frage ich vorsichtig.

»Ich habe keine Zeit für solche Spielchen«, schimpft er. Doch dann wiederholt er: »Ich werde entführt.«

»Wohin will man dich bringen?«

»Nach Bautzen!«

Unsere Mutter schlägt sich die Hand auf den Mund.

Ich halte das Mundstück des Telefons zu und frage meine Mutter: »Wie kommt er auf die Idee, dass man ihn nach Bautzen bringen will?«

»Otto!«, flüstert sie.

Ich kann mit dem Namen nichts anfangen. Doch dann macht es klick. »Otto? Sein Kumpel aus dem *Siedlereck*?«

Meine Mutter nickt.

»Spiel sein Spiel mit und frag ihn, ob er irgendetwas erkennt«, flüstert Marko mir zu.

»Vati, was siehst du?«

Kurzes Schweigen. Doch dann wispert er: »Es ist dunkel. Aber ich kann eine Decke über mir sehen.«

»Was für eine Decke?«

»Die Decke eines Planwagens … Britta, sie bringen mich nach Bautzen zu Otto.« Er bricht in Tränen aus.

»Vati, reg dich nicht auf! Marko und ich sind gleich da und holen dich ab.«

»Aus Bautzen?«

»Frag nicht! Wir sind in einer halben Stunde da.«

»Seid ihr etwa auch in Bautzen?«

»Wir fahren jetzt los, und dann befreien wir dich. Bis dahin verhalt dich ruhig.«

»Ich bleibe im Planwagen liegen, bis ihr kommt.«

»Ja, mach das, und sprich mit niemandem darüber. Wir sind gleich da, Vati!«, verspreche ich ihm.

Ich lege den Hörer zurück auf die Ladestation. Als ich meinen Bruder ansehe, erkenne ich das Glitzern in seinen Augen. Meine Anspannung löst sich.

»Wäre es nicht so ernst, müsste ich laut lachen«, sage ich und schüttle den Kopf.

»Mach es, sonst wirst du bekloppt«, grinst mein Bruder und boxt mir sanft auf den Oberarm.

Marko und ich wollen zusammen in die Klinik fahren. Unsere Mutter will nicht mitkommen. Erinnerungen und Gefühle brechen über ihr zusammen. Sie sitzt wie ein Häufchen Elend auf ihrer Couch und starrt auf den Teppich. Ich bringe ihr einen Fencheltee, den ich rasch aufgebrüht habe.

»Was ist mit eurem Freund Otto geschehen?«, will Marko wissen und setzt sich neben sie.

Unsere Mutter sieht durch ihn hindurch. »Wir wissen es nicht genau. Damals wurde gemunkelt, dass man ihn wegen Volksverhetzung zu zwei Jahren Gefängnis verurteilt hat. Wahrscheinlich wurde er gefoltert, damit er das zugab. Vati und ich haben ihn danach einmal wiedergesehen. Das war noch zu DDR-Zeiten, als wir drüben Urlaub machten. Kaum hatte Otto uns gesehen, drehte er sich weg und tat, als ob er uns nicht kennen würde. Wir haben sein Verhalten akzeptiert und ihn nicht bedrängt. Sein kurzer Blick damals war voller Panik gewesen.«

Ich gebe Marko ein Zeichen, dass wir aufbrechen sollten.

»Ruh dich aus, Mutti. Wir kommen nachher noch einmal vorbei«, verspreche ich ihr und verlasse mit meinem Bruder die Wohnung.

Als wir im Krankenhaus ankommen, schläft unser Vater. Die Nachtschwester kommt ins Zimmer, um das Abendbrotgeschirr abzuräumen.

»Ihr Vater sagte, er müsse sich ausruhen, weil Sie ihn heute abholen. Er muss aber noch hierbleiben zur Beobachtung. Morgen darf er dann nach Hause«, sagte die junge Frau und geht zum Geschirrwagen, der an der Tür steht. Nachdem sie das Tablett in eines der Regale geschoben hat, dreht sie sich uns zu und meint lächelnd: »Wir werden Ihren Vater vermissen. Er ist solch ein witziger Mann und so liebenswürdig. Wären nur alle Patienten so«, schwärmt sie und schiebt den großen Edelstahlwagen vor das nächste Zimmer.

Am nächsten Tag hole ich unseren Vater aus der Klinik ab. Mit keinem Wort erwähnt er sein seltsames Telefonat vom Tag zuvor.

Im Auto versuche ich das Gespräch darauf zu lenken und lüge: »Ich habe letzte Nacht geträumt, man hätte dich entführt.« Vorsichtig schiele ich zu ihm.

»Kind, du siehst zu viel Fernsehen. Du solltest deine Freizeit sinnvoller gestalten«, rügt er mich.

Tatsächlich scheint er sich nicht an den Anruf zu erinnern. Wären meine Mutter und mein Bruder nicht dabei gewesen, würde ich an mir selbst zweifeln. Schweigend fahren wir nach Hause.

Mein Vater begrüßt meine Mutter, als ob er wochenlang fort gewesen sei. Immer wieder sieht er sie strahlend an und sagt: »Ach, Lenichen! Bei uns ist es doch am schönsten!«

Dann schaltet er den Fernseher ein. Es läuft eine Sendung über das Angeln von Hechten. Da er leidenschaftlicher Angler ist, stören wir ihn nicht und verziehen uns in die Küche. Meine Mutter hat ihm seine Leibspeise gekocht, Graupensuppe mit Bauchspeck. Nachdem ich den Tisch gedeckt und das Essen aufgetragen habe, setzt er sich zu uns. Er scheint wie ausgehungert und füllt sich mehrmals den Teller.

»Man hat dich wohl hungern lassen im Krankenhaus«, spaße ich.

Sein Blick verändert sich. Er kneift die Augen leicht zusammen und schimpft: »In der Anstalt lassen sie einen verhungern. Dort bekommen wir nichts Anständiges zu essen. Nur dünne Kartoffelschalensuppe.« Er fischt das letzte Stück Speck aus der Schüssel. »Aber Mutti passt auf, dass es mir gut geht.«

Kaum hat er aufgegessen, steht er auf und verschwindet ohne ein weiteres Wort im Schlafzimmer. Meine Mutter sieht ihm traurig hinterher.

Kapitel 21

Donnerstag, 17. August 1961

Die Trageriemen der beiden Einkaufstaschen schnitten Leni in die Handflächen. Sie stellte die schweren Taschen neben sich auf dem Schotterboden ab und löste die dünnen Lederkordeln aus der Hand. Mit den Daumen strich sie so lange über die roten Striemen auf der Haut, bis der Schmerz nachließ. Dann lehnte sie sich gegen eine schmale Hauswand, die von Einschüssen durchlöchert war. Diese Mauer war der klägliche Rest einer Wohnsiedlung, von der während des Zweiten Weltkriegs viele Häuser nach heftigen Geschosssalven eingestürzt waren. Die Wand stand da wie ein Mahnmal inmitten einer Steinwüste.

Leni verschränkte die Hände hinter dem Rücken. Mit geschlossenen Augen streckte sie das Gesicht der Sonne entgegen. Es tat gut, die Wärme zu spüren, denn seit Tagen hatte sie das Gefühl, trotz des heißen Sommers zu frieren. Der Gedanke an ihre Fluchtpläne ließ sie innerlich erstarren. Seit letztem Sonntag war ihre Angst gestiegen.

Noch war ihr Wohnbezirk nur mit Stacheldraht vom

Westen abgetrennt. Wie viele Reihen es waren, die sie zu überwinden hatten, wusste keiner von ihnen. Ernst wollte es herausfinden, doch das war gefährlich – wie das ganze Vorhaben. Es war nur noch eine Frage der Zeit, wann die Soldaten auch in Falkensee mit dem Bau einer Mauer beginnen würden, dachte Leni und öffnete die Augen. Sie blinzelte in die Sonne und blickte auf die hohen Schuttberge.

Im Ostteil von Berlin hatte sich seit Kriegsende kaum etwas geändert. Niemanden schien diese Steinwüste zu stören. Niemand räumte sie fort. Stattdessen eroberte die Natur sie sich Stein für Stein zurück. Wildwuchs breitete sich aus und sorgte für bunte Flecken im eintönigen Grau. Wegen der lang anhaltenden Hitze war das Unkraut zwischen den Schuttbergen jetzt vertrocknet. Die große Eiche am Rand des Trümmerfelds, die den Krieg unbeschadet überstanden hatte, warf bereits ihre Blätter ab. Als wäre es Herbst, lag unter der Baumkrone ein brauner Teppich aus totem Laub. Alles sah trost- und freudlos aus. Leni seufzte, als irgendwo eine Kirchenglocke die Uhrzeit verkündete. Sie musste sich beeilen, wenn sie den Bus nach Hause nicht verpassen wollte.

Sie beugte sich hinunter und griff nach den Henkeln. Als sie die beiden Taschen hochhob, verzog sie den Mund. Eigentlich hatte sie nach der Arbeit nur Brot und Wurst für das Abendessen einkaufen wollen. Doch als sie dann das *Wok* im Regal entdeckte, konnte sie nicht widerstehen. Nur selten bekam man dieses Waschmittel zu kaufen, denn nicht bei jeder Warenlieferung, die meistens donnerstags eintraf, war es dabei. Außerdem wurde es meist unter der Hand verhökert. Leni lachte leise auf. Nur zu gern hätte sie hinausposaunt, dass sich eines der beiden Pakete aus dem Regal in ihrer Einkaufstasche befand. Es war ihr egal, wie schwer sie tragen musste. Zum Glück war sie nicht in den kleinen Laden bei sich um die Ecke, den *Konsum*, gegangen, sondern in den großen *HO*. Als ob sie es geahnt hätte, dass der Handelsorganisationsladen heute eine Lieferung Waschpulver bekommen hatte.

Freudig hob sie die Taschen hoch und atmete zufrieden durch. Sie musste sich sputen. Die letzten Meter rannte sie, da der Bus bereits am Anfahren war. Als der Fahrer sie erkannte, hielt er an und öffnete die Tür.

»Da haste aber Glück jehabt, dat icke noch mal zurückjekiekt hab«, lachte er.

Im Laufe der Jahre kannten sich die Menschen, die mit dem Bus in den Stadtteil Falkenhöhe fuhren. Meist waren es dieselben, und meist war Herr Pietrowsky der Fahrer.

»Wie immer fuffzig Pfennige für die eenfache Fahrt.«

Leni bezahlte und bedankte sich fürs Anhalten. Dann suchte sie sich einen freien Sitz. Der Bus war kaum angefahren, als er mit einem Ruck erneut anhielt. Die Tür öffnete sich abermals.

»Wat is denn heute los hier? Kiekt ihr nich uff die Uhre?«, fragte der Fahrer, als ein weiterer Passagier einstieg.

»Ich darf doch sehr bitten, Herr Pietrowsky«, entrüstete sich der neue Fahrgast.

Leni schaute hoch, da sie die Stimme kannte. Es war ihr Nachbar Friedrich Stärker, der zwei Häuser die Straße rauf mit seiner Frau wohnte. Er grüßte knapp in Lenis Richtung, was sie mit einem Kopfnicken erwiderte. Sie wusste, dass Stärker ein anderer Mensch war, wenn er – wie jetzt – seine Uniform trug. Die Schulterklappen, die ihn als Oberleutnant der Volksarmee auswiesen, trug er mit sichtbarem Stolz. Sein Ehrgeiz, dem Staat zu dienen, spiegelte sich in seinem Blick wider, der jeden Zivilisten zu durchbohren schien. Doch Leni kannte auch seine andere Seite. Sie wusste, dass Friedrich Stärker gerne feierte und auch mal über die Stränge schlug, sobald er zum Zivilisten wurde.

Er nahm in der Reihe vor Leni Platz, wo bereits ein Mann aus der Nachbarstraße saß. Stärkers Rücken versperrte die Sicht nach vorn, so dass Leni auf seinen Nacken schaute. Sein Hemdkragen spitzte aus der blassgrünen Uniformjacke hervor. Die Kante des strohfarbenen Stoffs war angeschmutzt. Mit *Wok* wäre es kein Problem, den Kragen sauber zu bekommen, dachte Leni. Man müsste nur eine kleine Menge des Pulvers in warmem Wasser auflösen und das Hemd über Nacht einweichen. Am nächsten Morgen wäre der Schmutz wie von Zauberhand verschwunden. Vielleicht hat seine Frau kein *Wok* zur Hand, überlegte Leni und zog die Tasche mit dem Waschpulverpaket auf ihren Schoß.

Der Oberleutnant hatte keine Ahnung von ihren Gedanken. Er unterhielt sich mit seinem Sitznachbarn so laut, dass jeder im Bus ihre Unterhaltung gezwungenermaßen mitverfolgen musste. Die Mauer war das Gesprächsthema.

»Glaub mir, die Mauer um Berlin wird schneller fertig sein, als ihr euch alle das vorstellen könnt.«

»Tatsächlich kann ich das beim besten Willen nicht glauben. Ostberlin ist riesig. Das dauert Jahre …«, erwiderte der Sitznachbar.

»Unfug!«, unterbrach ihn Stärker scharf. »Unsere Genossen arbeiten schnell und effizient. Im Grunde ist der Ostteil bereits abgeriegelt. Keiner schafft es mehr nach Westberlin. Wir sind achtsam, haben unsere Augen und Ohren überall. Das ist ebenso wichtig wie der Mauerbau, um die feindlichen Tätigkeiten der revanchistischen und militaristischen Kräfte Westdeutschlands zu unterbinden und zu kontrollieren.«

Leni lief es eiskalt den Rücken hinunter. Wenn es stimmte, was Stärker sagte, dann war ihre Flucht zum Scheitern verurteilt. Dieses Wagnis konnten sie nicht eingehen. Nervös knetete sie den Stoff der Einkaufstasche und schaute aus dem Fenster, als sie aus dem Augenwinkel sah, wie Stärker sich ihr zuwandte.

Unsicher sah sie ihn an. Sein Blick verengte sich. Dann sagte er so laut, dass es auch der letzte Fahrgast im Bus hören konnte:

»Wenn ich es jemandem zutraue und wenn es jemand schaffen könnte, über die Grenze zu kommen, dann Leni und Ernst.«

Kapitel 22

März 2014

Ich besuche meine Eltern fast täglich. Meistens schläft mein Vater, wenn ich dort bin. Aber das ist in Ordnung, denn man kann erkennen, dass ihm die Ruhe guttut. In der letzten Woche haben seine fahlen Wangen wieder Farbe bekommen, auch scheint er an Gewicht zuzunehmen. Ich bin erleichtert, dass er langsam wieder der Alte wird, denn die Buchmesse in Leipzig steht an. Als mein Verlag mich einlud, dort mein zuletzt erschienenes Kochbuch bei einer kulinarischen Lesung vorzustellen, war ich mir nicht sicher, ob ich hinfahren kann. Mein Vater war gerade erst aus dem Krankenhaus entlassen worden, und niemand wusste, wie schnell er sich erholen würde. Auch wollte ich meinen Geschwistern nicht die alleinige Verantwortung aufbürden, da ich mehrere Tage fort sein würde. Doch nun scheint alles gut zu werden, so dass ich dem Verlag zugesagt habe. Morgen schon soll es losgehen.

Ich rufe meine Mutter an und sage ihr, dass ich zum Kaffee vorbeikomme und Kuchen mitbringe. Auf dem Weg nach Lebach halte ich beim Konditor an und kaufe eine Auswahl an Tortenstücken. Vor allem müssen zwei Stückchen Mokkatorte für meinen Vater dabei sein.

Als ich freudig ins Esszimmer meiner Eltern eintrete, um meinem Vater seine Lieblingstorte zu zeigen, sitzt er, noch im Morgenmantel, am Tisch. Ich erkenne sofort seine schlechte Laune. Um ihm keine Plattform für seinen Ärger zu geben, verbeiße ich mir meinen Kommentar über seine sonderbare Kleidung am Nachmittag und rufe fröhlich:

»Hallo, Vati! Ich habe dir Mokkatorte mitgebracht. Die magst du doch so gern.« Ich hoffe, dass der Kuchen seine Laune hebt.

Doch er ignoriert mich und den Kuchen und gibt nur ein undeutliches Gebrumme von sich.

Ich seufze leise und trage die Kuchenplatte zu meiner Mutter in die Küche. Als ich sie fragend anschaue, verdreht sie die Augen und zuckt mit den Schultern.

»So sitzt er schon seit zwei Stunden da«, flüstert sie mir zu.

Ich schnappe mir das Kaffeegeschirr und gehe zurück ins Esszimmer, um die Kaffeetafel zu decken. Als ich die Tischdecke ausbreite und Teller und Tassen verteile, verfolgt mein Vater jede meiner Bewegungen mit seinem Blick. Um ihn abzulenken, versuche ich ihn in ein Gespräch zu verwickeln.

»Ist es nicht toll, Vati, dass es dir so viel besser geht? Nächste Woche bei der Nachuntersuchung werden wir den Arzt fragen, wann du und Mutti wieder nach Mallorca fliegen dürft.«

Unerwartet schlägt mein Vater mit der flachen Hand auf den Tisch, so dass die Tassen auf den Untertellern tanzen.

»So weit kommt es noch. Wir werden nirgendwo hinfahren, denn sonst wird der da oben …« – dabei tippt sein Zeigefinger in Richtung Zimmerdecke, über der die Wohnung meines Bruders liegt – »… uns den Schrank wegnehmen. Aber den bekommt er nicht. Niemals!«, erregt er sich.

In diesem Moment kommt meine Mutter mit einer Kanne Kaffee herein. »Ernst, reg dich nicht auf. Niemand wird uns den Schrank wegnehmen. Außerdem ist er viel zu schwer, um ihn wegzutragen«, versucht sie ihn zu beruhigen und schenkt allen Kaffee ein.

»Ich weiß, dass der da …« – wieder geht sein Finger zur Decke – »… nur darauf wartet, dass wir den Schrank unbeaufsichtigt lassen, um ihn dann bei sich ins Wohnzimmer zu stellen. Aber er bekommt ihn nicht.« Er wendet den Blick in meine Richtung und meint: »Dir würde ich ihn geben.« Dann fordert er mich auf: »Hol meinen Zollstock aus der Werkzeugkiste und miss nach, ob er in dein Wohnzimmer passt.«

Verdattert stottere ich: »Vati, ich habe bereits einen Wohnzimmerschrank.«

»Der hier ist aus Vollholz und hat zehntausend Mark gekostet. So etwas Gutes bekommst du heutzutage nicht mehr zu kaufen. Deinen Schrank wirfst du weg.«

»Meiner ist über hundert Jahre alt und aus Nussbaumholz. Deiner passt überhaupt nicht zu meiner

Einrichtung«, empöre ich mich und sehe hilfesuchend zu meiner Mutter. Ihr Schulterzucken nervt mich. Ich hebe die Hände, um ihr zu signalisieren, dass ich Unterstützung brauche. Doch es kommt keine Reaktion von ihr. In mir brodelt es. »Vati, wie kommst du darauf, dass Marko euren Wohnzimmerschrank will? Er ist doch komplett eingerichtet«, presse ich mühsam beherrscht hervor.

»Ich weiß das, weil ich ihn letzte Nacht beobachtet habe, wie er unsere Schranktüren aufgerissen und hineingeschaut hat«, behauptet mein Vater und schaufelt sich Mokkatorte in den Mund.

Ungläubig blicke ich zwischen meinen Eltern hin und her. »Hast du ihn auch gesehen?«, will ich von meiner Mutter wissen.

»Deine Mutter kann ihn nicht gesehen haben. Sie hat geschlafen. Er dachte wohl, ich schlafe auch, aber ich höre selbst im tiefsten Schlaf ein Mäuschen rascheln. Ich bin aus dem Bett gesprungen und ihm nachgeschlichen.«

Das alles kann nicht wahr sein, denke ich und bin kurz davor, laut zu schreien, damit der Druck in mir nachlässt. Ich presse die Lippen aufeinander. Erst als ich mir sicher bin, jeglichen Vorwurf aus meiner Stimme heraushalten zu können, murmle ich: »Bestimmt hast du das geträumt.«

»Ich weiß, was ich gesehen habe«, erwidert mein Vater aggressiv. »Der da oben war in meiner Wohnung, weil er uns von hier vertreiben will.« Er schaut mich zornig an. »Das werde ich nicht zulassen. Das ist mein Haus. Meine Wohnung.«

»Aber Vati, niemand will dich vertreiben. Du kannst hier wohnen bleiben, so lange du willst, und die Möbel wird dir niemand wegnehmen«, will ich ihn besänftigen.

»Ich kenne diese Nichtsnutze, die alles an sich reißen und so tun, als ob ihnen alles gehört«, braust er auf und sieht mich vorwurfsvoll an. Dann schlurft er zum Schrank. Fast liebevoll streichen seine Finger über das dunkle Holz. »Ich werde mir einen Plan ausdenken, wie sie nicht mehr in die Wohnung eindringen können«, droht er und schleppt sich aus dem Zimmer über den Flur ins Schlafzimmer.

Der Vorwurf meines Vaters gegenüber meinem Bruder macht mich wütend, denn er ist nicht nur abstrus und völlig unrealistisch, sondern auch verletzend. Wie kann er so etwas annehmen? Auch dass meine Mutter nichts erwidert, wenn er solch einen Blödsinn von sich gibt, ärgert mich.

»Keiner von uns dreien will diesen dämlichen Schrank. Wie kann Vati glauben, dass Marko ihn stehlen will?«, frage ich sie.

»Das Möbelstück war teuer. Wie Vati sagte: Der Schrank hat zehntausend D-Mark gekostet. Das war viel Geld damals«, erwidert sie.

»Mutti, der Schrank ist dreißig Jahre alt. Diese dunklen, rustikalen Möbel sind nicht mehr modern. Deshalb ist es egal, was der Schrank damals gekostet hat«, versuche ich meine Mutter zu überzeugen.

»Das mag ja sein«, sagt sie. »Aber du musst deinen Vater verstehen. Damals sind wir nur mit den Kleidern auf unseren Leibern geflohen. Lediglich unsere Papiere und etwas Westgeld hatten wir in den Hosentaschen. Nicht einmal eine Zahnbürste haben wir besessen, als wir im Westen ankamen. Alles mussten wir uns vom Mund absparen. Dass wir uns jemals solch einen Schrank leisten können, davon haben wir nicht einmal zu träumen gewagt.«

Ich werde nachdenklich. »Was war eigentlich der Auslöser, zu fliehen und alles hinter euch zu lassen?«

Ich sehe, wie sie schluckt. »Es gab nicht nur einen Grund, sondern viele«, antwortet sie leise und räuspert sich. »Die DDR war ein Unrechtsstaat, der die Menschen unterdrückt hat. Jeder, der nicht die Meinung des Regimes vertrat, galt als Klassenfeind. Viele saßen wegen ihrer Ansichten im Gefängnis. Der Staat nahm den Menschen ihr Lebensgefühl und ihre Würde. Meinungs- und Pressefreiheit waren Fremdworte in der DDR. Alles wurde zensiert. Es war bekannt, dass Jugendlichen in der DDR der Zugang zur Oberschule verwehrt wurde, wenn sie gegenüber den Lehrern den Mund aufmachten. Aber das weiß man ja heute alles. Vati und ich hatten beschlossen, in diesem Staat nicht länger zu leben und erst recht keine Familie dort zu gründen. Außerdem hatten wir vor dem Mauerbau durch Vatis Arbeit in Westberlin den Westen mit seiner leuchtenden, bunten, jungen Welt kennengelernt. Doch jeden Abend mussten wir in eine graue, stagnierende, greise Welt zurückkehren. Niemand kann sich heute vorstellen, wie es ist, wenn man nicht kaufen kann, was man braucht und worauf man Lust und Laune hat. Nicht weil es an Geld mangelt – sondern weil es nichts zu kaufen gibt.«

Die Erzählungen meiner Mutter wecken Erinnerungen an Besuche in der DDR, als meine Eltern es wieder wagten, dorthin zu reisen.

»Ihr habt uns zwar bescheiden erzogen«, sage ich zu ihr, »aber auch ich erinnere mich, dass das Einkaufen in der DDR eine Qual war, als wir einmal Silvester in deinem Heimatdorf Ferna verbrachten. Deine Cousine wollte sich schwarze Schuhe für ihr Kleid kaufen und hat mich nach Leinefelde mitgenommen. Die Fahrt im *Trabant* schien ewig zu dauern. Für mich als Teenie war dieses *Kaufhaus der Mitte* ein Schock. Aus Saarbrücken kannte ich unsere Kaufhäuser mit Waren aus der ganzen Welt. Aber dieses DDR-Warenhaus wirkte trist und farblos – mitsamt den Klamotten, die dort angeboten wurden. Ich weiß noch, dass an den betonfarbenen Wänden Fotos von den Verkäuferinnen des Monats hingen. Man hatte die schwarzweißen Fotografien eingerahmt und gut sichtbar im Treppenaufgang zum ersten Stock aufgehängt. Ich dachte damals, dass diese Frauen wegen ihrer Freundlichkeit den Kunden gegenüber ausgezeichnet worden waren. Doch die, die uns bediente, hat mich grimmig gemustert und wie ein Feldwebel mit deiner Cousine gesprochen. Schon als Teenager konnte ich nicht verstehen, warum es damals nur ein Paar

Schuhe zur Auswahl gab, das zudem hinter Glas verschlossen war. In diesem riesigen Ost-Kaufhaus stand tatsächlich in vielen Regalen nur je ein Stück Ware von einer Sorte. Manche Regale waren leer. Ich erinnere mich auch daran, dass vor dem Kaufhaus eine Bretterbude aufgebaut war, vor der die Leute Schlange standen, weil es an diesem einzigen Tag Apfelsinen zu kaufen gab. Einige Tage später haben sie dort wieder Schlange gestanden, weil Würstchen angeboten wurden. Das alles registrierte ich, wusste es aber nicht zu deuten und habe es auch nicht hinterfragt. Damals war ich noch zu jung, um es zu verstehen.«

»Dass du dich an all das erinnerst«, wundert sich meine Mutter.

»Viele Jahre habe ich nicht mehr daran gedacht. Aber anscheinend habe ich dieses Erlebnis nicht vergessen. Weißt du, was ich auch niemals vergessen werde und woran ich merkte, dass Ost und West anders tickten?« Ich muss leise lachen bei dem Gedanken. »Das ist die Kinoeinladung meiner Cousine. Damals spielten sie bei uns im Westen *Saturday Night Fever*. Ich bin mit der Erwartung in dieses alte und verstaubte Kino in Worbis gegangen, um John Travolta auf der Leinwand tanzen zu sehen. Stattdessen musste ich mir *High Noon – Zwölf Uhr mittags* mit Gary Cooper ansehen. Einen uralten Schinken.«

Meine Mutter gluckst. »An diesen Tag kann ich mich auch erinnern. Ich sehe wieder dein Gesicht vor mir, als du mir voller Entrüstung von dem Schwarzweißfilm erzählt hast.« Wir beide kichern über diese Erinnerung.

»Ach, tut das gut zu lachen«, sagt meine Mutter fröhlich. Dann fragt sie: »Weißt du noch, wie wir einmal in den Sommerferien nach Ferna reisten und du die *Bravo*-Hefte in *meinem* Koffer in den Osten geschmuggelt hast? Mir ist fast das Herz stehen geblieben, als du sie in Ferna ausgepackt hast. Nicht auszudenken, was passiert wäre, wenn sie uns damit an der Grenze erwischt hätten. Jetzt erinnere ich mich auch wieder, wie Vati wegen eines beruflichen Termins erst einige Tage später nachkommen konnte. Seine Besuchserlaubnis galt an dem Tag erst ab Mitternacht, doch er war eine Stunde zuvor schon an der Grenze. Statt ihn rüberzulassen, haben die Grenzpolizisten jede Bierdose, die er mitbringen wollte, durchleuchtet.«

Ich nicke. »Doch, daran erinnere ich mich auch noch.«

»Viele Jahre habe ich nicht mehr daran gedacht. Aber weil wir durch seine Krankheit intensiv über diese Zeit sprechen, kommen fast täglich neue Erinnerungen zurück. Interessant ist, dass es deinen Geschwistern ähnlich ergeht. Erst heute Morgen hat Manuela mich angerufen und mir berichtet, dass sie sich mit Marko über ihre Sommerferien in meinem Heimatdorf unterhalten hat.«

Meine Mutter trinkt einen Schluck von dem Glas Wasser, das ich ihr aus der Küche geholt habe. »Heute können wir darüber lachen«, sagt sie, »aber damals war uns nicht zum Lachen zumute. Als wir flohen, fürchteten wir, dass wir nie wieder meine Familie würden besuchen dürfen. Unsere Flucht, dachten wir, war ein Abschied für immer. Bis zu unserem ersten Besuch in Ferna vergingen dann tatsächlich mehr als zehn Jahre. Erst dann war der Haftbefehl gegen uns aufgehoben, und wir konnten einen Antrag auf Besuchserlaubnis stellen. Vati und ich hatten uns in der Zeit natürlich verändert. Wir waren nicht nur älter und inzwischen Eltern geworden. Auch unser Blick auf die DDR hatte sich verschärft. Meine Verwandten hingegen waren in ihrer Haltung stehen geblieben, oder sie hatten sich dem Regime angepasst. Wenn wir uns sahen, war es nicht immer leicht zwischen uns. Es gab Anfeindungen, auch Vorwürfe.«

»Auch ich kann mich daran erinnern«, sage ich nachdenklich. »Ich weiß noch, wie manche, die euch kannten – einschließlich einiger unserer Verwandten –, die Straßenseite gewechselt haben, wenn sie uns sahen. Sie wollten nicht, dass irgendjemand wusste, dass sie uns kannten oder gar mit uns verwandt waren.«

Meine Mutter seufzt. »Zum Glück liegt das alles hinter uns.«

»Warum seid ihr nicht auf die Barrikaden gegangen damals? Hat nicht jede Generation Revoluzzer hervorgebracht?«

»Wir haben uns nicht getraut, denn wir wussten nie, ob unser Freund nicht auch unser Feind war. Du kennst die Geschichte aus dem *Siedlereck*. Vati und seine beiden Freunde waren betrunken und deshalb leichtsinnig. Einer der beiden Freunde hat einen hohen Preis für diesen Leichtsinn bezahlt. Aber es gab Leute, besonders in der Künstlerszene, die es wagten, gegen das Regime zu protestieren. Doch was hat es gebracht außer Kummer und Leid? Wer Kritik übte, musste mit schlimmsten Repressalien rechnen. Das Leben in der DDR war nicht leicht. Wenn dein Vater kein Grenzgänger gewesen wäre, hätten wir uns kaum etwas leisten können. Alles war überteuert, falls es überhaupt etwas zu kaufen gab. Hätten sie nicht den Osten vom Westen abgeriegelt, wer weiß, wie es dann gekommen wäre in der DDR. Schon vor dem Mauerbau hatten sich Tausende in den Westen abgesetzt. Die DDR drohte ihre Bürger zu verlieren. Auch wir sahen keine Zukunft dort. Glaub mir, Britta: Dein Vater und ich haben oft, sehr oft diesen Schritt hinterfragt, aber ihn nie bereut. Sei nicht mehr böse auf ihn.«

»Es tut mir leid, Mutti, dass ich wütend war. Wenn ich aus Leipzig zurück bin, gehen wir mit ihm zum Arzt. Es gibt sicherlich ein Medikament, das ihm hilft.«

Kapitel 23

Donnerstag, 17. August 1961

Ernst hörte, wie der Schlüssel im Türschloss herumgedreht wurde und die Haustür aufging – zaghaft, fast kraftlos. Mit gekräuselter Stirn sah er zur Küchentür. Seine Frau trat ein.

Ihr verängstigter Blick und ihr blasses Gesicht sprachen Bände. Ohne ein Wort zu sagen, stellte sie die Taschen neben dem Küchenschrank auf den Boden. Ernst erkannte sofort ihre Niedergeschlagenheit.

»Geht es dir nicht gut?«, fragte er besorgt und schob ihr einen Stuhl in die Knie. Sie setzte sich mit tränenverhangenem Blick.

»Wir können nicht fliehen. Es ist vorbei«, wisperte sie.

Ernsts Bruder, der das Eintreten seiner Schwägerin anscheinend erst gar nicht bemerkt hatte, da er in seine Skizze vertieft war, schaute ungläubig hoch. »Was redest du da für einen Unsinn, Leni? Wir haben bereits feste Pläne gemacht«, sagte er.

»Wenn ich euch erzähle, was ich gerade erlebt habe, glaubt ihr mir kein Wort. Ich begreife es selbst nicht«, sagte sie tonlos und schlug sich die Hände vors Gesicht.

»Herr im Himmel, erzähl endlich, was los ist, und lass das Theatralische sein, wenn es so wichtig ist«, schimpfte der Schwager aufgebracht.

»Lass sie erst mal zur Ruhe kommen«, zischte Ernst und legte den Arm um die Schultern seiner Frau.

Sie nahm die Hände herunter und sah ihren Mann dankbar an.

»Was hat dich so erschüttert?«, fragte er. Ernst hatte Leni noch nie so aufgewühlt gesehen. Mit einem Lächeln versuchte er sie zu ermutigen, ihr Erlebnis zu erzählen. Sie nickte.

»Ich bin wie immer mit dem Bus nach Hause gefahren. Vor mir hat unser Nachbar Stärker gesessen …« Leise erzählte Leni, was ihr auf der Heimfahrt widerfahren war.

Als sie zu Ende gesprochen hatte, herrschte Totenstille in der Küche. Ernst nahm drei Schnapsgläser aus dem Wohnzimmerschrank und goss vom *Nordhäuser* ein, den er aus dem Schrank geholt hatte. Wortlos kippte jeder einen Korn. Unaufgefordert füllte Ernst die Gläser ein weiteres Mal. Der zweite Doppelkorn löste die Anspannung in seinem Brustkorb.

»Es ist vorbei. Wir sind aufgeflogen«, sagte er.

»Hast du deinem Nachbarn gegenüber irgendetwas angedeutet, dass er so etwas sagt?«, fragte der Bruder vorwurfsvoll.

»Bist du verrückt? Leni und ich haben mit niemandem auch nur ein Wort darüber geredet!«

»Wie kann er dann so etwas behaupten? So was sagt

man nicht einfach so daher. Irgendetwas muss er mitbekommen haben.«

Ernst hob die Hände und schüttelte den Kopf. »Ich wüsste nicht, wie er von unserem Plan erfahren haben könnte.«

»Könnte er am Fenster gelauscht haben?«

»Woher soll ich das wissen?« Ernst sah seine Frau fragend an. Doch sie zuckte mit den Schultern. »Wenn wir über unsere Fluchtpläne reden, achten wir immer darauf, dass Türen und Fenster geschlossen sind. Von uns kann er nichts erfahren haben.«

»Kennt ihr ihn näher?«

»Natürlich kennt man sich. Schließlich sind wir Nachbarn. Trotzdem haben wir kaum privaten Kontakt miteinander. Wenn Friedrich seine Uniform anhat, ist er durch und durch der Genosse Oberleutnant. Da kannst du ihm nur selten ein Lächeln entlocken. Aber als Zivilist ist er umgänglich. Vor ein paar Wochen klingelte seine Frau bei uns. Sie war außer sich, weil er in betrunkenem Zustand im Wohnzimmer mit seiner Dienstwaffe herumgefuchtelt hat. Sie hatte Angst, dass sich ein Schuss lösen könnte. Leni und ich waren überrascht, dass die Frau uns in dieser Situation um Hilfe bat. Ich habe ihm die Pistole abgenommen und in ihrem Schrank weggeschlossen. Seitdem ist Stärker noch knapper angebunden, wenn er seine Uniform trägt«, erklärte Ernst leicht grinsend.

»Darf er die Pistole nach Hause mitnehmen?«, fragte sein Bruder erstaunt.

Ernst zuckte mit den Schultern. »Ob er das darf, weiß ich nicht. Er hatte sie jedenfalls.«

»Das ist gut zu wissen«, hörte er den Bruder murmeln, der sich erneut über den Plan beugte.

»Nach Stärkers Gerede können wir unsere Flucht vergessen«, wiederholte Leni mit weinerlicher Stimme.

»Blödsinn«, fuhr ihr Schwager sie an. »Ihr verhaltet euch ihm und allen anderen gegenüber wie immer. Gerade jetzt dürft ihr auf keinen Fall auffallen. Der Genosse Oberleutnant hat uns unwissentlich Informationen gegeben, die von Nutzen für uns sein können.«

»Welche Informationen?«, fragte sie.

»Dass wir uns sputen und bald abhauen müssen. Wenn es stimmt, was er sagt, bauen sie mit Hochdruck an der Mauer. Wenn der Grenzstreifen hier erst befestigt ist, gibt es kein Entkommen mehr.«

Er sah Leni durchdringend an. »Verlier nicht die Nerven, Schwägerin. Sondern denk an deine Aufgaben und besorg von deiner Kollegin das Schlafmittel für die Kinder. Ich überlege mir derweil einen anderen Plan. Morgen komme ich wieder.«

Als sich die Tür hinter seinem Bruder schloss, nahm Ernst seine Frau in den Arm. Er spürte, wie sie zitterte.

»Hab keine Angst, Leni. Ich verspreche dir, dass uns nichts passieren wird und dass wir unbeschadet in den Westen kommen.«

»Wie kannst du dir so sicher sein?«, flüsterte sie.

»Weil wir Glückskinder sind, mein Schatz.«

Kapitel 24

März 2014

Auch für Kochbücher muss man genau recherchieren. Es reicht nicht aus, Rezepte in einem Buch zusammenzufassen. Als Autorin muss man die Speisen selbst nachkochen und sie probieren, um ihre Besonderheiten herauszuschmecken, damit man sie den Hobbyköchinnen und -köchen in kleinen Zusammenfassungen beschreiben kann. Außerdem sollte man Profiköche interviewen, um von ihnen die Raffinessen ihres Handwerks erklärt und im Idealfall gezeigt zu bekommen. Mein Kochbuch, an dem ich momentan arbeite, hat die Sterneküche zum Thema. Tatsächlich ist unser kleines Saarland das Bundesland mit den meisten Sterneköchen. Quasi vor der Haustür kann ich die besten Köche Deutschlands befragen und ihnen in den Kochtopf schauen. Da Frankreich nur wenige Autominuten von Saarbrücken entfernt liegt und auch dort gutes Essen zur Lebensphilosophie der Menschen gehört, möchte ich in dem neuen Kochbuch die beiden Länder kulinarisch miteinander verbinden.

Ich freue mich schon sehr darauf, wenn dieses Buch

erscheint, denn dann darf ich wieder auf Lesereise gehen. Wie bei meinen anderen Kochbüchern auch schon haben mich Restaurants und Kochschulen eingeladen, einige Rezepte bei Showkochabenden vorzustellen. Dafür fahre ich kreuz und quer durch Deutschland. Ich bin froh, dass mich fast immer mein Mann auf diesen Reisen begleitet, bei denen wir interessante Menschen und Orte kennenlernen. Wir beide genießen diese kurzen Auszeiten vom Alltag – so auch jetzt auf meiner Reise nach Leipzig zur Buchmesse. Wir sind in den frühen Morgenstunden losgefahren und bereits seit mehreren Stunden unterwegs. Während mein Mann fährt, studiere ich die Rezepte, die ich dem Publikum am Abend vorstellen möchte. Als er mich leicht anstupst, sehe ich fragend von meinem Buch hoch. Er zeigt nach vorn. Vor uns liegt das traumhafte Panorama des Thüringer Walds, der sich bis weit zum Horizont erstreckt. Im Licht der Sonne glitzert der frische Puderzuckerschnee, mit dem die Bäume in der letzten Nacht bestäubt wurden.

Ich weiß nicht, warum, aber jedes Mal, wenn ich diese riesige grüne Landschaft sehe, erfasst mich ein Gefühl, als ob ich heimkomme. Dann scheint mein Herz einen Takt schneller zu schlagen. Ich lächle, als das Burgensemble »Drei Gleichen« rechts und links der A4 erscheint. Von den Erzählungen meiner Mutter weiß ich, dass die drei Festungen, die zwischen dem achten und dem elften Jahrhundert auf drei Hügeln errichtet wurden, Mühlburg, Veste Wachsenburg und Burg Gleichen heißen. Der Sage nach haben die drei Burgen nach einem Kugelblitzeinschlag im Jahr 1231 wie drei gleiche Fackeln gebrannt – daher der Name.

»Im Sommer sollten wir diese Gegend unbedingt erwandern«, schlage ich meinem Mann vor. Er nickt.

Ich habe mich oft gefragt, warum dieses Heimatgefühl so intensiv in mir aufsteigt, wenn ich diesen Flecken Erde sehe. Vielleicht, weil meine Mutter mir als Kind so oft von den Wäldern Thüringens vorgeschwärmt hat? Ich denke an meine erste Lesereise vor etlichen Jahren zurück. Da ich damals in meinem Kochbuch die Küche des Eichsfelds, die Heimat meiner Mutter, vorgestellt hatte, wurde ich zu mehreren kulinarischen Lesungen dorthin eingeladen. Dabei erzählte ich meinen Lesern und Leserinnen, dass meine Mutter vom Eichsfeld stammt und ich deshalb eine »Halbbluteichsfelderin« bin. So fühle ich mich nun auch auf dieser Reise. Vielleicht sind solche Gefühle vererbbar, überlege ich und lasse die Gegend auf mich wirken. Nur ungern reiße ich mich vom Anblick des riesigen Waldgebiets los und widme mich wieder meinen Notizen.

Jede Buchmesse hat ihr besonderes Flair. Während Frankfurt die Geschäftsmesse ist, auf der Verträge abgeschlossen werden, ist Leipzig eine Lesemesse. Vom ersten Tag an ist sie für Buchbegeisterte geöffnet, die sich über die Neuerscheinungen informieren und hoffen, ihren Lieblingsautor am Verlagsstand anzutreffen. Ich habe Termine mit der Presse, mit Foodbloggerinnen und -bloggern und einigen Fans. Auch treffe ich mich mit Kolleginnen und Kollegen, um mich mit ihnen auszutauschen.

Ich versuche mich von der Begeisterung, die in den Messehallen herrscht, anstecken zu lassen und nicht an meine Eltern zu denken. Zumal meine Geschwister und ich abgemacht haben, dass wir uns gegenseitig nicht anrufen werden.

»Falls was sein sollte, kannst du sowieso nicht reagieren«, hatte mein Bruder augenzwinkernd gemeint.

»Schalt ab und genieß die Tage. Wir werden auch ohne dich klarkommen«, hatte meine Schwester hinzugefügt und mich umarmt.

Natürlich haben beide recht. Trotzdem erwische ich mich immer wieder dabei, wie ich aufs Handy schaue, ob sich einer von ihnen bei mir gemeldet hat. Schließlich schalte ich das Smartphone aus.

An den vier Messetagen finden um die dreitausend Lesungen an besonderen Schauplätzen in Leipzig statt. Krimis werden dann schon mal in einem Polizeirevier oder im Gerichtsgebäude vorgestellt, Liebesromane in Cafés oder Einkaufspassagen, historische Romane in Kirchen oder im Renaissancesaal des Alten Rathauses. Ich darf mein Kochbuch in einem Delikatessenladen präsentieren, in dem man die Zutaten zu den Rezepten, die ich vorstelle, auch gleich kaufen kann. Das Geschäft ist gut besucht, das Publikum und der Geschäftsinhaber sind begeistert. Die Messetage vergehen wie im Flug.

Am Sonntag geht es wieder heimwärts. Kaum sitze

ich im Auto, rattern meine Gedanken. Ich will meine Mutter anrufen, doch ich habe keinen Empfang.

»Wahrscheinlich liegt es an den Bergen«, erklärt mein Mann. »Vielleicht solltest du warten, bis wir zuhause sind. Dann kannst du ungestört mit deinen Eltern sprechen«, schlägt er vor.

Ich nicke und stecke das Telefon zurück in die Handtasche.

Kapitel 25

Donnerstag, 17. August 1961

Leni wusste nicht, wie sie die Woche überstehen sollte.

Sie konnte sich unmöglich krankmelden, denn dann lief sie Gefahr, dass jemand bei ihr zuhause vorbeikam. Das durfte nicht passieren. Sie presste sich die Hand auf den Bauch. Seit Ernst mit dem Bolzenschneider aus Nauen zurückgekehrt war und ihr von seinem ehemaligen Arbeitskollegen in dem Geschäft erzählt hatte, rebellierte ihr Magen wieder. Auch der Vorfall im Bus am Vortag hatte ihre Schmerzen verstärkt. Allein bei dem Gedanken an Friedrich Stärker bekam sie Bauchkrämpfe. Tagsüber bei der Arbeit in ihrem Friseurgeschäft war sie zwar abgelenkt gewesen. Aber schon während der Heimfahrt hatte sie ständig an den Genossen Oberleutnant gedacht, und jetzt zuhause konnte sie auch nicht abschalten.

Die Arme vor dem Bauch verschränkt saß sie in ihrem Wohnzimmer und überlegte, wie Stärker von ihren Fluchtplänen hätte erfahren können. Er konnte diese Behauptung nur aufstellen, wenn er etwas ahnte. Aber wie nur? Leni war sich sicher, dass niemand von ihnen auch nur ein Wort darüber außerhalb ihrer vier Wände hatte fallen lassen. Wurden sie womöglich observiert? Erst letzte Nacht hatte Ernst ihr im Bett zugeflüstert: »Jeden Tag, den wir länger hierbleiben, laufen wir Gefahr, dass man uns auf die Schliche kommt.« Außerdem befürchtete er, dass man sie schon bald aus dem Sperrbezirk deportieren würde. »Dann ist unser Leben vorbei!«

Leni zog die Beine an und stellte die Fußspitzen auf den Boden. Sie musste an die Familie Keller denken. Seit ihrer Verschleppung hatte man nichts mehr von ihnen gehört. Kurzatmig presste sie sich die Hände auf den Unterleib und schlich zum Küchenfenster, das zur Straße zeigte. Vorsichtig schaute sie hinaus. Vielleicht wurden sie heimlich von einem der Bewohner aus der Straße beobachtet?

In Gedanken ging Leni die Gesichter der Nachbarn durch. Wem würde sie so etwas zutrauen? Im ersten Haus hinter dem rot-weißen Schlagbaum wohnte eine Familie, die sie kaum kannte. Wenn man sich traf, grüßte man höflich, wechselte jedoch sonst kein Wort miteinander. Einige der Straßenbewohner betitelten den Mann aus dem Haus abfällig als »Bonzen«. Angeblich nutzte er seine Stellung in der Partei für seine Vorteile aus. »Die Belange anderer interessieren ihn nicht«, hatte letzten Winter die Frau mit den zwei Mädchen aus dem gegenüberliegenden Haus geschimpft. Sie hatte dringend Heizkohle benötigt und ihn deshalb um Hilfe gebeten. Er jedoch hatte sie abgewiesen.

Leni überlegte und schüttelte dann den Kopf. Obwohl sie den Mann nicht näher kannte, war sie sich sicher, dass sie und Ernst nicht interessant genug für ihn waren.

Neben der Mutter mit den Zwillingsmädchen wohnte Friedrich Stärker mit seiner Frau. Leni wäre es aufgefallen, wenn er bei ihnen herumgelungert hätte. Zudem konnte der Herr Oberleutnant nicht die Klappe halten. Er hätte sicherlich bei ihr geklingelt und sie in ein Gespräch verwickelt, um etwas in Erfahrung zu bringen.

In dem Haus rechts neben dem Bonzen wohnte das ältere Ehepaar, von denen sie ihr Häuschen gemietet hatten. Sie waren unauffällig und froh, wenn sie ihre Ruhe hatten.

Dann kamen ihr eigenes Haus und dann das, in dem ihr Freund Karl mit seinen Eltern lebte. Leni wandte den Kopf in die Richtung, obwohl sie das Haus hinter den Sträuchern nicht sehen konnte. Karl war so alt wie sie und ein guter Nachbar. Hätte er ihren Mann neulich nicht aus dem *Siedlereck* geholt, dann würde Ernst jetzt wahrscheinlich in der Zelle neben Otto einsitzen. *Kartoffelpuffer,* dachte Leni und schüttelte den Kopf. »Darauf muss man erst mal kommen«, murmelte sie.

Neben Karls Haus stand das Haus der Familie Hüpfer und daneben das Bauernhaus, das direkt am Weg zwischen Sperrbezirk und Grenze stand. Auch diesen Menschen wollte Leni nichts Schlechtes unterstellen.

Sie drehte dem Fenster den Rücken zu, als ihr ein anderer Gedanke kam. Was, wenn sie abgehört wurden und Stärker das wusste? In einem Spionagefilm im Westkino hatte sie gesehen, dass man winzig kleine Mikrofone im Haus verstecken konnte, ohne dass sie den Bewohnern auffielen. Ihr Blick ging zur Küchenlampe an der Decke.

Auf weichen Knien schlich sie zum Küchentisch, schob ihn zur Seite und stellte den Stuhl unter den gläsernen Lampenschirm. Dabei versuchte sie so wenig Krach wie möglich zu machen. Sie stieg auf die Sitzfläche, wobei der Stuhl gefährlich schaukelte, weil sie ihre Beine kaum kontrollieren konnte. Um den oberen Teil der Lampe nach Abhörgeräten abzutasten, musste sie sich auf die Zehenspitzen stellen. Gerade als sie die Finger ausstreckte, kam ihr Mann nach Hause und betrat die Küche.

»Ist die Glühbirne kaputt? Die kann ich doch auswechseln«, sagte er und stützte sie mit den Händen.

Leni legte sich den Finger auf die Lippen. Fragend sah er zu ihr hoch. Mit angehaltenem Atem tastete sie die Lampe außen und innen ab.

»Nichts«, flüsterte sie erleichtert und stieg vom Stuhl herunter.

»Was wolltest du finden?«, fragte Ernst ebenso leise.

»Mikrofone.«

Er riss die Augen auf. »Wieso?«, wisperte er ungläubig.

Während Leni Stuhl und Tisch zurück auf ihre Plätze schob, erklärte sie ihm flüsternd ihren Verdacht. Nun wanderte auch sein Blick in der Küche umher.

»Ich glaube nicht, dass man uns abhört. Warum sollten sie das tun? Außerdem hätten wir doch mitbekommen, wenn jemand im Haus gewesen wäre.«

Sie zuckte mit den Schultern. »Irgendeinen Verdacht muss Stärker haben, wenn er so etwas sagt. Woher sollte er den haben, wenn nicht durch Abhören? Niemand von uns würde etwas verraten … Ich werde noch verrückt, bis es endlich losgeht.«

»Mir geht es ähnlich. Uns läuft die Zeit davon, doch mir fällt nichts ein, wie wir herausfinden können, wann der günstigste Zeitpunkt ist, um über die Grenze zu gehen. Alle Pläne, die wir ausgeheckt haben, sind zu gefährlich. Man könnte uns entdecken, wenn wir dichter an die Grenze gehen, um die Verhältnisse auszukundschaften. Aber hier vom Haus aus sehen wir nichts. Dabei brauchen wir dringend einen genauen Zeitplan, wann die Wachen abgelöst werden, und wir müssen wissen, wie viele Grenzsoldaten patrouillieren.«

Leni blickte in Ernsts ratloses Gesicht.

»Das Unkraut schießt zwischen den Kartoffeln in die Höhe. Hilfst du mir im Garten?«, fragte sie, um ihn abzulenken.

»Mein Bruder will mich sehen. Wir treffen uns bei ihm zuhause. Ich muss gleich wieder los. Willst du nicht mitkommen? Das Unkraut kannst du stehen lassen. Wenn wir fort sind, interessiert das niemanden mehr.«

Lenis Magen zog sich zusammen. »Frau Hartmann würde merken, dass etwas nicht stimmt, wenn ich das

Unkraut stehen lasse. Außerdem muss ich dringend gießen«, sagte sie und griff nach ihren Gartenhandschuhen unter der Spüle.

Das Gärtnern war Lenis Leidenschaft. Sie hatte Glück, dass ihr Grundstück groß genug war, um zwei Gärten anlegen zu können. Vor dem Haus hatte sie Blumen, Kräuter und Salat angepflanzt. Im hinteren Nutzgarten baute sie Kartoffeln, Kohl, Gurken und Tomaten an. Dieser Teil ihres Grundstücks grenzte an das ehemalige Wohnhaus der Familie Schmitt, die jetzt im Westen lebten. Letzten Sommer war Frau Hartmann mit ihren beiden kleinen Kindern in das Haus eingezogen. Angeblich war ihr Mann bei der Marine und ständig unterwegs. Genaueres wusste niemand, denn gesehen hatte ihn noch keiner. Leni hatte Frau Hartmann bei der Gartenarbeit letzten Herbst kennengelernt, als sie über die bauchhohe Hecke, die ihre Grundstücke voneinander trennte, einen freundlichen Gruß hinüberrief. Seitdem trafen sie sich hin und wieder, wenn Leni Gemüse erntete oder Unkraut jätete. Dann sprachen sie über das Wetter oder über die lieben Kleinen, aber nie über Frau Hartmanns Mann. Da Frau Hartmann keinen Nutzgarten hatte, gab Leni ihr manchmal etwas von ihrer Ernte ab.

Der Eingang von Frau Hartmanns Haus war in Sichtweite der Spandauer Straße, die in Westberlin lag. Obwohl die Hausbewohner hinübersehen konnten, *hinübergehen* durften sie nicht. Dafür sorgten mehrere Wachsoldaten, die diesen Teil wie auch das Sperrgebiet scharf kontrollierten. So auch heute, als Leni auf dem Boden zwischen ihren Kartoffelstauden kniete und durch die Hecke verdeckt war. Schon von Weitem hörte sie die Männer reden, die von Albrechtshof die Falkenhagener Straße entlangkamen. Als die Wachsoldaten auf ihrer Höhe waren, blieben sie stehen.

Unbewusst verharrte Leni in ihrer Bewegung und presste sich dichter zu Boden. Sie wollte nicht, dass man sie bemerkte. Da vernahm sie das zischende Geräusch eines Streichholzes. Tabaksgeruch zog über sie hinweg. Anscheinend machten die Männer eine vergnügliche Zigarettenpause. Sie palaverten und glucksten verhalten. Leni hörte kaum hin, zupfte um sich herum das Unkraut und wartete darauf, dass sie weitergingen. Da fiel ein Name.

Leni wurde hellhörig und robbte näher an die Hecke heran. Ungläubig lauschte sie dem Gespräch der Männer. Ihr Herz schlug ihr bis zum Hals.

Ich muss sofort zu Ernst, dachte sie. Doch erst als die Soldaten weitergingen, wagte sie es, aufzustehen und zum Haus zurückzugehen.

Kapitel 26

März 2014

Nach der mehrstündigen Autofahrt kommen wir wohlbehalten zuhause an. Kaum haben wir die Koffer aus dem Auto ins Haus getragen, rufe ich bei meinen Eltern an. Niemand antwortet. Auch beim zweiten und dritten Versuch geht keiner ans Telefon. Ich wähle die Nummer meiner Schwester. Dort erwische ich meinen Neffen, der mir verrät, dass seine Mutter bei unserem Bruder ist.

Mit ungutem Gefühl wähle ich Markos Nummer. Als ich seine Stimme höre, atme ich erleichtert aus. »Ich wollte mich zurückmelden und fragen, ob alles in Ordnung ist. Ich habe es schon bei Mutti versucht, aber sie scheint nicht da zu sein.«

»Sie ist hier oben.«

Irgendetwas in seiner Stimme lässt mich aufhorchen.

»Ist Manu auch bei dir?«, frage ich, obwohl ich es bereits weiß.

»Britta, unser Vater ist in eine psychiatrische Klinik eingewiesen worden«, sagt Marko leise.

»In eine *was*?«, schreie ich in den Hörer.

»Am besten kommst du her«, schlägt er vor.

»Ich bin gleich da«, sage ich mit rauer Stimme und lege auf.

Mein Mann sieht mich fragend an.

»Mein Vater ist in der Irrenanstalt«, stammle ich. »Wie kann so etwas geschehen? Wie können sie so etwas erlauben?« Mir kommen die Tränen.

Mein Mann nimmt mich in den Arm und sagt: »Dein Vater hat mich angerufen, als wir in Leipzig waren. Ich habe nichts gesagt, um dich nicht zu beunruhigen, denn er hat mir erzählt, dass er in Dresden sei, weil er dort einen großen Auftrag habe.«

Ich hebe ungläubig den Blick. »In Dresden? Wie soll er dorthin gekommen sein?«

»Gar nicht. Er hat anscheinend halluziniert. Im Hintergrund habe ich deine Mutter mit deiner Schwägerin reden hören.«

»Warum hast du mir das nicht gesagt?«, frage ich konsterniert.

»Was hättest du tun wollen? Wir waren sechshundert Kilometer von zuhause entfernt. Außerdem hattest du deine Lesung und andere Termine, auf die du dich konzentrieren musstest.«

»Trotzdem hättest du es mir sagen müssen«, protestiere ich mit schwacher Stimme. Aber da ich einsehe, dass er es nur gut gemeint hat, halte ich meinen Unmut zurück. »Ich muss zu meinen Geschwistern.«

»Soll ich mitkommen?«

Ich schüttle den Kopf. »Die Kinder kommen gleich nach Hause. Es ist besser, wenn du hier bist und ihnen die Situation erklärst«, sage ich, greife nach meiner Jacke und gehe zum Auto.

Kapitel 27

Donnerstag, 17. August 1961

»Warum wolltest du mich sprechen?«, fragte Ernst und biss in das Stück Rührkuchen, den seine Schwägerin gebacken hatte.

»Du wirst es nicht glauben, aber der Kleine, seine Frau und unsere Mutter wollen mitkommen in den Westen«, sagte sein Bruder.

Ernst stellte den leeren Teller zurück auf den Couchtisch. »Tatsächlich?«

»Warum sollte ich lügen?«, lachte der Bruder und nippte an dem heißen Kaffee.

»Als ich sie gefragt habe, sagten sie, sie wollen hierbleiben. Was hat sie umgestimmt?«

»Die Tatsache, dass wir mit euch gehen. Als du mit ihm gesprochen hast, wusste ich noch nicht, dass ich von der Stasi unter Druck gesetzt werde. Gestern habe ich den Kleinen aufgesucht und es ihm erzählt. Heute morgen vor der Arbeit kam er her und sagte, dass sie mitkommen, weil sie Angst vor Repressalien haben, wenn sie als Einzige hierbleiben.«

Ernst freute sich, dass ihr jüngster Bruder, der von

ihnen nur »der Kleine« genannt wurde, und ihre Mutter der DDR ebenfalls den Rücken kehren wollten.

»Dass seine Frau auch mitgeht und ihre Eltern und ihre Schwester hier zurücklässt, ist sehr mutig«, meinte die Schwägerin nachdenklich.

»Ich glaube nicht, dass sie weiß, worauf sie sich einlässt. Sie ist noch sehr jung«, erwiderte ihr Mann verständnisvoll.

»So bleibt jedenfalls unsere Familie zusammen«, freute sich Ernst.

Der Bruder gab zu bedenken: »Wir sind jetzt eine große Gruppe. Wenn neun Personen über die Grenze gehen, wird es sehr gefährlich. Wir müssen darüber sprechen, was zu tun ist, wenn einem von uns auf dem Weg etwas zustößt. Deshalb müssen wir uns alle rasch treffen und für einen Notfall Verhaltensregeln aufstellen.«

Ernst nickte und sah zu seiner Schwägerin. Sie stimmte dem Vorschlag ihres Mannes ebenfalls zu, doch er konnte die Sorge in ihren Augen lesen.

»Hat Leni endlich die Tropfen für die Kinder besorgt?«, fragte der Bruder.

Ernst zuckte mit den Schultern. »Leni geht es im Moment nicht gut.«

»Sicherlich wieder ihr empfindlicher Magen«, schlussfolgerte die Schwester seiner Frau. Sie hatte sich auf die Couchlehne gesetzt, die Beine übereinandergeschlagen und wippte mit dem Fuß in der Luft.

Ernst nickte. »Deine Schwester ist nur noch ein Nervenbündel. Der Verdacht unseres Nachbarn Stärker hat ihr den Rest gegeben. Heute hat sie die Wohnung sogar nach Wanzen abgesucht.«

»Wie bitte?«, rief die Schwägerin. Ihr Fuß hörte auf zu wippen. Überrascht schaute sie Ernst an. »Wie kommt sie darauf, dass ihr verwanzt sein könntet?«

»Hat dein Mann dir nichts erzählt?«

»Was ist passiert?«, fragte die Schwägerin ihren Mann.

Der winkte ab. »Das hat nichts zu bedeuten«, nuschelte er und nahm sein Zigarettenpäckchen vom Tisch.

»Ich will es trotzdem wissen. Meine Schwester bekommt nicht einfach so Magenschmerzen.«

Da sein Bruder weiter schwieg, berichtete Ernst von Friedrich Stärkers Behauptung.

»So etwas verschweigst du mir?«

»Dieser Oberleutnant weiß nichts von unseren Plänen. Wahrscheinlich hat er gehofft, dass er irgendetwas erfährt, wenn er so etwas in aller Öffentlichkeit behauptet.«

»Was, wenn du unrecht hast und er etwas ahnt? Wie willst du wissen, ob uns die Stasi wegen deines Unfalls nicht beobachtet? Vielleicht ist Lenis Verdacht, dass wir abgehört werden, richtig.«

Sofort sahen drei Augenpaare zur Deckenlampe hoch.

»Jetzt beruhig dich. Ernst und ich haben alles im Griff.«

»Nichts habt ihr im Griff! Ihr wisst nicht einmal, wann es losgeht.«

Der Bruder sah seine Frau mürrisch an. »Sobald wir den Zeitplan haben, geht alles sehr schnell. Deshalb ist es wichtig, so gut wie möglich vorbereitet zu sein. Ich übernehme die Verantwortung für euch und kann deshalb nichts dem Zufall überlassen. Wichtig sind diese Tropfen.«

Der Fuß von Lenis Schwester wippte wieder. »Ich werde mich morgen darum kümmern und sie in der Apotheke kaufen.«

»Was willst du denen sagen, für was du sie brauchst?«

»Mir wird schon was einfallen, wenn man mich fragen sollte.«

Plötzlich klingelte es an der Tür. Alle drei sahen sich fragend an und schienen den gleichen Gedanken zu haben.

»Du machst nicht auf«, flüsterte Ernots Bruder seiner Frau zu, die bereits aufgesprungen war. »Wir tun so, als ob wir nicht da sind.«

»Das geht nicht. Bestimmt wissen sie, dass wir zuhause sind, denn sonst hätten sie nicht geklingelt«, wisperte sie.

Mit einer Geste gab er ihr zu verstehen, dass sie öffnen solle. Sie ging wie auf Stelzen zur Eingangstür im Flur.

»Leni, du?«, hörte man sie rufen. Die Brüder griffen sich ans Herz und hoben erleichtert die Daumen.

Ernst drückte seine halb gerauchte Zigarette im Kristallaschenbecher aus, stand auf und ging auf seine Frau zu. Erstaunt betrachtete er ihr Gesicht. Ihre Augen strahlten, ihre Wangen waren rosig.

»Was hast du?«, fragte er irritiert.

»Ich weiß, wie wir unser Problem lösen.«

Kapitel 28

März 2014

Nachdem ich geklingelt habe, öffnet Marko mir die Tür. Sein Blick wirkt ernst. Im Wohnzimmer sitzen meine Mutter und meine Schwester nebeneinander auf der Couch – die eine schreckensbleich, die andere mit verheulten Augen. Ich wage kaum zu fragen, doch ich muss wissen, was geschehen ist.

Mein Bruder sieht fragend zu meiner Mutter, die stumm nickt. Dann beginnt er zu erzählen:

»Mutti hatte Freitag einen Termin beim Arzt, zu dem Vati sie begleitete. Sie wollte die Gelegenheit nutzen, deinen Rat, Britta, umzusetzen und den Arzt um Beruhigungsmittel für unseren Vater zu bitten. Doch als der Arzt ihn untersuchen wollte, ist Vati regelrecht ausgetickt und hat ihn übel beschimpft. Du kennst den Arzt. Ihn bringt so schnell nichts aus der Ruhe, deshalb hat er versucht, Vati die Untersuchung zu erklären. Doch Vati hat nicht zugehört und ihn mit seinem Krückstock bedroht. Erst dann wurde der Arzt energisch und hat ihn gewarnt, ihn ins Krankenhaus einzuweisen, um ihn dort noch gründlicher untersuchen zu lassen. Daraufhin sind

Vatis Beschimpfungen sogar noch heftiger geworden. Schließlich hat er die Praxis verlassen und unsere Mutter, die natürlich sehr aufgewühlt war, zurückgelassen. Zum Glück hatte Mutti Manuela und mich zuvor über den Arztbesuch informiert. Da Vati am Tag davor schon aggressiv war und mich sogar aus der Wohnung geworfen hat, haben Manu und ich beschlossen, uns einen Tag freizunehmen und vor der Praxis im Auto zu warten, falls Mutti unsere Hilfe braucht. Da haben wir gesehen, wie unser Vater aus der Praxis kam und orientierungslos über die Kreuzung marschierte. Die Autos mussten scharf bremsen, und es gab ein Hupkonzert, doch Vati ließ sich nicht beirren. Es hat nicht viel gefehlt, und es wäre zu einem Unfall gekommen. Ich bin ihm hinterhergelaufen, während Manuela in die Praxis ging, um mit dem Arzt zu sprechen und Mutti zu holen.«

Meine Schwester sieht mich aus verquollenen Augen an und erzählt mit brüchiger Stimme: »Als ich dem Arzt schilderte, was sich draußen abspielte, meinte er, dass unser Vater nun nicht mehr nur eine Gefahr für sich selbst, sondern auch für die Allgemeinheit sei. Deshalb sei eine Einweisung in eine geschlossene Anstalt notwendig.«

Fassungslos setze ich mich auf die Couch und vergrabe mein Gesicht in beiden Händen.

»Es war, als ob wir geahnt hätten, dass es so kommen würde«, wispert meine Schwester. »Wenn wir uns nicht freigenommen hätten … Mutti hätte das allein nicht geschafft.«

»Aber warum in eine geschlossene Anstalt und nicht in ein normales Krankenhaus?«, frage ich leise.

»Weil er aus einem Krankenhaus abhauen würde«, erklärt Marko sachlich.

Ich lache bitter auf. »Wo will er denn hin mit seinen kaputten Knien? Jetzt sitzt er als gesunder Mensch unter lauter Irren«, brause ich auf und denke gleichzeitig: Wäre ich nur nicht nach Leipzig gefahren, dann wäre das nicht passiert. Ich sehe meine Geschwister missbilligend an.

»Du spinnst wohl, uns Vorwürfe zu machen! Du warst nicht dabei und kannst dir nicht vorstellen, was wir mitgemacht haben. Und wie furchtbar es war, als die Polizei und der Krankenwagen kamen, um unseren Vater regelrecht abzuführen«, schnauzt mein Bruder.

»Du hast gut reden. Was hättest du anders gemacht als wir? Außerdem haben nicht *wir* Vati einweisen lassen, sondern sein Arzt hat es angeordnet«, ereifert sich meine Schwester.

Ich will gerade dagegen argumentieren, als sich die kraftlose Stimme meiner Mutter meldet. Bis jetzt hatte sie stumm und zusammengekauert auf dem Sofa gesessen.

»Glaubst du wirklich, es geht uns gut damit? Ich komme mir vor wie in einem bösen Traum, aus dem es kein Erwachen gibt«, sagt sie und richtet ihren Blick auf meinen Bruder. »Erzähl ihr, was in der Psychiatrie passiert ist. Dann versteht sie vielleicht, dass wir keine andere Wahl hatten, als euren Vater dort zu lassen.«

Mir war vorher schon elend zumute, doch nun wird mir speiübel. Hastig nehme ich einen Schluck Wasser aus dem Glas, das mir mein Bruder hingestellt hat. »Was ist passiert?«, frage ich ihn.

Er sieht mich ernst an und erklärt: »Die Sanitäter konnten Vati überzeugen, freiwillig mitzufahren. Als sie ihn auf dem Sitz festschnallten, war er wieder guter Dinge. Er hat mit ihnen gespaßt und natürlich von Russland erzählt.«

Marko wischt sich über die Augen. »Es ist immer dieselbe Leier. Für Außenstehende scheint es dann, als ob er gesund sei und wir ihm Böses unterstellen würden. Als ich die verständnislosen Blicke der Sanitäter sah, habe ich ein schlechtes Gewissen bekommen. Ich war kurz davor, mich vor ihnen zu rechtfertigen … diese Situation war zum Davonlaufen. Wir sind schnell nach Hause gefahren, um für Vati ein paar Sachen zu packen. Deshalb kamen wir erst eine halbe Stunde nach dem Rettungswagen in dieser Fachklinik an. Als wir dort nach unserem Vater fragten, hat man uns an die diensthabende Ärztin verwiesen. Du kannst dir nicht vorstellen, wie grotesk das Gespräch verlaufen ist. Die Ärztin weigerte sich, unseren Vater aufzunehmen. Wie sich herausstellte, hatte er sich in dem Gespräch mit ihr von seiner besten Seite gezeigt.«

»Als wir ihre Stimme hörten, wussten wir sofort, warum sich Vati bei ihr in Prinz Charming verwandelt hat«, erklärt Manuela spöttisch. Ich sehe sie stirnrunzelnd an. »Vati hatte an ihrem Akzent erkannt, dass sie aus Russland stammt. Daraufhin erzählte er sofort von seiner Arbeit dort, von den Städten, die er besucht hat, und so weiter und so fort. Er muss sich während ihrer Unterhaltung völlig normal verhalten haben, hatte weder Wortfindungsstörungen noch Erinnerungslücken. Und er zeigte sich von seiner sanften und gefälligen Seite. Nichts wies auf eine aggressive Wesensveränderung hin. Wir dachten schon, wir sind die Verrückten«, gesteht meine Schwester niedergeschlagen.

»Die Ärztin war überzeugt, dass wir unseren Vater in die Klinik abschieben wollten, weil er uns unbequem ist und wir ein vergnügliches Wochenende verbringen wollen.«

»Unfassbar!«, murmle ich.

»Egal was wir sagten, es prallte an der Ärztin ab. Sie meinte, dass wir nicht die Ersten seien, die ein Familienmitglied in die Psychiatrie abschieben wollen. Wir versuchten sie zu überzeugen, dass das nicht stimmt, als ein Pfleger unseren Vater an der offenen Tür des Arztzimmers vorbeiführte. Kaum sah Vati uns in dem Zimmer sitzen, riss er sich los und stürmte mit irrem Blick und erhobenem Gehstock auf uns zu. Die Ärztin, mit der er kurz zuvor noch nett geplaudert hatte, erkannte er nicht mehr.«

»Vati hatte keinerlei Erinnerung, wer sie war, und hat sie ebenfalls wüst beschimpft«, schluchzt Manu.

Marko sieht sie mitfühlend an. »Zwei Pfleger mussten ihn in sein Zimmer bringen. Einer der Männer kam kurz darauf zurück und bestätigte, was ich schon länger vermute: Nach seiner Erfahrung ist unser Vater dement, und das nicht erst seit gestern. Der Pfleger sagte, dass er dieses Verhalten nur zu gut von seinem eigenen Vater kennt, den er zuhause betreut.«

Mein Bruder schluckt. Zum ersten Mal sehe ich in seinen Augen, wie auch er leidet. Ich fühle mich mies.

»Kannst du dir vorstellen, wie es mir geht?«, fragt er mit leiser Stimme. »Auf der einen Seite wird bestätigt, dass ich recht habe, so dass ich mich nicht mehr vor euch rechtfertigen muss. Anderseits ist dieses Urteil niederschmetternd. Es bedeutet, dass Vati niemals mehr gesund wird.«

Markos Aussage raubt mir den Atem. Ich sehe zu meiner Mutter und meiner Schwester. Auch sie scheinen wie betäubt, sagen kein Wort.

»Wie geht es jetzt weiter?«, frage ich leise.

Mein Bruder antwortet sachlich: »Wir haben der Ärztin gesagt, dass wir nicht wollen, dass sie unseren Vater behandelt. Auch dass wir nicht mehr mit ihr sprechen wollen. Deshalb müssen wir bis morgen warten, wenn der Stationsarzt Dienst hat.«

Manuela hat ihre Stimme wieder. »Vati«, sagt sie, »will uns drei nicht sehen, weil wir für ihn Verräter sind. Und ich kann mir nicht noch einen Tag Urlaub nehmen.«

»Ich muss ebenfalls arbeiten«, sagt Marko.

»Ihr habt genug getan. Ich werde morgen in die Psychiatrie fahren und mit dem Arzt sprechen. Danach gehe ich zu Vati«, verspreche ich ruhig, während mein Herz rast.

Kapitel 29

Donnerstag, 17. August 1961

Leni ging es gut. Ihre Magenkrämpfe waren wie weggeflogen.

Freudestrahlend schaute sie ihren Mann an, dann ihre Schwester und ihren Schwager. »Ich weiß, wie wir den Zeitplan feststellen können.«

Die drei sahen einander überrascht an.

»Jetzt bin ich gespannt«, meinte der Schwager skeptisch.

»Ihr werdet es nicht glauben …«

»Spann uns nicht länger auf die Folter«, unterbrach sie Ernst ungeduldig und zog sie neben sich auf die Couch.

»Wie du weißt, war ich vorhin Unkraut jäten im hinteren Garten, als zwei Grenzsoldaten genau dort, wo ich zwischen den Kartoffelstauden kniete, eine Zigarettenpause machten. Dabei unterhielten sie sich so laut, dass ich jedes Wort verstehen konnte … Zuerst hörte ich nicht hin, weil es mich nicht interessierte, doch dann fiel ein Name, und ich wurde neugierig …«

»Welcher Name?«, fragte ihre Schwester aufgeregt.

»Der von Frau Hartmann.«

»Was hat die mit dem Zeitplan zu tun?«, wollte der Schwager skeptisch wissen.

»So wie ich es verstanden habe, lädt Frau Hartmann die Wachleute seit Kurzem zu sich ins Haus ein.«

»WAS?«, riefen Ernst und sein Bruder wie aus einem Mund.

Leni nickte grinsend. »Offenbar vergnügen sich die Grenzer mit Frau Hartmann.«

»Hat sie keinen Mann?«, fragte Lenis Schwester.

»Den haben wir noch nie gesehen. Er soll ja angeblich zur See fahren. Doch nach dem, was ich heute gehört habe, ist das wohl nur eine Ausrede. Vielleicht gibt es gar keinen Herrn Hartmann.«

»Das kann uns egal sein«, murmelte Ernsts Bruder und wanderte durch das Wohnzimmer. »Wenn das tatsächlich so ist, dann müssen wir die Dauer der Männerbesuche aufschreiben und beobachten, was die anderen machen.«

»Und wir müssen in Erfahrung bringen, wann und wie viele Soldaten bei Frau Hartmann ›vorbeischauen‹«, ergänzte Lenis Schwester.

»Wie wollt ihr das machen, ohne aufzufallen?«, fragte Ernst. »Leni hatte Glück, dass man sie hinter der Hecke nicht gesehen hat, sonst hätten sich die Soldaten sicherlich nicht über ihr Techtelmechtel ausgetauscht.«

»So wie ich das verstanden habe, kommt der erste, wenn ihre Kinder schlafen. Die anderen passen derweil draußen auf, danach geht der nächste zu ihr. In dieser Zeit wäre der Grenzübergang unbewacht«, sagte Leni.

Ernst sah seine Frau anerkennend an. »Deine Informationen sind genau die, die wir gebraucht haben«, lobte er sie.

»Noch können wir nichts damit anfangen. Denn wie wollen wir feststellen, wann die Männer in dem Haus verschwinden?«, gab der Bruder zu bedenken.

»Auch dafür habe ich eine Lösung«, widersprach Leni.

»Und diese Lösung wäre?«, fragte Ernst.

»Du weißt doch, dass unsere Vermieter Runkeln anbauen, mit denen sie im Winter ihre Karnickel füttern. Das Futter lagert in einer Runkelmiete, die sich in der Verlängerung von Frau Hartmanns Hecke befindet. Wenn man in der Mulde sitzt, hat man einen guten Blick auf ihr Haus. Da die nächste Futterrübenernte erst im Oktober ist, ist die Rübenmiete jetzt so gut wie leer. Ich kann mich also darin verstecken und das Haus beobachten.«

»Das ist der beste Einfall, den wir bis jetzt hatten«, lobte der Schwager Leni und umarmte sie überschwänglich.

»Das hört sich sehr kühn an. Hast du keine Angst?«, gab ihre Schwester zu bedenken.

»Ich ziehe mir schwarze Kleidung an, dann sieht man mich nicht in dem Loch«, versuchte Leni sie zu beruhigen.

»Weißt du, wann ihre Kinder zu Bett gehen?«, fragte Ernst.

»Wahrscheinlich um die gleiche Zeit wie unsere. Allerdings ist es dann noch hell. Die Grenzer werden bestimmt warten, bis es dämmrig wird«, meinte die Schwester.

Ernsts Bruder wandte sich seiner Frau zu: »Hol den *Rotkäppchen*-Sekt. Darauf müssen wir anstoßen.«

Kapitel 30

März 2014

Mittlerweile ist es normal geworden, dass ich kaum noch schlafe. Auch in dieser Nacht sitze ich im Arbeitszimmer. Doch anstatt an meinem Kochbuch zu arbeiten, grüble ich. Am vergangenen Abend hatte ich zuhause vom Verdacht meiner Geschwister berichtet, dass Vati dement sei. Die Reaktion meines Mannes fiel sachlich aus:

»Vielleicht ist alles nur halb so schlimm«, hatte er gesagt. Er schien die Härte der Situation nicht verstehen zu wollen und hatte der Diagnose Demenz vehement widersprochen. Statt mich zu trösten, musste ich hören: »Ich habe keinerlei Probleme mit eurem Vater und kann mich immer noch ganz normal mit ihm unterhalten. Im Laufe der Jahre habe ich akzeptiert, dass er einen schwierigen Charakter hat und gerne streitet. In der Tat ist er seit geraumer Zeit deutlich launischer geworden, was sicherlich mit seinem Alter, aber doch bestimmt nichts mit dieser Krankheit zu tun hat …«

Seitdem brüte ich, ob diese Ansicht richtig ist und ob meine Geschwister und ich uns in etwas verrennen.

Schließlich kann ich selbst die Diagnose kaum fassen, habe keine Ahnung, was sie bedeutet – nicht für uns und nicht für unseren Vater. Vor Kurzem habe ich einen Erfahrungsbericht über demente Menschen gelesen, die das Hier und Jetzt vergessen haben und in der Vergangenheit leben, an die sie sich genau erinnern können. Ich las, dass manche Demenzkranke ihre Angehörigen nicht mehr erkennen. Auch Vati hatte schon wenig später vergessen, dass er mir erzählte, die Stasi würde ihn vom Krankenhausdach aus beobachten. Außerdem hat er mich mit meiner Mutter verwechselt. *Lenichen, du musst keine Angst haben. Ich werde dich beschützen. Wir müssen uns nur eine Leiter besorgen …*

Ursache dieser Verwechslung sind doch bestimmt die vielen Medikamente, die er in letzter Zeit einnehmen musste, versuche ich mich zu beschwichtigen. Ich lege mich auf die Couch, die in meinem Zimmer steht, ziehe die Beine an und rolle mich wie ein Kind zusammen. Würden diese Gedächtnisaussetzer wiederkommen und womöglich für immer bleiben? Nein, schluchze ich ins Kissen. Ich kann und ich will es mir nicht vorstellen.

Meine Gedanken wandern zurück zu dem Fernsehbericht. Darin hieß es außerdem, dass man einem dementen Menschen seine Krankheit nur selten ansehen kann. Er hat auch keine Schmerzen. Stattdessen erleben seine Angehörigen die Demenz in jeder Phase der Persönlichkeitszerstörung, in völliger Hilflosigkeit, ohne etwas dagegen unternehmen zu können. Hierbei müssen die Gesunden aufpassen, dass sie von der

Krankheit des Patienten nicht mitgerissen werden. Wie können wir uns davor schützen, wenn allein der Verdacht, dass Vati daran erkrankt sein könnte, uns schon halb aus der Bahn wirft?

Ich habe unbändige Angst vor dem nächsten Tag. Die Furcht vor dem, was mich in der Psychiatrie erwartet, schnürt mir die Kehle zu. Wie soll ich meinem Vater entgegentreten? Was soll ich ihm sagen? *Psychiatrie, Irrenanstalt,* hallt es in meinem Kopf. Wie können wir das unserem Vater antun?, klage ich mich und meine Geschwister an.

Weil ich kaum durchatmen kann, schließe ich die Augen und versuche mich zu entspannen. Ich stelle mir eine Wiese vor. Doch anstatt in sattes Grün einzutauchen, sehe ich unser Glückssäckchen vor mir. Das Glück rieselt langsam, aber stetig heraus. Die eine Hälfte des Sands liegt bereits auf dem Boden. Der Wind weht ihn fort.

Kapitel 31

Donnerstag, 17. August 1961

Ernst beobachtete Leni, wie sie Wasser in ihr Glas laufen ließ. Sie hatte dunkle Kleidung übergezogen, da sie am Abend die Grenzsoldaten ausspionieren wollte. Mit geschlossenen Augen trank sie wenige Schlucke. Dann stellte sie das Glas in die Spüle und wischte sich über den Mund.

Wieder einmal wurde Ernst bewusst, wie sehr er diese Frau liebte. Manchmal überlegte er, ob er fliehen würde, wenn es sie nicht gäbe. Sie war der Grund, warum er die DDR verlassen wollte. Zwar verachtete er den Unrechtsstaat zutiefst, doch vor allem wollte er Leni die Welt zu Füßen legen. Das konnte er in der DDR nicht – nicht in einem Land, das das Licht, das Bunte aus dem Leben aussperrte. Seit sechs Jahren waren sie ein Paar, und er bereute davon nicht einen Tag. Auch wenn das Zusammenleben mit Leni nicht immer einfach war. Sie hatte ihren Sturkopf, scheute keine Konfrontationen und konnte ihm die kalte Schulter zeigen, wenn sie verärgert war. Aber das alles liebte er an ihr. Er wusste, dass auch er kein einfacher Mensch war. Aber sie passten zueinander. Sie wusste ihn zu begeistern, zu erfreuen, zu kritisieren – und das liebte er an ihr. Die Flucht würde ein Neubeginn sein, und den wollte er mit einem Heiratsantrag krönen. Sobald sie im Westen waren, würde er sie bitten, seine Frau zu werden. Obwohl er kein Romantiker war, wollte er den geeigneten Zeitpunkt abwarten und nicht hier und jetzt in all dem Trubel um ihre Hand anhalten. Seine Vorfreude auf diesen besonderen Augenblick war riesig.

Ernst schluckte bei dem Gedanken. Genauso groß wie die Freude war auch seine Angst, dass Leni auf der Flucht etwas zustoßen könnte. Die Flucht barg große Risiken – erst recht nun, da sie eine Gruppe von neun Personen waren. Keiner von ihnen wusste, was hinter dem Stacheldraht auf sie wartete. War der grüne Streifen zwischen DDR und Freiheit vermint? Gab es Stolperfallen? Warteten Heckenschützen auf sie?

Ernst wusste, dass er nicht weiterleben wollte, sollte Leni etwas passieren. Das Atmen fiel ihm schwer.

Als sie sich zu ihm umdrehte und ihn fragend ansah, lächelte er schief. »Bist du sicher, dass du das machen möchtest?«, fragte er sanft.

»Du kannst dich gern anstelle von mir auf die Lauer legen«, spöttelte sie liebevoll.

»Ich bin zu groß für das Loch. Außerdem zu nervös. Wahrscheinlich würde ich mich verraten«, gestand er kleinlaut.

Sie sah ihm lächelnd zu, wie er sich die x-te *Chesterfield* für diesen Abend ansteckte.

»Ich weiß, was du gerade denkst«, neckte er sie. Sie zog eine Augenbraue hoch. »Ich kann es auf deiner Stirn lesen: Große Klappe, nichts dahinter«, lachte er verhalten.

»So seid ihr Männer nun mal«, bestätigte sie seine Vermutung und strich ihm durch das dichte Haar. »Deshalb habe ich keine andere Wahl«, sagte sie gespielt zerknirscht und drückte ihm einen Kuss auf die Wange.

»Versprich mir, dass du vorsichtig bist«, bat er.

»Was soll mir in der Runkelmiete schon geschehen?«

»Dass die Grenzer dich bemerken.«

»Na und? Deshalb können sie mich nicht festnehmen. Außerdem *werden* sie mich nicht bemerken, denn dank meiner dunklen Kleidung bin ich unsichtbar«, flachste sie.

»Was sagst du ihnen, falls sie dich doch entdecken sollten?«

»Vielleicht, dass wir Verstecken spielen?«, schlug Leni vor.

»Mach dich nicht darüber lustig. Die Sache ist zu wichtig. Wie geht es deinem Magen?«

»Besser«, murmelte sie, drehte sich von ihm weg und kramte in der getrockneten Wäsche im Korb, der auf dem Küchentisch stand.

Ernst ahnte, dass sie ihn anlog. Er sollte nicht merken, wie sie unter Brechattacken litt. Erst letzte Nacht hatte er sie im Bad gehört. Er wusste, dass ihr stets alles, was sie nicht beeinflussen konnte, auf den Magen schlug. Jedes Jahresgespräch mit ihrem Vorgesetzten oder wenn sie verreisen wollten oder wenn sie wusste, dass er ihr die BILD-Zeitung aus dem Westen herüberschmuggelte – dann meldete sich jedes Mal ihr Magen. Ernst wäre es lieber gewesen, wenn sich ein anderer in der Rübenkuhle verstecken würde. Aber keiner von ihnen war zierlich genug, um in dem Loch so zu verschwinden, dass man ihn nicht mehr sah. Leider konnte er Leni diese Aufgabe auch nicht abnehmen. Es war wichtig, den Zeitplan der Patrouillen in diesem Grenzabschnitt in Erfahrung zu bringen.

Als ob sie seine Gedanken erahnte, fragte Leni, während sie sich schwarze Strümpfe überzog, die sie aus dem Wäscheberg gezogen hatte: »Hat dein Bruder einen Termin festgelegt, wann es endlich losgeht?«

»Wieso sollte *mein Bruder* den Tag für unsere Flucht bestimmen?«, fragte Ernst schnippisch. Er konnte nicht leugnen, dass ihn ihre Frage ärgerte.

Sie sah ihn verwundert an. »Warum reagierst du so heftig?«

»Als ob die Flucht auf seinem Mist gewachsen wäre. Es war allein meine Idee. Du und ich haben darüber nachgedacht, da wusste er noch gar nicht, dass auch er würde fliehen müssen. Jetzt tut er so, als ob wir ohne sein geniales Gehirn nichts zustande bringen.«

»Du bist eifersüchtig«, stellte Leni trocken fest.

»Blödsinn! Auf was soll ich eifersüchtig sein?«

»Dann ist eifersüchtig der falsche Ausdruck. Aber dein Bruder ist nun mal der Älteste von uns neun – außer eure Mutter, aber die zählt nicht. Sie plant ja nicht mit«, spaßte Leni, was Ernst ignorierte.

»Der Herr Ingenieur meint wohl, er wäre schlauer als wir. Ich sage nur: Klingeldraht!«

Leni schaute ihn nachdenklich an. Dann seufzte sie. »Hast *du* denn einen Termin festgelegt?«

»Ende kommender Woche. Wir können nicht länger warten. Die Zeit drängt. Erst heute habe ich wieder gesehen, wie sie entlang des Grenzverlaufs Stacheldrahtrollen auf Pfähle stecken und spanische Reiter aufbauen. Den Draht können wir mit dem Bolzenschneider durchtrennen. Doch sobald sie die Grenze mit massiverem Material befestigen, ist es zu spät. Deshalb muss es nächste Woche passieren.«

Ernst bemerkte, wie sich Leni den Bauch hielt. Schon tat ihm seine Heftigkeit leid. Er ging zu ihr und nahm sie in den Arm. »Alles wird gut. Wir sind Glückskinder«, flüsterte er ihr ins Ohr.

Kapitel 32

März 2014

Die psychiatrische Klinik ist ein modernes, helles Gebäude – weder düster noch unheimlich, wie es oft in Horrorfilmen dargestellt wird. Auf einer Bank neben dem Eingang sitzen drei Frauen, die ihre Gesichter den noch spärlichen Sonnenstrahlen entgegenstrecken. Sie wirken gesund und kein bisschen irre. Trotzdem überläuft mich ein Schauer. Wer weiß, was sich in ihren Köpfen abspielt, denke ich und gehe rasch durch das Portal in die Empfangshalle. Als ich den Hinweis *Anmeldung* über einem Glaskasten lese, begebe ich mich auf weichen Knien dorthin. Der Mann hinter der Scheibe erklärt mir freundlich, dass ich in den ersten Stock fahren muss.

Im Aufzug versuche ich tief in den Bauch zu atmen, um meine Nerven zu beruhigen. Trotzdem spüre ich, wie mein Puls steigt. Als sich die Tür des Fahrstuhls öffnet und ich auf den Gang trete, stehe ich vor einer verschlossenen doppelflügeligen Glastür. Statt einer Klinke hat sie einen Knauf, den man nicht drehen kann. Unsicher schaue ich mich um, als auf der anderen Seite der Tür ein weiß gekleideter Mann schnellen Schritts näher kommt. Während des Gehens zieht er einen prallen Schlüsselbund aus der Hosentasche. Durch die gläserne Tür höre ich die Schlüssel klappern, als er sie durchsucht. Ich denke erneut an einen Horrorfilm und sehe die Fratze von Jack Nicholson aus *Shining* vor mir, als er seiner Frau in dem gruseligen Hotel nachstellt. Bevor meine Fantasie mit mir durchgeht, schüttle ich die Gedanken ab.

Im Glasspiegel der Tür kann ich meine verkrampfte Miene erkennen. Erschrocken darüber schaue ich zu Boden und versuche mich zu sammeln und meine Mundwinkel nach oben zu ziehen.

Der Mann in Weiß schließt die Tür auf, drückt einen Glasflügel auf und lässt mich herein. Sofort höre ich einen Menschen schreien, ein anderer kichert unkontrolliert. Ich schaue verängstigt den Flur entlang. Am Ende des Gangs steht eine junge Frau, die sich immer wieder mit der Hand gegen den Kopf schlägt, während sie steif wie ein Zinnsoldat auf und ab geht..

»Guten Tag, Frau Hofmeister. Der Pförtner hat Sie angemeldet. Mein Name ist Benjamin Larson. Ich bin der leitende Arzt auf dieser Station«, stellt er sich vor und lenkt mich so von der um sich schlagenden Frau ab. Seine Stimme klingt ruhig und gefällig. »Ich denke, wir beide unterhalten uns erst mal, bevor Sie zu Ihrem Vater gehen.«

Ich bin unfähig zu antworten und nicke nur.

Der Arzt, der in meinem Alter sein dürfte, führt mich

in sein Büro. Er nimmt hinter seinem Schreibtisch Platz und zeigt zum Stuhl davor. »Bitte schön.«

Ich setze mich ungelenk auf die Stuhlkante. Dann berichtet er mir von den vergangenen Tagen. »Sie waren am Freitag nicht dabei, als man Ihren Vater herbrachte?«, will er wissen.

»Nein, ich war beruflich unterwegs«, antworte ich mit einer Stimme, die in meinen Ohren hölzern klingt. Ich wage es kaum, ihm in die Augen zu schauen.

»Trotzdem wissen Sie sicherlich, dass Ihr Vater sehr aufgewühlt war, weil man ihn hergebracht hat?« Beschämt nicke ich. Ich habe Mühe, mich zu konzentrieren. »Meine Kollegin hat mich über seinen Fall informiert. Sie sagte auch, dass sie sich in ihrer Meinung über Ihre Familie geirrt hat.«

Überrascht schaue ich nun auf.

»Ich habe mit Ihrem Vater gesprochen und ihm erklärt, dass seine Familie nur das Beste für ihn will.«

»Das wird er sicherlich nicht glauben wollen«, murmle ich und schließe kurz die Augen. Meine Anwesenheit in dieser Klinik und das Gespräch wirken so unwirklich … hoffentlich wache ich gleich auf! Als ich den Arzt ansehe, lächelt er. »Frau Hofmeister, weder Sie noch Ihre Familie müssen ein schlechtes Gewissen haben. Sie müssen sich auch nicht schämen, weil Ihr Vater in eine psychiatrische Klinik eingewiesen wurde.«

Ich ziehe die Augenbrauen zusammen.

»Glauben Sie mir, Sie sind nicht die Einzigen, denen so etwas passiert. Es war richtig und wichtig, dass Ihr

Vater in unsere Einrichtung gebracht wurde. Nur hier haben wir die Möglichkeiten herauszufinden, was mit ihm los ist.«

»Trotzdem fühlt es sich falsch an«, flüstere ich.

»Auch dieses Gefühl ist normal in Ihrer Situation. Die meisten Angehörigen empfinden es ähnlich.«

»Sie meinen, es gibt auch andere Familien, die ihren Angehörigen herbringen, obwohl er gesund ist?«

»Glauben Sie tatsächlich, dass Ihr Vater gesund ist?«

»Ja«, antworte ich prompt.

Als der Arzt schweigt, frage ich: »Oder haben Sie andere Informationen?«

»Noch nichts Genaues.«

Ich rutsche auf der Stuhlkante hin und her.

»Bevor ich einen klaren medizinischen Befund habe, möchte ich keine Prognose aufstellen«, fügt er hinzu.

»Sicherlich haben Sie bereits eine Vermutung, sonst würden Sie ihn nicht hier einsperren.«

Er nickt. »Als ich mich mit Ihrem Vater unterhalten habe, erzählte er mir mit glänzenden Augen von seiner Arbeit in Russland. Er muss dort sein halbes Leben verbracht haben, so bildgewaltig hat er alles beschrieben.«

»Nein, das hat er nicht. Es waren nur wenige Jahre. Aber anscheinend zählt für ihn nur diese Zeit in Russland, obwohl er die letzten Jahre auf Mallorca gelebt hat und auch davon berichten könnte.«

»Können Sie sich nicht denken, warum?«

Ich lege den Kopf schief.

Der Arzt lächelt, doch seine Augen bleiben ernst. »Ich

mache jetzt das Gegenteil von dem, was ich vorhin gesagt habe, und verrate Ihnen, was ich denke: Ich vermute sehr stark, dass Ihr Vater dement ist.«

Ein Faustschlag in den Magen könnte nicht schmerzhafter sein. Meine Hände umklammern die Stuhllehne. Am liebsten würde ich ihm verbieten, dieses Wort laut auszuprechen. Stattdessen greife ich ihn mit seinen eigenen Worten an: »Wie können Sie das ohne medizinischen Befund sagen?«

»Sie haben vollkommen recht, das war unprofessionell. Es tut mir leid. Wir machen die nötigen Untersuchungen, und dann sehen wir weiter.«

Ich falte meine Hände vor dem Mund und sehe ihn schweigend an. Schließlich bringe ich mühsam hervor: »Auch ohne die Untersuchungen sind Sie bereits davon überzeugt – nicht wahr?«

Er verschränkt die Hände auf der Schreibtischunterlage, um dann zu erklären: »Alle Lebensabschnitte Ihres Vaters, die nur eine kurze Zeitspanne zurückliegen, kann er nicht mehr einordnen oder hat sie bereits vergessen. Aber seine Zeit im Ausland liegt außerhalb dieses Zeitfensters und hat sich deshalb – so könnte man sagen – in sein Gehirn eingebrannt. Diese Zeit ist wie auf der Festplatte eines Computers gespeichert. Deshalb kann er die Erinnerung daran immer wieder abrufen. Innerhalb dieses Zeitabschnitts fühlt er sich sicher und kann Rede und Antwort stehen. Er bewegt sich darin wie in einer Komfortzone. Sie gibt ihm die nötige Sicherheit – auch weil er weiß, dass niemand das Gegenteil von dem beweisen kann, was er erzählt. Das ist nur einer der Gründe, warum ich vermute, dass es sich um Demenz handelt.«

Schon wieder spricht er dieses Wort aus, das ich nicht hören und mit dem ich mich nicht beschäftigen will. »Mein Vater ist nicht dement«, protestiere ich. »Es heißt, er hatte ein schweres Durchgangssyndrom wegen der vielen Medikamente vor und während der beiden OPs.«

Der Arzt nickt und sagt mit festem Blick: »Dadurch wurde die Demenz für Sie erst sichtbar. Glauben Sie mir, ich würde das nicht behaupten, wenn ich mir nicht sicher wäre. Ich habe Ihren Vater beobachtet. Er starrt auf die Tageszeitung, ohne zu erkennen, was darin steht. Seine Finger fahren über dieselben Zeilen, immer und immer wieder, doch er merkt es nicht. Als ich ihn fragte, was er liest, sagte er, er habe die Zeitung gerade erst aufgeschlagen. Dabei saß er schon über eine Stunde davor. Glauben Sie, dass das normal ist?«

Ich schweige. Mein Blick verschwimmt.

»Frau Hofmeister«, dringt seine Stimme an mein Ohr. »Ihr Vater ist nicht erst seit letzter Woche dement, sondern meiner Vermutung nach bereits seit einigen Jahren.«

Mir wird schwindlig. Ich schließe die Augen. Das ist unmöglich, denke ich. Schließlich leben meine Eltern schon viele Jahre in einem fremden Land mit Menschen, deren Sprache sie nicht sprechen. Trotzdem kommen sie sehr gut ohne uns Kinder zurecht. Das beweist, dass mein Vater unmöglich krank sein kann. Ich reiße die Augen auf, will etwas entgegnen. Doch ich bleibe stumm.

Der Arzt scheint meinen inneren Kampf zu erkennen und spricht mit einfühlsamer Stimme weiter. »Demenzkranke Menschen wissen natürlich nicht, dass sie krank sind. Aber sie spüren, dass irgendetwas nicht mit ihnen stimmt. Sie nehmen ihre Zerstreutheit und ihre Vergesslichkeit durchaus wahr – sie merken auch, dass sie Wortfindungsstörungen haben und sich nicht mehr erinnern können, was sie am Tag zuvor zu Mittag gegessen haben. Dafür schämen sie sich. Manche werden dann aggressiv oder aufbrausend in ihrer Hilflosigkeit. Um ihr Umfeld zu täuschen, schauspielern viele auch und lenken das Thema geschickt auf die Dinge, bei denen sie sich sicher fühlen. Deshalb konnte Ihr Vater meine Kollegin täuschen. Glauben Sie mir, manche Demenzpatienten hätten für ihre Schauspielkunst einen Oscar verdient«, erklärt er, ohne zu lächeln.

Alles in mir ist auf Abwehr geschaltet. Doch tief in mir weiß ich, dass ich mich damit selbst belüge. Ich fühle mich wie ein Luftballon, dem die Luft entweicht. Meine Schultern kippen nach vorn, mein Kreuz beugt sich. Nur mit Mühe kann ich mich wieder gerade aufsetzen. Allein der Gedanke, dass alles wieder gut wird, hilft mir durchzuatmen. »Wie geht es jetzt weiter?«, wispere ich.

»Testen Sie Ihren Vater und fragen Sie ihn, was er gestern zu Mittag gegessen hat.«

Was soll das nutzen?, denke ich, als ein schrecklicher Gedanke durch meinen Kopf rast. »Muss mein Vater jetzt für immer in dieser Anstalt bleiben?« Mein Mund wird staubtrocken, so dass ich kaum noch einen Ton herausbringe.

»Nein. Ihr Vater muss nur so lange hierbleiben, bis alle Untersuchungen abgeschlossen sind. Das wird spätestens in einer Woche sein, dann kann er wieder nach Hause. Wir benötigen den medizinischen Befund für die Diagnose Demenz. Das heißt, wir machen eine Art Ausschlussverfahren. Es wird untersucht, ob ein Gehirntumor oder ein Schlaganfall für seine Irritation verantwortlich sein könnten. Auch seine Wirbelsäule wird geröntgt, wir nehmen eine Blutuntersuchung vor und werden Gespräche mit ihm führen. Wir schließen praktisch alles aus, was außer Demenz der Grund für seine Wesensveränderung sein könnte. Erst wenn diese Untersuchungen negativ sind, machen wir den Uhrentest mit Ihrem Vater.«

Ich sehe ihn fragend an.

»Der Uhrentest nach Shulman ist ein einfacher, aber effektiver Test. Dabei muss der Patient eine Uhr mit Zifferblatt und Zeigern auf ein Blatt Papier zeichnen. Je nachdem, wie stark das Ergebnis von der korrekten Darstellung einer Uhr abweicht, werden Punkte von eins bis sechs vergeben. Ab drei Punkten gilt es als Hinweis auf eine Demenzerkrankung. Je höher die Zahl, desto höher der Grad der Erkrankung.«

Ich habe genug gehört. Mir rauscht der Kopf von so vielen Informationen. »Darf ich zu meinem Vater?«, frage ich.

Der Arzt nickt.

»Wie soll ich ihm entgegentreten? Wie mich verhalten?«

»Seien Sie unaufgeregt und so normal wie immer.«

Ich lache bitter auf. »Wie kann ich nach diesem Gespräch noch ›normal wie immer‹ sein?«

Wieder lächelt er aufmunternd. »Hören Sie Ihrem Vater aufmerksam zu. Egal wie unlogisch oder gar unsinnig das ist, was er sagt: Verbessern oder maßregeln Sie ihn nicht. Versuchen Sie, sich in ihn hineinzuversetzen, um zu verstehen, wie er sich fühlt«, rät er mir.

Ich hole tief Luft und sehe ihn ängstlich an.

»Sie schaffen das!«

Mühsam erhebe ich mich von der Stuhlkante und gehe zur Tür. Als ich sie öffne, sagt der Arzt, bevor ich auf den Flur trete:

»Gestern gab es Kassler mit Sauerkraut und Kartoffelpüree zum Mittagessen.«

Kapitel 33

Donnerstag, 17. August 1961

Es dämmerte, als Leni durch ihren Garten schlich und in die Runkelmiete hüpfte. Die Mulde war etwa zwei Meter breit und eineinhalb Meter tief, so dass man von Leni nur noch die Haare sehen konnte, wenn sie aufrecht stand.

Obwohl es seit Wochen nicht geregnet hatte, war die Erde feucht und kühl. Ein idealer Ort, um Gemüse haltbar zu machen, dachte sie und zog sich den hochgerutschten Pulli zur Hüfte zurück. Sie war froh, dass er lange Ärmel hatte und sie sich Strümpfe angezogen hatte. Wer weiß, wie lang sie es hier aushalten musste. Barfuß würde sie in den dünnen Turnschuhen sicherlich kalte Füße bekommen. Sie schob die übrig gebliebenen Runkeln vom letzten Jahr zur Seite und verteilte das Stroh, das der Nachbar auf dem Boden ausgelegt hatte, um das Gemüse vor Fäulnis zu schützen. Dann legte sie sich auf den Rücken, Block und Stift sowie die kleine Taschenlampe neben sich, und verschränkte die Arme hinter dem Kopf. Nun hieß es warten.

Noch war nichts von den Wachsoldaten zu hören.

Wahrscheinlich patrouillierten sie erst die Grenze entlang, bevor sie bei der einsamen Nachbarin Halt machten. Wieder überlegte Leni, wo Herr Hartmann geblieben war. Ob er tatsächlich zur See fuhr? Vielleicht gab es gar keinen Ehemann, und Frau Hartmann hatte ihn erfunden, damit sie als alleinstehende Frau mit zwei Kindern nicht zum Gespräch wurde?

Leni war kein Mensch, der andere für ihre Art zu leben verurteilte. Sie selbst führte »eine liederliche Partnerschaft«, wie eine Kundin einmal ihr Zusammenleben mit Ernst genannt hatte. Die Dame, die mit einem Parteifunktionär verheiratet war, hatte empört die Nase gerümpft, als Leni ihr arglos davon erzählt hatte. Danach ließ sie sich nur noch von einer Kollegin die Haare machen.

Seitdem vermied Leni es, bei Kunden oder Kundinnen etwas von ihrem Privatleben preiszugeben. Dabei war sie auch wegen der Toleranz, die angeblich in einer Großstadt herrschte, Ernst nach Berlin gefolgt. Doch schnell musste sie feststellen, dass manche in Berlin genauso engstirnig dachten wie in ihrem kleinen katholischen Heimatdorf in Thüringen. Ernst und Leni war das Gerede der Leute egal. Sie lebten wie ein Ehepaar zusammen und sahen keinen Grund zu heiraten.

Wer ohne Sünde ist, der werfe den ersten Stein, dachte Leni und blickte zum Himmel empor, der langsam trüb wurde. Ob Ernst sie heiraten würde, wenn sie im Westen angekommen waren? Aber warum sollte er? Beide fühlten sich in ihrer Partnerschaft wohl und brauchten zum Glücklichsein kein Eheversprechen. Plötzlich krampfte ihr Magen, denn ein Gedanke schlich sich ein, den sie zuvor noch nie gehabt hatte: Würde Ernst auch dann bei ihr bleiben, wenn sie auf der anderen Seite der Grenze lebten? Erst vor wenigen Tagen hatte sie mit ihrer Kollegin über die Verlockungen im Westen gesprochen. Leni hatte Doris von der Scheidung einer Schauspielerin erzählt, über die sie in der eingeschmuggelten BILD-Zeitung gelesen hatte. »Im Westen kennt man keine Moral und lebt ein flatterhaftes Leben«, hatte Doris geantwortet. »Man lässt sich vom schönen Schein blenden und hat kein Problem, ein Eheversprechen zu brechen. Da lobe ich mir unsere DDR. Solch ein Lotterleben gibt es hier nicht – das sagen auch unsere Genossen Politiker. Bei uns herrscht Zucht und Ordnung. Hier wird man belohnt, wenn man verheiratet ist, und bekommt Vergünstigungen«, hatte Doris im Brustton der Überzeugung erklärt.

Wäre Ernst empfänglich für das schillernde Leben des Westens? Würde die Flucht für sie beide Konsequenzen haben? Ernst war kein einfacher Mensch, und das Zusammenleben mit ihm war nicht immer problemlos. Er war sehr bestimmend und bevormundete sie manchmal. Und er hatte ein hitziges Gemüt. Im Laufe der Jahre aber hatte Leni gelernt, ihn zu nehmen, und sich an sein aufbrausendes Temperament gewöhnt. Hunde, die bellen, beißen nicht, dachte sie dann immer. Oft war seine schlechte Laune ebenso schnell verraucht, wie sie gekommen war. Seine Stärken wogen mehr als seine Schwächen, fand sie, denn sie war davon überzeugt, dass sie bei Ernst niemals Not würde leiden müssen. Auch wusste er für jedes Problem eine Lösung. Selbst wenn sein Bruder so tat, als ob ohne ihn nichts klappte, so war es doch ihr Ernst, der als Erster den Mut aufgebracht hatte, die Flucht vorzubereiten. Allerdings würden sicherlich auch die Frauen im Westen seine Verwegenheit anziehend finden.

Leni schossen Tränen in die Augen. Allein der Gedanke, Ernst an eine andere Frau zu verlieren, ließ ihr Herz rasen. Sie presste sich die Hände auf die Brust. Nicht länger darüber grübeln! Wir sind füreinander geschaffen und gehören zusammen, machte sie sich Mut.

Sie zog ihr Taschentuch aus der Hosentasche, als sie Stimmen hörte, die näher kamen. Sogleich hielt sie in der Bewegung inne und lauschte. Tatsächlich blieben die Soldaten vor Frau Hartmanns Haus stehen. Leni ging vorsichtig auf alle viere und setzte sich dann langsam auf die Fersen, damit man ihren Haarschopf nicht sehen konnte. Dann hielt sie den Arm mit der Uhr in das schwindende Tageslicht und versuchte die Zeit abzulesen. Sie notierte: *Ankunft 21 Uhr 35.*

Den Kopf zur Seite gebeugt lauschte sie dem Gespräch der Männer.

»Peter geht als Erster!«

»Wieso bestimmst du das? Er war das letzte Mal Erster. Heute gehe ich zuerst.«

»Du bleibst immer ewig bei der Alten.«

»Du bist nur neidisch, weil sie mich dir vorzieht …«

Die beiden Soldaten stritten, bis ein dritter schimpfte: »Bis ihr fertig diskutiert habt, müssen wir die nächste Runde drehen. Ihr beide bleibt draußen und könnt durch die Ladenritzen zugucken. Karl und ich gehen jetzt rein.«

Leni hörte, wie gegen die Tür geklopft und leise »Gisela« gerufen wurde. Die Tür öffnete sich, und Frau Hartmann begrüßte die Wachsoldaten kichernd. Die Tür schloss sich wieder, ein Fensterladen knarzte. Es herrschte Ruhe.

Leni notierte die Uhrzeit: *21 Uhr 39*.

Dann legte sie sich wieder auf den Boden und wartete, was weiter passieren würde.

Kapitel 34

März 2014

Ich stehe im Aufenthaltsraum hinter einem Benjaminbaum und schaue zu meinem Vater hinüber. War sein Haar schon immer so weiß? Hatte er schon immer diese tief eingegrabenen Falten neben der Nase?

Er sitzt vor der aufgeschlagenen Zeitung und starrt auf die Seiten. Doch dann hebt er den Kopf und schaut in meine Richtung. Er sieht mich und scheint zu überlegen. Ich lächle, gehe zu ihm und umarme ihn.

»Guten Morgen, Vati!«, begrüße ich ihn mit unsicherer Stimme. Ich drücke ihn länger als sonst und gebe ihm einen Kuss auf die Wange.

»Britta, wie kommst du hierher?«, fragt er sichtlich überrascht. In seinen Augen schimmern Tränen.

Es zerreißt mir das Herz.

»Setz dich zu mir«, bittet er und zieht umständlich einen Stuhl vom Tisch heran, so dass ich Platz nehmen kann.

»Ich wollte sehen, wie es dir geht.«

Sein Blick ist voller Traurigkeit. »Wie soll es mir gut gehen?« Er schluchzt kurz auf. »So etwas macht man doch nicht mit seinem Vater. Sieh, wo sie mich hingebracht haben«, wispert er und schaut sich um.

Mein Puls hallt dumpf in meinen Ohren. Sehnsüchtig sehe ich zum Ausgang. Ich schlucke hart und zwinge mich, sitzen zu bleiben.

»Hallo, Ernst«, höre ich neben mir jemanden sagen. Ein junger Mann gesellt sich zu uns. Sein dunkles Haar ist raspelkurz geschoren, seine braunen Augen blitzen fröhlich auf. In seinem bunten Pulli und der Latzhose wirkt er wie ein zu groß geratenes Kindergartenkind, wenn nicht diese handgroße Spinne auf seinen Kehlkopf tätowiert wäre. Ich versuche nicht hinzustarren. Doch es misslingt. Er grinst, so dass ich seine Zahnlücke neben dem rechten Schneidezahn sehen kann.

»Das muss wehgetan haben«, murmle ich.

»Ich war high, als ich mir die stechen ließ.«

Erschrocken schaue ich ihn an. Das Kindliche, das ihn umgibt, verschwindet. Er wird mir unheimlich. Hoffentlich geht er wieder, denke ich, als er mir verrät:

»Ich bin schon eine Weile in der Geschlossenen hier. Die Drogen sind schuld. Sie haben mir das Gehirn weggeschossen. Deshalb raste ich schnell aus. Kann nix dafür. Kommt einfach über mich.«

Er zuckt mit den Schultern, und ich weiche zurück.

»Keine Angst«, grinst er. »Ich habe heute schon meine rosa Pillen geschluckt. Bist du seine Frau?«

»Seine Tochter.«

»Ich mag deinen Vater. Er hat uns von seinen Angeltouren in Russland berichtet. Solche Welse hat er aus dem Wasser gezogen«, sagt er bewundernd und breitet die Arme aus, um die Größe eines imaginären Fischs anzudeuten. Dabei rutscht der Pulli über dem rechten Unterarm hoch. Ein hässlicher Totenkopf ziert dort seine Haut. Er kichert wieder, als er meinen Blick sieht, doch er sagt kein Wort. Stattdessen schwärmt er weiter von meinem Vater. »Alle haben deinem Vater gestern mit angehaltenem Atem zugehört. Manche Geschichten, die er erlebt hat, sind so spannend wie aus einem James-Bond-Film. Besonders die, in der sein Bruder ...«

»Halt die Klappe und verschwinde, du Blödmann«, zischt mein Vater plötzlich. Der deprimierte Ausdruck in seinem Blick ist verschwunden. Seine Miene wirkt hart und unnachgiebig.

Die Augen des jungen Mannes verengen sich zu Sehschlitzen, schon beugt er sich nach vorn zu meinem Vater. Doch dann verschränkt er die Arme unter dem Brustteil der Latzhose und geht zu einem anderen Tisch. Mein Vater schaut ihm nervös hinterher.

»Warum bist du so grob zu ihm, Vati? Er wollte nur nett sein«, versuche ich die Situation zu entschärfen.

»Dieser Dummkopf verrät unsere Pläne mit seinem Gerede.«

»Welche Pläne?«

»Versprich mir, dass du keiner Menschenseele davon erzählst, Lenichen.«

Lenichen? Ich erstarre. Mein Vater registriert meinen Schreck nicht, denn er blickt wieder auf die Zeitung auf dem Tisch. Da Dr. Larson sagte, ich solle ihn nicht maßregeln, schweige ich.

»Gib mir einen Stift«, fordert er und streckt die Hand aus. Ich krame in meiner Handtasche nach einem Kugelschreiber.

Kaum halte ich ihm den Kuli hin, reißt er ihn mir aus der Hand und beginnt damit die Zeitung vollzukritzeln. »Das ist der Plan, den sich mein Bruder ausgedacht und mir verraten hat. Du warst einkaufen, als er hier war. Sieh her, Lenichen. Wir spannen Klingeldraht von hier nach dort«, flüstert er und markiert das Wurstangebot auf der Rückseite der Zeitung mit einem fetten X.

Ich versuche aus den Strichen, die kreuz und quer zwischen den Artikeln und Überschriften verlaufen, etwas herauszulesen. Doch ich blicke nicht durch. Ich sehe von der Zeitung auf.

»Hast du dir alles eingeprägt?«, will mein Vater von mir wissen. Ich schüttle den Kopf. »Herrgott, Leni! Wie soll unsere Flucht gelingen, wenn du dich nicht konzentrierst? Wie wollen wir fliehen, wenn du nicht weißt, wo wir über die Grenze müssen?«

Mit ungeschickter Hand versucht er die bereits vorhandenen Striche mit dem Schreiber nachzufahren. Es ist ein Wirrwarr von krummen Linien, in dem nur er sich auszukennen scheint.

Ich verwandle mich in meine Mutter und wispere: »Ernst, du musst mir euren Plan in Ruhe erklären. Ich war doch nicht dabei, als dein Bruder ihn dir verraten hat.«

Mit flackerndem Blick schaut mein Vater zu dem tätowierten Mann hinüber. Der ist in ein Gespräch mit einer Frau im Rollstuhl verwickelt und beachtet uns nicht. »Auch eine Spionin«, brummt mein Vater und zieht die Zeitung dicht zu sich heran. »Du musst mir genau zuhören, Lenichen, ich werde dich in alles einweihen. Merk es dir und vergiss es nicht.« Er schaut mich erwartungsvoll an.

»Ich verspreche es!«

Scheinbar zufrieden mit meiner Antwort nimmt er den Kugelschreiber und fährt damit die erste Linie entlang. »Hier steht unser Haus, und dort ist die Grenze …«, beginnt er leise zu erklären.

Kapitel 35

Samstag, 19. August 1961

Mit den Uhrzeiten, die Leni zwei Nächte lang in der Runkelmiete aufgeschrieben hatte, erstellte Ernst eine Zeittabelle. Außerdem hatte Leni beim Belauschen der Soldaten wichtige Hinweise erfahren, die unbedingt mit den anderen besprochen werden mussten.

Da es auffallen würde, wenn sich mehrere Personen in ihrer Wohnung im Sperrbezirk aufhielten, verabredeten sie sich bei Ernsts älterem Bruder. Als Ernst und Leni ankamen, waren sein jüngerer Bruder und dessen Frau bereits da. Alle waren sichtlich nervös. Man begrüßte sich und nahm auf der Polstergarnitur im Wohnzimmer Platz.

Ernst zündete sich eine Zigarette an und sah sich um. »Wo ist Mutti?«, fragte er seinen jüngeren Bruder.

»Sie ist nicht mitgekommen. Unser Fluchtplan und alles, was damit zusammenhängt, regt sie zu sehr auf.«

»Es ist aber wichtig, dass sie den Plan kennt. Schließlich muss auch sie wissen, was jeder Einzelne zu tun hat, wenn es losgeht. Hat sie es sich vielleicht anders überlegt und will doch hierbleiben?«, fragte Ernst.

»Was soll sie allein in Ostberlin? Natürlich kommt sie mit«, erklärte der Bruder.

»Ich kann eure Mutter verstehen. Allein der Gedanke an die Flucht schlägt mittlerweile auch mir auf den Magen, und ich bin nur halb so alt wie sie«, warf Lenis Schwester ein.

Leni stimmte ihr zu: »Jeden Tag habe ich Bauchkrämpfe. Schon beim Wort *Grenze* zucke ich zusammen. Egal wer mich anschaut, ich habe immer das Gefühl, er weiß, was wir vorhaben. Im Laden sprechen fast alle Kunden nur noch von der Mauer, die an vielen Stellen bereits im Bau ist.«

Ernst setzte sich neben seine Frau auf die Armlehne der Couch und legte den Arm um sie. »Dank deiner Beobachtung wissen wir, wie viel Zeit die Wachsoldaten für eine Runde brauchen und wie lange sie bei Frau Hartmann bleiben. Nach deinen Informationen wäre der günstigste Zeitpunkt für unsere Flucht die Nacht von Donnerstag auf Freitag nächste Woche.«

Kaum hatte Ernst das Datum ausgesprochen, krallte Leni sich in seinen Arm und sah ihn mit großen Augen an.

»So bald schon?«, fragte seine Schwägerin.

»Wir können nicht länger warten. Fast täglich werden neue Rollen Stacheldraht, spanische Reiter, Zementsäcke und Steine im Sperrgebiet abgeladen. Anscheinend entsteht bei uns in der Nähe eine Sammelstelle für alles, was sie zum Bau einer Mauer benötigen. Es dauert bestimmt nicht mehr lange, bis sie dort mit der Arbeit beginnen.«

Ernst zog ein Zigarettenetui aus der Hosentasche und bot jedem eine *Chesterfield* an. Seine jüngere Schwägerin schüttelte den Kopf. Angespannt saß sie auf einem Stuhl, den sie aus der Küche geholt und vor das Fenster gestellt hatte. Das sah so aus, als ob sie nicht dazugehören würde. Erst vor wenigen Wochen hatten sie und Ernsts jüngerer Bruder geheiratet. Man kannte sich noch kaum. Wenn sie sich trafen, blieb sie im Hintergrund und sprach nur selten ein Wort. Vielleicht lag ihre Zurückhaltung an ihrer Jugend, dachte Ernst und überlegte, ob sie schon neunzehn Jahre alt war. Er lächelte ihr aufmunternd zu.

»Wie kommst du auf Donnerstag?«, fragte der ältere Bruder und lenkte ihn von seinen Gedanken ab.

Ernst inhalierte und verriet: »Wie wir wissen, haben die Wachsoldaten jede Woche andere Arbeitszeiten, die sie zuvor nicht kennen. So vermeidet man, dass jemand aus dem Sperrbezirk mit einem der Soldaten einen Fluchtplan aushecken kann. Da Leni die Wachsoldaten belauschen konnte, wissen wir, dass diese vier Grenzsoldaten versuchen, sich für die Wache am Donnerstag einteilen zu lassen, weil dann Frau Hartmann Zeit hat, sie zu empfangen.« Er drückte die Zigarette im Aschenbecher aus, als sein älterer Bruder sich vor Freude auf den Oberschenkel schlug.

»Wenn das keine gute Information ist, dann will ich Nikolaus heißen«, rief er. »Leni, das hast du gut gemacht«, sagte er und klopfte ihr anerkennend auf die Schulter.

Ernst blickte in die Runde und sagte mit energischer Stimme: »Heute und jetzt müssen wir uns darüber im Klaren sein: Wenn es losgeht nächste Woche, gibt es kein Zurück mehr.«

Unsicher sahen sich alle an. Schließlich nickten sie.

»Dann wären wir uns einig. Außerdem müssen wir besprechen, was wir mitnehmen, wie wir uns verhalten, wenn etwas Unerwartetes passiert ...«

»Herr im Himmel, rede nicht so. Ich will nicht darüber nachdenken müssen. Wir haben kleine Kinder. Wenn ihnen etwas zustößt ...« Ernsts Schwägerin schluchzte auf.

»Hast du die Beruhigungstropfen?«

Sie nickte. »Ich habe sie in der Apotheke um die Ecke gekauft. Zum Glück hat der Apotheker keine Fragen gestellt.«

»Mit den Tropfen werden die beiden kaum etwas mitbekommen«, versuchte Ernst sie zu beruhigen. Abermals sah er in die Runde. »Trotzdem müssen wir für uns Verhaltensregeln aufstellen. Wir können nicht unvorbereitet loslaufen. Was ist, wenn einer von uns festgenommen, angeschossen oder sogar getötet wird?«

Er schaute seine Schwägerin entschuldigend an. Wie seine Frau umklammerte auch sie ihren Bauch und beugte sich nach vorn. Seine beiden Brüder schluckten. Nur bei der jüngsten Schwägerin hatte Ernst das Gefühl, dass er sie nicht erreichte. Scheinbar desinteressiert schaute sie auf ihre Sandalen. Als ob sie nicht versteht, was hier besprochen wird, dachte Ernst und nahm sich vor, später mit Leni darüber zu reden.

»Egal was passiert: Die anderen laufen weiter, bis sie drüben sind«, schlug der älteste Bruder vor.

»Das war auch mein Gedanke«, erklärte Ernst. »Jeder muss sich selbst der Nächste sein …«

»Aber das geht nicht. Wir können doch niemanden zurücklassen«, widersprach Leni.

»Überleg doch! Wenn mir etwas passiert, dann kannst du nicht zurückkommen, sondern musst rennen, bis du drüben bist.«

»Aber …«

»Nichts *aber*, Leni! Welchen Sinn hat es, wenn wir beide ins Gefängnis wandern? Sie würden uns voneinander trennen, wir würden uns niemals wiedersehen. Dann ist es doch besser, wenn man weiß, dass es wenigstens der andere geschafft hat, oder?« Ernst hatte die Worte sanft, aber mit Nachdruck ausgesprochen. Als er den bangen Blick seiner Frau sah, zog er sie an sich und küsste ihre Stirn. »Du musst keine Angst haben, wir alle werden es schaffen. Trotzdem müssen wir auf alles vorbereitet sein.«

Er sah zu seinen beiden Brüdern. »Wir Männer gehen vor und kümmern uns um den Stacheldraht. Da er unter enormer Spannung steht, gibt es einen lauten Knall, wenn man ihn durchschneidet. Die Wachsoldaten würden das Peitschen des Stahlseils sofort hören – besonders nachts, wenn alles ruhig ist. Deshalb müssen zwei von uns jeweils ein Ende des Drahts festhalten, während der dritte ihn mit dem Bolzenschneider durchtrennt. Erst wenn wir die Grenze so geöffnet haben, kommen die Frauen mit den Kindern. So lange warten sie.«

»Woher sollen unsere Frauen wissen, wann sie zu uns kommen können?«, fragte der jüngere Bruder und blies nervös den Rauch in die Luft.

»Beim Bauernhaus ganz vorne an der Grenze stehen ein paar Reihen Maisstauden. Dort können sie sich verstecken, bis wir so weit sind. Ich winke sie zu uns, sobald der Draht durchtrennt ist.«

»Weiß jemand, was uns hinter dem Stacheldraht erwartet?«

Die Brüder sahen sich fragend an und schüttelten fast gleichzeitig die Köpfe.

Ernst fuhr sich durchs Haar und holte tief Luft. »Es kann alles Mögliche sein. Von Stolperfallen über Selbstschussanlagen, Minen – einfach alles«, gab er kleinlaut zu.

Seine jüngste Schwägerin war weiß wie Mehl. Lenis Schwester presste sich die Hände vor den Mund, und Leni kniff die Augen zu. Ernst wendete den Blick von den Frauen ab und atmete leise durch.

»Wie viele Reihen Stacheldraht werden es sein?«, wollte der jüngere Bruder wissen.

»Ich habe keine Ahnung«, stöhnte Ernst.

»Falls es mehrere sind, können wir nicht jedes Mal das Procedere mit dem Festhalten veranstalten. Das kostet zu viel Zeit.«

»Da gebe ich dir recht. Zumal der Bolzenschneider mehrere Kilo wiegt. Wir können ihn nicht die ganze Zeit mitschleppen, sondern müssen ihn so bald wie möglich zurücklassen. Wichtig ist es deshalb, den ersten Stacheldraht so schnell durchzuschneiden, wie es nur geht, damit wir rasch wegkommen. Ich schlage vor, einen Teppichläufer mitzunehmen, den wir dann über den nächsten Stacheldraht legen, damit sich niemand verletzt.«

»Das ist eine sehr gute Idee«, lobte ihn sein älterer Bruder.

Da Ernst selten Lob von ihm hörte, freute ihn diese Zustimmung ungemein. Als er sich Leni zudrehte, lächelte sie anerkennend. Ernst räusperte sich, steckte sich die nächste Zigarette an und blies zufrieden den Rauch in Kringeln zur Decke.

»Da die Flucht von eurem Haus aus starten soll, müssen wir zu euch ins Sperrgebiet kommen«, überlegte Lenis Schwester laut. Ernst nickte. »Doch wie können sieben Personen zu euch kommen, ohne aufzufallen? Und wie reagieren die Grenzsoldaten, wenn sie es mitbekommen?«, fragte sie weiter.

Ernst zuckte mit den Schultern. »Darüber habe ich noch nicht nachgedacht«, gestand er stirnrunzelnd.

»Das Problem ist, dass wir keine Zeit haben, es auszuprobieren. Wir müssen schleunigst wissen, was geschieht, wenn wir uns bei euch treffen. Doch dafür brauchen wir einen plausiblen Grund.«

»Eine Geburtstagsfeier?«, schlug Leni vor.

»Sie werden die Papiere verlangen und sehen, dass keiner von uns Geburtstag hat.«

Angestrengt dachten sie über einen passenden Anlass nach, sich zu treffen.

»Wie wäre es, wenn wir unsere Hochzeit nachfeiern würden?«, fragte schließlich der jüngere Bruder.

»Das ist eine hervorragende Idee. Wir könnten sagen, dass wir alle erst jetzt Zeit haben, uns zu treffen.«

»Und warum bei uns zuhause und nicht bei euch?«, hakte Leni nach.

»Unsere Wohnung ist zu klein. Außerdem ist die Feier euer Hochzeitsgeschenk an uns«, schlug die jüngste Schwägerin vor, die trotz ihrer desinteressierten Miene aufmerksam zugehört hatte.

Kapitel 36

März 2014

Ich bin noch nie so langsam die Straße entlanggefahren. Zahlreiche Fahrzeuge überholen mein Auto. Ihre Fahrer hupen mich an. Doch ich kann nicht anders. Ich sehe kaum noch etwas durch meine Tränen. Als ich die Fahrbahn fast nicht mehr erkenne, halte ich auf dem Seitenstreifen an.

Dement! Dement! Vati ist dement! Wie Hammerschläge spüre ich die Worte in meinem Kopf. Ich rüttle am Lenkrad, schlage mit der Hand dagegen und brülle meinen Schmerz, meine Angst, meine Verzweiflung hinaus. Schließlich geht mein Schreien in ein Wimmern über, das nach einer Weile klanglos wird, bis ich verstumme. Ich presse die Stirn gegen das Lenkrad. Wie sollen wir das aushalten? Wie sollen wir das überleben? Ich schnappe nach Luft und habe trotzdem das Gefühl zu ersticken.

Nach der ersten Verzweiflung überkommt mich tiefe Traurigkeit. Mein Vater tut mir unsagbar leid. Ein Mann, der fest im Leben gestanden und ein aufregendes Dasein geführt hat, verliert seine Persönlichkeit und weiß irgendwann nicht mehr, wer er einst war. Marko und Manu haben es geahnt und die Anzeichen richtig gedeutet. Ich hingegen wollte es bis zuletzt nicht wahrhaben.

Erschöpft lehne ich mich zurück. Sofort sehe ich wieder den wirren Blick meines Vaters vor mir. Ich möchte mich nicht daran erinnern und wische mir mit beiden Händen durchs Gesicht. Es wird Zeit, nach Hause zu fahren. Meine Geschwister und meine Mutter warten darauf, dass ich ihnen vom Besuch in der Psychiatrie berichte. Ich tupfe mir mit dem Papiertaschentuch über die Wangen. Ein kurzer Blick in den Rückspiegel, dann setze ich den Blinker und fahre los.

Ich weiß nicht, wie ich es geschafft habe, sicher nach Hause zu kommen. Zum Glück ist meine Familie nicht da, so dass ich keine Fragen beantworteten muss – was ich momentan nicht könnte. Mir fehlt die Kraft, zu denken und zu sprechen.

Meine Gefühle hingegen scheinen in mir Purzelbäume zu schlagen. Ich könnte weinen vor Wut und Selbstmitleid, mich ins Bett verkriechen vor Erschöpfung und gleichzeitig vor allem so weit weglaufen, wie meine Füße mich tragen. Ich fröstle, als ob ich Fieber hätte. Da ich in diesem Zustand unfähig bin zu telefonieren, schreibe ich meiner Mutter und meinen Geschwistern eine WhatsApp-Nachricht, dass ich sie um 18 Uhr in der Wohnung unserer Eltern treffe. »Bis dahin ruhe ich mich aus«, murmle ich und schlurfe ins Wohnzimmer.

Ich möchte nur ein kurzes Nickerchen machen und

lege mich auf die Couch. Kaum habe ich mich in die weiche Decke eingekuschelt, fallen mir die Augen zu. Trotzdem kann ich nicht einschlafen. Die Gedanken an meinen Vater halten mich wach. Ich setze mich auf, ziehe die Beine an und lege den Kopf auf die Knie. Meine Augen brennen. Kaum habe ich sie geschlossen, sehe ich mich wieder in der Psychiatrie bei meinem Vater sitzen …

Ich starre ungläubig auf Vatis Gekritzel in der Zeitung, als ich seinen Blick auf mir spüre.

»Britta, wo kommst du her? Wo ist Mutti?«, fragt er irritiert. Seine Augen wirken plötzlich klar. Er sieht sich um und registriert, wo er sich befindet. »Kein gutes Kind sperrt seinen Vater hier ein«, sagt er leise und schaut verängstigt zu den übrigen Patienten. Einer von ihnen feixt gackernd, ein anderer stöhnt, als ob er Schmerzen hätte.

Im Gegensatz zu diesen Menschen ist Vati gesund und gehört nicht hierher, denke ich. Ich frage mich, wem seine Ausflüge in die Vergangenheit schaden. Niemandem! Sie sind für keinen Menschen gefährlich, tun keinem weh. Vorsichtig schaue ich zu dem zu groß geratenen Kindergartenkind hinüber, das gerade wieder Pillen einwirft, die ein Pfleger ihm reicht. Was hat Vati mit denen gemein? NICHTS!

Ich ergreife seine Hand. Er sieht mich fragend an.

»Vati, am Ende der Woche, wenn die Ärzte dich untersucht haben, nehme ich dich mit nach Hause. Du musst keinen Tag länger als nötig hierbleiben. Das verspreche ich dir hoch und heilig.« Als ich seinen zweifelnden Blick sehe, muss ich mich beherrschen, ihn nicht an mich zu ziehen. Ich schwanke, ob ich ihn nicht sofort mitnehmen sollte. Doch mein Pflichtbewusstsein ist stärker. »Du musst verstehen, Vati, dass diese Untersuchungen wichtig sind, damit wir wissen, dass du gesund bist.« Ich schlucke, muss kurz den Kopf von ihm wegdrehen.

Als das Geschrei der Kranken am Nebentisch an Lautstärke zunimmt, befällt mich der starke Wunsch, meinen Vater nicht eine Minute länger hierzulassen. Ich sehe zu Dr. Larsons Büro hinüber. Der Arzt steht im Türrahmen und beobachtet uns. Schon will ich aufstehen und zu ihm gehen, um ihm meine Absicht mitzuteilen, als er den Kopf schüttelt. Er scheint meine Gedanken zu erraten und macht eine Handbewegung, als ob er essen würde. Ich verstehe, was er meint, und wende mich meinem Vater zu. Zärtlich drücke ich seine Hand, damit er mich ansieht.

»Vati, was gab es gestern zum Mittagessen?«

»Gestern?«, fragt er.

Ich nicke. Zornig entzieht er mir seine Finger.

»In diesem Zuchthaus lassen sie uns hungern. Schon seit Tagen habe ich hier nichts mehr zu essen bekommen. Sobald ich den Direktor sehe, werde ich mich bei ihm beschweren.« Sein Blick flackert. Er greift sich die Zeitung und meinen Kuli. »Ich werde sofort einen Beschwerdebrief aufsetzen«, sagt er und kritzelt wieder über seinen »Fluchtplan«.

Ich habe das Gefühl, als ob es um mich herum dunkel wird. Als ich erneut zu Dr. Larson hinüberblicke, schließt sich die Tür seines Büros.

Auch jetzt scheinen sich dunkle Wolken über mir zusammenzuziehen. Ich sehe nur noch Schatten. Nach einer Weile erwacht mein Körper aus der Schockstarre. Weil ich immer noch friere, gehe ich in die Küche und brühe mir einen Kaffee auf. Ich setze mich mit der Tasse an den Esstisch und nehme kleine Schlucke. Obwohl ich zum Umfallen müde bin, rasen meine Gedanken. Fragen über Fragen lassen mich nicht zur Ruhe kommen.

Wie wird sich unser Leben verändern, wenn Vati aus der Psychiatrie entlassen wird? Wie wird das Zusammenleben mit ihm und Mutti sein? Mir fällt wieder ein, dass Marko von Vollmachten gesprochen hat. Welche sind wichtig? Wo beantragen wir sie? Bekommt Vati eine Pflegestufe? Wen können wir um Rat fragen? Wen um Hilfe bitten? Die Krankenkasse oder welche Ämter? Mir schwirrt der Kopf. Vielleicht weiß Marko Bescheid. Durch seine Tätigkeit bei der Krankenversicherung hat er beruflich ja sicher auch mit solchen Dingen zu tun, überlege ich und trinke meinen Kaffee aus.

Mein Blick fällt auf das lokale Wochenblättchen auf dem Tisch. Ich will mich ablenken und blättere die Seiten durch. Da sehe ich eine kleine Annonce. Früher hätte sie mich nicht interessiert, und ich hätte darüber hinweggeblättert. Doch heute weckt sie meine Neugierde. Ich lese sie aufmerksam durch.

Sie ist wie ein Wink des Schicksals. Ich schneide die Anzeige aus. Vielleicht ist das die Lösung, denke ich und stecke den Fetzen Papier in meine Handtasche. Danach lege ich mich zurück auf die Couch. Kaum schließe ich die Augen, spüre ich, wie mein Kopf leicht wird und ich einschlafe.

Kapitel 37

Sonntag, 20. August 1961

Der Duft von Brathähnchen zog durch die Wohnung. Leni öffnete die Backofentür, schöpfte den Sud aus dem Bräter und übergoss damit die Broiler. Ihr Magen meldete sich, weil sie noch nichts gegessen hatte. Heute Morgen am Frühstückstisch hatte sie vor Aufregung keinen Bissen heruntergebracht. Auch jetzt wurde ihr vom Essensgeruch übel. Sie schloss die Ofentür und legte die Kelle auf einem Teller ab. Hoffentlich geht alles gut, dachte sie und sah zur Uhr. In einer halben Stunde würden die angeblichen Hochzeitsgäste kommen, die nachfeiern wollten.

Leni ging hinüber zum Tisch, nahm das Geschirrtuch auf und polierte das letzte Messer. Dabei überprüfte sie mit kritischem Blick die Festtafel. Sie hatte zur Feier des Tages die bestickte Tischdecke aufgelegt. Leider war die Hochzeitstafel mit einem Sammelsurium an Porzellan eingedeckt, da sie kein einheitliches Geschirr besaßen. Neben weißen Tellern standen geblümte und solche mit einem goldenen Rand. Auch die Gläser für den Sekt hatten unterschiedliche Formen. Zwei waren Sektschalen, drei waren geschliffene Sektflöten und der Rest einfache Wassergläser. Trotzdem sah die Tafel festlich aus.

Nervös warf sich Leni das Handtuch über die Schulter und legte das Messer an seinen Platz. Nur zu gern hätte sie schon jetzt eine der *Rotkäppchen*-Flaschen geöffnet. Ein Schlückchen Sekt würde sicherlich ihre Nerven beruhigen und das flaue Gefühl verscheuchen. Doch sie würde bis zum Erscheinen der Gäste warten. Ernst war so stolz, weil er vier Flaschen ergattert hatte, was nicht selbstverständlich war. Sekt war Mangelware in der DDR, man bekam ihn nur selten zu kaufen. Meist wurde er unter der Ladentheke gehandelt. Weil die Verkäuferin sich bücken musste, um ihn hervorzuziehen, wurde er auch »Bückware« genannt. Acht Mark hatte Ernst für eine Flasche bezahlt. Ein stolzer Preis, dachte Leni und wusste, dass sie selbst für neun Mark keine Flasche bekommen hätten, wäre der *Konsum*-Leiter nicht ein alter Bekannter von ihnen, dem Ernst zum Dank eines der letzten Päckchen *Chesterfield*-Zigaretten geschenkt hatte.

Leni schaute sich die Festtafel an. Irgendetwas fehlte noch. Sie nahm die Schere, ging in den Garten und schnitt fünf Sonnenblumen ab, die sie als Strauß in eine Blumenvase steckte und auf den Tisch stellte. So könnte tatsächlich eine Hochzeitstafel aussehen, befand sie und war mit ihrer Leistung zufrieden.

»Wie das duftet!«, rief ihr Mann von der Küchentür aus. Ernst kam ins Wohnzimmer und sah anerkennend zum Esstisch. »Das sieht sehr festlich aus«, lobte er und nahm Leni in den Arm.

»Du zitterst ja«, sagte er und sah sie besorgt an.

»Ich habe Angst, dass unser Theaterspiel herauskommen könnte.«

»Wer sollte davon erfahren? Du machst dir unnötig Sorgen, mein Schatz! Sieh das Treffen nicht als Schauspiel an, sondern als echte Hochzeitsfeier. Schließlich hat der Kleine erst vor wenigen Wochen geheiratet. Es kann uns keiner das Gegenteil beweisen. Außerdem glaube ich nicht, dass einer der Wachsoldaten Interesse daran hat.«

»Warum veranstalten wir dann diesen Zinnober hier?«, fragte Leni hitzig, weil sie allein die Arbeit und anscheinend auch die Anspannung hatte.

»Man weiß ja nie. Vielleicht irre ich mich. Deshalb ist es wichtig zu wissen, was passiert, wenn sich unsere Verwandten alle gleichzeitig hier treffen.«

Leni zog die Kochschürze aus und hängte sie an die Küchentür.

»Lass uns feiern heute«, sagte Ernst, zog sie an sich und küsste sie.

Leni lächelte gequält. Da klingelte es.

»Sie kommen!«, sagte er und ging zur Tür.

Kapitel 38

März 2014

Ich spitze durch das Wohnzimmerfenster meiner Eltern. Die Stehlampe neben der Couch taucht den Raum in sanftes Licht. Meine Mutter sitzt in ihrem Sessel, den Kopf seitlich gegen das Polster gelehnt, und scheint zu schlafen. Ich krame meinen Ersatzschlüssel zu ihrer Haustür aus dem Geldbeutel. Leise gehe ich ins Wohnzimmer, hänge meine Jacke über einen Stuhl und setze mich meiner Mutter gegenüber auf die Couch. Ihr Brustkorb hebt und senkt sich gleichmäßig. Die Brille ist ihr auf die Nasenspitze gerutscht. Schon beuge ich mich nach vorn, um sie ihr abzunehmen, setze mich dann aber wieder zurück, um sie nicht zu wecken. Der Blick zur Uhr verrät mir, dass ich ohnehin noch eine Weile warten muss, bis meine Geschwister eintreffen.

Ich betrachte meine Mutter. Obwohl sie eher eine kleine und zarte Person ist – sie reicht mir gerade bis zur Schulter –, war sie immer hart im Nehmen. Sogar beim Eigenheimbau hatte sie tatkräftig mitgeholfen, obwohl sie voll berufstätig war. Trotz der vielen Arbeit hatte sie jeden Tag für uns Kinder frisch gekocht. Egal wann wir aus der Schule kamen, es stand immer warmes Essen auf dem Herd oder zwischen den Daunendecken im Ehebett. Früher war sie diejenige, die uns Kinder beschützte und uns tröstete, wenn es uns nicht gut ging. Jetzt sind wir an der Reihe, sie zu unterstützen und auf sie aufzupassen. Doch wie sollen wir ihr die Last nehmen? Wie soll ich ihr schonend beibringen, dass ihr Mann, mit dem sie nun fast sechzig Jahre zusammen ist, sie irgendwann nicht mehr erkennen wird? Ich schaue ihr Gesicht an, sehe den weichen Flaum auf ihren Wangen. Ich würde sie gern in den Arm nehmen, ihr versichern, dass alles gut wird. Doch das kann ich nicht. Nichts wird mehr gut. Stattdessen formen meine Lippen stumm die Worte: »Ich verspreche dir, dass wir dir zur Seite stehen – egal was kommt!«

Meine Mutter seufzt im Schlaf, als ob sie meinen Schwur gehört hat.

Mein Blick fällt auf das aufgeschlagene Fotoalbum auf dem Glastisch. Schon als Kind mochte ich diese alten Fotobücher mit den Schwarzweißfotos mit den gezackten Rändern. Man nennt sie Mausezähne, hat mir meine Mutter irgendwann einmal erklärt. Als ich mir das Album auf den Schoß ziehe, knistert das Seidenpapier zwischen den Blättern. Ich finde es schade, dass diese Fotoalben aus der Mode gekommen sind. Heutzutage werden zwar Hunderte von Fotos auf dem Smartphone gespeichert, aber danach nur selten angeschaut. Irgendwann werden die Aufnahmen gelöscht, um neuen Motiven Platz zu machen. Sie gehen der Nachwelt verloren, und schon bald erinnert sich niemand mehr daran, dass es sie gab.

Fotoalben hingegen erzählen oft ein ganzes Leben. Man kann sich die Bilder immer wieder anschauen und entdeckt jedes Mal etwas Neues. So ergeht es auch mir heute. Ich habe die Fotos schon so oft betrachtet, doch noch nie ist mir die Jahreszahl unten rechts am Rand bewusst aufgefallen. Auf dem ersten Foto lese ich »1962«. Es zeigt meine Mutter neben einem Kinderwagen. Sie lächelt in die Kamera, scheint im Augenblick der Aufnahme glücklich zu sein. Ihr Haar ist nach der damaligen Mode zu einem Dutt frisiert. In der eng anliegenden Strickjacke, deren Ärmel bis zu den Ellenbogen hochgeschoben sind, und dem Bleistiftrock wirkt sie elegant und zerbrechlich. Im Hintergrund erkenne ich unseren ehemaligen Wohnblock und die Rasenfläche davor. Sofort denke ich an den Traum von der Schneeballschlacht, den ich in den vergangenen Wochen mehrmals hatte: Sie muss dort vor dem Wohnblock stattgefunden haben.

Ich lehne mich mit dem Album unter das Licht der Lampe, damit ich das Bild besser betrachten kann. In den Blumenbeeten zwischen Rasen und Gehweg blühen Tulpen. Mein Blick schweift zurück zu dem Kinderwagen. Da ich im April 1962 auf die Welt gekommen bin, muss wohl ich darin liegen.

Als ich weiterblättere, lese ich auch auf der nächsten Fotografie die Jahreszahl 1962. Dieses Mal ist mein Vater das Motiv. Er lehnt sich lässig gegen ein Motorrad.

Im Chrom der Maschine spiegelt sich meine Mutter, die ihn fotografiert. Sein zurückgekämmtes Haar, die schwarze Lederjacke, sein verwegener Blick – er sieht aus wie ein Doppelgänger von James Dean. Toller Typ, denke ich und schaue mir das Bild darunter an. Es zeigt das Portrait meiner Mutter. Auch sie ist eine Schönheit und könnte eine Schauspielerin sein. Mir ist nie zuvor aufgefallen, dass meine Eltern solch ein hübsches Paar waren. Beide sind noch sehr jung auf den Bildern. Ich rechne nach. Mein Vater war damals siebenundzwanzig und meine Mutter gerade fünfundzwanzig Jahre alt. Im Frühjahr 1962 lebten sie schon fast ein Dreivierteljahr im Westen. Ihre Blicke wirken entspannt und zufrieden. Nichts lässt darauf schließen, welche Odyssee sie hinter sich gebracht haben.

In diesem Moment verspüre ich tiefe Bewunderung für meine Eltern. Auch Dankbarkeit, weil sie dieses Wagnis auf sich genommen haben, damit ihre Kinder im freien Westen leben können. Ich weiß nicht, ob ich in diesem Alter das Risiko einer Flucht ins Ungewisse auf mich genommen hätte.

Auf den nächsten Seiten des Albums sind Fotos mit mir als Baby und meinem Cousin, der drei Wochen älter ist als ich. Auf anderen Aufnahmen haben meine Eltern ihre Ein-Zimmer-Wohnung fotografiert, die sie die ersten Monate im Auffanglager hier in Lebach bewohnten. Alle Bilder sind fein säuberlich in das Album geklebt.

Nur auf den letzten beiden Seiten sind keine Bilder.

Aber zwischen Knisterpapier und Rückendeckel liegen zwei lose Fotos.

»1961« steht auf beiden. Ich erkenne meinen älteren Onkel, meine Oma – die Mutter meines Vaters –, meine Mutter, ihre Schwester mit ihren beiden Kindern und Vatis jüngeren Bruder mit seiner Frau. Sie sitzen oder stehen um eine festlich gedeckte Kaffeetafel. Nur mein Vater fehlt. Wahrscheinlich hat er die Aufnahme gemacht, überlege ich und schaue mir das nächste Foto an. Da steht mein Vater neben meiner Mutter und neben ihnen wieder der Rest der Familie bis auf meinen älteren Onkel. Dieses Mal hatte wohl er fotografiert. Das sind die neun Personen meiner Familie, die damals geflohen sind. Die Bilder müssen kurz vor der Flucht aufgenommen worden sein, schlussfolgere ich.

Da murmelt meine Mutter verschlafen: »Ich habe dich nicht kommen gehört. Warum hast du mich nicht geweckt? Bist du schon lange da?« Sie schiebt sich die Brille zurecht. In ihren Augen erkenne ich die Angst vor dem, was ich ihr berichten könnte.

Ich zwinkere ihr munter zu und sage: »Du hast so entspannt ausgesehen. Ich wollte dich nicht wecken.«

»Ich habe die letzten Nächte kaum geschlafen«, entschuldigt sie sich. Sie sieht das Album in meinen Händen. »Du schaust dir die alten Bilder an?«, fragt sie, sichtlich froh, das Thema darauf lenken zu können.

Ich nicke. »Jedes Mal wirken die Fotos anders auf mich. Heute sehe ich sie mit dem Wissen über eure Fluchtgeschichte an. Du und Vati seid verdammt jung gewesen, als ihr im Westen ankamt. Und ihr habt super ausgesehen. Vati gleicht James Dean.«

»Findest du? Ich dachte eher, er sieht wie Horst Buchholz aus«, meint meine Mutter schmunzelnd.

Ich hebe die losen Bilder in die Höhe. »Sind die beiden noch in der DDR aufgenommen?«

»Wie kommst du darauf?«

»Ich kenne diese Wohnung nicht. Es sieht aus, als ob ihr gefeiert hättet.«

Meine Mutter nimmt mir ein Bild ab. Sie nickt. »Wir haben die Hochzeit von Vatis jüngstem Bruder nachgestellt, um herauszubekommen, wie lange es dauert, bis die Grenzsoldaten uns kontrollieren.«

Ich sehe sie fragend an.

»Wir mussten wissen, was passieren würde, wenn sich so viele Personen gleichzeitig bei uns im Sperrgebiet aufhalten.«

»Dann habt ihr wie in einem Theaterstück eine fiktive Hochzeit gefeiert?«

»So könnte man das tatsächlich nennen.«

»Das ist wirklich aufregend. Dann habt ihr die Flucht durchgeplant und geübt.«

Meine Mutter seufzt leise. »Weißt du, man kann noch so viel planen, besprechen und sich alles Mögliche vornehmen – die Realität sieht anders aus.«

»Wie meinst du das?«

Ihr Blick wirkt abwesend, als ob sie in Erinnerungen versinkt. Schließlich sagt sie mit rauer Stimme: »Wir hatten für die Flucht verschiedene Regeln aufgestellt, an die wir uns halten wollten. So etwas lässt sich leicht am Küchentisch planen, wenn du dich stark fühlst, deine Nerven noch unter Kontrolle hast und noch keine direkte Gefahr droht. Doch nicht alles ist planbar, nicht alles vorhersehbar, denn …« Sie stockt. Ihre Hand zittert, als sie das Bild zurück auf den Couchtisch legt.

Ich halte die Luft an, warte, dass sie weitererzählt.

Meine Mutter sieht zu mir und wird bleich, als sie flüstert: »Es war nicht geplant, dass einer von uns im Stacheldraht hängenbleibt.«

Kapitel 39

Sonntag, 20. August 1961

Der erste Korken flog gegen die Gardine und blieb hinter der Couch liegen, der zweite gegen die Decke, der dritte auf den Wohnzimmerschrank, wo Ernst ihn herunterfischte. Nachdem man mit *Rotkäppchen*-Sekt auf ein gutes Gelingen der bevorstehenden Flucht angestoßen hatte, sah Ernst angespannt in die Runde.

Er spürte, dass die gute Laune seiner Verwandten nicht echt war. Ihr Lachen wirkte aufgesetzt. Unsicher und ängstlich blickten sie in die Runde. Selbst der ältere Bruder wirkte verkrampft. Sein Blick flackerte, als er an der Zigarette zog. Ernst ahnte, wie es in ihm aussah. Dem Herrn Ingenieur schlottern die Knie ebenso wie mir, dachte er ohne Spott.

Er selbst versuchte, souverän und nervenstark zu wirken. Doch in Wahrheit lagen seine Nerven blank. Während er in den letzten Tagen tagsüber versucht hatte, alles Notwendige zu erledigen, um sich von seinen Sorgen abzulenken, lag er nachts wach und grübelte. Es gab so vieles, was er nicht beeinflussen konnte, und ebenso vieles, was er nicht wusste und worüber er sich Gedanken machte. Wo würden sie in Westberlin leben? Wo dort wohnen? Würden sie eine Wohnung zugewiesen bekommen, oder würden sie sich selbst um eine Unterkunft kümmern müssen? Seit der Schließung der Grenze gab es keine Grenzgänger von Ost nach West mehr, so dass deren Arbeitsstellen unbesetzt waren. Würde er in seiner alten Westfirma wieder arbeiten können, oder war sein Posten bereits durch einen Kollegen besetzt worden? Wie würde sein Chef reagieren, wenn er erfuhr, dass Ernst geflohen war?

Das waren nur einige der Fragen, die Ernst nicht beantworten und deren Lösung er nicht beeinflussen konnte. Auch wollte er noch so vieles regeln. Ein Teil ihres Hausstands musste zu Geld gemacht werden, damit sie wenigstens ein kleines Startkapital mit in den Westen nehmen konnten. Doch wie sollte das geschehen, ohne dass es auffiel, wenn sie die Sachen aus dem Haus trugen? Auch musste Ernst sich eingestehen, dass sogar er manchmal an ihren Fluchtplänen zweifelte. Die Angst, dass etwas schiefgehen könnte, lag schwer auf seiner Brust. Besonders wenn er Lenis traurigen Blick beobachtete, schien sein schlechtes Gewissen zu wachsen. Dann war er jedes Mal kurz davor, ihr zu sagen, dass sie in der DDR bleiben sollten.

Er schaute vorsichtig zu Leni hinüber. Ihr Lachen wirkte gequält, in ihren Augen schimmerten Tränen. Ihre Hand umklammerte die Sektflöte, als ob sie Halt suchte. Er wusste, dass sie an ihre Mutter und ihren Bruder in ihrem Heimatort Ferna dachte, die sie nicht wiedersehen würde.

In den letzten Tagen hatte er mehrmals versucht, Leni zu trösten. Doch selbst das Argument, dass ihre Schwester mitkam, entlockte ihr kein Lächeln. »Du hast keine Ahnung, wie es in mir aussieht, denn deine Familie kommt ja komplett mit«, hatte sie ihm vorgehalten. In solchen Augenblicken wuchsen in ihm die Zweifel.

Doch wenn er abends die Nachrichtensendung *Aktuelle Kamera* sah und sich das Gerede der DDR-Politiker anhörte, die immer stärker und immer primitiver gegen den Westen hetzten, verflogen seine Bedenken wieder. Dann saß er mit zusammengepressten Händen auf der Couch und war sich sicher, dass er das Richtige tat. Meist schaltete er die Nachrichtensendungen des Westfernsehens an, das man in Berlin wegen der Grenznähe empfangen konnte. Obwohl Ernst nicht jede Meinung teilte, die er hörte, und auch nicht jedem Bericht glaubte, den er sah, so erschienen ihm die Westsendungen insgesamt glaubhafter als das Propagandaprogramm der DDR. Meist sah er sich anschließend einen Westfilm oder eine politische Westreportage an, denn das Abendfernsehprogramm des Ostens hatte zu dieser Zeit bereits begonnen. Mit dem vorgezogenen Sendetermin um 20 Uhr versuchte das Regime die DDR-Bürger zu ködern. Man glaubte sie so daran hindern zu können, sich die ARD-*Tagesschau* anzuschauen, die ebenfalls um 20 Uhr begann, oder einen klassenfeindlichen Spielfilm des Westfernsehens.

Ernst goss sich das dritte Glas Sekt ein, als ihn seine Nichte am Ärmel zupfte. »Onkel Ernst, dürfen wir Fernsehen schauen?«

»O ja! Bitte! Wir haben nämlich keinen Fernseher«, bettelte auch sein fünfjähriger Neffe.

Ernst sah auf die Uhr. »Jetzt läuft eine Sendung über die jungen Pioniere …«

»Onkel Ernst! Doch nicht so was! Wir wollen das schwarze Pferd sehen.«

»Das schwarze Pferd?«, fragte Ernst scheinbar ahnungslos, obwohl er wusste, welches schwarze Pferd seine sechsjährige Nichte meinte.

Sie nickte heftig.

»Dann lasst uns nachschauen, ob *Fury* um diese Zeit schon gesendet wird.«

»Zuerst wird gegessen«, rief ihre Mutter angespannt und winkte die Kinder zu sich. »Ihr könnt uns in der Küche helfen«, sagte sie und strich ihrer Tochter über das Haar, das zu zwei dicken Zöpfen geflochten war.

Kurz darauf brachten die Frauen mehrere Platten, auf denen zerlegte Broiler angerichtet waren. Dazu gab es gekochte Kartoffeln, rote Bete und grünen Salat sowie in zwei Kompottschüsseln den Bratensud der Grillhähnchen.

»Wie das duftet!«, rief Ernsts jüngerer Bruder, während er den Rotwein entkorkte.

»*Feuertanz* aus Bulgarien?«, murmelte Leni und besah sich die Flasche.

»Nur das Beste zum Feste«, lachte Ernst, zog sie an sich und drückte ihr einen Kuss auf den Mund.

»Lasst uns auf das junge Brautpaar anstoßen. Schließlich wollen wir ihre Hochzeit nachfeiern«, rief der ältere Bruder und hob sein Glas.

Nachdem die Broiler verzehrt und die Schüsseln geleert waren, räumten die Frauen den Tisch ab. Während sie in der Küche Ordnung machten, durften die Kinder die Unterhaltungsserie *Fury* schauen. Die Männer gossen sich einen *Nordhäuser*-Korn ein und zündeten Zigaretten an. Gesättigt und zufrieden saßen sie auf der Couchgarnitur und bliesen den Rauch in Richtung Decke.

»Wir müssen uns überlegen, wie wir zu Geld kommen«, fing Ernst gerade an, als es an der Haustür klingelte.

Erschrocken sahen sich die Brüder an. Leni kam schreckensbleich aus der Küche, gefolgt von den anderen Frauen. Ernsts Mutter wedelte sich mit dem Geschirrhandtuch Luft zu, während sie auf die Tür starrte.

»Wer könnte das sein?«, fragte Leni leise.

Ernst zuckte mit den Schultern. »Ich muss öffnen. Wahrscheinlich hat man uns draußen gehört.« Er wies mit einem Nicken zu den Fenstern, die wegen der Sommerhitze auf Kipp standen. »Was soll uns schon passieren?«, flüsterte er Leni zu und stand auf.

Während er über den Flur zur Eingangstür ging, wischte er sich die Hände am Hosenbein trocken. Langsam drehte er den Schlüssel herum und drückte die Klinke herunter.

Vor ihm standen zwei Grenzsoldaten, die ihn streng musterten.

Kapitel 40

März 2014

Ich will gerade bei meiner Mutter nachhaken, wer bei ihrer Flucht im Stacheldraht hängengeblieben war, als meine Geschwister kommen.

»Schaut ihr alte Fotos an?«, fragt mein Bruder mit einem Blick auf das Album.

»Wusstet ihr, dass …«, beginne ich, als meine Schwester sich neben unsere Mutter setzt und mit leiser Stimme fragt:

»Warst du bei Vati?«

Von einer Sekunde zur anderen werden meine Hände taub und mein Mund trocken. Die letzte halbe Stunde hatte ich die Gedanken an unseren Vater verdrängt und mich krampfhaft auf das Fotoalbum konzentriert. Doch nun schiebt sich sofort sein trauriges Gesicht in meine Erinnerung. Ich schlucke, versuche mich zu ordnen und kann doch nur nicken.

»Wie geht es ihm?«, will nun mein Bruder wissen, der sich uns gegenüber in den Sessel setzt.

Ich räuspere mich. Was soll ich ihnen sagen? Wie soll ich es ihnen sagen? Ich finde keine Worte, jedenfalls nicht die richtigen, denke ich und zucke mit den Schultern.

»Jetzt sag endlich, Britta! Oder warst du nicht bei ihm?«

»Doch, ich war in der Psychiatrie.« Meine Stimme bricht.

Schließlich erzähle ich meinen Geschwistern und meiner Mutter, die wieder mit verkrampften Händen dasitzt, von dem Gespräch mit dem Arzt und dem Zusammentreffen mit unserem Vater. Ich habe das Gefühl, dass jedes Wort, das ich ausspreche, an meiner Kraft zerrt.

Als ich fertig berichtet habe, fühle ich mich erschöpft. Meine Schultern hängen, mein Kreuz beugt sich nach vorn. Eigentlich müsste ich mich erleichtert fühlen, denn nun muss ich die Last nicht mehr allein tragen. Doch ich wage kaum in die Gesichter meiner Mutter und meiner Geschwister zu schauen. Ganz so, als ob ich Schuld an allem hätte.

»Wie kann ein Kind das seinem Vater antun?«, wiederholt Manuela leise die Worte unseres Vaters.

Ich hebe den Blick und erkenne, dass sie um Fassung ringt. Meine Mutter kämpft mit den Tränen. Marko ist blass.

»Wir hatten und haben keine andere Wahl«, versucht er unser Handeln zu rechtfertigen. Als ihm niemand widerspricht, fügt er hinzu: »Wenn selbst dieser Facharzt meint, dass Vati schon seit Langem dement ist, dann gilt es, schnellstens Vorkehrungen zu treffen.«

»Meinst du die Patientenverfügung? Im Internet steht, dass wir dafür ein Formular benötigen, das wir ausfüllen und von ihm unterschreiben lassen müssen.«

»Das auch, aber ebenso wichtig sind andere Maßnahmen. Zum Beispiel darf er nicht mehr Auto fahren …«

»Wie willst du euren Vater davon abhalten? Du kennst ihn, er wird sich das Autofahren von niemandem verbieten lassen«, wirft unsere Mutter ein.

»Dann lass seinen Autoschlüssel verschwinden. Du könntest sagen, dass er ihn verlegt hat.«

Mutter bläht die Wangen auf. »Er wird dahinterkommen, dass ich ihn belüge.«

»Wie sollte er? Vati ist dement. Er verlegt ständig irgendwelche Sachen«, wirft Marko ein. »Sollte er tatsächlich Schwierigkeiten machen, ziehe ich ein Kabel am Motor und lege das Auto lahm.«

»Das will ich sehen, wie du Vati täuschst. Du wirst ihn nicht hinters Licht führen können. Er kennt sich bestens mit Automotoren aus«, widerspricht Manuela.

Marko sieht mit ernster Miene in die Runde. »Ihr habt anscheinend immer noch nicht kapiert, dass dieser Mann nicht mehr derselbe ist, der er früher war. Macht euch endlich klar, dass er schwer und unheilbar krank ist. Nichts ist mehr so, wie es einmal war. Alle seine Fähigkeiten werden schwinden. Er wird sich nicht mehr daran erinnern, was er einmal konnte.« Als unsere Mutter laut aufschluchzt, wird sein Blick milde. »Mutti, versteh doch bitte. Wir können nicht warten, bis ein Unglück passiert. Wir werden unseres Lebens nicht mehr froh, wenn er jemanden überfährt.«

»Jetzt malst du aber alles sehr düster«, erwidere ich.

Mein Bruder sieht mich an und nickt. »Aber so ist es nun mal. Wir müssen unser Leben und Vatis Leben neu ordnen. Dazu gehört auch, dass die Herdsicherung ausgeschaltet werden muss, wenn Mutti die Wohnung verlässt.«

»Warum das?«, fragt Manuela bestürzt.

»Was ist, wenn er sich Essen kocht und vergisst, die Herdplatten auszuschalten? Dann brennt das Haus ab.«

»Marko!«, rufe ich. »Jetzt ist es aber genug mit deiner Schwarzmalerei. So dement ist Vati nun auch wieder nicht.«

»Wie willst du das wissen? Bist du Ärztin?«, greift er mich an.

Ich beiße mir auf die Lippe, um nichts Unüberlegtes zu erwidern.

Markos Miene wird zornig, als er sagt: »Du hast gut reden, Schwesterherz. Du fährst von hier aus in dein Haus zurück und hast dann mit nichts mehr zu tun. Aber ich wohne mit meiner Frau und meinem kleinen Kind direkt über unseren Eltern. Denkst du, ich kann ruhig schlafen, wenn ich weiß, dass Vati nachts herumschleicht? Wer weiß, auf welche Ideen er kommt!«

»Warum sollte er sich nachts Essen kochen wollen?«

»Weil ich weiß, dass er nachts die Schränke kontrolliert und die Frostware aus dem Gefrierfach nimmt«, sagt Marko und sieht unsere Mutter auffordernd an.

Sie erwidert seinen Blick. »Ja, das stimmt. Es ist schon einige Male passiert, dass morgens das eingefrorene Essen auf dem Tisch oder in den Kochtöpfen gelegen hat, als ich aufstand. Die Lebensmittel waren dann schon halb aufgetaut, so dass ich alles wegwerfen musste. Als ich euren Vater zur Rede stellte, erklärte er mir, es wären die fremden Menschen gewesen, die ins Haus kämen, wenn wir schlafen.«

»Wie kommt er nur auf solche Gedanken? Halluziniert er, oder hat er davon geträumt?«, fragt Manu kopfschüttelnd.

»Keine Ahnung!«, sagt Marko, beugt sich vor und verschränkt die Arme auf den Oberschenkeln. Er starrt auf den kleinen Hund unserer Eltern, der zusammengerollt vor ihm liegt. »Viele Demenzkranke haben außerdem den Drang abzuhauen. Ich hoffe, dass dieser Kelch an uns vorübergeht, obwohl ich mir das kaum vorstellen kann. Bei unserem Glück wird er das auch noch machen«, murmelt er mehr zu sich selbst als zu uns.

»Hoffentlich bekommt euer Vater Tabletten, damit er friedlich ist. Mit seiner Boshaftigkeit komme ich nicht mehr zurecht. Mein Nervenkostüm ist nicht mehr das beste«, erklärt unsere Mutter.

»Ich fühle mich so machtlos dieser Krankheit gegenüber. Sie macht mir unglaubliche Angst, weil sie anscheinend unberechenbar ist«, stöhnt Manu. »Ich weiß nicht, wen ich fragen könnte, um Verhaltensregeln zu bekommen. Zwar gibt es in meinem Umfeld einige

Menschen, die ebenfalls einen Demenzkranken in ihrer Familie haben, aber von denen höre ich immer nur, dass ihre Angehörigen friedlich sind. Eine Arbeitskollegin hat mir von ihrer Oma erzählt, die so süß und dankbar sei. Das größte Vergnügen der Oma ist, wenn sie *Dr. Schiwago* im Fernsehen anschauen könne. Das möchte sie den ganzen Tag machen, denn jedes Mal, wenn der Film zu Ende ist, weiß sie nicht mehr, dass sie ihn gerade gesehen hat. Unser Vater hingegen scheint alles Negative dieser Krankheit zu haben.«

»Er war noch nie einfach. Doch nun verstärkt sich sein schwieriger Charakter«, flüstere ich. »Vielleicht hilft uns dieser Bericht, um besser mit ihm und der Krankheit umzugehen«, sage ich und ziehe den Zeitungsschnipsel aus meiner Handtasche hervor.

»Was ist das?«, fragt meine Schwester.

»In unserem Nachbarort findet ein Kurs statt, zu dem ein Demenzverein, den es bundesweit gibt, Angehörige von Demenzkranken einlädt. Zehn Wochen lang stehen jeden Mittwoch unterschiedliche Themen auf der Tagesordnung. Die Ursachen und der Verlauf der Erkrankung werden erklärt, auch die verschiedenen Formen. Dann gibt es einen Vortrag von einem Psychologen. Auch ein Vertreter eines Pflegedienstes sowie einer Krankenversicherung werden sprechen. Vielleicht bekommen wir hier Antworten und vor allem einen Verhaltenskatalog an die Hand, damit wir mit Vati besser klarkommen.«

»Das kann nicht schaden. Ein guter Vorschlag«, meint Marko in meine Richtung. Unsere Mutter und Manu stimmen ebenfalls zu.

»Wann beginnt dieser Kurs?«

»Übermorgen.«

Kapitel 41

Sonntag, 20. August 1961

»Guten Tag, die Herren! Was führt Sie zu uns?«, hörte Leni Ernst an der Eingangstür so laut sagen, dass sie seine Worte im Wohnzimmer verstehen konnte. Da er keine Namen nannte und einen förmlichen Ton anschlug, ahnte sie, dass Uniformierte draußen standen. Hastig drehte sie den Fernseher aus.

»Aber Tante …«, protestierte ihre Nichte. Leni ignorierte das Gejammer des Mädchens und sah stattdessen ihre Schwester auffordernd an, die sofort verstand.

»Sollen wir nachsehen, ob Tante Leni Schokolade im Küchenschrank versteckt hat?«, lockte sie die Kinder vom Fernsehapparat fort.

Die beiden nickten freudig, sprangen vom Fußboden hoch und folgten ihrer Mutter in die Küche.

Im selben Augenblick betraten zwei Grenzpolizisten das Wohnzimmer. Leni krallte ihre Finger in die Rückenlehne eines Stuhls und versuchte den beiden Männern mit einem Lächeln entgegenzublicken.

»Besuch? Haben wir etwas angestellt?«, fragte sie scheinheilig.

Der ältere der beiden Grenzer taxierte sie schweigend. Mit wichtiger Miene verschränkte er die Hände im Rücken und ging mit steifen Schritten zur Couchgarnitur. Dort musterte er die drei Männer und sah dann zu den beiden Frauen hinüber, die am Esstisch saßen.

»Uns wurde gemeldet, dass in diesem Haus eine Versammlung stattfinden soll. Sind das alle Personen, die sich in dieser Wohnung aufhalten?«, fragte er.

Lenis Schwester kam aus der Küche, die Kuchenteller in der Hand, gefolgt von ihren Kindern, deren lachende Münder mit Schokolade verschmiert waren. »Wir sind auch noch da«, antwortete sie unbefangen.

»Wenn wir eine Versammlung sind, heiße ich Frau Holle«, witzelte Lenis Schwiegermutter so laut, dass jeder es hören konnte.

Der Grenzsoldat trat vor sie und fragte: »Warum findet dieses Treffen statt?«

»Wir feiern die Hochzeit meines jüngsten Sohnes«, erklärte sie in keckem Ton und wies mit dem Kinn hinüber zu dem Sessel, in dem ihr Sohn versank.

»Wo ist die Braut?«, fragte der Grenzpolizist.

»Hier!«, hörte man ein Stimmchen. Lenis Schwägerin schob ihren Kopf seitlich hinter dem Rücken ihrer Schwiegermutter hervor und hob scheu die Hand.

Als der Grenzer von Bräutigam zu Braut und zurück sah, blieb sein Blick am Fernseher hängen. »*Telefunken*?«

Leni sog die Unterlippe zwischen die Zähne und sah ihren Mann an. Ernst nippte scheinbar unaufgeregt am Korn und nickte dann.

»Wohl Grenzgänger gewesen?«, war die nächste Frage des Grenzers.

»Ja, das war ich mal.«

»Unsereins kann von Glück sagen, wenn er sich einen *Rafena Patriot I* leisten kann. Und dann hat er noch mal Glück, wenn es einen im Handel gibt«, tat der Grenzer kund.

Leni hatte das Gefühl, als ob er mehr zu sich als zu ihnen sprach. Der Mann betrachtete den Esstisch und dann ihre jüngere Schwägerin: »Anscheinend ist das Hochzeitsfestmahl vorbei …«

»Es gibt noch Mokkatorte«, warf Leni ein und wies auf die Kuchenteller, die ihre Schwester auf dem Tisch abgestellt hatte. »Dürfen wir Sie dazu einladen?«, fragte sie höflich und lächelte dem jüngeren Grenzer zu, der bis jetzt kein Wort gesprochen und sich nicht von seinem Platz an der Tür fortbewegt hatte.

Keiner der beiden Soldaten ging auf ihr Angebot ein.

»Wir geben Ihnen zwei Stunden Zeit, dann verlässt jeder, der hier nicht gemeldet ist, das Sperrgebiet«, forderte der ältere stattdessen und verließ mit einem knappen Nicken den Raum, gefolgt von seinem Adjutanten, der enttäuscht auf die Teller schaute.

»Das ist sehr nett von Ihnen«, rief ihnen Leni hinterher.

Kaum fiel die Eingangstür ins Schloss, raschelten die Zigarettenpackungen, und man hörte Streichhölzer zischen. Dann sprachen alle durcheinander. Hastig sprang Leni auf und schloss die Fenster.

»Mir ist fast das Herz stehen geblieben, als ich aus der Küche kam.«

»Wer könnte uns verpfiffen haben?«

»Es kann nur jemand aus eurer Straße sein.«

»Mein Magen rebelliert wieder.«

»So ein Schnösel! Er ist ein einfacher Grenzsoldat und tut so, als ob er der Herr Major persönlich wäre.«

»Ich koche rasch Kaffee. Kommt, Kinder, in der Küche ist bestimmt noch Schokolade für euch!«

Es herrschte kurz Ruhe, dann fragte Ernst in die Runde: »Habt ihr gesehen, wie er den Fernseher angestarrt hat? Ich hätte ihm das Gerät anbieten sollen.«

»Bist du verrückt? Dieser Kerl hätte sofort Lunte gerochen. Außerdem kann er dir sicherlich keine Westmark dafür geben. Und Ostmark nutzen uns drüben nichts«, widersprach der ältere Bruder.

»Trotzdem werde ich das Gerät zu Geld machen. Wenn ich ihn nicht verkaufe, wird ihn sich nach unserer Flucht so einer wie dieser Grenzer unter den Nagel reißen. Genauso wie all die anderen Sachen aus unserem Haus. Ich weiß auch schon, wem ich den Fernseher verkaufen werde«, erklärte Ernst mit entschlossenem Blick.

»Vergiss nicht, dass wir beobachtet werden, denn nur so haben die Grenzer von unserer Feier erfahren. Wenn du den Fernseher aus der Wohnung schaffst, wird das auffallen«, gab Leni zu bedenken und verteilte die Kuchenteller auf dem Esstisch.

»Mach dir keine Gedanken. Ich werde jedem erzählen, dass das teure Gerät kaputt ist und zur Reparatur muss.«

»Ich verkaufe meine Kamera im Westen. Zeiss-Modelle sind dort begehrt«, meinte der Schwager und hob den Fotoapparat hoch.

»Du hast deine Kamera mitgebracht und noch kein einziges Foto von uns gemacht«, beschwerte sich Lenis Schwester bei ihrem Mann, während sie mit einem Taschentuch die Schokolade aus den Gesichtern ihrer Kinder wischte.

»Stellt euch alle um den Esstisch. Anschließend machst du ein Bild von uns, Ernst. Und schaut nicht so gequält. Wir haben allen Grund zu lächeln. Schon bald können wir so viel und so lange feiern, wie wir wollen.«

»Jedenfalls ist unser Plan aufgegangen«, freute sich Ernst. »Jetzt wissen wir, dass ihr nicht alle gleichzeitig am Donnerstag zu uns kommen könnt. Ihr müsst nacheinander und in großen Zeitabständen herkommen und euch im Haus verstecken. So bekommt niemand etwas mit.«

»Hoffentlich wird es im Westen so, wie ihr es immer ankündigt, damit sich diese Aufregung lohnt«, murmelte die jüngere Schwägerin mit blassem Gesicht und stellte die Mokkatorte in die Mitte der Kaffeetafel.

»Sogar die Sonne zieht westwärts«, erwiderte ihre Schwiegermutter und lachte in die Kamera.

Kapitel 42

März 2014

Meine Mutter, meine Geschwister und ich betreten den Raum, an dessen Tür *Demenzverein* steht. Der Leiter stellt sich als Herr Maurer vor und begrüßt uns mit Handschlag. Wir sagen unsere Namen und woher wir kommen. Beides notiert er in seiner Anwesenheitsliste.

»Es kommt selten vor, dass so viele Mitglieder ein und derselben Familie Interesse haben, diese Krankheit zu verstehen, und bereit sind, den richtigen Umgang mit dem Betroffenen zu erlernen«, erklärt er und zeigt zu den leeren Stühlen, die um den langen Tisch stehen. »Suchen Sie sich einen Platz aus. Noch haben Sie die freie Auswahl.«

Kaum habe ich mich ans Kopfende gesetzt, betreten mehrere Personen den Raum. Wir nicken einander zu. Auch sie werden von Herrn Maurer begrüßt und nach Namen und Wohnort gefragt, was er ebenfalls notiert. Dann setzen sie sich zu uns an den Tisch. Wir sind fünf Frauen und drei Männer, die an diesem Abend in dem hellen Raum aufmerksam dem Kursleiter entgegenblicken.

»Ich darf mich nun auch offiziell vorstellen«, beginnt er mit einem Lächeln auf den Lippen. »Mein Name ist Peter Maurer, und ich bin von Beruf Pflegesachverständiger, auch Pflegegutachter genannt. Meine Aufgaben bestehen darin, die Pflege eines Pflegebedürftigen fachlich zu beurteilen, seine Pflegestufe einzuschätzen, auch zu überprüfen und bestimmte Abläufe bei der Pflege zu bewerten. Dieser Punkt ist besonders wichtig, denn er wirkt sich unmittelbar auf die finanzielle und personelle Planung der Familie aus. Dazu komme ich auch in die einzelnen Haushalte und berate vor Ort. Ich werde Sie durch diese zehn Abende begleiten, an denen unterschiedliche Themen erörtert werden. Heute werden wir uns kennenlernen, und beim nächsten Mal werde ich versuchen, Ihnen die Krankheit Demenz verständlich zu erklären. Jede Woche wird ein anderer Referent anwesend sein, der Sie über sein jeweiliges Sachgebiet informiert. In zwei Wochen kommt zum Beispiel ein Psychologe, die Woche darauf jemand von der Pflegeversicherung. Doch nun möchte ich Sie bitten, sich nacheinander ebenfalls vorzustellen und den Grund Ihrer Anwesenheit zu nennen.«

Herr Maurer setzt sich auf die Kante seines Schreibtisches, der quer zu unserem langen Tisch steht, und weist mit seinem Kugelschreiber auf die Frau neben meinem Bruder. »Möchten Sie anfangen?«

»Ich heiße Evelyn Schober. Meine Mutter ist dement und lebt seit einem halben Jahr in einem Pflegeheim. Da mein Bruder und ich berufstätig sind, kann keiner von uns sie zuhause betreuen. Wir bereuen diese Entscheidung sehr, denn in dem Heim hat unsere Mutter dermaßen abgebaut, dass sie mittlerweile im Rollstuhl sitzt. Dabei war sie fit und agil, als wir sie im Heim anmeldeten. Wir fürchten, dass man sie mit Medikamenten ruhigstellt, um sie so leichter unter Kontrolle zu halten.« Sie blickt aufgebracht in die Runde. »Weil sie so schwach und zerbrechlich geworden ist und weil sie dieses Leben nicht verdient hat, haben mein Bruder und ich beschlossen, dass ich meine Arbeitsstelle kündige, um mich um unsere Mutter zu kümmern. Sobald unser Haus behindertengerecht umgebaut ist, hole ich sie zu uns.«

»Darf ein Heim demente Menschen ruhigstellen? Muss das nicht ein Arzt anordnen?«, will meine Schwester wissen.

Frau Schober zuckt mit den Schultern. »Als ich nachfragte, ob sie Beruhigungsmittel bekommt, gab man mir zur Antwort, dass ihr labiler Zustand altersbedingt sei. Aber das glauben wir nicht, denn so schnell baut ein Mensch nicht ab.«

Ich schaue zu Herrn Maurer, in der Hoffnung, dass er dazu etwas sagt. Doch er macht sich nur Notizen und blickt dann die junge Frau in unserer Runde auffordernd an.

Sie nickt. »Mein Name ist Tamara Pohl. Meine Oma war der wichtigste Mensch in meinem Leben. Als bei ihr Demenz diagnostiziert wurde, wusste ich nichts über diese Krankheit. Da sie immer ein gütiger, dankbarer und warmherziger Mensch war, was sich durch die Krankheit verstärkt hatte, habe ich erst spät bemerkt, dass sie sehr krank war. Ich mache mir große Vorwürfe, denn vielleicht hätte ich ihr helfen können, wenn ich die Krankheit früher erkannt und mehr Ahnung gehabt hätte. Auch wenn es für meine Oma zu spät ist – sie ist vor vier Monaten gestorben –, will ich diese Krankheit verstehen lernen. Deshalb habe ich mich hier angemeldet.«

»Ist aktuell jemand in Ihrer Familie dement?«, will Herr Maurer wissen.

Die junge Frau schüttelt den Kopf. Er lächelt ihr anerkennend zu und macht sich erneut Notizen.

»Mein Name lautet Elmar Groß. Mir geht es wie dem Mädchen hier«, sagt ihr Stuhlnachbar als Nächster. »Ich habe auch niemanden in meinem Umfeld, der an dieser Krankheit leidet. Ich bin alleinstehend und frühpensioniert. Da ich keine Aufgabe habe, dachte ich, dass ich an diesem Kurs teilnehme, weil man nie weiß, ob man das später gebrauchen kann. Anschließend will ich einen Lehrgang absolvieren, in dem ich die richtigen Griffe übe, damit ich lerne, wie ich zum Beispiel einem Kranken aus dem Bett helfe oder ihn richtig hochhebe, ohne selbst einen Bandscheibenvorfall zu bekommen.«

Herr Maurer öffnet die Lippen. Aber statt etwas zu sagen oder zu fragen, schließt er sie wieder und schreibt einige Worte auf sein Blatt Papier. Nun sieht er zu dem nächsten Mann in der Runde. Er ist bedeutend älter als wir anderen Teilnehmer. Er wirkt müde und abgespannt.

»Mein Name ist Norbert Schreiner. Meine Frau ist dement. Ich pflege sie zuhause.«

»Haben Sie jemanden, der Ihnen dabei hilft? Kinder oder Enkelkinder?«, will Herr Maurer wissen. Herr Schreiner verneint. »Mein Sohn lebt in Darmstadt. Er ist geschieden und beruflich viel unterwegs. Meine jüngste Tochter wohnt mit ihrer Familie in Hannover und die andere mit ihrem Mann und zwei Kindern in Saarbrücken. Von denen hat keiner Zeit. Die Enkelkinder kommen nur, wenn ich ihre Hilfe bezahle. So viel Geld habe ich nicht zur Verfügung.«

»Wie alt sind Sie, Herr Schreiner?«

»Ich bin vor vier Wochen vierundsiebzig geworden.«

»Wie lang ist Ihre Frau schon krank?«

Herr Schreiner überlegt und zählt mit Hilfe der Finger die Jahre. »Sieben oder acht Jahre«, murmelt er.

So eine lange Zeit, denke ich. Unser Vater ist erst seit wenigen Monaten sichtbar dement. Wie lange wir wohl diese Krankheit aushalten müssen? Ich sehe zu meiner Familie. Marko starrt Herrn Schreiner an, während Manu die Hand unserer Mutter ergreift, die in sich zusammenzusinken scheint.

»Kommt der Pflegedienst?«, höre ich Herrn Maurer fragen.

Herr Schreiner nickt. »Morgens um sieben Uhr. Aber da schläft meine Frau fast immer noch. Es ist schwierig, sie dann zu wecken. Das meiste muss ich allein bewerkstelligen. Windeln und waschen fällt mir schwer. Ich werde ja auch nicht jünger.«

»Warum geben Sie Ihre Frau nicht in ein Heim?«, will jemand aus der Runde wissen.

Herr Schreiner wischt sich über die Augen, bevor er antwortet. »Weil wir uns vor Gott geschworen haben: in guten wie in schlechten Zeiten.«

Plötzlich herrscht Stille im Raum. Alle Anwesenden schauen bewundernd zu dem Mann, der beschämt den Blick senkt.

»Sie müssen eine harmonische Ehe führen«, meint meine Mutter leise.

Er sieht sie an, sagt aber kein Wort.

Herr Maurer schaut nun zu mir und meiner Familie. Er lächelt uns auffordernd an.

Ich schlucke. Als Älteste von uns drei Kindern fühle ich mich in der Verantwortung, uns vorzustellen.

»Unser Vater ist dement. Momentan ist er in der Psychiatrie, wo man ihn untersucht. Im Grunde wissen wir das aber auch ohne ärztliche Tests. Es heißt sogar, er sei schon sehr viele Jahre krank. Da unser Vater einen schwierigen Charakter hat, haben wir in der Vergangenheit seine Wesensveränderungen hingenommen, ohne sie zu hinterfragen. Er war halt kompliziert«, gestehe ich und sehe unwohl in die Runde. »Diese Krankheit ist für uns fremd. Wir wissen nicht damit umzugehen. Wir Geschwister verstehen uns gut, sind viel zusammen, feiern gern miteinander oder treffen uns einfach nur so. Ich bin stolz und glücklich, dass wir uns so gut verstehen. Doch jetzt habe ich Angst, dass diese Krankheit uns auseinanderbringt, dass wir als Großfamilie daran zerbrechen. Denn jeder von uns hat seinen eigenen Blickwinkel. Die ersten Anzeichen sind bereits da: Wir streiten immer öfter und haben manchmal tagelang keinen Kontakt. Als ich die Annonce in der Zeitung las, war sie für mich wie ein Wink des Schicksals. Wir sind hierhergekommen in der Hoffnung, eine Art Gebrauchsanweisung für den richtigen Umgang mit unserem Vater und seiner Krankheit zu bekommen. Aber auch, weil wir hoffen, hier eine Art Rettungsanker zu finden, der uns im Sturm festhält, damit unsere Familie nicht zerbricht.« Ich spüre das Brennen in den Nasenflügeln und presse die Lippen aufeinander. »Nachdem ich Ihre Fälle gehört habe, Ihre Aufopferungsbereitschaft und auch, wie liebevoll Ihre Demenzkranken anscheinend sind, glaube ich, dass unser Vater die große Ausnahme ist. Und das macht mir Angst. Er ist weder dankbar noch liebenswürdig, sondern die meiste Zeit aggressiv und böse. Es fällt uns schwer, ihm gegenüber freundlich und nett zu bleiben.«

Marko legt mir die Hand auf den Rücken und nickt mir zu. Ich kann meine Gefühle kaum beherrschen.

»Herr Schreiner«, beginnt der Leiter des Demenzvereins. »Erzählen Sie doch bitte den Anwesenden, dass dies nicht der erste Kurs ist, den Sie besuchen.«

»Es ist bereits der dritte. Ich komme nicht hierher, um mein Wissen über die Demenz zu vertiefen, sondern weil es guttut zu hören, dass es Menschen gibt, die

Ähnliches mitmachen wie ich. Auch habe ich dadurch einen Grund, von zuhause wegzukommen, damit ich wieder durchatmen kann. In der Zeit passt eine Nachbarin auf meine Frau auf«, sagt er mit einem zaghaften Lächeln. Dann sieht er uns an und sagt: »Meine Frau und ich haben jung geheiratet und eine Ehe wie viele andere unserer Generation geführt. Als sie krank wurde, kam zu ihrem Jähzorn Aggressivität hinzu. Sie schlägt mich, sobald sie mich zu greifen bekommt, und wirft Gegenstände nach mir. Bevor ich heute losging, habe ich ihren Hausschuh an den Kopf bekommen. Auch beschimpft sie mich mit üblen Ausdrücken. Ich höre keinen Dank, kein nettes Wort mehr von ihr, nur noch Geschimpfe. Es hilft mir zu wissen, dass es nur die Krankheit ist, die sie so hat werden lassen. Deshalb werde ich mich um sie kümmern, bis der Tod uns scheidet – so wie wir es einander geschworen haben.«

Ich hole tief Luft. Das Verhalten des Mannes beschämt mich. »Ich finde Ihre Einstellung bewundernswert, aber ich weiß nicht, ob ich so selbstlos wäre. Sie alle hier scheinen das zu sein. Ich bin es nicht«, gestehe ich leise.

»Glauben Sie mir: Wenn es so weit ist, werden Sie Dinge für Ihren Vater tun, die Sie sich jetzt noch nicht vorstellen können«, sagt Herr Schreiner mitfühlend, und Herr Maurer nickt.

Kapitel 43

Montag, 21. August 1961

Ernst nahm Leni in den Arm. »Beruhig dich, mein Schatz! Alles wird gut«, murmelte er und strich ihr sanft über den Rücken.

Heute war Lenis freier Tag, da montags die Friseurgeschäfte nicht öffneten. Alle zwei Wochen jedoch fuhr sie zu einer Kundin nach Falkensee, um sie privat zu frisieren. Normalerweise nahm sie die halbe Stunde Fahrtzeit nach Brandenburg gerne auf sich. Doch da der unerwartete Besuch der Grenzpolizisten gestern ihr schwer zugesetzt hatte, wollte sie den Termin an diesem Tag nicht wahrnehmen.

»Ich schaffe das nicht«, jammerte sie verhalten.

»Natürlich wirst du das schaffen! Du bist stärker, als du glaubst.«

»Versteh doch, Ernst! Ich fühle mich wie gerädert, weil ich die halbe Nacht nicht geschlafen habe«, klagte sie und presste die Stirn gegen seine Schulter.

»Gerade heute ist dieser Termin sehr wichtig für uns. Wir müssen nach außen Normalität signalisieren und dürfen nicht auffallen.« Er spürte, wie ihr Kreuz sich versteifte und wie sie sich aus seiner Umarmung löste.

Sie sah ihn zweifelnd an und sagte: »Was ist, wenn mir die Frisur der Kundin heute misslingt, weil ich so nervös bin?«

Ernst sah sie erstaunt an. »Das ist dir noch nie passiert, und es wird auch heute nicht passieren. Ich kenne dich, mein Schatz. Sobald du die Schere in der Hand hältst, bist du in deinem Element.«

»Aber es könnte sein, dass ich in einem unbedachten Augenblick ein Wort sage, das unsere Flucht andeutet oder gar verrät. Dann wird sie womöglich dahinterkommen.« Lenis Stimme klang trotzig.

»Sie wird schon nichts ahnen. Niemand traut uns eine Flucht zu.«

»Außer Oberleutnant Stärker«, antwortete Leni spöttisch, während sie zur Waschschüssel in der Küchenanrichte ging, um sich kaltes Wasser ins Gesicht zu spritzen.

»Sei nicht so pessimistisch. Sondern sei lieber froh, dass du diesen Termin hast. Die Arbeit wird dich ablenken. Ich hingegen weiß nicht, was ich den lieben langen Tag machen soll, bis du wiederkommst«, versuchte Ernst zu spaßen.

»Bringst du mich zum Bus?«, fragte sie und trocknete sich mit einem Handtuch ab.

»Selbstverständlich!«, sagte er erleichtert.

Als sie an der Haltestelle ankamen, wartete der Omnibus bereits. Ein Fahrgast stand rauchend in der offenen Tür und unterhielt sich mit dem Fahrer.

»Da musste mit Karacho durchfahr'n, sagt der Lulatsch zu mir, doch ick hab ihm jeantwortet: Du gloobst wohl, det ick uff de Wurschtsuppe herjeschwomm'n bin, oda wat …«

Der Busfahrer erblickte Leni und winkte sie zu sich. »Juten Morgen, nu komm' se mal schnell rin in die jute Stube, bevor die Flitzpiepe mir weiter vollsabbert.«

Leni setzte den Fuß auf die erste Stufe, verharrte und drehte sich nach Ernst um. »Holst du mich später wieder ab?«

Er nickte. Scheinbar zufrieden trat sie in das Führerhäuschen, bezahlte den Fahrpreis und setzte sich in eine leere Bankreihe. Kurz darauf fuhr der Bus los.

Ernst überlegte, was er mit seiner Zeit anfangen sollte. Nach Hause wollte er nicht gehen. Er konnte dort nichts organisieren, musste keine Koffer packen, nichts regeln – nur warten, bis es endlich Donnerstagnacht wurde. Ziellos lief er die Straße entlang, als er glaubte, seinen älteren Bruder auf der Straßenseite gegenüber zu erkennen. Er legte die Hand vor die Stirn, da ihn die Vormittagssonne blendete. Als er sich sicher war, rief er den Namen seines Bruders, doch der reagierte nicht, sondern hetzte weiter und verschwand zwischen den Häuserzeilen. Irgendetwas war nicht in Ordnung, dachte Ernst und spürte Unruhe in sich aufsteigen. Er überquerte die Straße und eilte hinterher. Schließlich sah er seinen Bruder, der verdeckt an einem Container lehnte und ihm entgegensah.

»Du bist es«, sagte der Bruder erleichtert, als Ernst vor ihm stand.

»Du bist ja vollkommen außer dir! Was ist passiert?«

Der Bruder lehnte sich gegen die Metallwand des Behälters und fuhr sich mit beiden Händen durchs Haar. »Ich wollte vorhin zu dir, als ich in eurer Straße auf einen Offizier der Volkspolizei traf. Kaum sah er mich, befahl er mir, das Grenzgebiet sofort zu verlassen. Ich lehnte das ab, schließlich wollte ich dich besuchen. Außerdem verbat ich mir den Ton und die Art und Weise seiner Behandlung. Daraufhin drohte er mir mit Verhaftung und meinte, sie wüssten, wie sie mich kriegen.«

»Verdammt«, murmelte Ernst und sah seinen Bruder entsetzt an.

»Ich muss dringend weg. Sie beobachten mich und ahnen vielleicht sogar, was wir planen.«

»Blödsinn! Das weiß niemand außer uns! Verlier jetzt nicht die Nerven. Und vor allem: Erzähl das nicht den anderen, sonst bekommen sie kalte Füße.«

»Bist du verrückt? Das weiß ich selbst! Sie werden in Panik geraten, wenn sie davon erfahren.«

»Geh nach Hause und bleib im Haus. Lass dich nirgends mehr sehen. Tu so, als ob du krank bist, wenn jemand nach dir fragt.«

Plötzlich schlug sich sein Bruder die Hände vors Gesicht und rang nach Luft.

»Was hast du jetzt?«, fragte Ernst erschrocken.

»Ich habe Angst, dass die westlichen Alliierten mich

zurück in den Osten schicken, wenn sie von meinem Unfall erfahren. Dann war alles umsonst.«

Ernst spürte, wie er innerlich erstarrte. Darüber hatte er noch nicht eine Sekunde nachgedacht. »Das werden sie nicht machen«, murmelte er und lehnte sich neben seinem Bruder gegen den Container. Mit zittriger Hand fischte er das Päckchen aus der Hosentasche und zog zwei zerdrückte Zigaretten heraus. Er zündete beide an und reichte seinem Bruder eine.

»Du weißt, dass die Franzosen, die Engländer und die Amerikaner jeden Flüchtling ausfragen und überprüfen, damit keine DDR-Spione in den Westen gelangen.«

»Aber du bist kein Spion, und du wolltest auch nie einer werden. Das ist einer der Gründe, warum du von hier verschwindest.«

»Aber wegen meines Fehlverhaltens ist ein Unschuldiger zu Tode gekommen. Glaub mir, mit so einem wollen auch die im Westen nichts zu tun haben.«

»Es ist erwiesen, dass du nichts für den Unfall konntest. Für dich spricht außerdem, dass du dich trotz des ständigen Drucks durch den Staatssicherheitsdienst geweigert hast, einer politischen Aktivität nachzugehen. Du warst nicht in der SED. Das musst du den Alliierten sofort sagen, wenn sie dich verhören. Außerdem hast du Frau und Kinder, für die du sorgen musst. Wir sehen uns wie geplant am Donnerstag. Bis dahin verhältst du dich ruhig und versuchst dir nicht zu viele Sorgen zu machen«, sagte Ernst im Fortgehen, als sein Bruder ihn am Arm fasste, so dass er stehen blieb.

»Versprich mir, Ernst, dass du dich um meine Familie kümmerst, wenn sie mich zurückschicken sollten. Wir beide wissen, dass ich dann in einem ihrer Staatsgefängnisse verrotten werde.«

Ernsts Herz begann wild zu schlagen. Es fiel ihm schwer, ruhig zu bleiben. Seine Stimme drohte zu kippen, als er sagte: »Sie werden dich nicht zurückschicken, denn sie sind keine Unmenschen.«

Kapitel 44

Ende März 2014

Ich ziehe langsam die Tür des Arztzimmers hinter mir zu. Dabei presse ich mir die Unterlagen, die mir der Arzt ausgehändigt hat, gegen die Brust. Darin steht nun schwarz auf weiß, was wir bereits wissen: Unser Vater ist dement, und das im vorgeschrittenen Stadium.

Das hat unter anderem der Uhrentest bewiesen. Dabei sollte mein Vater das Zifferblatt einer Uhr mit Zahlen aufzeichnen. Anhand der Abweichungen lassen sich Rückschlüsse auf das Ausmaß der Hirnfunktionsstörungen ziehen. Vatis Zahlen lagen außerhalb des Kreises, die Zeiger befanden sich irgendwo dazwischen. Je nach Abweichung vergeben die Ärzte 1 bis 6 Punkte. Je höher die Zahl, desto ausgeprägter die Erkrankung.

Unser Vater stand kurz vor Stufe 5.

Danach hatte der Stationsarzt von Röntgenaufnahmen und anderen Untersuchungen gesprochen. Ich habe nur noch die Hälfte verstanden. Bei der anderen Hälfte habe ich nicht mehr zugehört, denn ich will nichts mehr über diese Krankheit wissen. Tatsache ist, dass unser Vater auch den Rest seines Erinnerungsvermögens verlieren wird.

Jetzt ist es amtlich, und wir müssen damit klarkommen.

Meine Mutter erwartet meinen Vater und mich zuhause, denn er wird heute entlassen, und ich will ihn abholen. Ich habe Angst vor unserer Begegnung. Wird er mich dieses Mal als seine Tochter erkennen, oder muss ich wieder schauspielern? Mir graut auch vor dem Zusammentreffen meiner Eltern. Seit der Einweisung vor einer Woche haben sie sich nicht mehr gesehen, da mein Vater schon am ersten Tag beschlossen hatte, dass seine Frau und meine beiden Geschwister ihn nicht besuchen durften, weil sie ihn dorthin gebracht haben. Wie wird er reagieren, wenn er wieder zuhause ist? Werden die beiden miteinander klarkommen? Was, wenn er Mutti eines Tages nicht mehr erkennt? Wie können wir Kinder beide beschützen?

Bei dem Gedanken wird mir elend. Ich schließe kurz die Augen und gehe kraftlos in den Aufenthaltsraum der Psychiatrie. Wie bei meinem ersten Besuch sitzt mein Vater dort am Tisch. Dieses Mal steht sein kleiner Koffer neben ihm. Er sieht mir freudig entgegen.

»Da bist du ja, mein Kind! Ich dachte schon, du hast mich vergessen«, flachst er aufgeregt.

»Aber Vati! Ich würde dich doch niemals vergessen«, schimpfe ich augenzwinkernd und gebe ihm einen Kuss auf die Wange. Ich bin erleichtert, dass er weiß, wer ich bin.

»Holen Sie ihn ab?«, fragt das Riesenbaby mit der Latzhose, das aus einem der Räume auf mich zugeschlurft kommt.

Ich kann nur nicken, denn mein Mund ist trocken.

»Wir hatten viel Spaß hier. Nicht wahr, Ernst? Passen Sie gut auf ihn auf. Er ist ein besonderer Mensch. Mach's gut!«, sagt Max und reicht meinem Vater die Hand.

Der erwidert die Verabschiedung und lacht breit. Dann stützt er sich auf der Tischplatte ab, schafft es aber nicht, aus seiner Sitzposition hochzukommen.

Gemeinsam mit Max ziehe ich ihn vom Stuhl hoch. Mein Vater kann kaum alleine stehen. Ich reiche ihm meinen Arm. Sofort muss ich an die Mutter von Evelyn Schober aus der Demenzgruppe denken. Ob man unserem Vater auch Beruhigungsmedikamente verabreicht hat? Schließlich ist er vor einer Woche noch aus der Arztpraxis weg über die Straße gelaufen. Marko soll die Arztberichte danach durchsuchen, denke ich und führe meinen Vater hinaus zum Auto.

Er liegt mehr im Autositz, als er sitzt. Nur mit Mühe kann ich ihn anschnallen.

Unsere Fahrt verläuft schweigend. Als ich ihn auf die neugebauten Windräder aufmerksam mache, die man auf unserer Strecke in der Ferne sehen kann, schafft er es nicht, sich gerade hinzusetzen, um durch die Autoscheibe zu schauen. Mühsam zieht er sich am Griff nach vorn, kann sich aber nur wenige Sekunden halten, dann sackt er wieder zurück. Er spricht kaum ein Wort, doch plötzlich fragt er:

»Was macht der kleine Rocky? Geht es ihm gut?«

Ich bin überrascht, dass er nach seinem Hund fragt, den er die letzten Male nicht erwähnt hat. »Mutti kümmert sich gut um ihn. Er wird sicherlich außer sich vor Freude sein, wenn du wieder zuhause bist.«

»Deine Mutter ist eine gute Frau«, sagt er und starrt durch die Windschutzscheibe. »Es war richtig, dass sie mich ins Krankenhaus gebracht hat. Ich bin ihr nicht mehr böse. Wer hätte ahnen können, dass ich so krank werde?«

»Lenichen!«, ruft mein Vater unter Tränen und umarmt seine Frau.

Auch meiner Mutter kullern Tränen über die Wangen. Sie scheint ebenso wie ich erleichtert über diese normale Begrüßung zu sein. Ihre Augen jedoch spiegeln ihre Angst wider. Da kommt der kleine Yorkshire-Terrier kläffend aus dem Wohnzimmer gelaufen und springt an meinem Vater hoch.

»Rockylein«, ruft er und will sich nach vorn beugen, um ihn auf den Arm zu nehmen. Er strauchelt.

Ich packe ihn am Arm und ziehe ihn zu mir. »Warte, Vati, ich reiche dir Rocky hoch. Aber erst setzt du dich hin«, rate ich ihm und führe ihn ins Wohnzimmer.

»Ich hole uns etwas zu trinken«, murmelt meine Mutter und verschwindet in der Küche.

Nachdem mein Vater sicher am Esstisch sitzt und seinen Hund auf dem Schoß hat, folge ich meiner Mutter in die Küche.

»Er ist glücklich, wieder zuhause zu sein«, sage ich leise.

»Ich bin auch froh, dass er wieder da ist. Es scheint ihm gut zu gehen«, schnieft sie in ihr Taschentuch.

Doch als sie mich anblickt, sehe ich Panik in ihrem Gesicht. Ich nehme sie in den Arm.

In diesem Augenblick wird mir klar, dass ich von nun an meine Eltern noch viel mehr unterstützen muss. Ich nehme mir vor, heute noch mit meiner Lektorin zu telefonieren und ihr meine Situation zu schildern. Im Gegensatz zu meinen Geschwistern habe ich die Möglichkeit, meine Arbeit zurückzustellen. Deshalb hoffe ich inständig, dass der Verlag den Abgabetermin verschieben kann und ich dadurch Zeit gewinne.

Kapitel 45

Dienstag, 22. August 1961

Leni sah sich in dem kleinen Aufenthaltsraum des Friseurgeschäfts um. Wo konnte sie den Zwanzigmarkschein nur hingelegt haben? Zuhause war er nicht, denn dort hatte sie bereits jede Schublade, jede Jackentasche und jede Vorratsdose abgesucht. Sie musste ihn hier im Geschäft verlegt haben. Herrgott, Leni, schimpfte sie mit sich. Du musst dich doch erinnern können, wo du das Geld versteckt hast. Ihr wurde heiß bei dem Gedanken, dass sie ihn verloren haben könnte. Zwanzig Westmark waren ein Vermögen! Sie war so glücklich, als Ernst ihr den Schein in die Hand gedrückt hatte. Dabei hatte sie gar nicht Geburtstag gehabt.

An dem Tag im Juli wollte Leni ihren Mann überraschen, machte früher Schluss und fuhr zu seiner Firma nach Westberlin, wo sie am Eingang auf ihn wartete. Als er sie dort stehen sah, war er freudestrahlend auf sie zugekommen, hatte sie hochgehoben und im Kreis gedreht. Sie hatte sich gefreut wie Bolle, weil ihr die Überraschung gelungen war. Hand in Hand waren sie den Kurfürstendamm entlanggeschlendert, um sich die Auslagen der Geschäfte anzusehen. Als Leni einen blauen Stiftrock an einer Schaufensterpuppe entdeckte, hatte sie begeistert gerufen: »Sieh nur, Ernst! So einen eleganten Rock wirst du bei uns nicht finden.«

Ernst hatte sie lachend weitergezogen und gemeint: »Zur Feier des Tages gönnen wir uns einen großen Eisbecher.«

In einem der Straßencafés hatten sie gut gelaunt ihr Eis gegessen, als Ernst ihr den Geldschein in die Handfläche schob. »Als Anzahlung für den Rock«, hatte er schmunzelnd gesagt.

»Wir müssen sparen«, hatte sie protestiert, aber er hatte abgewunken. »Ich bin glücklich, wenn es dir gut geht«, hatte er gesagt und sie verschmitzt angesehen.

Ja, so war er, ihr Ernst, dachte Leni lächelnd. Er versuchte immer, ihr die Wünsche von den Augen abzulesen und sie dann zu erfüllen. Dabei kamen seine eigenen zu kurz. Leni wusste, dass er gerne eine zweite Angel haben wollte, um auf Hechtfang zu gehen. Doch für sich selbst gab er kaum Geld aus.

Leni zog die Mundwinkel nach unten, als sie daran dachte, dass sie Anfang August zum letzten Mal zum Bummeln in Westberlin gewesen waren. Es war ein warmer, heller Tag gewesen, den beide freudig genossen hatten. Doch nach dem 13. August schien sich ein grauer Schleier über ihr Leben gelegt zu haben. Alles erschien schwer und mühsam. Manchmal, wenn sie beim Frisieren ihrer Kunden sich selbst im Spiegel sah, war sie erschrocken über ihre versteinerte Miene. Doch wenn sie die Gesichter der anderen betrachtete, erkannte sie, dass es vielen im Osten nicht anders erging. Die Lebensfreude wurde vom Stacheldraht ausgegrenzt.

Leise seufzend blickte Leni zu den drei Westmarkmünzen, die sie von einer Kundin, die sie vor der Grenzschließung jeden Montag in Spandau frisiert hatte, als Bezahlung bekommen hatte. Ein silbriges Zweimarkstück und ein ebenso glänzendes Einmarkstück lagen vor ihr auf dem Tisch.

In den Schuhen, schoss es Leni plötzlich durch den Kopf. Sie riss ihre Spindtür auf, beugte sich zum untersten Fach hinunter und zog die Halbschuhe hervor, die sie zum Wechseln in Reserve hatte, falls vom vielen Stehen ihre Füße schmerzten. Sie griff hinein – und tatsächlich, da war der Geldschein.

Erleichtert setzte sie sich an den Tisch, um ihn auseinanderzufalten und glattzustreichen. Sie war so überglücklich, ihn wiederzuhaben, dass sie das Rufen ihrer Mitarbeiterin überhörte. Erst als jemand neben ihr »Guten Tag, Fräulein Arnold!« sagte, schaute sie überrascht hoch.

Vor ihr stand der Buchhalter der *Charmant*-Friseurläden. Instinktiv wollte Leni das Geld verstecken, doch sie bremste ihren Impuls. Stattdessen erhob sie sich und reichte dem Mann die Hand zur Begrüßung.

»Ich habe heute nicht mit Ihnen gerechnet, Herr Lehmann«, erklärte sie.

»Das habe ich gemerkt«, sagte er freundlich und

blickte auf den Zwanzigmarkschein. »Was machen Sie mit dem Geld?«

»Nichts. Es ist ja wertlos geworden.«

»Diese Schattenwährung hat unsere eigene Landeswährung in bestimmten Wirtschaftsbereichen beträchtlich verdrängt damals.«

»Das dürfte ja nun vorbei sein«, murmelte Leni.

»Nun ja, man munkelt, dass es einen Schwarzmarkt gibt, wo man Dinge aus dem Westen mit Devisen bezahlen kann.«

»Ach ja? Davon habe ich noch nichts gehört«, erklärte sie mit brennenden Wangen. Hastig stellte sie die Schuhe zurück in den Spind, den sie sorgfältig verschloss.

»Es ist für viele sehr einschneidend, dass sie nicht mehr rüberdürfen. Wie geht es Ihrem Freund – jetzt, da er kein Grenzgänger mehr ist?«

Leni zuckte scheinbar gleichgültig mit den Schultern. »Ernst kommt damit klar.«

Der Buchhalter schob seine Brille zurecht und sah sie nachdenklich an.

Was er wohl will?, überlegte Leni. Normalerweise kam er nur am Ersten des Monats vorbei, um ihr und ihren Mitarbeiterinnen das Gehalt auszuzahlen. Dabei konnte er es auch überweisen. Zuerst dachte sie, dass er vielleicht an ihrer Kollegin Interesse hätte und deshalb immer hier auftauchte. Als sie Ernst von Lehmanns Besuchen erzählt hatte, hatte er gelacht und gemeint: »Der kommt wegen dir, Leni. Das ist doch wohl klar.« Zwar deutete Lehmann niemals etwas an, wurde auch nie aufdringlich. Trotzdem hielt sie Abstand zu ihm und sprach mit ihm nur das Notwendigste.

Sie schielte vorsichtig zu ihm hin. Wenn man einen Buchhalter beschreiben müsste, wäre Lehmann das Paradebeispiel dafür. Obwohl er und Ernst derselbe Jahrgang waren, wirkte er nicht nur viel älter, sondern auch sehr bieder im Vergleich zu Ernst. Lehmann trug sein braunes Haar seitlich sorgfältig gescheitelt. Wie immer bei seinen Besuchen hatte er auch heute zu viel Haarwasser benutzt, so dass der Geruch wie eine Duftwolke in dem kleinen Raum hing. Trotz der Augusthitze war sein blasses Hemd bis zum letzten Knopf geschlossen. Darüber hatte er einen dünngestrickten und ebenso farblosen Pullunder gezogen. Die starre Bügelfalte seiner dunkelgrünen Hose spiegelte sich in den blankgeputzten Schuhen wider. Da Lehmann noch zuhause wohnte, wusste Leni, dass seine Mutter für seine Ausstattung verantwortlich war.

»Ist Ihnen nicht warm in Ihrer Kleidung, Herr Lehmann?«, fragte sie impulsiv.

Der Buchhalter räusperte sich. »Nein«, antwortete er knapp und sah wieder kurz auf den Geldschein, um dann erneut Leni zu mustern.

Sie fühlte sich unwohl unter seinem Blick und überlegte, ob es unauffälliger wäre, das Geld liegen oder in ihrer Kittelschürzentasche verschwinden zu lassen.

Noch während sie nachdachte, sagte Herr Lehmann: »Darf ich Sie auf eine Tasse Kaffee und ein Stück Kuchen einladen, Fräulein Arnold?«

Sein Vorschlag kam unerwartet und überforderte sie. Leni räusperte sich mehrmals. »Eigentlich habe ich noch sehr viel zu tun«, gab sie zur Antwort und spitzte an ihm vorbei in den Laden, wo ihre Mitarbeiterin gerade das Schild an der Tür umdrehte, auf dem *Geschlossen* stand.

»Es ist jetzt Mittagspause, Fräulein Arnold. Außerdem: Wer weiß, wann wir uns wiedersehen?«

»Wie meinen Sie das?«, fragte sie, und es gelang ihr nur mit Mühe, sich ihren Schreck nicht anmerken zu lassen.

Er antwortete nicht. Nur seine freundliche Miene schien einzufrieren. Sein Verhalten kam Leni seltsam vor, deshalb wagte sie es nicht, ihm einen Korb zu geben. Während sie den Arbeitskittel auszog, griff sie nach dem Zwanzigmarkschein und steckte ihn in die Kitteltasche. Dann schloss sie den Kittel in ihrem Schrank ein.

»Aber nur ein halbes Stündchen«, sagte sie und schnappte sich ihre Handtasche.

Kapitel 46

April 2014

Zu meiner großen Erleichterung ist meine Lektorin verständnisvoll. Sie will mit dem Verleger sprechen, damit der Abgabetermin des Kochbuchs so weit wie möglich nach hinten geschoben wird. Auch nimmt sie mir die Telefonate mit dem Fotografen und dem Sternekoch ab; sie will ihnen meine Lage schildern. »Kümmere du dich um deine Eltern. Ich mach das für dich«, sagt sie mitfühlend.

Als ich mein Smartphone zur Seite lege, atme ich durch. Jetzt ist mein Kopf frei, und ich kann mich voll auf meine Eltern konzentrieren. Ich blicke auf die Uhr und stelle fest, dass es Zeit ist für den Demenzkurs. Tatsächlich freue ich mich auf dieses Treffen.

Obwohl wir Teilnehmer uns erst einmal getroffen haben, fällt die Begrüßung fast familiär aus. Anscheinend freue nicht nur ich mich auf dieses Wiedersehen. Nachdem wir wie beim letzten Mal unsere Plätze eingenommen haben, stellt der Vortragsleiter einen Projektor an, mit dem er eine Zeichnung an die Leinwand wirft.

»Dieses Gemälde habe ich in einer kleinen dunklen Kapelle in der Stadt Oberglogau in Oberschlesien gefunden. Es zeigt das Leben eines Menschen, das in Schritten von jeweils zehn Jahren durch ein Bild dargestellt wird. Im ersten Bild sieht man ihn als Kleinkind in der Wiege liegen, im zweiten als zehnjähriges hopsendes Kind, dann als zwanzigjährigen Mann, der seine Liebste im Arm hält. Mit dreißig Jahren sind sie ein Elternpaar mit ihrem Nachwuchs. Zehn Jahre später wurde aus dem jungen Mann ein gestandenes Mannsbild, das seinen Sohn an der Hand hält. Ab dem fünfzigsten Lebensjahr, das hier auf dem Bild als Höhepunkt des Alters dargestellt wird, steht er mitten im Leben. Aber ab dem sechzigsten Lebensjahr stagniert die Entwicklung und geht rückwärts. Zwischen siebzig und achtzig verliert der Körper mehr und mehr Kraft. Wie man auf diesen beiden Bildern sieht, braucht der Mann Hilfe, sein Rücken krümmt sich. Schließlich ist er neunzig und kann nicht mehr alleine stehen. Krumm gebeugt sitzt er auf einem Stuhl. Dieses Gemälde ist natürlich symbolisch zu verstehen. Wie immer im Leben gibt es Ausnahmen, doch anhand dieser Bilder wird auf anschauliche Weise verdeutlicht, dass das Baby ebenso auf Hilfe angewiesen ist wie der Greis. Zwischen beiden Altersstufen – zwischen der kindlichen Entwicklung und der Demenz – besteht ein Zusammenhang.«

Herr Maurer wendet sich uns zu und sagt: »Wünschenswert wäre es, wenn die Kinder, die einst von ihren Eltern umsorgt wurden, sich im Alter um ihre Eltern kümmern würden.« Er nimmt seine Brille ab, putzt sie mit einem Taschentuch, hält sie ins Licht und setzt sie wieder auf. »Dieses Kümmern ist ähnlich wie das bei einem Baby. Demenzkranke müssen gewickelt und gefüttert werden, da sie vergessen, wie man isst. Sie entwickeln sich vom selbstständigen Menschen zurück zum unselbstständigen Kleinkind. Ihr Körper und ihr Geist verfallen.«

Alle Teilnehmer schauen sich erschüttert an.

»So war das auch bei meiner Oma«, verrät Tamara. »Sie brauchte Pampers und Hilfe beim Essen. Immer wenn ich bei ihr war, habe ich sie gefüttert. Tatsächlich habe ich oft gedacht, so werde ich einmal mein eigenes Kind füttern.«

»Während dieses Verfalls«, fährt Maurer fort, »zeigen Demenzkranke unterschiedliche Charakterzüge. Der eine wird liebenswert, milde und dankbar. Der andere hingegen kann aggressiv werden, ungehalten, zornig und vor allem ungerecht sein. Er erkennt nicht, dass man sich um ihn kümmert und die ihn Pflegenden ihre Familie, ja sogar ihr eigenes Leben hintanstellen, um ihn zu versorgen. Demente Menschen empfinden sich nicht als krank, deshalb erkennen sie auch nicht die Hilfe und Fürsorge, die ihnen zuteilwird.« Maurer schaut ernst in die Runde. »Grollen Sie dem Demenzkranken nicht und erwarten Sie keine Dankbarkeit von ihm. Denn nur so können Sie nicht enttäuscht werden, und nur so werden Sie selbst nicht krank dabei.«

»Ein Demenzkranker muss doch merken, dass er nicht mehr gesund ist«, wirft jemand aus der Gruppe ein.

»Natürlich spürt er, dass mit ihm etwas nicht stimmt. Aber er kann es nicht greifen und verdrängt seine Erkrankung nach dem Motto: So schlimm ist es nicht. Zumal die Krankheit ein schleichender Prozess ist. Manche haben Angst, die Kontrolle über ihr Leben zu verlieren. Ein Teilnehmer erzählte, dass sein Vater ihn beschuldigte, ihn zu betrügen und sein Konto leerzuräumen. Tatsächlich unterstellen Demenzkranke sehr häufig den Helfenden, sie würden ihnen ihr Vermögen stehlen. Ich riet damals, dem Vater einen Aktenordner mit Kontoauszügen zu geben, die er prüfen kann. Dabei müssen es keine aktuellen Kontoauszüge sein, denn der Kranke kann mit den Zahlen nichts mehr anfangen. Er will einfach nur die Kontrolle behalten und den anderen zeigen: Ich bin nicht krank, ich habe noch alle meine Sinne beieinander. Sie als Angehörige benötigen Geduld und müssen Ihre eigenen Gefühle beherrschen lernen, besonders wenn Ihnen unterstellt wird, dass Sie Sachen entwendet haben. Meistens hat der Demente sie verlegt, kann sich aber nicht mehr daran erinnern. In solchen Fällen rate ich, ihm vorzuschlagen, gemeinsam nach dem verlorenen Gegenstand zu suchen. Dadurch signalisieren Sie, dass Sie den Kranken ernst nehmen, und das ist sehr wichtig für ihn. Wichtig ist auch, dass Sie den Kranken nicht mit seiner Krankheit konfrontieren. Drängen Sie ihm keine Informationen auf, zumal er Ihnen keinen Glauben schenken wird. Maßregeln oder beschimpfen Sie ihn nicht, denn er sieht seinen Zustand aus einem anderen Blickwinkel. Auch werden Sie irgendwann merken, dass ein Demenzkranker sich selbst nicht erkennt, wenn er sein Gesicht im Spiegel anschaut. Er erinnert sich nur daran, wie er als junger Mensch ausgesehen hat, aber nicht mehr, wie er jetzt aussieht. Manche Pflegeheime kleben Jugendbilder von den Dementen an die Türen, damit sie ihre Zimmer wiederfinden.«

»Wenn ich das alles höre, wird mir angst und bange vor dem, was auf uns zukommt. Wie sollen wir das überleben?«, frage ich resigniert.

»Reden Sie mit Ihrer Pflegeversicherung. Dort bekommen Sie Beratung und Unterstützung. Zum Beispiel haben Sie Anrecht auf Hilfe, die stundenweise im Monat auf den Patienten aufpasst, damit die Betreuerin, in Ihrem Fall Ihre Mutter, einen Arzttermin wahrnehmen, einkaufen oder auch einfach mal durchatmen kann.«

»Das ist gut zu wissen«, sagt meine Schwester. Auch bei ihr spürt man, ebenso wie bei meinem Bruder, Furcht.

Als ich meine Mutter anschaue, bin ich sicher, dass wir uns schon bald mit der Pflegestelle in Verbindung setzen werden.

Kapitel 47

Mittwoch, 23. August 1961

Morgen Nacht geht es los, dachte Ernst und presste die Hände zusammen. Sie mussten nur noch den heutigen und den morgigen Tag überstehen und dabei unauffällig bleiben. Er saß auf der Couch im Wohnzimmer und wartete darauf, dass die Zeit verging. Weil seine Beine unkontrolliert zitterten, presste er die Hände auf die Kniescheiben. Gegen Mittag würde seine Mutter kommen und sich hier verstecken, ein paar Stunden später der jüngere Bruder mit seiner Frau. Erst morgen am frühen Abend kämen der ältere Bruder und Lenis Schwester zu ihnen. Ernst würde jedoch deren beide Kinder schon am Nachmittag mit dem Fahrrad abholen und so tun, als ob er mit ihnen zum Angeln fahren wollte. So hofften sie, ihre spionierende Nachbarschaft auszutricksen.

Er nahm den Kaffeewärmer von der Kanne, die ihm Leni hingestellt hatte, bevor sie zur Arbeit gegangen war. Er goss sich ein. Weil auch seine Hände zitterten, wäre der Kaffee beinahe übergeschwappt. Doch der Tropfenfänger am Ausgießer sog die überschüssige

Brühe auf. Ernst nahm einen kleinen Schluck und verzog das Gesicht. Selbst heiß schmeckte der Ost-Kaffeersatz kaum nach Kaffee. Lauwarm jedoch war er ungenießbar. Aber was sollten sie tun, wenn die Kaffeebohnen aus dem Westen aufgebraucht waren und sie keinen Nachschub bekamen? Ebenso erging es ihnen mit den West-Zigaretten. Schon seit Tagen rauchten sie *Cabinet*-Zigaretten, die so locker gerollt waren, dass der Tabak herausbröselte. Nicht mehr lange, dachte Ernst und zog an seinem Glimmstängel. Dabei wanderte sein Blick ruhelos umher, ohne etwas wahrzunehmen.

Er beneidete Leni, die zur Arbeit fahren konnte, wo sie abgelenkt war. Ihr Tag würde schnell vergehen, während seiner im Schneckentempo dahinzuschleichen schien. Obwohl er Leni vorgeschlagen hatte, am Donnerstag früher nach Hause zu kommen, weil ihr Magen rebellierte, wollte sie bis zur letzten Sekunde arbeiten. »Auf keinen Fall«, hatte sie protestiert und betont: »Ich werde sogar nach Ladenschluss noch die Kasse abrechnen und die Einnahmen auf jeden Groschen und jeden Pfennig genau aufschreiben. Meine Kollegin soll nachrechnen und den Betrag dann abzeichnen. Stell dir vor, wir werden an der Grenze geschnappt, und die Kasse hat nicht gestimmt! Dann werde ich nicht nur wegen des Fluchtversuchs angeklagt, sondern auch wegen Veruntreuung.«

Ernst hatte aus jedem einzelnen Wort ihre Angst heraushören können. Sie hat ja recht, dachte er.

Es klingelte. Aufgeschreckt blickte Ernst zur Uhr. Es war halb neun. Da der Postbote erst gegen elf Uhr kam, konnte er es nicht sein. Und Besuch erwartete Ernst an diesem Morgen nicht. Wer mag das sein?, überlegte er und lauschte angestrengt. Als es erneut schellte, ging er zur Tür und linste durch den Spion.

»Das gibt es doch nicht«, murmelte er und riss die Tür auf, um seine Mutter am Arm zu packen und hineinzuziehen. Da sah er auf der anderen Straßenseite einen Nachbarn, der mit der Aktentasche unter dem Arm auf dem Weg zur Arbeit war.

»Schon so früh Besuch von der Mutter?«, lachte er und kam zu ihm herüber.

Vor Schreck zog Ernst die Eingangstür hinter sich zu.

»Ist dein Fernseher kaputt?«, fragte der Mann.

»Wieso?«, entgegnete Ernst erstaunt und kam ihm hastig einige Schritte entgegen.

»Man hört ihn nicht mehr.«

»Kann man es hören, wenn wir fernsehen?«

»Immer wenn die Fenster offen sind.«

Ernst schluckte.

»Ihr seid die Einzigen in der Straße mit diesem Luxus.«

»Der Apparat ist tatsächlich kaputt. Vorgestern wurde er zur Reparatur abgeholt«, log Ernst und verzog keine Miene dabei.

»Na, Gott sei Dank! Ich dachte schon, du hast ihn verscherbelt, ohne ihn mir anzubieten.«

»Nein, nein. Das würde ich doch nicht tun.«

»Ist alles in Ordnung mit deiner Mutter?«, fragte der Nachbar und wies mit dem Kinn zum Eingang.

»Warum?«

»Weil sie so früh hier ist.«

»Alles bestens. Sie will sich Salat aus dem Garten mitnehmen, bevor es wieder so heiß wird.«

»Das ist das Einzige, was man bei der Hitze essen kann«, sagte der Nachbar, hob die Hand und ging davon.

Ernst winkte ihm hinterher, bis er um die Ecke bog. Erleichtert stemmte er die Hände in die Hüften und sah sich vorsichtig um, um festzustellen, ob ihn noch andere Nachbarn beobachteten. Als er niemanden entdeckte, ließ er die Hände sinken und entspannte sich.

Er ging ums Haus und schloss bei jedem Fenster eine Seite der Klappläden. So, hoffte er, sollte die Sicht ins Innere des Hauses erschwert werden.

»Wat wollte die Flitzpiepe?«, fragte seine Mutter, als er ins Wohnzimmer trat.

Ernst musste trotz seiner Anspannung lächeln, als er den Ausdruck hörte. Sie war keine gebürtige Berlinerin, so dass sich ihr Hochdeutsch mit der Umgangssprache zu einem sprachlichen Mischmasch entwickelt hatte, der einen oft schmunzeln ließ.

»Wieso kommst du vor der vereinbarten Zeit, Mutti? Es hat einen Grund, warum du erst gegen Mittag herkommen solltest.«

»Zuhause ist mir die Decke uff den Kopp jefallen.«

»Das kann ich verstehen. Geht mir ähnlich. Mir liegen sowieso die Nerven blank, doch jetzt hat unser Nachbar mich nach dem Fernseher gefragt, den ich verkauft habe. Zum Glück ist mir eine Lüge eingefallen.«

»Mach dir keen' Kopp, Jungchen. Dat wird schon.«

Ernst sah seine Mutter überrascht an, da sie ihre Situation anscheinend nicht beunruhigte. Vielleicht war es gut, dass sie sich keine Gedanken machte. Es reichte, wenn er nervös war.

»Der Muckefuck ist kalt. Ick koche neuen«, sagte sie, nachdem sie an die Kanne gefasst hatte. »Wie schade, dass ihr die Möbel zurücklassen müsst. Dabei habt ihr euch erst vor Kurzem neu eingerichtet.«

Ernst nickte. »Über ein Jahr mussten wir auf das neue Wohnzimmer warten.«

»Wir wären froh jewesen, wenn wir so ein Schmuckstück besessen hätten. Als wir uns einrichteten damals, jab es ja nüscht«, sagte sie und wischte mit der Hand über den Glastisch. Ihr Blick wanderte im Zimmer umher und blieb an dem Blumenständer hängen. »Und den haste extra fürs Paulchen jebaut«, murmelte sie und ging in die Küche.

Ernst hatte Leni einen modernen Blumenständer in Nierenform mit abgespreizten Beinen gebaut, weil sie solch ein Möbelstück in einem Geschäft in Westberlin gesehen hatten, der aber für sie unbezahlbar war. Als Leni eines Tages mit einem winzigen Frosch nach Hause kam, den sie von der Straße gerettet hatte, beschloss sie, dass der Asparagus, der in dem Blumentopf auf dem Ständer grünte, das neue Zuhause des Frosches werden würde. Sie nannten ihn Paulchen.

»Ein Frosch im Haus geht nicht«, hatte Ernst protestiert, doch seine Leni hatte sich darüber hinweggesetzt.

»Er ist noch so winzig und muss wachsen«, hatte sie gesagt und den Frosch in den Blumentopf gesetzt.

Ernst gab sich geschlagen und baute aus Bambusstäben ein Klettergerüst für den Frosch. Drei Monate später war Paulchen immer noch so klein wie am ersten Tag.

»Leni, Paulchen ist ein Laubfrosch, und der gehört in die Natur«, hatte Ernst bestimmt. Seitdem lebte Paulchen in Freiheit.

»Wie wir ab Freitag«, murmelte Ernst und folgte seiner Mutter in die Küche.

Kapitel 48

August 2014

Heute wird unser Vater achtzig Jahre alt. An seinem neunundsiebzigsten Geburtstag wohnte er noch munter und fidel mit unserer Mutter auf Mallorca. Abends waren sie zusammen essen und anschließend am Hafen spazieren gegangen. Damals plante er, seinen runden Geburtstag groß im Restaurant in seinem Heimatort zu feiern. Stattdessen haben wir beschlossen, unseren Vater im Kreis der Familie zuhause zu bejubeln. Damit dieser Tag ihn nicht überanstrengt, werden wir ihm nacheinander und zu unterschiedlicher Tageszeit gratulieren.

Ich werde mit meinen Eltern frühstücken und packe gerade die Geschenke für meinen Vater ein, als meine Gedanken hin- und herspringen.

Seit seinem Aufenthalt in der Psychiatrie fühlt er sich körperlich wohl. Die Medikamente, die man ihm verschrieben hat, verträgt er ohne Nebenwirkungen. Trotzdem sind Aussetzer da. Seine Vergesslichkeit macht ihm und uns zu schaffen. Immer öfter sucht er irgendetwas, das er verlegt hat. Vor wenigen Tagen war es sein

Sparbuch. Als er es nicht finden konnte, wurde er ungehalten und beschuldigte jeden von uns, es ihm entwendet zu haben. Schließlich fand er das Büchlein unter der Stereoanlage. Einige Tage später wollte er in den Ort fahren, doch er fand seinen Autoschlüssel nicht. Cholerisch hatte er die Schubladen durchwühlt und uns unterstellt, wir hätten die Schlüssel versteckt. Als ich ihn daran erinnerte, dass er es selbst war, der auch sein Sparbuch verbummelt hatte, legte sich sein Zorn. Ich suchte gemeinsam mit ihm seine gängigen Verstecke ab, in denen der Schlüssel jedoch nicht war.

»Irgendwann wirst du ihn wiederfinden«, tröstete ich meinen Vater – in der Gewissheit, dass das nicht passieren würde, da Marko den Schlüssel an sich genommen hatte. Mit dieser Lüge konnten wir verhindern, dass er sein Auto benutzte, wozu er mental nicht mehr in der Lage war. Doch das wollte unser Vater nicht wahrhaben. Deshalb hatten wir uns zu dieser Maßnahme entschlossen.

Ohne den Zuspruch von Herrn Mauer, es genau so zu machen, hätten wir uns wahrscheinlich nicht dazu durchgerungen, aus Angst, unser Vater könnte uns durchschauen. Aber dank der Vorträge im Demenzverein gehen wir inzwischen gelassener mit solchen Entscheidungen um. Meine Mutter, meine Geschwister und ich sind überzeugt, dass es das Beste in unserer Situation ist, an diesen Informationsabenden teilzunehmen. Nach den zahlreichen Berichten von ähnlich Betroffenen und den Ratschlägen, die wir mitnehmen, wissen wir die Situation jetzt besser zu nehmen. Und so hadern wir nicht länger mit ihm, sondern sehen seine Vorhaltungen als Teil seiner Krankheit an, die er nicht kontrollieren kann. Seitdem wir das verinnerlicht haben, kommen wir mit seinen Stimmungsschwankungen besser zurecht.

Ich nehme das dunkelblaue Geschenkpapier und schneide ein passendes Stück zurecht. Da unser Vater ein eifriger Uhrensammler ist, werden wir ihm eine Schatulle schenken, in der er seine zahlreichen Uhren sortieren kann. Sie sind nicht kostbar, aber für unseren Vater sind sie etwas Besonderes, weil er zu jeder Uhr eine Geschichte zu erzählen weiß. Auch haben wir ihm zwei DVDs über sein geliebtes Russland und mehrere Anglermagazine gekauft. Jedes Geschenk wird einzeln verpackt, damit seine Enkelkinder und Schwiegerkinder ihm diese im Lauf des Tages überreichen können. Zum Mittagessen hat er sich von seiner Frau ihren vielgelobten Kartoffelsalat mit Wiener Würstchen gewünscht. Und als Überraschung gibt es später Mokkatorte und Streuselkuchen vom Blech.

Gedankenverloren betrachte ich die Geschenke. Da der Verlag mein Kochbuchprojekt tatsächlich verschoben hat, habe ich nun die Zeit, meine Eltern fast täglich zu besuchen. Während ich auf meinen Vater aufpasse oder ihn unterhalte, geht meine Mutter einkaufen oder zum Friseur oder macht sonstige Erledigungen. Manchmal geht sie einfach nur spazieren. Anfangs blieb sie zwei Stunden lang fort. Schon bald wurden drei daraus, und das letzte Mal war sie sogar vier Stunden unterwegs.

Ich kann verstehen, dass sie diese Auszeiten braucht. Was mich stört, ist ihr Unverständnis, wenn ich nach Hause fahren will. »Ach, bleib doch noch … Musst du schon wieder fahren … Lass mich nicht allein …«, jammert sie dann gerne. Diese Klagen verursachen mir ein schlechtes Gewissen. Aber ich kann nicht den ganzen Tag mit meinen Eltern verbringen. Ich habe schließlich auch eine Familie, um die ich mich kümmern muss. Manchmal habe ich das Gefühl, dass meine Mutter nicht erkennen will, wie viel Zeit meine Geschwister und ich mit ihr und unserem Vater verbringen. Was wäre denn, wenn wir nicht im Saarland und ganz in ihrer Nähe, sondern in Bayern oder Schleswig-Holstein lebten?

Ich seufze und stecke die Geschenke in eine Tasche. Warum machst du dir darüber Gedanken?, beschimpfe ich mich selbst. Wir drei sind verfügbar für unsere Eltern, und gerade das macht unsere Situation schwierig.

Kapitel 49

Donnerstag, 24. August 1961

»Jeht es Ihnen nich jut?«

Leni sah den Busfahrer erschrocken an.

»Bissken blass um de Neese.«

»Die Hitze«, murmelte Leni knapp, bezahlte die fünfzig Pfennig Fahrgeld und setzte sich wie immer in eine leere Reihe. Erschöpft nahm sie ihre Tasche auf den Schoß und starrte durch die trübe Scheibe hinaus. Menschen hasteten am Bus vorbei, Autos hielten an der roten Ampel und warteten, bis sie grün wurde. Ein Fahrer hupte … alles schien wie immer.

Leni war erleichtert, dass ihr letzter Arbeitstag, den sie wie in Trance erlebt hatte, nun hinter ihr lag. Er hatte merkwürdig begonnen und ebenso seltsam geendet. Nicht nur, weil sie heute zum letzten Mal ihr Geschäft betreten hatte, in das sie nie wieder zurückkehren würde – was allein schon ihre Anspannung gerechtfertigt hätte. Sondern auch wegen des Blumenstraußes, der am Morgen an der Ladentür geklemmt hatte.

Schon als sie in die Friedrich-Engels-Allee eingebogen

war, hatte sie den leuchtend gelben Fleck bemerkt, aber erst beim Näherkommen erkannt, dass es ein Gebinde aus Sonnenblumen war. Als sie es von der Türklinke abnahm, hatte sie sich nach allen Seiten umgeschaut, ob sie einen Bekannten erblickte, der den Strauß gebracht haben könnte. Als sie niemanden sah, suchte sie zwischen den Blumen nach einer Karte oder einem Zettel, der den Absender verriet. Aber da war nichts. Schließlich hoffte sie, dass auf dem Packpapier, in das der Strauß gewickelt war, eine Nachricht zu lesen war. Doch auch darauf fand sie keinen Hinweis. Irritiert schloss sie das Geschäft auf und stellte die Blumen in einen Wasserkrug.

Sie musste an das Kaffeetrinken mit Herrn Lehmann zwei Tage zuvor denken. Ob er der edle Spender der Blumen war? Zuzutrauen war es ihm. Besonders nach seiner seltsamen Andeutung, dass er nicht wüsste, wann sie sich wiedersehen würden. Jetzt ärgerte sie sich über sich selbst, weil sie nicht nachgehakt hatte. Dabei war ihre Neugierde groß gewesen – ebenso jedoch ihre Angst, sich zu verraten. Während sie Kuchen in sich hineingeschaufelt hatte, hatte sie seinen Blick auf sich gespürt. »Ich hoffe, Ihr Freund weiß Sie zu schätzen«, hatte er zum Abschied gesagt und sie dabei seltsam angesehen. Leni war froh gewesen, als sie wieder in ihrem Geschäft war.

Als ihre Kollegin zur Arbeit kam, rief sie: »Ach, wie nett! Sonnenblumen sind meine Lieblingsblumen«, und zog lachend ihren Kittel über.

»Dann sind sie sicherlich für dich«, sagte Leni erleichtert.

Fragend zog die Mitarbeiterin eine Augenbraue hoch. »Wieso? Hast du die Blumen nicht mitgebracht?«

»Sie haben an der Eingangstür geklemmt, ohne Hinweis auf den edlen Spender. Sicherlich einer deiner Verehrer.«

Ihre Kollegin lachte laut auf. »Die, die ich kenne, verschenken keine Blumen. Irgendwo muss doch ein Absender stehen«, sagte sie und hielt das Einpackpapier gegen das Licht. »Nichts … sehr merkwürdig … jedenfalls sind sie nicht für mich, und demnach können sie nur für dich sein. Vielleicht wollte Ernst dich überraschen«, meinte sie augenzwinkernd.

»Ganz sicher nicht! Wann sollte er die Blumen hergebracht haben? Er hat eben noch mit seinem … mit mir gefrühstückt.« Leni wandte sich hastig der Kasse zu, aus Angst, ihre Kollegin könnte ihren Versprecher bemerkt haben.

Tatsächlich saß Ernst mit seinem jüngeren Bruder, dessen Frau und seiner Mutter in der abgedunkelten Küche beim Frühstück, das aus Kaffee und Zigaretten bestand, weil vor lauter Anspannung niemand mehr essen konnte.

Zum Glück überlegte ihre Kollegin immer noch, wer die Blumen gebracht haben könnte, als die erste Kundin den Laden betrat.

»Da geht es einem gleich viel besser, wenn man diesen herrlichen Strauß sieht«, flötete die Frau.

»Stellen Sie sich vor, Frau Schulze, ein Unbekannter hat Fräulein Arnold diesen Willkommensgruß an die Tür geklemmt.«

»Du weißt überhaupt nicht, ob die Blumen für mich sind. Schließlich bin ich schon seit Jahren liiert, im Gegensatz zu dir«, entgegnete Leni schnippisch.

»Das hindert so manchen nicht daran, dich zum Kaffee einzuladen«, sagte die Kollegin frech grinsend.

Leni wusste sofort, dass sie auf den Buchhalter der Friseurläden anspielte. »Du spinnst«, zischte sie der Kollegin im Vorbeigehen zu, da bereits die nächste Kundin ihren Termin wahrnehmen wollte.

Auch jetzt, auf der Rückfahrt nach Hause, überlegte Leni, wer der unbekannte Blumenspender sein mochte. Sie wollte nicht glauben, dass es Herr Lehmann war. Aber warum hatte der Unbekannte die Blumen ausgerechnet an ihrem letzten Arbeitstag gebracht? Sie seufzte, denn dieses Rätsel würde sie ebenso wenig lösen wie den Auftritt des jungen Mannes, der heute als letzter Kunde den Laden betreten hatte.

Leni sortierte die gelieferten Bestellungen von Lockenwicklern und Dauerwellenmittel in die Regale im Lager ein, als ihre Arbeitskollegin aufgeregt zu ihr kam. »Er ist wieder da!«, wisperte sie mit hochroten Wangen.

»Wer?«

»Na, der Junge, also ich meine: das Mädchen … na, das Jungenmädchen …«

Leni zog die Brauen zusammen. »Was stammelst du so?«

Ihre Mitarbeiterin verzog das Gesicht und zeigte zum Friseursalon. Leni erhob sich und ging in den Bedienungsraum. Vor ihr stand ein junger Mann, fast zwei Köpfe größer als sie, eine weiße Rüschenschürze über Hemd und Hose gezogen und mit einem Zettel in der Hand. Leni wusste, dass der Bursche Ende zwanzig war, obwohl er keinen Bartwuchs hatte. Seine Gesichtszüge waren weich gezeichnet, fast noch kindlich, und sehr mädchenhaft.

Leni schluckte, als er ihr einen Zettel reichte und mit hohem Stimmchen sagte: »Meine Mami schickt mich. Hier steht alles drauf.«

Sie wusste von den beiden letzten Besuchen des jungen Mannes, was angeblich seine Mutter geschrieben hatte. »Bitte setzen Sie meine Tochter auf den Kindersitz und schneiden Sie ihr die Haare.«

»Kannst du allein auf den Stuhl krabbeln?«, fragte Leni wie beim letzten Mal und legte die Erhöhung für Kinder auf die Sitzfläche. Mit glänzenden Augen nahm der junge Mann Platz. Leni legte ihm den Kinderumhang, der mit Motiven des *Sandmännchens* und der Fernsehfigur *Schnatterinchen* bedruckt war. Entzückt betrachtete er die Figurenbilder und summte dabei die Melodie des *Sandmännchens*.

»Halt bitte den Kopf gerade, sonst schneide ich deine Haare schief ab«, ermahnte Leni ihn freundlich.

Er lächelte sie im Spiegel an und bewegte sich nicht mehr, bis sie fertig war.

Nachdem der sonderbare junge Mann den Laden verlassen hatte, rechnete Leni die Kasse ab. Mehrmals zählte sie die Münzen und Scheine nach.

»Nun ist es aber genug. Ich will schließlich nach Hause«, hatte ihre Kollegin gelacht und das Geld in den Tresor eingeschlossen. Als Leni ihre Tasche nahm und zur Tür ging, rief sie ihr hinterher: »Vergiss deine Blumen nicht.«

»Wir wissen ja nicht, für wen sie sind, also bleiben sie im Laden. Dann können sich auch die Kunden daran erfreuen«, hatte Leni erwidert und war mit einem letzten Blick darauf hinausgetreten.

Dies war ihre letzte Fahrt von ihrer Arbeitsstelle nach Hause. Ein seltsames Gefühl beschlich sie. Irgendwie fühlte sich alles unwirklich an. Es war, als ob sie sich selbst aus der Ferne betrachtete. War jetzt wirklich der Augenblick gekommen, um von allem Vertrauten Abschied zu nehmen? Sie besah sich den Bus, mit dem sie so viele Jahre hin- und hergefahren war. Ihre Fingerspitzen fuhren über die Rückenlehne des Vorsitzes. Sie spürte das hellbraune Kunstleder, das kühle Metall des Haltegriffs neben dem Gang, das Netz, geflochten aus Plastikgarn, das vor ihr am Sitz hing. Als der Bus durch die ihr bekannten Straßen fuhr, wollte sie sich alles genau einprägen, um sich später einmal daran erinnern zu können. Doch als sie die zerschossenen Fassaden und Trümmerberge entlang der Straßen sah, schüttelte sie den Kopf. Das war nicht das Bild, das sie sich in ihre Erinnerung rufen wollte, wenn sie an ihr altes Zuhause denken würde.

Leni schloss die Augen und träumte sich nach Ferna, den Ort ihrer Kindheit. In Gedanken ging sie den Weg vom Bahnhof und an der Ziegelei vorbei bis zum Bauernhof der alten Klara, wo der große Ganter die Kinder schon erwartete. Leni lächelte, als sie daran dachte, wie sie und ihre Spielgefährten damals schreiend Reißaus nahmen, wenn der weiße Vogel mit abgespreizten Flügeln auf sie losschoss. Von dem Hof war sie über die schmale Brücke geschlendert und hatte gerne auf das Bächlein, das leise vor sich hin plätscherte, hinuntergeschaut. Früher hatten sie und die Kinder aus dem Ort planschend ihre Freizeit in dem seichten Wasser der Hahle verbracht. Von dem Holzsteg aus konnten sie zur alten Mühle mit dem Mühlenrad hinüberblicken, an dem im Winter lange Eiszapfen hingen. Juchzend hatten sie die gefrorenen Stäbe abgebrochen und das kalte Eis gelutscht.

Sie wanderte in Gedanken weiter zur alten Zigarrenfabrik. Als man den Betrieb stillgelegt hatte, waren die Räume zu Wohnungen umgebaut worden. Leni, ihre Geschwister und ihre Mutter hatten dort eine kleine Zwei-Zimmer-Wohnung bewohnt. Im Winter war die Küche der wärmste Ort, so dass sie manchen Abend vor dem gusseisernen Bollerofen gehockt und den Liedern der Mutter gelauscht hatten. Da Lenis Fantasie keine Grenzen kannte, durfte sie Geschichten erzählen, während ihre Schwester und ihre Mutter Strümpfe strickten und ihr Bruder das Werkzeug ausbesserte. In dem alten Backsteinhaus lebten außer Lenis Familie noch drei weitere Familien, die man aus ihrer Heimat vertrieben hatte.

Leni öffnete die Augen. Das Atmen fiel ihr schwer. Würde sie jemals wieder dahin zurückkehren können, oder würden irgendwann die Erinnerungen verblassen und sie die Heimat vergessen?

Kapitel 50

September 2014

Meine Geschwister und ich haben es nicht abgesprochen, sondern instinktiv die Aufgaben verteilt. Das heißt, dass Manuela und ich unseren Eltern im Haushalt zur Hand gehen, sie zu Ämtern und Ärzten begleiten und sie außerdem unterhalten. Marko übernimmt die Funktion eines Hausmeisters und ist für alles zuständig, was in ihrer Wohnung repariert oder erneuert werden muss. Außerdem ist er der Werkstattmeister für Muttis Auto sowie ihr Gärtner, der den Rasen mäht und das Grünzeug stutzt. So ist jeder Bereich abgedeckt, und unsere Mutter ist nicht überfordert. Sie muss sich nur um ihren Mann und sich selbst kümmern.

Zu meinen Aufgaben gehört es, freitags ihre Wohnung zu putzen. In der Zeit fährt meine Mutter zum Einkaufen und zum Lottotippen. Danach geht sie meistens noch in ein Café, um in Ruhe einen Kaffee zu trinken. Ich verstehe, dass sie diese kurze Auszeit vom Alltag braucht.

So ist es auch heute. Ich bin mit dem Putzen fertig

und setze mich zu meinem Vater, der am Esstisch seine Anglerzeitschrift durchblättert.

»Für welchen Fisch nimmt man so einen bunten Köder?«, frage ich erstaunt und tippe auf den Angelhaken.

Mein Vater betrachtet das Bild intensiv und winkt ab. »Das ist was für Spinner. Ich habe Würmer als Köder benutzt und damit riesige Forellen geangelt ... Manche Fische beißen auch, wenn man gekochte Graupen an den Haken hängt«, fügt er hinzu und blättert weiter. »Stundenlang haben der Kleine und ich am Ufer gesessen und geangelt«, murmelt er.

»Wo war das, Vati?«

»Na, da, wo sie den Fluss gestaut haben ... dort, wo man die Kähne mieten konnte.«

»In Thüringen?«

»Quatsch! In Berlin«, protestiert er und sieht mich tadelnd an. Dann lächelt er verschmitzt. »Den ganzen Tag haben wir dort gesessen und einen Fisch nach dem anderen aus dem Wasser gezogen.«

»War der Kleine dein Bruder?«

»Nee, der doch nicht. Der fängt nichts. Muttis Neffe war mein Anglerkumpan damals. Fast jedes Wochenende war ich mit dem Kleinen unterwegs.«

»Das war bestimmt toll.«

Er nickt. »Wie gern würde ich noch mal dort angeln.«

Ich sehe ihn erstaunt an. Da kommt mir ein Gedanke. Schon seit Tagen versuchen wir, unseren Vater zu überzeugen, zum Arzt zu gehen. Seine Blutwerte müssen kontrolliert werden, damit die Medikamente neu eingestellt werden können. Doch jedes Mal hat er einen anderen Grund, warum er nicht will oder nicht kann.

»Vati …«, sage ich. Er sieht von dem Magazin hoch. »Ich würde sehr gern mit dir nach Berlin fahren, damit du mir die Stellen zeigen kannst, wo du damals geangelt hast.«

»Ach, das wäre schön. Da würde ich mich freuen. Mutti und Rocky kommen auch mit«, sagt er und lächelt wieder verschmitzt.

»Natürlich kommen beide mit! Wir könnten schon nächste Woche losfahren. Aber zuerst müssen wir dein Blut untersuchen lassen, falls du andere Medikamente benötigst. Dir soll es auf der Reise schließlich gut gehen.«

»Mir geht es gut«, erwidert er entrüstet.

»Ich weiß, Vati, aber Berlin ist nicht um die Ecke. Wir sind etliche Stunden unterwegs. Ich will nur sichergehen, dass dir nichts passiert.«

Er sieht mich kritisch an und nickt schließlich.

»Super, Vati. Ich rufe gleich am Montag den Arzt wegen eines Termins an.«

Ich freue mich sehr, mit meinen Eltern in ihre alte Heimat zu reisen. Überglücklich drücke ich meinem Vater einen Kuss auf die Wange. »Dann gehe ich jetzt in die Küche, um das Mittagessen vorzubereiten.«

»Kocht deine Mutter nicht?«

»Vati, heute ist Freitag. Da ist Mutti einkaufen, und ich koche für euch.«

»Ist sie schon lange weg?«

»Nein, erst seit ein paar Minuten«, lüge ich. Ich weiß, dass er kein Zeitverständnis mehr hat. Damit er sich keine Sorgen macht, schwindle ich, denn in Wahrheit ist meine Mutter schon seit zwei Stunden unterwegs.

»Dann ist es gut«, murmelt er und schaut sich weiter die Bilder mit den Angelhaken an.

Ich schäle Kartoffeln und male mir aus, was ich mir mit meinen Eltern zusammen in Berlin ansehen werde, als mein Vater in die Küche geschlurft kommt. Er setzt sich an den kleinen runden Tisch und sieht mir zu.

Plötzlich fragt er: »Wie heißen Sie?«

Mir knickt die Hand weg. Beinahe lasse ich den Kochtopf mit dem Wasser fallen. Bebend stelle ich ihn zur Seite und trockne mir die Hände am Geschirrtuch ab.

»Wie meinst du das?«

»Sind Sie öfter hier?«

»Aber Vati, ich bin es! Deine Tochter!«

»Sie sind nicht meine Tochter. Die kenne ich.«

»*Ich* bin deine Tochter.«

»Sind Sie verheiratet?«

»Natürlich. Du weißt, dass ich jetzt Hofmeister heiße.«

»Hofmeister? Den kenne ich sehr gut. Aber der ist nicht mit Ihnen verheiratet, sondern mit meiner Tochter.«

Bevor mir darauf eine Antwort einfällt, höre ich, wie die Haustür aufgeht. Mutti, denke ich und atme erleichtert aus.

Als sie in die Küche kommt, scheint sie zu spüren, dass etwas nicht stimmt. Fragend schaut sie mich an.

»Da bist du endlich! Hast dich wohl rumgetrieben, so dass diese fremde Person in unser Haus konnte.«

»Aber Ernst, das ist doch unsere Tochter.«

»Unfug! Sie ist eine Lügnerin, die behauptet, dass sie mit unserem Schwiegersohn verheiratet ist.«

Meine Mutter will ihm antworten, doch ich signalisiere ihr unauffällig, es zu lassen. Ich weiß, dass jeder Versuch, ihn vom Gegenteil zu überzeugen, zum Scheitern verurteilt ist.

Mein Vater stützt sich an der Tischkante ab und steht schwerfällig auf. »Ich rufe jetzt die Polizei. Die können Sie dann abführen«, sagt er und geht hinüber ins Schlafzimmer.

Ich sehe ihm kopfschüttelnd hinterher.

»Da ist kein Telefon«, raunt meine Mutter mir zu.

Nach einer Weile husche ich zur angelehnten Schlafzimmertür und spitze in das Zimmer. Mein Vater liegt im Bett und schnarcht leise. Ich gehe zurück in die Küche. Weil ich friere, stelle ich Teewasser auf.

»Das ist unbegreiflich. Eben haben wir noch über eine Reise nach Berlin gesprochen, und im nächsten Augenblick erkennt er mich nicht mehr.«

»Anscheinend hat er seinen Anruf bei der Polizei auf den wenigen Metern bis ins Schlafzimmer vergessen«, sagt meine Mutter und setzt sich schwerfällig an den kleinen Tisch. »Warum wollt ihr nach Berlin?«

Während ich uns Tee aufbrühe, erzähle ich ihr von meiner Idee.

»Ich bin gespannt, ob du ihn damit tatsächlich zum Arzt lotsen kannst.«

Ich nippe an dem heißen Früchtetee. »Aktuell weiß ich nicht, ob ich das wirklich machen soll. Was ist, wenn er diese Aussetzer auch in Berlin bekommt?«

»Wenn du Glück hast, hat er deinen Vorschlag morgen schon vergessen.«

»Wie bekommen wir ihn dann zum Arzt? Er muss dringend eingestellt werden.«

»Ich weiß es auch nicht«, flüstert meine Mutter und schaut bang zum Schlafzimmer. »Dabei wäre es so wichtig. Er sieht überall Leute. Vor den Fenstern, im Korridor, in der Küche. Vor einigen Nächten hat er sein gesamtes Werkzeug, die Kästchen mit den Schrauben, zwei Taschenlampen und mehrere Zollstöcke aus dem Heizungskeller geholt und unter dem Bett versteckt.«

Ich sehe meine Mutter ungläubig an. »Warum hat er das gemacht?«

»Er sagte, dass die Fremden ihn bestehlen wollen. Dabei bräuchten wir das alles selbst, wenn es losgeht …«

Ich sehe, dass sie sich auf die Unterlippe beißt. »Wo soll das nur hinführen?«, fragt sie mich mit brüchiger Stimme.

»Ich weiß es nicht«, antworte ich verzweifelt.

Kapitel 51

Donnerstag, 24. August 1961

Beim Anblick der Brote, die Leni und ihre Schwester mit Wurst und Käse belegt hatten, knurrte Ernst der Magen. Er hatte an diesem Tag noch keinen Bissen zu sich genommen. Aber statt ein Schinkenbrot von der Platte zu nehmen, die Leni ihm vor die Nase hielt, zündete er sich eine Zigarette an.

»Iss wenigstens eine halbe Stulle. Du wirst deine Kräfte brauchen«, bittet Leni ihn.

»Ich bekomme keinen Bissen runter.«

»Uns geht es nicht anders. Aber wir müssen essen, wenn wir nicht schlappmachen wollen«, mahnte sie leise.

»Wird schon schiefgehen«, versuchte er zu spaßen.

Sie verpasste ihm einen sanften Hieb auf die Brust. »Red nicht solch einen Unsinn. Dieses dumme Geschwätz kann heute keiner gebrauchen«, schimpfte sie und sah ihn strafend an. Dann ging sie mit der Platte weiter zu ihrer jungen Schwägerin.

Ernst lehnte den Kopf gegen das Polster der Couch, sah zur Decke und blies Kringel in die Luft. Nur zu gerne würde er sich in seinem Bett ausstrecken. Sein Kreuz schmerzte, da er sich letzte Nacht mit seinem jüngeren Bruder das viel zu kurze Sofa hatte teilen müssen, weil seine Mutter, Leni und seine Schwägerin in ihrem großen Bett geschlafen hatten, das momentan die Kinder seines Bruders belagerten. Jeder hoffte, dass der Baldrian, den die beiden zuvor geschluckt hatten, sie schläfrig machen würde.

»Ich kann nicht nur schweigend rumsitzen, bis es losgeht. Wir sollten noch mal alles durchsprechen«, sagte der ältere Bruder verhalten und ging hinüber zum Esstisch, wo der Bolzenschneider bereitlag.

Aus allen Ecken des Zimmers war leises Gähnen zu hören. Seit Stunden saßen sie bei schwacher Beleuchtung zusammen, sprachen nur das Notwendigste im Flüsterton. Sie wollten vermeiden, dass die patrouillierenden Grenzsoldaten oder die Nachbarn mitbekamen, dass erneut die ganze Familie in der Wohnung versammelt war.

Ernst sah auf seine Armbanduhr. Es war Viertel vor zehn. Zwischen den angelehnten Klappläden konnte er erkennen, dass es dämmrig wurde. Nicht mehr lang, dann würde es endlich losgehen, dachte er und stand auf.

Sein Bruder nahm den Skizzenplan und breitete ihn auf der Tischplatte neben dem Schneidewerkzeug aus. Er wies mit dem Finger auf das X, das ihr Haus markierte, als ein Stimmchen an der Flurtür sagte: »Ich kann nicht einschlafen. Mein Bruder macht mich immer wieder wach. Er hopst auf dem Bett herum und zieht mir die Decke weg.«

Erschrocken blickten alle Augen zu dem kleinen Mädchen, das mit verstrubbelten Haaren, erhitzten Wangen und verschwitztem Gesicht vor ihnen stand. Hinter seinem Rücken spitzte ihr Bruder hervor. »Stimmt gar nicht. Sie hopst auch und ärgert mich.«

»Hast du ihnen keine Tropfen gegeben?«, fragte Ernsts Bruder seine Frau.

»Natürlich!«, sagte sie und ging zu ihren Kindern.

»Dann gib ihnen noch mal welche. Anscheinend putscht der Baldrian sie auf, statt sie müde zu machen. Wenn das nachher auch noch so ist, dann gute Nacht«, raunte er.

Rasch holte seine Frau die kleine dunkle Flasche und einen Löffel sowie ein Glas Limo, um den bitteren Geschmack wegzuspülen, aus der Küche und ging mit den beiden Kindern ins Schlafzimmer.

Kurz darauf kam sie zurück. »Hoffen wir, dass die Tropfen nun wirken«, sagte sie und stellte sich neben ihrer Schwester an den Tisch.

Erneut tippte ihr Mann auf das X und sagte leise: »Gegen dreiundzwanzig Uhr verlassen die Grenzer das Haus eurer Nachbarin, um ihre Runde zu drehen. Unseren Berechnungen nach haben wir fünfzehn Minuten Zeit, die Grenze zu überqueren. Deshalb schleichen wir alle um Viertel vor elf zwischen die Maisreihen an der Grenze und verstecken uns dort, bis die Soldaten vorbeimarschieren. Sobald sie außer

Sichtweite sind, laufen wir drei …« – er zeigte auf sich, Ernst und den jüngsten Bruder – »… vor und durchschneiden den ersten Stacheldraht.« Nun sah er seine beiden Brüder an. »Ihr haltet jeweils ein Ende des Drahts fest, damit er uns nicht um die Ohren peitscht und der Knall uns nicht verrät, wenn ich ihn durchtrenne. Du …« – er wies auf den jüngeren Bruder – »… läufst zurück zu den Frauen und führst sie sicher zu uns. Pass auf unsere Mutter auf. Sie ist nicht mehr so schnell.«

»Ich kann nicht beide Kinder bis zur Grenze tragen. Den Jungen schaffe ich, aber unsere Tochter ist zu schwer«, gab seine Frau zu bedenken.

»Unser Bruder trägt sie, und Leni achtet auf Mutti«, schlug Ernst vor.

Alle nickten, und sein älterer Bruder fuhr fort: »Während ihr zur Grenze schleicht, schauen Ernst und ich nach, ob es weitere Schikanen gibt, die wir beseitigen müssen. Falls sie tatsächlich ein Minenfeld angelegt haben, lauft ihr, so schnell ihr könnt, zurück ins Haus und versteckt euch.«

»Wie sollen wir mitbekommen, ob ihr Minen gefunden habt?«, jammerte die Mutter.

»Ihr werdet es hören, wenn wir auf eine treten.«

Ernst spürte Lenis Hand in seiner. Er zog sie an sich und küsste ihre Stirn. »Hab keine Angst. Morgen werden wir lachen.«

Der Bruder faltete den Plan zusammen und fragte: »Habt ihr eure Papiere und das Geld sicher versteckt?«

Sofort griff jeder auf Jacken- und Hosentaschen, wo die Dokumente und Geldscheine verstaut waren. Auch Ernst fasste in seine Brusttasche, wo das Geld leise knisterte. Leni hatte vorsichtshalber Gummiringe um die Scheine gewickelt. Seit sie den Fluchtplan gefasst hatten, hatte jeder von ihnen unauffällige Geldbeträge von den Konten abgehoben, so dass nur noch kleine Beträge stehen geblieben waren. Sie hofften, dass sie die Ostmark im Westen getauscht bekamen. Auch wenn es nicht viel sein würde, war es besser, als komplett mittellos dazustehen.

»Hast du deine Kamera griffbereit?«, fragte Ernst seinen Bruder. Der nickte und zeigte zur Fensterbank, auf der der Fotoapparat lag.

»Jetzt hol den Teppich«, forderte der Bruder ihn auf.

Ernst ging in den Flur und kam mit dem Läufer zurück. Ihr Plan war: Falls es noch eine zweite oder dritte Reihe Stacheldraht gab, würden sie dort nur den oberen Draht durchtrennen und über den unteren zum Schutz den Teppich legen, damit es schneller ging.

»Nun heißt es abwarten«, sagte Ernst und griff jetzt doch nach einem Käsebrot.

Zur vereinbarten Zeit gingen Leni und ihre Schwester ins Schlafzimmer, um den Kindern ihre dunkle Kleidung überzuziehen. Wankend kamen die Kleinen an der Hand ins Wohnzimmer, wo sie sich auf der Couch zusammenrollten.

»Gott sei Dank wirkt der Baldrian jetzt«, sagte ihr Vater erleichtert.

Leni drückte Ernst einen weißen Knopfkragen in die Hand. »Steck ihn in die Hosentasche.«

Er sah zuerst den einknöpfbaren Kragen und dann sie ungläubig an. »Warum soll ich den mitnehmen?«

»Falls du ein Vorstellungsgespräch in deiner alten Firma hast, kannst du den schmutzigen Kragen gegen einen sauberen austauschen. Dann siehst du wieder ordentlich aus. Du willst doch sicherlich deinem Chef nicht ungepflegt gegenübertreten.«

Ernst sagte kein Wort und legte den Kragen auf einen Beistelltisch.

»Es wird Zeit«, sagte sein Bruder und erhob sich.

Jeder nahm die anderen noch einmal in den Arm. Sie wünschten sich gegenseitig Glück und schlichen dann hinaus, um sich zwischen den Maisstauden zu verstecken.

Ernst sah sich ein letztes Mal um. Dann nahm er den Bolzenschneider, ging in den Flur, trat mit zusammengepressten Lippen ins Freie und schloss die Tür hinter sich, ohne abzusperren.

Im nächsten Augenblick erstarrte er.

Kapitel 52

Oktober 2014

Im Laufe der Monate sind manche Abläufe zur Routine geworden. Jeden Morgen auf dem Weg nach Lebach kaufe ich frische Backwaren ein, um gemeinsam mit meinen Eltern zu frühstücken. Wenn ich vor ihrem Haus ankomme, treffe ich stets meine Mutter, die dann mit dem Hund von der Morgenrunde zurückkommt. Während sie meinem Vater im Bad und beim Ankleiden hilft, bereite ich das Frühstück zu. Gemeinsam sitzen wir dann am kleinen Tisch in der Küche und unterhalten uns.

Ich genieße diese Regelmäßigkeit sehr, denn um diese Zeit ist mein Vater ausgeruht und kann sich noch gut konzentrieren. Oft erzählen mir meine Eltern Einzelheiten von ihrer Flucht, die ich noch nicht kenne. Es berührt mich, dass sie mich an diesem Abschnitt ihres Lebens teilhaben lassen. Zumal ich dann erlebe, wie sehr meine Eltern diese gemeinsame Vergangenheit zusammengeschweißt hat, wie sehr sie eine Einheit geworden sind. Auch verraten mir ihre Blicke, dass sie sich noch immer lieben. Sie strahlen und nehmen sich oft bei den Händen. Außenstehende würden wahrscheinlich nicht merken, dass mein Vater krank ist. Mir selbst fällt es sogar schwer, das in diesen Augenblicken zu verstehen.

Wie muss es für einen Demenzkranken sein, wenn er sich von einem Augenblick zum nächsten nicht mehr an das Hier und Jetzt erinnern kann?, denke ich jedes Mal, wenn der Blick meines Vaters sich unvermittelt verändert, trüb wird und er in seine Welt abdriftet.

Heute ist einer dieser Tage, an denen es anders läuft. Als ich vor dem Haus meiner Eltern parke, ist meine Mutter nicht da. Besorgt schließe ich die Eingangstür auf. Schon im Flur höre ich meine Eltern streiten.

»Ernst, ich mache das nicht länger mit, wenn du diese Hose nicht anziehst. Die halbe Nacht habe ich mit Putzen zugebracht.«

»Lass mich damit in Ruhe! Ich bin kein Baby, das eine Windel braucht.«

Bereits seit Tagen streiten meine Eltern über dasselbe Problem. Mein Vater benötigt mittlerweile eine spezielle Unterhose, da er inkontinent geworden ist. Doch er weigert sich strikt, sie anzuziehen. Erst gestern hatte mich meine Mutter darum gebeten, mit meinem Vater darüber zu sprechen. Doch das geht zu weit, finde ich. Eine Tochter kann mit ihrem Vater nicht über dieses Thema reden. Das müssen die beiden allein regeln. Deshalb halte ich mich aus dem Streit heraus. Ich schleiche in die Küche und bereite das Frühstück zu.

Schließlich kommt meine Mutter aus dem Schlafzimmer. Sie sieht mich mürrisch an. Um ihre Augen liegen Schatten.

»Setz dich, Mutti. Ich schenk dir Kaffee ein. Kommt Vati auch?«

Sie zuckt mit den Schultern. »Von mir aus kann er bleiben, wo er ist. Ich bin es leid, sein Kindermädchen zu spielen.«

Ich gebe ihr eine Brötchenhälfte mit Butter und Marmelade und schiebe ihr den Teller hin. Sie rührt es nicht an.

»Vielleicht gibt es dafür ein Medikament«, überlege ich laut.

Meine Mutter horcht auf, doch sagt dann resigniert: »Dazu müsste er ja zum Arzt gehen. Doch seiner Meinung nach ist er gesund. Als ich ihn gestern versuchte zu locken und ihn an deinen Vorschlag erinnerte, mit ihm nach Berlin zu fahren, meinte er, dass im Herbst keine Fische anbeißen. Deshalb wolle er jetzt nicht zum Angeln fahren.«

Sie nimmt das Brötchen, legt es wieder zurück. »Ich weiß nicht, wie lange ich das noch durchhalte.« Ihr Blick ist tränenverschleiert, als sie mich anschaut. »Ich versuche wirklich, die Ratschläge aus dem Demenzkurs zu beherzigen, aber immer öfter spüre ich, dass mich die Kräfte verlassen. Vor allem, weil euer Vater nicht anerkennt, was wir für ihn tun. Wenn er mich beschimpft oder mir Vorhaltungen macht, dann weiß ich zwar, dass er nicht wirklich mich meint, trotzdem bin ich enttäuscht und böse auf ihn. Immer öfter würde ich am liebsten weglaufen und ihn mit seiner Krankheit allein lassen.«

Ich nehme ihre Hand und drücke sie sanft. »Ich kann dich sehr gut verstehen, Mutti, aber es nützt nichts, sich aufzuregen. Wir müssen das bis zum bitteren Ende aushalten. Zusammen werden wir es durchstehen.«

Sie sieht mich zweifelnd an. »Ich habe Angst, dass ich vor ihm gehen werde«, flüstert sie.

»Mutti, rede nicht so! Du bist doch gesund. Wir schaffen das!«, entgegne ich. Doch als ich sie genauer betrachte, bemerke ich, wie blass und schmal sie geworden ist.

»Ich werde mich auf die Couch legen und versuchen zu schlafen«, murmelt sie und geht mit müdem Gang ins Wohnzimmer.

Hilflos blicke ich ihr nach. Ich muss dringend mit meinen Geschwistern sprechen.

Kapitel 53

Donnerstag, 24. August 1961

Als Leni mit ihrer Nichte auf dem Arm in den Vorgarten trat, blieb sie wie angewurzelt stehen. Entsetzt blickte sie zu ihren Angehörigen, die alle zum Himmel hinaufschauten.

»An den verdammten Vollmond hat keiner gedacht«, schimpfte der Mann ihrer Schwester leise.

»Wie sollten wir? Die Läden waren geschlossen, so dass wir es nicht gemerkt haben«, antwortete der jüngste Bruder.

Leni sah sich nach ihrem Mann um. »Wo ist Ernst?«

»Da kommt er«, antwortete sein Bruder und wies hinter sie. Leni erkannte, wie ihr Mann beim Anblick des Monds ebenso erschrak wie sie zuvor.

»So ein Mist! Was sollen wir tun? Es ist fast taghell. Man kann uns schon von Weitem sehen«, raunte er, als er sich neben die anderen duckte.

»Wir ziehen das jetzt durch«, beschloss sein Bruder. Ohne die Reaktion der anderen abzuwarten, nahm er seinen Sohn auf den Arm und lief in gebeugter Haltung aufs Nachbargrundstück.

Leni sah Ernst fragend an. Er verzog einen Mundwinkel, griff sich den Bolzenschneider und eilte dem Bruder hinterher. Ihre Schwester nahm die Tochter, die Schwägerin trug den Teppich. Leni reichte ihrer Schwiegermutter die Hand und zog sie mit sich. Hintereinander liefen sie durch die Schatten von Zäunen, Buschwerk und Bäumen. Wegen ihrer dunklen Kleidung waren sie trotz des Mondscheins kaum zu sehen, stellten sie fest.

Leni hatte das Gefühl, als ob sich die paar hundert Meter bis zu dem kleinen Maisfeld kilometerweit dehnten. Sie schien kaum vorwärtszukommen. Außer Atem erreichte sie mit ihrer Schwiegermutter an der Hand die Maisreihen. Erstaunt stellte sie fest, dass sie für die Strecke weniger als drei Minuten gebraucht hatten.

»Es kann nicht mehr lange dauern, bis die Grenzer vorbeikommen«, meinte der Schwager und gab ein Handzeichen, dass sich alle auf den Boden setzten sollten. Besorgt sah er zu seinen Kindern, die schlafend zwischen ihnen lagen. »Hoffentlich werden sie nicht wach«, murmelte er.

Da sah Leni aus den Augenwinkeln, wie Ernst seinen Bruder anstupste.

»Wo ist deine Kamera?«, fragte er und suchte mit dem Blick den Boden ab.

»Verdammt! Ich muss sie in der Hektik auf der Fensterbank liegen gelassen haben«, gestand er irritiert.

»Der Apparat hätte mindestens dreihundert Westmark gebracht!«, regte sich Ernst mit gedämpfter Stimme auf.

Leni überlegte nicht lange und verließ auf allen vieren die Deckung. Ihr Mann schien zu ahnen, was sie vorhatte, und versuchte sie festzuhalten. Doch sie wand sich aus seinem Griff und lief zurück in ihr Haus.

Obwohl sie es erst wenige Minuten zuvor verlassen hatte, fühlte sie sich wie ein Eindringling. Ihr Herz klopfte, als sie ins Wohnzimmer trat. Der Geruch von den vielen Zigaretten, die sie vor Nervosität die Stunden zuvor geraucht hatten, hing in der Luft. Obwohl dies ihr Zuhause war, fühlte sich der Raum nun falsch an. Leni schaute weder rechts noch links und durchquerte hastig das kleine Wohnzimmer, wo sie die Kamera von der Fensterbank zog. Ohne einen letzten Blick auf ihre Möbel zu werfen, lief sie in den Flur und verließ leise zum zweiten Mal das Haus. Dann holte sie tief Luft und rannte zu den anderen zurück.

»Herrgott, Leni! Bist du von allen guten Geistern verlassen?«, schimpfte Ernst.

Triumphierend hielt sie die Kamera in die Höhe und reichte sie dem Schwager.

»Pass du darauf auf«, sagte er jedoch.

Sie nickte und hängte sich die Kamera um.

»Was, wenn man dich gesehen hätte?«, rügte sie Ernst.

»Hat man aber nicht, außerdem …«

»Haltet die Klappe«, ermahnte sie der Schwager und wies zur Grenze. »Die Soldaten kommen jeden Augenblick. Sobald sie außer Sichtweite sind, laufen wir drei los. Denkt daran, was wir abgemacht haben. Jeder ist sich selbst der Nächste. Wenn einer zurückbleibt, laufen die anderen trotzdem weiter.«

Sie nickten, denn sie hatten diesen Vorsatz etliche Male besprochen und für richtig befunden. Wem nützte es, wenn die anderen ihre Freiheit, gar ihr Leben wegen eines Einzelnen riskierten?

Schon hörte man verhaltenes Gelächter. Die Grenzsoldaten näherten sich auf ihrem Rundgang. Als sie an dem Feld vorbeischlenderten, konnte Leni hören, dass jeder den Atem anhielt. Zudem schauten sie alle angespannt auf die Kinder. Hoffentlich schlafen sie weiter, dachte Leni und sah zu ihrer Schwester. Beide waren bereit, zu den Kindern zu springen und ihnen den Mund zuzuhalten, sollten sie aufwachen.

Als die Grenzer vorbei waren, liefen die drei Brüder ohne ein Wort und ohne zurückzublicken los, um den Stacheldraht zu zerschneiden.

Leni konnte erkennen, dass Ernst schwer an dem unhandlichen eisernen Bolzenschneider trug. Schließlich verschwanden die Männer in der Dunkelheit. Leni zog die Beine an, umschlang sie mit beiden Armen und presste die Stirn dagegen. Mit tränennassem Gesicht blickte sie zum Himmel und betete, dass alles gut ging und es kein Minenfeld gab.

Sie linste zu ihrer Schwester und zu ihrer Schwägerin. Im Mondlicht konnte sie deren angespannte Mienen erkennen. Die Schwiegermutter hatte die Hände vors Gesicht gelegt und flüsterte: »O Jott, o Jott! Ick bekomm noch einen Herzinfarkt vor Aufregung.«

Leni konnte nichts sagen, sie nicht trösten oder ihr Mut zusprechen. Ihre eigene Angst war übermächtig und lähmte sie. Ihr wurde übel, aber sie wollte sich nicht ausstrecken. Stattdessen versuchte sie ihre Sinne zu schärfen. Sie horchte in die Dunkelheit, versuchte jedes Geräusch zu erfassen. Manchmal glaubte sie Stimmen zu hören, dann war da ein Knall, ein Surren, Gejaule, ein Schrei. Aber in Wahrheit dröhnte nur der eigene Atem in ihren Ohren. Sie schwitzte in ihrer Winterkleidung, die sie angezogen hatte, weil sie nichts anderes Dunkles hatte.

»Wie lange dauert das denn noch?«, jammerte die Schwester leise.

Leni kam aus der Hocke hoch und spitzte zwischen den Stauden zur Grenze.

»Kannst du etwas sehen?«, wisperte die Schwägerin.

»Nein, nichts! … Doch, da … da kommt jemand … es ist dein Mann«, rief sie aufgeregt und schlug sich die Hände vor den Mund, um einen Schrei zu ersticken.

Kurz darauf kam Ernsts jüngerer Bruder zu ihnen gelaufen. Keuchend und mit schweißnassem Gesicht ging er in die Knie.

»Was ist mit den zwei anderen?«, fragte Lenis Schwester.

»Sie schauen nach weiteren Stacheldrahtbarrikaden. Die ersten haben wir durchtrennt. Wir müssen uns beeilen. Bleibt neben mir. Hast du den Teppich?«, fragte er seine Frau.

Sie zeigte auf die Rolle, die sie unter dem Arm festhielt.

Derweil weckte Lenis Schwester ihre Kinder. Wankend und verschlafen standen die beiden vor ihnen.

»Du musst die Kleine auf den Arm nehmen«, erinnerte Leni den Schwager.

Er nickte und rannte im nächsten Augenblick los – ohne Kind und ohne sich nach den Frauen umzusehen.

Kapitel 54

Oktober 2014

Ich werde heute Abend meine Geschwister treffen, weil ich wissen will, ob ihnen das schlechte Aussehen unserer Mutter ebenfalls aufgefallen ist. Seit sie so offen über ihre Todesangst gesprochen hat, mache ich mir Sorgen um sie. Eigentlich bin ich zu müde für ein Treffen. Bereits am Morgen fühlte ich mich ausgelaugt und habe keine Lust, auch noch abends über die Belange unserer Eltern nachzudenken.

Im Augenblick habe ich Probleme, mich mit meiner Situation zu arrangieren. Mein Gewissen meldet sich, weil ich kaum noch Zeit für meine eigene Familie habe; in meinem Haushalt bleibt vieles unerledigt. Erst am Vortag habe ich festgestellt, dass der Sommer an mir vorbeigaloppiert ist, ohne dass ich ihn wahrgenommen habe oder ihn genießen konnte.

Ich schaue meinen Vater an. Er sitzt vor dem Fernseher und zappt durch die Programme. Anscheinend sucht er keine bestimmte Sendung, sondern drückt eher willkürlich auf die Knöpfe der Fernbedienung. Als ich ihn frage, was er sehen möchte, grinst er und zuckt mit den Schultern. Abwechselnd dröhnen die Stimmen der Fernsehansager, der Nachrichtensprecher, der Wetterfrösche oder die Musik der Werbesendungen durchs Zimmer. Mein mehrfaches Bitten, den Ton leiser zu stellen, ignoriert er ebenso wie meinen Wunsch, sich um zwölf Uhr mittags endlich anzuziehen. Zwar ist es – egal zu welcher Tageszeit – zu einem gewohnten Bild geworden, meinen Vater in Pyjama und Morgenmantel gekleidet zu sehen. Doch heute ist dieser Anblick für mich schwer zu ertragen.

Meine Mutter ist keine Hilfe. Statt ihm gut zuzureden, schnappt sie sich ihre Handtasche, murmelt »Wie im Irrenhaus« und lässt mich mit meinem Vater allein.

Genervt nehme ich mir den Stapel Zeitschriften vom Couchtisch und verlasse das Wohnzimmer. Erst als ich die Tür hinter mir zuziehe und mich an den kleinen Küchentisch setze, atme ich tief durch. Heute werde ich kein Essen kochen und auch nicht putzen, grolle ich in Gedanken und warte angespannt darauf, dass meine Mutter wieder auftaucht.

Als sie nach einer gefühlten Ewigkeit endlich zurückkommt, gehe ich grußlos an ihr vorbei und fahre nach Hause.

Schon als ich das Wohnzimmer betrete, spüre ich, dass zwischen meinen Geschwistern keine gute Stimmung herrscht. Ich verliere kein Wort darüber und erzähle, was unsere Mutter gesagt hat.

»Sie darf sich nicht gehen lassen und muss selbst auf

sich achten. Ich kann nicht noch öfter zu unseren Eltern fahren«, jammert Manuela.

»Unsere Mutter darf nicht krank werden. Ich weiß nicht, wie wir sonst die Betreuung unseres Vaters bewerkstelligen sollen.«

»Dann muss Vati eben ins Heim«, beschließt Marko und sieht uns entschlossen an.

»Wir können ihm nicht sein Zuhause nehmen«, protestiere ich.

»Er weiß eh nicht mehr, wo er wohnt. Erst neulich fragte er, ob diese Wohnung sein Zuhause sei und ob er früher woanders gewohnt habe. Dann wieder erzählt er mir, dass er genauso ein Haus zweimal gebaut habe, das würde irgendwo oben stehen. Er ist dement, begreift es doch endlich«, ereifert sich Marko.

»Du willst ihn nur aus dem Haus haben«, wirft Manu unserem Bruder vor.

»Ja, das will ich! Denn ihr wisst nicht, wie es ist, jemanden im selben Haus unter sich wohnen zu haben, der nicht mehr Herr seiner Sinne ist. Ich sitze ständig auf der Treppe zur Wohnung unserer Eltern, lausche und schnuppere, ob er kocht, und passe dann auf, dass er nicht das Haus abfackelt.«

Bevor Manu dagegen argumentieren kann, versuche ich zu vermitteln. »Was Marko sagt, kann man nicht von der Hand weisen.«

»Ihr habt sie beide nicht mehr alle! Mutti hat erzählt, dass Marko sich kaum bei ihnen blicken lässt, und wenn er mal kommt, dann nur, um ihr Befehle zu erteilen.«

»Welche Befehle?«

»Dass sie alle Feuerzeuge und Messer verstecken soll. Sie solle Vati nicht aus den Augen, ihn nicht in die Küche und auf keinen Fall allein lassen. Sie solle alles verstecken, was gefährlich werden könnte. Marko will eine Sicherung einbauen lassen, damit Vati den Herd nicht anstellen kann.« Manu ist erregt und klagt ihren Bruder an: »Du zeigst überhaupt kein Interesse an Vatis und Muttis Alltag. Du bist beiden gegenüber ungehalten und launisch und hast nicht einmal fünf Minuten Zeit für sie.«

»Ich habe ein kleines Kind und eine Frau, und ich gehe täglich arbeiten«, erwidert Marko.

»Ich habe auch eine Familie, mit der ich nicht spazieren gehe, so wie du es mit deiner machst, denn ich verbringe meine Freizeit bei unseren Eltern«, gibt Manuela zornig zurück.

»Dann bleib doch weg, wenn es dir zu viel ist. Niemand zwingt dich hierherzufahren. Und wie viel Zeit ich mit meiner Familie verbringe, kann dir egal sein! Als unsere Eltern auf Mallorca waren, haben sie auch nicht nach uns gefragt. Warum muss ich jetzt Zeit plötzlich mit ihnen verbringen?«

»Können wir uns bitte beruhigen und ohne Vorhaltungen darüber sprechen?«, frage ich und versuche, jedem meiner Geschwister den Blickwinkel des anderen zu verdeutlichen. Ich versuche Manu Markos Ängste zu erklären und zugleich bei Marko um Verständnis für Manus Haltung zu werben. »Ihr habt beide irgendwie recht«, erkläre ich und hoffe, so zu deeskalieren.

»Du gehst mir so was auf die Nerven mit deinem ewigen ›Alles wird gut‹-Getue! Wie eine Pfarrerin willst du es allen recht machen«, greift mich unerwartet mein Bruder an. Er springt auf, nimmt seine Jacke und geht.

Ich sehe ihm erschrocken hinterher und blicke irritiert meine Schwester an.

»Wir dürfen uns nicht unterkriegen lassen. Schließlich sind wir …«, beginne ich, doch sie faucht:

»Sprich es nicht aus! Wir sind schon lange keine Familie mehr … Und wenn sich hier nicht bald einiges ändert, sehe ich schwarz für uns.«

Kapitel 55

Donnerstag, 24. August 1961

Dorniges Gestrüpp, flaches Buschwerk, scharfes Unkraut wucherte in dem Grünstreifen zwischen Ost und West. Da, wo früher ein Trampelpfad war, der zu den Schrebergärten der Spandauer in Westberlin führte, versperrten jetzt spanische Reiter den Weg. Es war bekannt, dass die Spandauer meist nur am Wochenende kamen, um ihre Nutzgärten in Ordnung zu halten. Inzwischen aber vermieteten sie ihre Datschen an geflohene Ostbürger, da es in Berlin für die vielen DDR-Flüchtlinge keinen Wohnraum mehr gab.

Ungeachtet der Brennnesseln, die überall hüfthoch standen, krochen die drei Brüder zur ersten Absperrung. Nachdem die Vollmondnacht sie zuerst schockiert hatte, so half ihnen jetzt die Helligkeit.

»In stockdunkler Nacht hätten uns die Lichter unserer Taschenlampen verraten«, murmelte der älteste Bruder, als sie die erste Absperrung erreichten. Mit gedämpfter Stimme zischte er den beiden Brüdern Befehle zu und setzte zugleich den Bolzenschneider an. Ernst und sein jüngerer Bruder mussten mit aller Kraft den

Draht an beiden Enden festhalten, damit er nicht hochpeitschte.

Als er gekappt war, ließen sie langsam los. Die Drahtenden rollten sich zusammen.

»Das ging leichter, als ich dachte«, murmelte der Bruder und wischte sich über die Stirn. »Wenn es nur nicht so schwül wäre. Wir müssen uns beeilen, denn wir wissen nicht, wie es weiter hinten aussieht«, sagte er und blickte in die Dunkelheit.

»Bestimmt noch mehr Reihen mit spanischen Reitern«, prophezeite Ernst und hielt seine blutenden Hände ins Mondlicht. Sie hatten vergessen, Handschuhe mitzunehmen.

Irgendwo schlug eine Kirchturmuhr die halbe Stunde. »Bald Mitternacht«, raunte Ernst. Sein Puls raste. »Wir müssen uns beeilen. Die Wachsoldaten werden bald wieder hier vorbeikommen.«

Die drei Brüder schauten in die Richtung, aus der sie die Soldaten erwarteten. Noch war niemand zu sehen.

»Hol die Frauen und die Kinder«, flüsterte Ernst seinem jüngeren Bruder zu.

Der nickte knapp und schlich zurück.

»Komm endlich! Die Zeit läuft«, zischte der ältere Bruder und zog Ernst am Ärmel zu Boden.

Leicht gebückt huschten sie auf die andere Seite des Grenzlands. Wenige Schritte weiter entdeckten sie die nächste Schikane: Stacheldrahtrollen auf mannshohen Pfählen. Immerhin war diese Barrikade niedriger als die erste.

Sie durchtrennten die unteren Reihen und krochen unter den beiden oberen hindurch.

»Wo beginnt der Westen?«, überlegte Ernst laut und schaute besorgt hinter sich, als er den jüngsten Bruder erblickte. »Da kommen sie.«

Der ältere blickte ebenfalls in die Richtung.

»Wieso ist er allein?«

Sie sahen sich erschrocken an und legten sich zeitgleich auf den Boden. Ihre Blicke suchten die Umgebung nach Grenzsoldaten ab. Waren sie schon aufgeflogen?

Ernst wurde es heiß und kalt. Was sollte er tun? Voller Panik wollte er dem Bruder entgegeneilen, doch die Angst, gesehen und erschossen zu werden, lähmte ihn. Leni, dachte er. *Leni!*, unterdrückte er einen Schrei.

Beide Brüder kamen aus der Deckung hoch, als der jüngste vor ihnen stand.

»Wo sind die anderen?« Ernst musste sich beherrschen, um nicht laut zu werden.

Der Bruder sah ihn verwirrt an. »Sie sind … ich wollte … sie haben«, begann er, als Ernst ihn am Hemd packte.

»Wo sind die Frauen und die Kinder? Du Trottel solltest sie herbringen.«

Der Jüngste riss sich am Haar. »Ich habe nicht nachgedacht … ich bin einfach losgerannt …«, stammelte er.

»Da kommen sie«, rief Ernst, kroch unter dem Stacheldraht wieder zurück und lief seiner Frau entgegen, die humpelnd ihre Nichte schleppte.

Er nahm ihr das Kind ab. Leni drehte sich wortlos um, lief einige Meter zurück, hastete mitten hinein in ein Feld mit Brennnesselstauden und schien etwas zu suchen. Dann hielt sie einen Schuh in die Höhe und kam zurück.

»Schneidet den nächsten Draht durch, ich helfe hier«, flüsterte Ernst seinen Brüdern zu, die sofort losrannten.

Ernst kroch als Erster auf die andere Seite der Barrikade. Sein Neffe krabbelte ihm hinterher und streckte ihm die Arme entgegen. Ernst zog den Jungen zu sich. Auch das Mädchen ließ sich auf die andere Seite zerren. Dann robbte Leni unter dem Stacheldraht durch, gefolgt von der Schwägerin und ihrer Schwiegermutter.

Ernst nahm den Jungen hoch und wollte gerade losrennen, als Leni ihm zurief: »Deine Mutter hängt im Draht!«

Mit einem kurzen Blick erfasste er die Situation und rief: »Nimm den Jungen.« Dann lief er zurück.

Weil seine Mutter versucht hatte, auf allen vieren unter dem Draht hindurchzukriechen, anstatt flach über den Boden zu robben, war sie mit den Haaren hängen geblieben. Metallspitzen hatten sich außerdem durch den Stoff ihrer Bluse gebohrt, und sie steckte fest.

Ernst beugte sich zu ihr.

»Du alter Driesel. Du sollst weiterlaufen und nicht nach mir schauen«, weinte sie.

»Sei still, Mutti, ich helf dir hier raus.«

In der Ferne war Motorengeräusch zu hören. Vom Grenzweg her wurden Stimmen laut.

»Aber …«

»Nichts *aber*! Ich lass dich nicht zurück!«

Kapitel 56

November 2014

Meine depressive Stimmung passt zu dem trüben Novemberwetter. Seit dem Streit vor ein paar Wochen haben meine Geschwister und ich kaum noch Kontakt miteinander. Keiner von uns dreien ist bereit, auf die anderen zuzugehen. Jeder fühlt sich im Recht. Da wir uns nicht sehen, nur selten miteinander telefonieren und alles Notwendige per WhatsApp regeln, scheinen sich die Fronten weiter zu verhärten. Dabei hatten wir bis zu diesem Tag kaum Zoff miteinander gehabt. Unsere Stärke war, dass wir immer über alles gesprochen haben. Nun herrscht Funkstille.

Die Angst, den Kontakt zu meinen Geschwistern gänzlich zu verlieren, zerrt an meinen Nerven. Leider habe ich keinen blassen Schimmer, wie sich unser Verhältnis wieder normalisieren könnte. Als ich meinem Mann davon erzähle, meint er: »Verschwende deine Kraft nicht mit etwas, was du nicht ändern kannst. Bündle lieber deine Energie, damit du die Zeit bei deinen Eltern unbeschadet überstehst. Jeder von euch braucht etwas Abstand.«

Ich beherzige seinen Rat und versuche, nicht mehr ständig an meine Geschwister zu denken.

Jeder Tag mit meinen Eltern läuft ähnlich ab, und doch ist jeder Tag anders. Ich weiß nie, welchen Vater ich antreffe. Manchmal ist er der Vater, mit dem ich mich unterhalten und lachen kann. Dann wirkt er klar in seinen Gedanken und erzählt mir von früher. Aber manchmal treffe ich einen Menschen an, der kaum teilnimmt am Leben und in seiner eigenen Welt zu leben scheint. Um nicht zu verzweifeln, lenke ich mich mit meinem Kochbuchprojekt ab, an dem ich manchmal wieder arbeite.

Heute hat mein Vater einen guten Tag. Nach dem Mittagessen bleiben wir am Esstisch sitzen. Ich bringe ihm seine Uhrensammlung. Voller Stolz zeigt er mir die einzelnen Stücke. Ich weiß, dass ihm die Uhr mit Hammer und Sichel auf dem Zifferblatt besonders am Herzen liegt. Als ich ihn nach ihrer Geschichte frage, glänzen seine Augen vor Freude. Mit der Begeisterung eines Kindes erzählt er, wie er einem russischen Soldaten diese Uhr abgeluchst hat. Ich kenne diese Geschichte schon von den vielen anderen Malen, als ich ihn nach der Herkunft der Uhr gefragt habe. Trotzdem höre ich ihm aufmerksam zu.

Anschließend lese ich ihm Artikel aus der Tageszeitung vor, die ihn interessieren könnten. Wegen seiner Krankheit kann er sich nicht mehr auf die Buchstaben konzentrieren, doch ich finde, er soll wissen, was in der Welt los ist. Allerdings informiere ich ihn nur noch über die schönen Ereignisse.

»Du bist wie eine Märchentante«, sagt er und lacht.

Danach ist er erschöpft und will ins Bett gehen. Meine Mutter nutzt die Gelegenheit, ebenfalls zu ruhen.

Ich fahre nach Hause und beschließe, endlich mal wieder Sport zu treiben. Leider habe ich mein CrossFit-Training in den letzten Wochen sträflich vernachlässigt. Entweder weil ich zu spät von meinen Eltern losgefahren bin oder weil alle Kurse belegt waren oder weil ich einfach zu erschöpft war.

Heute habe ich keine Ausrede. Als ich im Kurskalender der Box nachsehe, ist noch ein Platz frei. Sofort buche ich mich für den frühen Abend ein. Beschwingt wegen meiner Entscheidung erledige ich die längst überfällige Hausarbeit. Danach ziehe ich meine Sportklamotten an, schnappe mir eine Banane und meine Getränkeflasche und will gerade zur Tür hinausgehen, als der Wagen meiner Schwester in der Einfahrt vorfährt.

Stirnrunzelnd sehe ich ihr entgegen. Ich weiß nicht, ob ich mich über ihren Besuch freuen kann. Doch dann sehe ich ihre verweinten Augen, und es zerreißt mir das Herz.

Sie kommt auf mich zu und fragt leise: »Darf ich hereinkommen?«

»Natürlich! Du bist meine Schwester!«

Wir setzen uns in die Küche. Ich schenke ihr ein Glas Wasser ein.

»Ich halte dich vom Sport ab«, murmelt sie, nachdem ihr Blick mein Outfit gestreift hat.

»Das macht nichts. Was ist passiert?«

Sie zittert und schluckt. Ich nehme sie in den Arm.

»Warst du bei Vati heute?«, fragt sie.

Ich nicke.

»Wie war er drauf?«

»Sehr gut, fand ich.« Ich erzähle ihr von meinem Tag mit unseren Eltern.

»Vorhin hat Mutti mich angerufen. Sie war ganz aufgelöst und hat gesagt, dass Vati mich sprechen will. Sie hat ihm den Hörer gegeben. Vati hat bitterlich geweint und gefragt: ›Manu, bist du es?‹ Dann hat er gesagt: ›Kannst du herkommen? Ich finde mein Bett nicht mehr. Ich weiß nicht, wo mein Bett steht.‹« Meine Schwester schlägt sich die Hände vor den Mund und schluchzt. »Kannst du dir das vorstellen? Das Telefon steht keine fünf Meter von seinem Bett entfernt, vor der Schlafzimmertür, und er findet das Bett nicht mehr! Ich bin sofort hingefahren. Mutti und Vati haben noch immer am Telefon gestanden und auf mich gewartet. Ich habe ihn dann ins Schlafzimmer geführt und ins Bett gebracht. Innerhalb von wenigen Sekunden war er eingeschlafen.«

»Warum hat Mutti ihn nicht ins Bett gebracht?«

»Das habe ich ihn auch gefragt. Er meinte, er würde niemandem außer mir vertrauen.« Sie sieht mich traurig an. »Ich denke ständig an das, was Marko gesagt hat. Als ich Vati heute so erlebt habe … wir können ihn doch nicht in ein Heim einweisen! Er fühlt sich nur zuhause in seinem Bett sicher. Das können wir ihm doch unmöglich wegnehmen.«

Ich sehe meine Schwester mitfühlend an. Es ist schön, dass sie hier ist und dass wir wieder miteinander reden – auch wenn uns der Grund traurig stimmt. Ich hoffe sehr, dass wir zusammenhalten und uns nicht noch einmal zerstreiten.

»Wir werden ihn so lange zuhause betreuen, wie es geht«, verspreche ich ihr – und mir selbst auch.

Kapitel 57

Nacht vom 24. auf den 25. August 1961

Leni hatte keinen blassen Schimmer, wie lange sie schon unterwegs waren und ob sie bereits im Westen oder immer noch im Osten waren. Verzweifelt sah sie zu Ernst zurück. Sie konnte ihm nicht helfen, seine Mutter zu befreien. Sie musste ihre Nichte schleppen. Krampfhaft hielt das weinende Mädchen ihren Arm umklammert.

Leni drückte sie an sich und flüsterte: »Hab keine Angst. Bald haben wir es geschafft. Bald ist es vorbei.«

Auch der kleine Bruder kauerte wimmernd am Zaun. Die Kinder begriffen nicht, was um sie herum geschah. Aber sie spürten die Nervosität der Erwachsenen, und das machte ihnen Angst.

»Wo ist der Teppich?«, hörte Leni den Schwager rufen. Er hatte den oberen Stacheldraht eines weiteren Sperrzauns durchtrennt.

»Ich habe ihn liegen lassen, als ich krabbeln musste«, gestand die Schwägerin.

»Dann müssen wir euch hinüberhelfen, damit ihr euch nicht verletzt.«

»Ernst«, rief Leni. Sie wollte nicht ohne ihn weiter, wusste aber, dass sie musste.

Dann sah sie, wie ihr Mann und seine Mutter auf sie zugerannt kamen.

Ohne ein Wort ergriff Ernst seine Nichte und warf das Kind seinem Bruder zu, der schon auf der anderen Seite des Stacheldrahts stand. Dann schnappte er sich den Jungen und warf ihn ebenfalls über den Drahtverhau. Ernst ging als Letzter, nachdem er den Frauen über den Stacheldraht geholfen hatte.

In dem Moment hörten sie vom Grenzweg her eine Stimme. Ein Mann brüllte: »Jemand hat den Draht durchgeschnitten! Holt Verstärkung! Da will wer abhauen!«

»Lauft um euer Leben!«, rief Ernst und trieb seine Angehörigen an.

Sie rannten los.

Ihre Angst vor Minen rannte mit.

»Wann sind wir im Westen?«, keuchte Leni.

»Lauf weiter, lauf einfach weiter!«, rief Ernst ihr zu.

Sie mussten sich durch Hecken und Buschwerk drücken, kleine Bäume umrunden und durch Brennnesseln stapfen. Sie spürten weder das Brennen der Blätter noch die Dornen, die ihre Haut blutig ritzten.

Lenis Lunge drohte zu explodieren, ihre Augen brannten. Doch sie stolperte weiter.

Plötzlich ein Zischen und Knallen in der Luft. Im selben Augenblick wurde der Himmel von kaltem Licht erleuchtet. Wieder hörten sie Geschrei.

Die Kinder schrien und klammerten sich an die Erwachsenen, die wie betäubt in das grelle Licht starrten.

»Signalraketen! Los! Los!«, schrie Ernst.

Sie stolperten weiter, zerrten keuchend die weinenden Kinder mit sich.

Da! Ein Haus! Hatten sie es geschafft? Oder war es ein Kontrollposten der DDR?

Ernst hämmerte gegen den Fensterladen.

Zwischen den Ritzen wurde es hell. Die Haustür wurde aufgerissen.

»Sind wir hier in Westberlin?«, stammelte Ernst.

»Ja«, vernahm er eine Stimme. Die Signalraketen ließen das Gesicht des Fremden aufblitzen.

»Kommt rein!«, rief der Mann und trat zur Seite.

Wortlos drängten sich zwei Kinder und sieben Erwachsene an dem Mann vorbei in das Gartenhäuschen.

Erst als sich die Tür hinter ihnen schloss, wusste Leni, dass sie es geschafft hatten.

Kapitel 58

Sommer 2015

Unser Vater ist nun seit etwa zwanzig Monaten krank. Und wir drei Geschwister haben einander verloren.

Jeder sieht nur noch seine eigenen Befindlichkeiten und nimmt das Leiden der anderen nicht mehr wahr. Während wir beiden Schwestern unsere Eltern weiterhin abwechselnd umsorgen, nimmt sich Marko eine Auszeit, weil er wieder Papa geworden ist. Wir können das verstehen und akzeptieren es. Trotzdem bräuchten wir seine Unterstützung. Wenn man die Last auf drei Schultern verteilen würde, wäre die Überforderung für jeden Einzelnen weniger und leichter zu ertragen. Ohne Marko haben Manu und ich das Gefühl, in der Verantwortung unterzugehen, zumal unser eigenes Familienleben seit über einem Jahr leidet.

Meine Kinder sind erwachsen und selbstständig, aber Manuelas Sohn besucht noch die Schule, und ihre Tochter hat diesen Sommer das Abitur gemacht. Anstatt mit dem Mädchen ihre Leistung zu feiern, hat Manu bei unseren Eltern gesessen, da just zu dieser Zeit unser Vater uns beide des Betrugs beschuldigt hatte. Er war der festen Ansicht, dass ihm Geld fehlte. Zum Glück haben wir uns an den Ratschlag des Demenzvereins erinnert und ihm einen Aktenordner mit Kontoauszügen vorgelegt.

»Prüf selbst deine Kontobewegungen, dann wirst du sehen, dass dich niemand bestohlen hat«, haben wir ihm erklärt.

Unser Vater kontrollierte jeden Auszug genauestens und hakte sorgfältig die einzelnen Beträge mit einem Stift ab, obwohl sie aus dem Jahr 2010 stammten.

»Es ist noch alles da«, sagte er und klappte den Ordner zufrieden zu.

Es tut mir weh, dass wir drei Geschwister nun seit geraumer Zeit ein angespanntes Verhältnis zueinander haben. Marko und Manuela waren als Kinder ein Herz und eine Seele und klebten wie Pech und Schwefel zusammen. Meistens waren sie gegen mich, denn als ältere Schwester musste ich oft auf sie aufpassen, da unsere Eltern in Wechselschichten arbeiteten. Ich sehe heute noch, wie sie beide wütend vor mir standen, weil ich sie wie unsere Mutter gemaßregelt hatte. Meine Schwester war damals acht und mein Bruder sechs Jahre alt, als er mich wie Rumpelstilzchen anschnauzte: »Du hast uns nichts zu sagen, du bist nicht unsere Mutter!«

Natürlich können Manuela und ich verstehen, dass unser Bruder so viel Zeit wie möglich mit seinen kleinen Kindern verbringen will. Wir verstehen, dass die Belastung, mit unserem dementen Vater in einem Haus zu wohnen, groß ist. Markos Ängste, dass etwas passieren könnte, ebenfalls – auch das verstehen wir.

Leider aber sieht er nicht, dass Manu und ich kaum noch Zeit für uns selbst haben und unseren Eltern fast jede Minute unserer freien Zeit opfern. Es ist mittlerweile tatsächlich ein Opfer. Ständig verfügbar sein zu müssen zerrt an unseren Nerven. Ein Treffen mit Freunden oder ein entspannter Tag sind selten geworden, da wir nach dem Besuch unserer Eltern stets gestresst und erschöpft sind – nicht nur körperlich, sondern auch emotional. Oft muss ich mich zurücknehmen, weil unsere Eltern die Zeit, die wir bei und mit ihnen verbringen, als selbstverständlich anzusehen scheinen.

Das wird mir an dem Morgen wieder bewusst, als mein Vater einen wichtigen Arzttermin wahrnehmen soll, aber nicht aufstehen will. Wie ein bockiges Kind verkriecht er sich im Bett und weigert sich, Hemd und Hose anzuziehen.

Als ich meine Mutter bitte, mit ihrem Mann ein ernstes Wort zu reden, entgegnet sie: »Dann soll er eben liegen bleiben.«

Meine Einwände, dass dieser Kontrolltermin wichtig wegen seiner Stents sei, quittiert sie mit einem Schulterzucken. Ich versuche daraufhin meinen Vater mit freundlichen Worten und Bitten zu locken, und als dies nicht hilft, sogar mit der Drohung, dass ich nicht wiederkäme. Aber auch das prallt an ihm ab. Er wird aggressiv und verbittet sich meine Einmischung. Ich solle ihn in Ruhe lassen und aus seiner Wohnung verschwinden.

Weil ich so wütend bin, blaffe ich ihn an: »Seit über einem Jahr verbringe ich meine gesamte Freizeit ausschließlich bei euch, nur damit es dir gut geht.«

Da setzt er sich auf, sieht mich verständnislos an und meint: »Ich weiß nicht, was du von mir willst. Ich brauche dich nicht! Mir geht es bestens!«

Kapitel 59

Nacht vom 24. auf den 25. August 1961

»Wo kommt ihr her?«, fragte der Hausbewohner, nachdem sich alle gesetzt hatten.

»Von drüben aus dem Sperrbezirk«, antwortete Ernst.

»So viele? Das gab es noch nie. Ziemlich mutig – auch wegen der beiden Kleinen«, flüsterte der Mann und schüttelte den Kopf.

»Wenn sie Hunde gehabt hätten, wären wir verloren gewesen«, murmelte der ältere Bruder.

Ernst hatte sich diesen Augenblick so oft vorgestellt – wie es sein würde, wenn sie es über die Grenze geschafft hatten und in Sicherheit waren. Er hatte sich in Gedanken ausgemalt, dass sie sich vor Freude jubelnd in den Armen liegen, gleichzeitig lachen und weinen und ihre Augen strahlen würden.

Doch nichts dergleichen geschah. Er spürte weder Stolz noch Freude. Sieben Erwachsene und zwei Kinder saßen stumm und kreidebleich in der Gartenlaube und schauten zu Boden. Leni hatte ihren Neffen auf dem Schoß, der kaum die Augen offen halten konnte. Das Mädchen presste sich an seine Mutter. Nie und nimmer konnte man ihnen ansehen, dass ihnen erst wenige Minuten zuvor das Unglaubliche geglückt war – der Sprung in die Freiheit!

Der Mann schien ihre Zerrissenheit zu spüren. Er zog den Gürtel seines Morgenmantels enger, reichte jedem die Hand und sagte:

»Willkommen in der Bundesrepublik Deutschland! Ich heiße Harald Schimmelpfennig. Wollt ihr was trinken?«

Wieder explodierten Leuchtraketen. Alle zuckten zusammen. Die Kinder hielten sich die Ohren zu und wimmerten.

Da kam Frau Schimmelpfennig in den Raum.

»Harald, was ist da draußen …?« Sie stockte, als sie die vielen Fremden in ihrem kleinen Wohnzimmer sah. »Herr im Himmel, seid ihr geflohen?«

Ernst nickte.

»Ihr müsst sofort zur Westpolizei und euch bei denen melden. Sie werden sicher schon die Grenze nach euch absuchen.«

»Lass sie erst mal durchschnaufen, Gertrud. Bring den beiden Kleinen eine Limo und mach Kaffee. Derweil schenk ich einen Schnaps aus. Ich brauche jetzt selbst einen.«

»Werden die Grenzer die Gartenhäuschen durchsuchen?«, fragte Leni mit bangem Blick zum Fenster.

»Das wäre ja noch schöner! Die Grenzsoldaten aus dem Osten haben keine Befugnis, außerhalb ihres Bereichs irgendetwas zu durchsuchen. Sie dürfen nicht einmal westdeutschen Boden betreten. Was sie allerdings nicht daran hindert, es doch hin und wieder zu machen. Aber hier kommt keiner rein. Doch nun lasst uns anstoßen«, sagte Schimmelpfennig und goss Schnaps in kleine Gläser. »Auf eure Freiheit!«, rief er gerührt.

Eine halbe Stunde später schlichen Ernst und seine Angehörigen durch die engen Wege der Schrebergartensiedlung zur Westpolizei. In der Nähe gab es eine Polizeikontrollstation, die die Grenze bewachte.

Da Schimmelpfennig sie vorgewarnt hatte, waren sie über die einfache Bretterbude nicht überrascht. Furchtlos traten sie hinein und erklärten den Beamten, dass sie geflohen waren.

Erstaunt musterten die beiden uniformierten Männer die Gruppe. Schließlich sagte einer:

»Bei dem Krach, den die drüben veranstaltet haben, und bei den vielen Signalraketen wussten wir, dass jemand getürmt sein muss. Wir haben uns auch sofort auf die Suche gemacht. Aber mit so vielen Flüchtlingen haben wir nicht gerechnet. Haben Sie Ihre Papiere dabei?«

Die Erwachsenen nickten und zeigten ihre Personalausweise, die sie bereits bei den Schimmelpfennigs aus der Kleidung hervorgeholt hatten.

Die Polizisten kontrollierten die Pässe und glichen die Bilder darin mit den Personen ab, die vor ihnen standen.

»Ich rufe das Notaufnahmelager Marienfelde an, damit sie unverzüglich einen Wagen schicken«, sagte der ältere Uniformierte und hob den Hörer von der Telefongabel.

Ernst hatte das Gefühl, dass die Wartezeit auf das Auto, das sie endgültig in Sicherheit bringen sollte, die halbe Nacht dauerte. Tatsächlich verging knapp eine Stunde, dann hörten sie Motorengeräusche. Schon wurde die Tür des Kontrollhäuschens aufgestoßen.

»Kommen Sie schnell ins Auto, damit Sie von hier fortkommen«, sagte ein Polizist hektisch und half ihnen, auf die Ladefläche des Wagens zu steigen.

Kaum saßen alle auf den Pritschen, wurde die Plane heruntergezogen, und der kleine Lkw fuhr los.

Ernst zog Leni neben sich. Ihr Kopf fiel gegen seine Schulter.

Er schloss die Augen und merkte nicht, wie er einschlief.

Als der Planwagen abrupt anhielt, schreckte er hoch und wusste im ersten Augenblick nicht, wo er war. Doch rasch kam die Erinnerung. Herzrasen setzte ein.

Von außen wurde die Plane angehoben. Ernst sprang als Erster von der Pritsche, um den anderen hinunterzuhelfen.

Unsicher sahen sie sich um. Sie standen auf einem hell erleuchteten Platz, der von Büschen und Hecken eingegrenzt war. Vereinzelt ragten Bäume empor, Blumenbeete sorgten für Farbe in dem Grau der dreistöckigen Wohnblöcke aus Beton, die sich vor ihnen erstreckten.

»Willkommen in der Bundesrepublik Deutschland«, sagte eine Frau, deren graues Haar oberflächlich zu einem Knoten zusammengesteckt war. Sie trat aus dem Eingang und schüttelte jedem die Hand. »Wir wollten nicht glauben, dass so viele auf einmal über die Grenze gekommen sind. Unglaublich, dass Ihnen nichts passiert ist.« Sie sah zu den Kindern. »Ich werde rasch Ihre Personalien aufnehmen, dann zeige ich Ihnen, wo Sie sich ausruhen können. Bitte merken Sie sich diesen Satz: *Ich komme aus der DDR und will im Westen bleiben*. Mit diesen Worten beginnt für Sie morgen das Verfahren der Neuaufnahme.«

Als Ernst sah, wie sie sie ins Innere des Hauses winkte, spürte er plötzlich ein Kribbeln im Bauch.

Kapitel 60

Ende August 2015

Heute Morgen freue ich mich sehr, denn ich gönne mir seit Langem einen Friseurbesuch. Damit ich ohne schlechtes Gewissen meine Eltern sich selbst überlassen kann, habe ich gestern ihr Mittagessen vorgekocht, das sie nur noch aufwärmen müssen.

Ich halte gerade auf dem Parkplatz des Friseurgeschäfts an, als mein Handy klingelt. *MUTTI* steht auf dem Display. Ich schnaufe tief durch und drücke die grüne Taste.

»Guten Morgen …«, flöte ich und versuche fröhlich zu klingen, obwohl ich eine Hiobsbotschaft erwarte.

Da höre ich auch schon ihre erregte Stimme: »Du musst sofort herkommen. Er hat ein Messer unter seiner Zeitung versteckt.«

»Wie? Er hat ein Messer? Was will er damit?«

»Er sagt, er muss sich bewaffnen. Bitte komm schnell.«

Ich höre die Angst in ihrer Stimme. Meine Finger erstarren vor plötzlicher Kälte.

»Wo ist Marko?«

»Nicht da. Er musste mit dem Baby zur Vorsorgeuntersuchung, und deine Schwester ist arbeiten.«

»Ich mach mich sofort auf den Weg«, verspreche ich meiner Mutter und sage den Friseurtermin ab.

Zuhause sitzt mein Vater wie immer im Morgenmantel auf der Couch und sieht mir mit aufgeblähten Wangen entgegen. Dabei schweift sein Blick zwischen mir und dem kleinen Stapel Zeitungen hin und her.

»Guten Tag, Vati«, beginne ich. »Wie geht es dir heute?«

Sein Blick wirkt misstrauisch. »Wie soll es mir schon gehen? Ich muss uns schützen, deshalb habe ich ein Messer bei mir versteckt, damit er es nicht sieht.«

»Wer ist ›er‹? Wen meinst du damit?«

»Den Fremden, der nachts durch die Zimmer schleicht.«

Ich schaue meine Mutter fragend an, die an der Wohnzimmertür stehen bleibt und Abstand zu uns hält. »Weißt du, wen er meint?«

Sie schüttelt den Kopf. »Er hat noch ein Brotmesser unter dem Kopfkissen im Bett liegen«, flüstert sie.

Ich reiße die Augen auf. »Vati, es geht nicht, dass du in jedem Zimmer Messer herumliegen hast. Sie sind gefährlich und könnten jemanden verletzen.«

»Ich muss meine Frau schützen«, entrüstet er sich und zieht das Fleischermesser unter den Zeitungen hervor.

Mit blitzenden Augen zeigt er mir die lange Klinge.

Sofort muss ich an Markos Warnung denken, dass Demenzkranke unberechenbar sind.

Ich gehe vorsichtig auf ihn zu und strecke die Hand nach dem Messer aus. »Du brauchst keine Waffe, Vati. Ihr seid sicher in eurer Wohnung. Wir schließen heute Nacht eure Eingangstür ab, damit er nicht mehr reinkommt.«

Mein Vater sieht mich zweifelnd an. Doch dann reicht er mir das Messer. Erleichtert trage ich es in die Küche.

»Du musst sämtliche Messer, Scheren und sonstige Gegenstände, die Vati als Waffen benutzen könnte, wegsperren, Mutti. Nicht auszudenken, wenn er dich oder sich selbst verletzt.«

Sie nickt und nimmt alle scharfen und spitzen Utensilien aus den Schubladen. Wir bringen sie in den Abstellraum, wo ein verschließbarer Schrank steht.

»Wie kommt er auf diesen Gedanken, dass nachts jemand hier sein könnte? Vielleicht meint er einen Mann aus eurer Vergangenheit?«

Meine Mutter setzt sich an den kleinen runden Küchentisch und überlegt. Plötzlich sieht sie mich stirnrunzelnd an: »Damals in dem Notaufnahmelager in Marienfelde ist einmal nachts ein Mann durch die Gänge geschlichen und hat schlafende Frauen begrapscht. Vielleicht erinnert sich euer Vater an diesen Vorfall.«

»Ich werde ihn danach fragen«, verspreche ich und gehe hinüber ins Wohnzimmer.

Mein Vater hat den Fernseher angemacht und zappt durch die Programme.

Als er mich sieht, sagt er freudig: »Wie schön, dass du uns mal wieder besuchst! Hat Mutti dich schon gesehen?«

Kapitel 61

Freitag, 25. August 1961

Obwohl die neun Flüchtlinge bei ihrer Ankunft zum Umfallen müde waren, beantworteten sie geduldig die Fragen nach ihren Personalien. Anschließend drückte die Frau jedem Erwachsenen einen Schein in die Hand. »Das ist ein Laufzettel, den Sie bei allen Behördengängen im Lager mitnehmen müssen«, erklärte sie. »Er ist ein wichtiges Dokument, denn damit werden die Erledigungen der verschiedenen Stationen mit Stempelaufdruck bestätigt. Zum Schluss müssen zwölf Stempel auf dem Schein sein. Das hier ist Ihr Gesundheitspass, in dem eventuelle Erkrankungen festgehalten werden. Da momentan kein Arzt auf Station ist, schlage ich vor, dass Sie sich erst mal ausruhen. Doch gleich morgen müssen Sie sich untersuchen lassen. Ich hoffe, Sie haben kein Ungeziefer oder ansteckende Krankheiten mitgebracht, denn dann bekomme ich Ärger.«

»Sehen wir wie unsauberes Pack aus?«, ereiferte sich Ernst mit letzter Kraft. »Wir sind anständige und kultivierte Menschen.«

Die Frau warf einen flüchtigen Blick in die Runde. »So

sind nun mal die Vorschriften. Aber ich kann sehen, dass Sie ordentliche Leute sind. Trotzdem müssen Sie eine Gesundheitsprüfung machen und die einzelnen Stationen durchlaufen. Nicht dass man Ihnen die Aufnahme verweigert.«

Leni schaute kurz zu ihrem Schwager. Ihr lief es eiskalt den Rücken hinunter. »Wir werden alles tun, was von uns erwartet wird. Aber bitte nicht jetzt«, flüsterte sie.

Die Frau nickte und zog aus ihrer Kitteltasche einen Streifen kleiner blassroter Pappkarten hervor. »Das sind Essensmarken, damit Sie morgen frühstücken können. Alles andere bekommen Sie im Laufe des Tages.« Dann führte sie die Gruppe in eines der oberen Stockwerke, wo sie Lenis Schwester mit ihrer Familie ein Zimmer zuwies.

»Ich habe nur freie Vierbettzimmer, deshalb muss Ihre Mutter bei Ihnen schlafen. Wenn sich die Kinder ein Bett teilen, ist Platz für fünf Personen. Nebenan ist ein weiteres Vierbettzimmer für Sie«, sagte die Frau und wies auf Leni, Ernst, seinen jüngeren Bruder und dessen Frau.

Ihnen war alles egal. Hauptsache, sie konnten sich endlich hinlegen und schlafen.

Leni erwachte, weil sie hörte, dass viele Füße über Treppen liefen. Mehrstimmiges Kinderlachen war vom Hof her durch das geöffnete Fenster zu hören. Sie setzte sich auf und stöhnte im selben Augenblick. Hinter ihrer

Stirn klopfte es so heftig, dass sie sich wieder hinlegen musste. Ächzend rieb sie sich über die Schläfen und sah hinüber zu dem zweiten Etagenbett, das im Zimmer stand.

Ihr gegenüber lag ihre Schwägerin, mit dem Gesicht zur Wand gedreht. Sie hatte sich die dünne Decke bis über die Ohren gezogen. Die Matratze über ihr war leer. Das Bettzeug lag zurückgeschlagen am Fußteil. Anscheinend war Lenis Schwager bereits aufgestanden.

Leni krabbelte aus dem Bett, stellte sich auf die Zehenspitzen und sah nach, ob Ernst im oberen Bett noch schlief. Auch seine Matratze war leer. Die beiden Männer haben das Zimmer verlassen und uns Frauen schlafen lassen, dachte sie, als sie ein unterdrücktes Schluchzen hörte.

Stirnrunzelnd schaute sie zu ihrer Schwägerin hinunter. »Bist du wach?«, fragte sie leise und stützte sich mit beiden Händen auf dem kleinen viereckigen Tisch ab, der zwischen den beiden Betten stand.

Die Schwägerin drehte sich um. Ihr Gesicht war verquollen.

»Geht es dir nicht gut?«, fragte Leni und setzte sich zu ihr auf die Bettkante.

»Was habe ich nur getan? Meine Eltern und meine Schwester ahnen nicht, dass ich abgehauen bin. Ohne ein Wort des Abschieds habe ich sie zurückgelassen«, weinte die junge Frau.

Leni strich ihr das Haar aus dem Gesicht. Sie wusste nicht, mit welchen Worten sie ihre Schwägerin trösten sollte, die sie nur zu gut verstehen konnte. »Alles wird gut«, murmelte sie, wie es früher ihre Mutter getan hatte, wenn es ihr als Kind nicht gut ging.

»Sieh nur, wo wir gelandet sind!« Die Frau von Ernsts jüngerem Bruder wies auf das Zimmer, in dem außer den beiden Etagenbetten und dem Tisch mit den vier Stühlen nur noch ein alter Kleiderschrank stand. »Wir haben unser sicheres Leben, unsere Wohnung mit den Möbeln für das hier aufgegeben: ein Zimmer mit Soldatenbetten!«

»Du siehst das zu schwarz. Es ist noch nicht mal ein Tag vergangen, seit wir hier angekommen sind. Dieses Lager hier ist doch nur eine Zwischenlösung. Sobald wir die Aufenthaltsgenehmigung für die BRD haben, werden wir uns nach Wohnungen umschauen. Westberlin hat so schöne Wohngegenden, da wirst du dich sicher wohlfühlen«, versuchte Leni sie zu ermutigen.

»Wovon sollen wir die Miete bezahlen, wovon leben? … Ich bin einfach mitgelaufen und habe mir über nichts Gedanken gemacht. Wir haben für eine ungewisse Zukunft alle Brücken hinter uns abgebrochen!«

»Du kennst unsere Männer. Sie werden schon bald Arbeit finden und Geld verdienen. Die drei Brüder kommen überall durch. Bestimmt wissen sie auch schon, wo wir hier etwas zu essen bekommen. Komm, lass uns sie suchen gehen. Wir haben seit gestern nichts mehr gegessen. Bestimmt geht es dir besser, wenn du gefrühstückt hast … obwohl es womöglich schon später Vormittag sein dürfte«, lachte Leni. »Anschließend müssen wir uns untersuchen lassen. Bestimmt gibt es etliche Formulare auszufüllen.«

Als die beiden Frauen sich ihre Kleidung überstreiften, die sie bei der Flucht anhatten, meinte Leni: »Wir sollten uns neu einkleiden. Meine Cordhose ist zerrissen und schmutzig. Außerdem viel zu dick bei der Hitze. Ich weiß auch nicht, warum ich ausgerechnet diese Hose und den Rolli angezogen habe.«

»Du weißt doch, das dunkle Grün war die beste Tarnfarbe. Aber ich brauche auch dringend andere Klamotten. Die Dornen haben Fäden an meinem Pulli gezogen, und Laufmaschen sind auch drin. Glaubst du, dass es hier eine Kleiderkammer gibt?«

Leni nickte. »Das weiß ich sogar mit Bestimmtheit. Ich habe im Westfernsehen einen Bericht über Marienfelde gesehen. Das Notauffanglager soll eins der modernsten sein, das so groß ist, dass zahlreiche Behörden und Organisationen hier ihre Büros haben. Angeblich wird dadurch das Aufnahmeverfahren beschleunigt. Du siehst, liebe Schwägerin, wir sind Glückskinder, weil man uns nach Marienfelde gebracht hat. Doch nun zieh dich an und denk an deinen Laufzettel«, ermahnte Leni die Schwägerin.

Kurz darauf verließen sie das Zimmer.

Auf dem Gang fragten sie ein junges Mädchen, wo sich die Essensausgabe befand. Sie wies ihnen den Weg, und die beiden Frauen gingen die Steintreppe nach unten und betraten den hinteren Hof zwischen den kasernenartigen Häusern.

Dort warteten bereits mehrere Familien vor dem Speisesaal. Hungrig übte sich Leni in Geduld, als plötzlich ihre Schwester neben ihnen stand.

»Da seid ihr endlich … kommt, wir haben euch Plätze freigehalten«, flüsterte sie den beiden ins Ohr, damit die anderen Wartenden es nicht hörten. Möglicherweise hätte das sonst für schlechte Stimmung gesorgt.

Ohne viel Aufhebens zu machen, folgten Leni und ihre Schwägerin ihr in den Speisesaal. Stimmengewirr und Geschirrklappern empfing sie. Freudestrahlend wurden sie von ihren Männern begrüßt.

»Leider ist der Kaffee nur noch lauwarm«, sagte Ernst und schob den beiden Frauen jeweils eine Blechtasse hin. Dazu reichte er jeder eine Scheibe Brot, die mit Butter und Marmelade beschmiert war.

Leni biss hinein und sah augenzwinkernd zur Schwägerin. Während sie kaute, blickte sie sich um. »Anscheinend haben all diese Menschen es auch nicht mehr ausgehalten in der DDR«, stellte sie betroffen fest. »Ich würde zu gern den Grund wissen, warum sie die Strapazen auf sich genommen und alles hinter sich gelassen haben.«

»Für die meisten gab es bestimmt mehr als einen Grund. Auch wir hatten viele Gründe«, meinte Ernst und bat sie dann: »Esst auf! Der medizinische Dienst wartet auf uns.«

Vor dem Speisesaal nahm Ernst ein Faltblatt zur Hand, das er und seine Brüder in der Nacht erhalten hatten.

Darauf waren die einzelnen Gebäude des Notaufnahmelagers eingezeichnet. Marienfelde bestand aus vielen kasernenartigen Gebäuden, die sich über ein weitläufiges Areal erstreckten. Der Lageplan sollte ihnen helfen, die einzelnen Stationen, die sie durchlaufen mussten, leichter zu finden. Ernst drehte das Blatt hin und her, bis er wusste, wo sie sich befanden. Der ältere Bruder blickte ihm über die Schulter.

»Hier sind die Küche und der Speisesaal«, murmelte er und zeigte zu dem Gebäude, auf dem in großen Buchstaben KÜCHE stand. Von dort fuhr sein Finger auf dem Blatt weiter. »Wir müssen hier entlang in das Haus O zum gesundheitlichen Dienst«, sagte er und wies zwischen zwei langgestreckte Gebäude.

»Kann ich Ihnen helfen?«, fragte ein Mann, der in einen dunklen Anzug gekleidet war, was hier auffiel.

»Wir müssen zum gesundheitlichen Dienst.«

»Seid ihr die Gruppe, die letzte Nacht angekommen ist?«, wollte der Fremde wissen, während er sie ungeniert musterte.

»Woher wissen Sie das?«, fragte Ernsts Mutter misstrauisch.

»Die Leute von der Presse haben nach euch gefragt.«

»Die Presse?« Ernst sah ihn ungläubig an.

»Warum?«, fragte Leni angstvoll.

»Könnt ihr euch das nicht denken? Seit Beginn des Mauerbaus schaffen es immer weniger Menschen über die Grenze. Meist kommen sie nur vereinzelt oder höchstens paarweise. Aber dass es so viele gleichzeitig schaffen, ist sensationell. Ihr könnt froh sein, dass keiner von euch verletzt wurde. Erst gestern haben diese Ost-Arschlöcher wieder einen Flüchtigen erschossen.«

»Wie schrecklich!«, riefen die Frauen wie aus einem Mund.

Ernst nahm Leni in den Arm, die schreckensbleich wurde.

»Wo hat er versucht rüberzukommen?«, fragte Ernsts jüngerer Bruder.

»Er soll die westliche Außenmauer der Charité überstiegen haben. Vielleicht wollte er über die Humboldthafenbrücke zum Lehrter Stadtbahnhof. Zwei dort stationierte Transportpolizisten haben Warnschüsse in die Luft gefeuert, woraufhin er ins Hafenbecken gesprungen ist. Bevor er das westliche Ufer erreichen konnte, haben sie ihn gezielt in den Hinterkopf geschossen. Wie bei einer Hinrichtung. Erst Stunden später hat die Hafenpolizei seinen Leichnam aus dem Wasser geborgen.«

»Woher weiß man das?«, wollte der älteste Bruder misstrauisch wissen.

»Zum Glück haben zahlreiche Menschen im Westen das Drama beobachtet, denn die DDR lässt es wie einen Unfall aussehen.«

»Weiß man seinen Namen?«, fragte Leni.

»Warum willst du den wissen? Wir können ihn nicht kennen«, warf Ernst ein.

»Ich möchte seinen Namen wissen, denn er ist an dem Tag gestorben, als uns die Flucht gelang. Das verbindet uns doch.«

»Er soll Günter Litfin heißen«, verriet der Fremde leise.

»Seit wann sind Sie in Marienfelde?«, wollte Ernst wissen.

»Seit knapp zwei Monaten.«

Ernst traute seinen Ohren nicht. »Warum schon so lange?«

»Sehen Sie sich um. Hier sind so viele Menschen, die im Westen bleiben wollen. Bis die alle Stationen durchlaufen haben und eine Wohnung zugewiesen bekommen, das dauert. Doch seit sie die Grenze befestigt haben, werden es immer weniger, so dass es inzwischen schneller geht.«

»Wären wir nur in eines der anderen Lager gekommen«, schimpfte einer der Brüder verhalten.

Der Mann winkte ab. »Ich weiß, dass es im Lager in der Volkmarstraße im Bezirk Tempelhof, in Spandau am Askanierring und im Aufnahmelager Am Karlsbad im Bezirk Tiergarten auch nicht besser aussehen soll. Die Menschen dort sind sogar noch schlechter dran als wir. In Marienfelde sind die Büros der Alliierten und alle anderen Stellen, die wir aufsuchen müssen. So brauchen wir für das Aufnahmeverfahren das Lager nicht zu verlassen.«

»Danke für Ihre Auskunft«, sagte Ernst und reichte ihm die Hand.

»Ich bin übrigens der Kalle Macholsky.«

Ernst stellte dem Mann seine Familie vor. »Freut mich, Sie kennengelernt zu haben. Wir laufen uns bestimmt noch öfter über den Weg.«

»Vielleicht. Allerdings bekomme ich in den nächsten Tagen meine Papiere, und dann bin ich weg«, erklärte Macholsky lachend und ging zu einer Gruppe Männer, die auf einer Bank saßen und Zeitung lasen.

»Was will denn die Presse von uns?«, flüsterte Lenis Schwester.

»Bestimmt ein Interview. Wenn das so ist, wie Macholsky sagt, dann sind wir eine Sensation.« Als Ernst die zweifelnden Blicke seiner Familie sah, lachte er laut auf.

»Das ist nicht lustig«, schimpfte Leni. »Die Presse darf auf keinen Fall unsere Namen wissen. Unsere Familien drüben bekommen Schwierigkeiten, wenn bekannt wird, dass wir vor unserer Flucht noch bei ihnen waren!«

Lenis Schwester nickte.

»Du hast recht. Wir versuchen, ihnen aus dem Weg zu gehen«, versprach Ernst den beiden Frauen. »Doch jetzt müssen wir uns dringend untersuchen lassen.«

Kapitel 62

Ende August 2015

Ich treffe mich mit meiner Schwester und erzähle ihr von den versteckten Messern unseres Vaters.

»Um Himmels willen! Ist Vati jetzt vollkommen durchgedreht?«

»Keine halbe Stunde später wusste er es nicht mehr. Ich denke, es ist besser, wenn wir Marko nichts davon erzählen«, schlage ich vor.

»Auf jeden Fall ist das ratsam. Wenn unser Bruder das erfährt, wird er nicht mehr ruhig schlafen können.«

»Das würde mir genauso gehen. Ich würde auch niemanden in meinem Haus haben wollen, der Messer versteckt, weil er nachts fremde Männer in der Wohnung vermutet.«

Wir schweigen kurz und hängen unseren Gedanken nach. »Findest du auch, dass Vati körperlich abgebaut hat? Er wirkt unsicher beim Gehen, schlurft am Schrank entlang und hält sich an den Möbeln fest, als ob er Sicherheit braucht.«

Manu nickt. »Das habe ich auch festgestellt. Auch dass er kaum noch aufsteht. Sobald er liegt, schläft er ein.«

»Ich versuche ihn manchmal ins Tagesgeschehen mit einzubeziehen. Vor Kurzem hat er in der Küche gesessen und mir beim Kochen zugesehen. Ich habe ihn gebeten, den Tisch zu decken, und Geschirr und Besteck vor ihm abgestellt. Er musste nur die Teller und die Löffel auf die Tischsets legen. Weißt du, was er gemacht hat?«

Manu schüttelt den Kopf.

»Er hat die Teller übereinandergelegt, nicht ordentlich gestapelt, sondern schief und verkehrt herum. Die Löffel lagen irgendwo, aber nicht auf den Unterlagen. Ich glaube, er vergisst so langsam das Alltägliche. Auch hat sich sein Geschmackssinn verändert. Er isst Leberwurst mit Marmelade oder Honig mit Salami.«

»Das ist mir auch aufgefallen. Vor allem stopft er Unmengen an Essen in sich hinein. Manchmal meckert er sogar, er würde nichts zu essen bekommen, selbst wenn wir erst wenige Minuten zuvor Kaffee getrunken oder zu Abend gegessen haben.« Meine Schwester scheint zu zögern, bevor sie erklärt: »Mutti hat gesagt, dass ich nichts verraten soll, aber ich denke, es ist wichtig, dass auch du es weißt.«

»Was ist passiert?«, frage ich leise.

»Vati hat Mutti schon mehrmals nicht erkannt und gefragt, wer sie sei. Auch hat er sie beschimpft, sie sei eine fremde Frau, die nichts in seiner Wohnung zu suchen hat. Als sie sagte, dass sie seine Ehefrau ist und mit ihm seit fast sechzig Jahren zusammenlebt, hat er gelacht und gesagt, dass seine Frau viel jünger und hübscher sei als sie.«

Ich beiße mir auf die Lippe und sehe meine Schwester gequält an.

»Das ist noch nicht alles ...«

»Was noch?«, frage ich mit belegter Stimme.

»Er hat ihr nachts mehrmals mit der Taschenlampe ins Gesicht geleuchtet und gebrüllt, sie solle sich aus seinem Bett scheren.«

»So langsam macht er mir Angst. Zum Glück haben wir alle Messer und Scheren versteckt.«

»Als Mutti mir davon erzählte, musste ich an den Vortrag im Demenzverein denken. Weißt du noch, wie Herr Maurer uns dort erzählt hat, dass man in den Pflegeheimen Bilder von dementen Patienten aus deren Jugendzeiten an die Tür klebt, damit sie ihr Zimmer wiederfinden? Anscheinend ist Vati jetzt in diesem Stadium. Er nennt unsere Mutter manchmal *Mutti* – ganz so, als ob er sie mit seiner Mutter verwechselt.«

»Wie geht es unserer Mutter dabei?«

»Sie weint viel.«

»Ich glaube, es wird bald Zeit zu handeln. Das Zusammenleben mit unserem Vater wird gefährlich für Mutti. Ich weiß nicht, wie lange wir das noch verantworten können. Was, wenn was passiert? Dann sind wir schuld und werden unseres Lebens nicht mehr froh«, sage ich erschöpft.

Kapitel 63

Freitag, 25. August 1961

Sie bestanden die medizinischen Untersuchungen anstandslos. Während Leni auf ihre Schwester wartete, die mit den beiden Kindern noch im Arztzimmer war, gingen die anderen vor die Tür des Gebäudes, um eine Zigarette zu rauchen.

Leni nickte einer Frau zu, die sich auf einen der Stühle neben sie in den Flur setzte.

»Müssen Sie zur Untersuchung?«, fragte die Fremde, die etwa in Lenis Alter war, freundlich.

»Ich bin schon fertig und warte nur auf meine Schwester«, gab sie bereitwillig Auskunft.

»Dann hat der Arzt ja sicher gleich Zeit für mich«, sagte die Frau lächelnd und blickte den leeren Gang hinunter.

»Wir dachten auch, wir müssten ewig warten. Aber heute ist wenig los hier.«

Die junge Frau nickte. »Seit der Grenzschließung ist der Flüchtlingsstrom abgerissen. Auch bei den Alliierten werden Sie kaum Wartezeiten haben. Wenn ich da an letztes Jahr denke!«, sagte sie und winkte ab. »Die

Gänge und die Höfe waren mit Menschen, Kinderwagen und Koffern verstopft. Tausende warteten auf ihre Registrierung, die Zimmerzuweisung und den Beginn des Notaufnahmeverfahrens. Geduld hieß das Zauberwort, wenn man nicht verrückt werden wollte. Und die musste man vor jeder Stelle und vor jedem Büro aufbringen, bis man die Stationen des Laufzettels abgearbeitet hatte. Ich kann Ihnen sagen, stundenlang musste man auf seinem Platz verharren, bis es Schritt für Schritt weiterging. Manche lernten im Stehen zu schlafen, denn wer seinen Platz aufgab, musste sich wieder hinten anstellen. Wenn man es endlich in die Gebäude geschafft hatte, wurde einem elend von den vielen Menschen um einen herum. Die Kinder konnten einem leidtun, die eingepfercht zwischen den Erwachsenen steckten. In den heißen Sommermonaten war es ebenso schlimm wie in den eisigen Wintermonaten. Dann fragten sich wahrscheinlich manche, warum sie das alles auf sich genommen hatten. Warum sie geflohen waren und ihre Sicherheit, ihre Bequemlichkeit aufgegeben hatten.

Als ich hier mit meinem Mann ankam und sich hinter uns die unscheinbare Metalltür des Aufnahmelagers schloss, war es, als ob wir von der restlichen Welt weggesperrt wurden. Überall waren Schilder, auf denen stand: ›Fotografieren verboten‹ – ›Vorsicht bei Gesprächen‹ – ›Vorsicht bei Einladungen‹. Das verunsicherte uns. Später erfuhren wir, dass Marienfelde im Osten auch ›Menschenfalle‹ genannt wird. Angeblich seien die

Flüchtigen vom Westen mit falschen Versprechungen dorthin gelockt worden. Dieses Lager wird zum Schutz der Flüchtlinge Tag und Nacht bewacht und ist wie eine geschlossene Siedlung, die nicht für jeden zugänglich ist. Erst wer alle Stempel auf dem Laufzettel zusammenhatte, darf es verlassen. Aber«, schloss die Frau ihren Vortrag, »letztendlich nahmen wir das alles gern in Kauf, denn wir waren im Vorzimmer des Westens angekommen, und das allein zählte.«

»Seit wann leben Sie hier in Marienfelde?«, wollte Leni wissen.

»Oh, wir wohnen nicht mehr hier. Nach zehn Wochen wurde uns eine Wohnung in Berlin zugewiesen.«

»Oje! Zehn Wochen, so lang?« Obwohl Leni noch keine vierundzwanzig Stunden in Marienfelde war, hatte sie das Gefühl, als lebte sie schon ewig hier.

»Wie ich bereits sagte: Es hat sich alles verändert, seit die Grenze dicht ist. Sicherlich müssen Sie nicht so lange hierbleiben«, machte ihr die Frau Hoffnung.

»Warum sind Sie heute hier?«, fragte Leni.

»Ich bin Krankenschwester und wurde gefragt, ob ich hier arbeiten möchte. Vor unserer Flucht letztes Jahr war ich in der Charité angestellt, das wusste der leitende Arzt dieser Station.«

Die Frau, die in ein leichtes Sommerkostüm gekleidet war, sah Leni mitfühlend an. »Ihnen muss doch heiß sein in den dicken Klamotten.«

Leni nickte. »Wir wollen gleich in die Kleiderkammer gehen und nach Sommersachen fragen.«

»Dort werden Sie sicherlich ein paar nette Kleidungsstücke finden. Haben Sie schon den Lageplan vom Lager bekommen?«

Leni nickte.

»Darauf ist die Kleiderkammer eingezeichnet. Sie untersteht dem *Fürsorglichen Dienst,* der Sie auch mit Geschirr und allem anderen versorgt, was Sie hier zum Leben brauchen. Ich glaube, ich erinnere mich noch, dass das der Stempel Nummer 4 auf dem Laufschein war«, lachte sie.

In dem Moment drang Kindergeschrei zu ihnen auf den Flur. Leni wusste sofort, dass das ihr Neffe war. Schon wollte sie aufspringen, als sich die Tür des Arztzimmers öffnete und ihre Schwester mit den Kindern an den Händen heraustrat.

»Was ist passiert? Haben sie ihm eine Spritze geben müssen?«

»Nein, alles in Ordnung. Er ist nur zornig, weil der Doktor ihm das Stethoskop nicht mitgegeben hat«, erklärte die Schwester und sah Lenis neue Bekanntschaft entschuldigend an.

Leni musste lachen. »Deshalb schreist du wie am Spieß?«, schimpfte sie liebevoll und nahm den Jungen in den Arm.

»Damit kann man sein Herz klopfen hören«, schluchzte er und schmiegte sich an seine Tante.

»Lass uns gehen, mir klebt die Zunge am Gaumen«, sagte Lenis Schwester und wandte sich dem Ausgang zu.

»Auf Wiedersehen«, verabschiedete sich Leni von der jungen Frau.

»Ich wünsche Ihnen alles Gute. Sicherlich werden wir uns noch öfter sehen.«

Stirnrunzelnd schaute Leni der Fremden nach, doch da ihre Nichte sie rief, fragte sie nicht weiter, sondern eilte den anderen hinterher.

Als Leni und ihre Schwester mit den Kindern vor die Tür ins Freie traten, schlug ihnen Hitze entgegen. Die Luft flimmerte zwischen den dreistöckigen Betonblöcken.

»Ist alles in Ordnung mit euch beiden? Ihr seht blass aus«, fragte Ernsts Bruder und reichte seiner Frau eine Flasche Wasser.

»Ich muss aus diesen Klamotten raus. Ich habe das Gefühl, in der Winterkleidung keine Luft zu bekommen. Schau bitte nach, wo die Kleiderkammer ist«, bat Leni ihren Mann.

Ernst zog das Faltblatt aus der Gesäßtasche und studierte die einzelnen Gebäude. »Hier ist sie.« Mit einem abschätzenden Blick meinte er lachend: »Ich denke, wir alle benötigen dringend neue Kleidung.«

Die Kleiderkammer bestand aus mehreren Räumen, in denen die Kleiderspenden der Berliner Bürger sortiert gelagert wurden. Eine ältere Frau in dunkler Ordenstracht und mit einer hellen Haube auf dem Kopf lief geschäftig hin und her und sortierte Kleidung in einen Pappkarton. Als sie die Neuankömmlinge sah, blickte sie kurz von ihrer Arbeit hoch und rief: »Wenn Sie Hilfe benötigen, geben Sie Bescheid.«

Leni nickte ihr zu und sah sich in dem Raum um. Hosen, Oberteile, Unterwäsche, Kleider, Nachtwäsche, Babykleidung, Strümpfe und Schuhe waren nach Größen geordnet. Um sich orientieren zu können, hatte man *Männer*, *Frauen* und *Kinder* groß und dick auf Plakate geschrieben und diese an die Wände geklebt. Etwa ein halbes Dutzend Menschen kramten in Kisten, suchten an Ständern oder auf Wühltischen nach etwas Passendem für sich. In einem Nebenraum entdeckte Leni Kinderwagen und Spielzeug. Daneben standen mehrere Nähmaschinen, damit man seine Kleidung abändern oder ausbessern konnte.

Während Leni nach Sommerkleidung suchte, wurde ihr flau im Magen. Sie lehnte sich gegen einen Tisch und versuchte tief durchzuatmen.

»Was ist mit dir?«, fragte ihre Schwägerin, die gerade hinter einem Vorhang ein leichtes Sommerkleid anprobiert hatte.

»Ich muss etwas essen. Mir wird sonst schlecht.«

»Dann komm, wir holen uns die Essensmarken aus unserem Zimmer.«

Auf dem Tisch in ihrem Zimmer lag neben den Essensmarken jetzt für jeden Bewohner die gleiche Ausstattung. Dazu gehörten Bettwäsche, ein weißes Essgedeck, das aus einem Teller, einem Unterteller und einer Tasse bestand, sowie ein Messer, ein Löffel, eine Gabel und ein

Kaffeelöffel. Zusätzlich gab es einen Aluminiumbecher für Getränke. Leni schnappte sich die Marken, als es an der Tür klopfte und die Frau, die sie die Nacht zuvor empfangen hatte, eintrat.

»Wie geht es Ihnen heute?«

»Wir haben den medizinischen Test bestanden«, erklärte Ernst lachend. »Morgen gehen wir zu den Alliierten.«

»Wie ich sehe, hat der *Fürsorgliche Dienst* Ihnen die Grundausstattung schon aufs Zimmer gebracht. Normalerweise müssen Sie sich diese Dinge dort abholen, denn Sie brauchen den Stempel auf dem Laufschein. Falls Sie nicht im Speisesaal essen möchten, können Sie die Essensmarken auch gegen Dosen und Kaltverpflegung eintauschen. Zwei Räume weiter neben Ihrem Zimmer gibt es eine kleine Küche, in der Sie sich selbst etwas zubereiten können.«

»Danke für den Hinweis«, sagte Leni. »Das werden wir tatsächlich ab morgen tun.«

»Lassen Sie sich die Küchenausstattung und die Bettwäsche beim *Fürsorglichen Dienst* auf dem Laufzettel nachträglich abstempeln. Und dann fragen Sie dort auch nach den Freifahrtscheinen für die öffentlichen Verkehrsmittel. In der Kleiderkammer waren Sie ja schon, wie ich sehe.«

Lenis Schwägerin zeigte ihr mit einem scheuen Lächeln das Sommerkleid.

Die Frau betrachtete es und lächelte. »Sie haben Glück, dass der Flüchtlingsstrom abgerissen ist. Vor einigen Wochen hätten Sie sich nicht so schnell einkleiden können.«

Nachdem die Frau sich verabschiedet hatte, ging die Familie in den großen Speisesaal. Rasch fanden sie einen freien Tisch. Während die Schwiegermutter die Plätze freihielt, stellten sich die anderen vor der Speisenausgabe an. Je näher Leni der Ausgabe kam, umso stärker wurde der Essensgeruch. Kaum bekam sie einen Blechnapf mit Gemüse und Fleisch gereicht, konnte sie den Brechreiz nicht länger unterdrücken, der sie schon beim Betreten des Speisesaals gequält hatte. Fluchtartig musste sie den Saal verlassen.

Nun ahnte sie, was die Krankenschwester angedeutet hatte. Sie wusste nicht, ob sie darüber glücklich sein sollte.

Kapitel 64

Anfang September 2015

Als ich die Wohnung meiner Eltern betrete, bemerke ich sofort, dass meine Mutter humpelt. »Was ist passiert?«, frage ich besorgt.

»Nichts Schlimmes. Lass uns frühstücken«, lenkt sie ab.

Doch ich sehe ihren gequälten Gesichtsausdruck, obwohl sie versucht, ihn zu überspielen. Als sie Brötchen in einen Brotkorb schütten will, nehme ich ihr die Tüte aus der Hand. »Ich kann sehen, dass du schief bist. Setz dich hin, Mutti. Ich werde den Frühstückstisch decken.«

Da schleicht mein Vater aus dem Schlafzimmer an der Wand entlang in die Küche. »Lenichen, wie geht es dir?«, ruft er liebevoll. Als er mich sieht, verrät er: »Mutti ist hingefallen. Sie hat auf dem Boden gelegen, aber ich konnte ihr nicht hochhelfen.« Seine Stimme zittert.

Ich sehe meine Mutter an. »Wann war das?«

»Vorhin«, antwortet mein Vater.

Meine Mutter schüttelt den Kopf. »Letzte Woche«, flüstert sie.

»Warum sagst du uns das nicht?«

»Ich wollte euch nicht beunruhigen. Es war anfangs nicht so schlimm. Aber seit gestern zieht ein Schmerz das Bein bis zur Hüfte hoch. Ich habe starke Schmerztabletten genommen und mich mit Salbe eingerieben, aber es wird nicht besser.«

Anscheinend kann sie den Schmerz nicht länger unterdrücken. Sie stöhnt leise auf. Ich helfe ihr auf den Stuhl und reiche ihr eine Tasse mit Kaffee. »Wieso bist du gestürzt? Ist dir schlecht geworden?«

Sie schnieft in ein Taschentuch und zeigt zu dem kleinen Läufer, der vor der Küchenzeile liegt. »Ich bin mit dem Schuh hängen geblieben und gestolpert. Ich habe versucht, nicht auf die kaputten Knie zu fallen, und dabei habe ich mich irgendwie verdreht. Als ich auf dem Boden saß, bin ich nicht mehr hochgekommen. Sogar Vati hat vergeblich versucht, mich hochzuziehen.«

Mein Vater weint. »Ich habe sie nicht gepackt.«

»Mach dir keine Vorwürfe, Vati. Du kannst nichts dafür. Das ist wegen Muttis künstlichen Kniegelenken. Sie kann sich deshalb nicht darauf abstützen, um aufzustehen. Wie bist du wieder hochgekommen?«, frage ich sie besorgt.

»Ich bin ins Schlafzimmer gerobbt und habe mich dort am Bett hochgezogen.«

»Meine Güte! Das hört sich schlimm an. Ich fahr dich zum Arzt, damit er dich untersuchen kann.«

»Ich habe mir nichts gebrochen.«

»Das weiß ich, Mutti, sonst könntest du dich wohl kaum bewegen«, erkläre ich. »Aber du hast doch

Schmerzen! Vielleicht ist der Ischiasnerv gereizt oder eingeklemmt. Vielleicht brauchst du nur eine Spritze, damit die Muskulatur sich lockert und du diese Schonhaltung aufgeben kannst.«

Sie greift sich ein Brötchen. »Lass mich zuerst etwas essen. Nicht dass mein Magen auch noch rebelliert.«

Kapitel 65

Montag, 28. August 1961

Ernst und sein älterer Bruder sprachen mit Flüchtlingen, die bereits von den Alliierten befragt worden waren. Die beiden wollten wissen, was auf sie zukam, ob sie auf irgendetwas achten müssten, und auch, ob es eine Möglichkeit gab, den Unfall des älteren Bruders zu verschweigen. Doch die Hoffnung wurde ihnen sofort genommen.

»Ihr müsst ehrlich sein und dürft nichts verheimlichen, was man euch negativ auslegen könnte. Glaubt mir, sie finden heraus, ob jemand lügt. Spätestens dann, wenn sie euch beiden dieselben Fragen stellen und ihr euch in Widersprüche verstrickt«, warnte ein älterer Mann, der im Schatten eines Baums auf dem Boden saß, die beiden Brüder. Seine Finger waren braun verfärbt vom Tabak der Zigaretten, die er selbst drehte.

»Ich glaube, sie sind besonders kritisch bei Männern wie dir, die alleine herkommen«, warf ein anderer ein, der am Stamm des Baums lehnte und ihnen zuhörte. »Familien gegenüber sind sie milde gestimmt.«

»Ich weiß, dass sie nach Widersprüchen in den Aussagen von den Sichtungsstellen und den Angaben bei der Neuaufnahme suchen. Die, die das machen, sind darauf geschult, jede noch so kleine Unstimmigkeit herauszufiltern.«

»Sind die Alliierten in jedem Auffanglager so streng?«

Der Mann am Boden steckte sich seine Selbstgedrehte zwischen die Lippen und zündete sie an. »Viele, die es bis ins Lager geschafft haben, glauben, dass der schwierige Teil hinter ihnen liegt. Aber das stimmt nicht. Zwar trennen uns tatsächlich nur noch wenige Schritte vom Westen, aber diese sind mit Angst, Unsicherheit, Arztbesuchen, Gesprächen und Kontrollen durch die Briten, Amerikaner und Franzosen verbunden. In Westberlin sind die Befugnisse der Alliierten speziell geregelt. In Uelzen oder Gießen läuft es anders. Hier in Marienfelde sind die Alliierten die Ersten, denen die Flüchtlinge Rede und Antwort stehen müssen, weil sie die öffentliche Ordnung der Stadt sicherstellen wollen.«

»Du bist wohl ein ganz Schlauer«, meinte der Mann misstrauisch und stieß sich vom Baumstamm ab, um sich neben den anderen zu setzen.

Der Alte zog seelenruhig an seiner Selbstgedrehten. »Ich war Lehrer drüben und habe Politik und Gesellschaft unterrichtet, deshalb kenne ich mich aus.«

»Warum bist du abgehauen?«

»Ich habe meinen Mund zu weit aufgemacht und mir erlaubt, das Regime zu kritisieren. Das hat mein Kollegium gestört – und den Staat. Die Stasi wollte, dass ich für sie spioniere, was ich abgelehnt habe. Von da an wurde ich schikaniert und benachteiligt. Meine Kollegen sprachen nicht mehr mit mir, und im Lehrerzimmer wurde ich gemieden. Davon habe ich den Alliierten berichtet und ihnen versichert, dass ich weder ein Agent bin noch einer der potenziellen Unruhestifter, die das DDR-Regime ständig einzuschleusen versucht, um die BRD zu unterwandern.«

Der Mann schien also ebenfalls Probleme mit dem Staat gehabt zu haben, dachte Ernst und sah seinen Bruder auffordernd an.

Der verstand seinen Blick und fragte vorsichtig: »Wenn sie einen Grund finden, um einem die Aufnahme zu verweigern, kann dessen Familie trotzdem hierbleiben, auch wenn er zurückmuss?«

»Was hast du ausgefressen?«, fragte der Mann skeptisch.

»Nichts!«, erwiderte Ernsts Bruder hastig.

»Dann hast du auch nichts zu befürchten.«

»Aber falls sie doch etwas finden, woraus sie mir einen Strick drehen können …?«, bohrte er weiter.

Der Mann runzelte die Stirn und verriet schließlich: »Die Alliierten schicken niemanden zurück in die DDR. Auch Flüchtlinge mit problematischer Vorgeschichte können in der BRD bleiben. Allerdings bekommen sie keine staatlichen Eingliederungshilfen, sondern sind auf Fürsorgeleistungen angewiesen. Sie bekommen weder eine Arbeitserlaubnis noch die für die Zuteilung von Wohnraum notwendige Zuzugsgenehmigung.« Er sah Ernst und seinen Bruder mitfühlend an. »Die Abgelehnten werden hier in Berlin in Dauerlager eingewiesen, wo das Leben beengt ist und wo sie keine Perspektive haben«, erklärte er ernst, warf den Zigarettenstummel zu Boden und trat ihn aus. Nachdem er den letzten Schwall Qualm ausgestoßen hatte, fügte er hinzu: »Wegen der Grenzschließung kommen jetzt ja kaum noch Flüchtlinge rüber, deshalb kann ich mir vorstellen, dass sich auch diese Situation entspannt und man dann auch den Menschen im Dauerlager eine Bleibeerlaubnis gibt, mit allem, was dazugehört.« Aufmunternd zwinkerte er mit dem rechten Auge.

Ernst sah, wie sich die Miene seines Bruders entspannte.

»Dann ist es gut«, murmelte der und stieß erleichtert die Luft aus.

»Ich wäre froh, wir hätten schon alle unsere Stempel auf dem Laufschein«, sagte Ernst und nickte dem ehemaligen Lehrer dankend zu. Im nächsten Augenblick sah er, wie Leni aus dem Gebäude kam und ihnen hektisch zuwinkte. »Es ist so weit«, sagte er zu seinem Bruder und verabschiedete sich von den beiden Männern, die ihnen Glück wünschten.

Jeder seiner Familienangehörigen verschwand hinter einer anderen Tür der Alliierten Sichtungsstelle. Ernst ging in den letzten Raum. Dort bekam er einen Fragebogen ausgehändigt.

Auf dem ersten Blatt musste er seine Personalien angeben, seinen erlernten Beruf, sämtliche Wohnungsanschriften, seine beruflichen oder sonstigen Tätigkeiten, Vorstrafen und anhängige Strafverfahren, seine Mitgliedschaften bei politischen Parteien, Organisationen oder anderweitigen Einrichtungen sowie andere politische Tätigkeiten.

Auf Blatt zwei wurde nach Familienangehörigen und deren Geburtsdaten gefragt. Punkt 26 auf dem Schreiben lautete: *Ausführliche Angaben der Gründe für das Verlassen der sowjetischen Besatzungszone.*

Ernst füllte alles nach bestem Wissen und Gewissen aus.

Anschließend wurden ihm in einem persönlichen Gespräch detaillierte Fragen über seine Arbeit und sein Privatleben gestellt. Anscheinend prüfte man dabei, ob er sich in Widersprüche verstricken würde. Auch wollten die Beamten der Bundesrepublik Deutschland wissen, ob er besonderes Wissen über Militär- oder Forschungseinrichtungen in der DDR hatte. Je länger die Befragung dauerte, umso mehr trat Ernst der Schweiß auf die Stirn.

Es war später Nachmittag, als er sich einerseits erleichtert, aber zugleich auch erschöpft von der Anspannung und der Konzentration in ihr Gemeinschaftszimmer schleppte. Dort wurde er von Leni, dem jüngeren Bruder und der jungen Schwägerin erwartet.

»Wie lief es bei dir?«, wollte er als Erstes von seiner Frau wissen.

»Ich bin fix und fertig von dieser Fragerei, zumal mir ständig schlecht wurde.«

»Das ist die Hitze«, versuchte er sie zu trösten.

»Ich muss gestehen, dass meine Angst unbegründet war. Besonders die Amerikaner waren sehr … locker. Einer hat pausenlos gelächelt und Kaugummi gekaut. Er hat mich an einen dieser Cowboys aus dem Fernsehen erinnert. Allerdings verstehe ich nicht, warum sie mich sogar nach den Firmennamen der Trockenhauben und den Frisierprodukten in meinem Friseurgeschäft gefragt haben. Warum wollen sie das wissen?«, fragte Leni.

»Wahrscheinlich haben sie dich geprüft, ob du tatsächlich Ahnung von dem Beruf hast oder ob du womöglich eine Spionin bist, die den Friseurberuf als Tarnung benutzt.«

Als Leni ihn aus großen Augen ansah, musste er lachen.

»Du veralberst mich«, grollte sie.

»Nein, mein Schatz, bestimmt nicht. Mir wurde erklärt, dass die Alliierten jeden Flüchtling sehr genau prüfen, damit sich hier kein Unruhestifter einschleust.«

»Da können sie bei mir beruhigt sein«, murmelte Leni und legte sich auf ihre Matratze.

»Wisst ihr, wie es bei den anderen gelaufen ist?«

»Unser Bruder muss noch mal zur Befragung zu den Amerikanern. Er hat Angst, dass sie ihn wegen des Unfalls nicht aufnehmen«, antwortete der Jüngste besorgt.

»So weit wird es nicht kommen, davon bin ich fest überzeugt«, sagte Ernst und kletterte auf sein Hochbett.

Kapitel 66

Mitte September 2015

Die Alten sagen, dass man erst ein paar Schritte in den Schuhen des anderen gehen muss, um mitreden oder eine Situation beurteilen zu können. Als eine Bekannte die Betreuung ihrer Mutter zuhause nicht mehr bewältigen konnte, fand ich die Lösung, sie in einem Heim unterzubringen, legitim. Ich konnte nicht verstehen, dass die Bekannte ein schlechtes Gewissen hatte, da ihre Mutter in dem Pflegeheim bestens versorgt wurde.

Daran denke ich, als ich in der Wohnung meiner Eltern aus dem Fenster zur Straße hinausschaue. Wir warten auf den Krankentransport, der unseren Vater ins Pflegeheim fahren soll. Heute stecke ich in denselben Schuhen wie meine Bekannte damals, und das Gehen darin fühlt sich falsch an.

Tränen trüben meinen Blick. Aber wir haben keine andere Wahl, entschuldige ich unser Vorhaben. Zwei Wochen nach ihrem Sturz kann unsere Mutter kaum noch ohne Hilfe stehen, gehen kann sie gar nicht. Trotz der täglichen ambulanten Behandlung beim Hausarzt hat sie permanent Schmerzen.

Der Arzt hatte bei ihr einen Beckenschiefstand diagnostiziert, der durch den Unfall verursacht wurde. Außerdem leide sie an chronischer Erschöpfung.

»Ihre Mutter ist durch die monatelange Pflege ihres Mannes entkräftet. Womöglich ist es deshalb auch zu diesem Sturz gekommen«, meinte er und schlug vor, sie ins örtliche Krankenhaus einzuweisen, wo man ihre Beschwerden stationär behandeln könne und sie außerdem zur Ruhe käme.

»Wie lange müsste sie in der Klinik bleiben?«

»Zehn Tage sicherlich.«

»Wie sollen wir das unserem Vater beibringen?«

»Sie müssen auch an Ihre Mutter denken. Wenn Sie Ihren Vater in eine Kurzzeitpflege geben, wird er dort bestens versorgt und hat zudem soziale Kontakte. Vielleicht trifft er dort auch Bekannte von früher, mit denen er sich austauschen kann.«

Ich hob zweifelnd den Blick.

»Die Kurzzeitpflege dauert maximal sechs Wochen. Wenn Ihre Mutter aus dem Krankenhaus entlassen wird, hat sie genügend Zeit, sich zu erholen.«

»Das hört sich alles so leicht an«, murmelte ich und entschied, obwohl ich mir keineswegs sicher war, dass das funktionieren würde. »Wir werden unseren Vater zuhause betreuen und anschließend unsere Mutter verstärkt unterstützen. Zur Not holen wir uns Hilfe bei einem Pflegedienst.«

Nun sah mich der Arzt skeptisch an und meinte: »Ich kann es Ihnen nur vorschlagen. Rufen Sie mich an, damit ich Ihrer Mutter für die nächste Woche einen Platz im Krankenhaus organisieren kann.«

Als wir die Praxis verließen, waren Manu und ich wie betäubt. Einerseits wollen wir, dass alles so bleibt, wie es ist. Aber im Grunde wissen wir, dass wir das nicht leisten können. Unser Plan war nur ein letztes Aufbäumen, um den Zeitpunkt hinauszuzögern, an dem wir unseren Vater endgültig in ein Pflegeheim geben mussten.

Zurück in der Wohnung unserer Eltern erstellten wir einen detaillierten Plan: Meine Schwester und ich wollten abwechselnd die Nächte bei unserem Vater verbringen.

Also versuchten wir, unser gut durchdachtes Vorhaben umzusetzen. Doch schon einige Tage später mussten wir uns geschlagen geben und einsehen, dass unser Plan nicht funktioniert.

Das lag weniger an unserem Willen oder an unseren Fähigkeiten, sondern mehr am Verhalten unseres Vaters, der jetzt noch mehr auf stur schaltete. Anstatt wenigstens ansatzweise mitzuhelfen, verweigerte er sich komplett. Weder konnten wir ihn motivieren, aufzustehen und sich anzuziehen, noch nahm er seine Medikamente. Auch lehnte er es ab, sich zu pflegen.

Daraufhin sprachen wir mit einem ambulanten Pflegedienst und baten um eine Fachkraft, die täglich vorbeikommen soll. Wir hofften, dass unser Vater sich gegenüber einer Fremden anders verhalten würde als gegenüber seinen Töchtern. Doch das war der buchstäbliche Tropfen, der das Fass zum Überlaufen brachte. Er zeterte lautstark und verwies jede Pflegerin des Schlafzimmers, sobald sie sich auch nur an der Tür blicken ließ.

Unsere Mutter wollte schon den Krankenhausaufenthalt absagen, als unser Bruder Marko ein Machtwort sprach: »Seht endlich ein, dass Vati in die Kurzzeitpflege muss. Wenn Mutti wegen eurer Sturheit nicht wieder auf die Beine kommt, haben wir nicht nur einen demenzkranken Vater, sondern auch noch eine gehbehinderte Mutter zu versorgen.«

Schweren Herzens gaben Manu und ich Marko recht und kontaktierten ein Heim in der Nähe.

Als an diesem Vormittag der Krankenwagen vorfährt, sehe ich, wie zwei junge Männer in orangefarbenen Jacken den Rollstuhl, den wir geordert haben, zur Eingangstür schieben, wo ich sie abfange.

»Bitte sagen Sie unserem Vater nicht, wohin Sie ihn bringen. Wir mussten ihn anlügen, weil er sich sonst nicht angezogen hätte. Er denkt, er müsse für ein paar Tage ins Krankenhaus, weil seine Stents kontrolliert werden sollen.«

Die beiden lächeln verständnisvoll. »Wir kennen diese Situation auch von anderen Patienten. Machen Sie sich keine Sorgen.«

Tatsächlich ist unser Vater lammfromm und lässt sich von den beiden in den Rollstuhl heben. Als sie ihn zum Krankenwagen rollen, fragt er sie nach der

PS-Zahl des Krankenwagens und erzählt ihnen von den unterschiedlichen Autos, die er in Russland gefahren hatte.

Kapitel 67

Dienstag, 5. September 1961

Leni suchte sich auf dem Hofgelände einen ruhigen Platz im Schatten. Sie musste nachdenken, bevor Ernst zurückkam. Er und seine Brüder hatten die Erlaubnis erhalten, das Lager zu verlassen, um in einer Markthalle zu arbeiten. Dort waren Männer gesucht worden, die Obst und Gemüse von den Lkw entladen sollten. Das Geld, das sie damit verdienten, wollten sie für den Start in ihr neues Leben sparen, ebenso wie die 50 Pfennig Taschengeld, die sie täglich erhielten.

Nachdem sie die Stempel des Ärztlichen Dienstes, der Alliierten Sichtungsstelle, der Zuständigkeitsprüfung, des *Fürsorglichen Dienstes* und der Polizeilichen Anmeldung auf dem Laufschein hatten, war es nun wichtig, als Nächstes die der *Vorprüfung A und B* zu bekommen. Allerdings wussten sie noch nicht, ob die Bundesbeamten, die die Vorprüfungen durchführten, ihnen ein dauerhaftes Bleiberecht für die BRD ausstellen würden. Zwar wurde es nicht laut gesagt, aber Ernst hatte von Kalle Macholsky gehört, dass für die Vorprüfung B drei Dienststellen zuständig waren: der

Bundesverfassungsschutz, das gesamtdeutsche Ministerium und der Bundesnachrichtendienst. Sollten diese Zweifel am Antragsteller haben, so konnten sie bei den Kirchen, politischen Parteien oder anderen Einrichtungen in der DDR, zu denen sie Kontakte hatten, Gutachten über die Glaubwürdigkeit des Flüchtlings einfordern.

Die Wartezeit war nervenzehrend. Doch Leni und ihrer Familie blieb nichts anderes übrig, als sich in Geduld zu üben und zu hoffen, dass die Beamten des Bundes in der Terminstelle ihnen schon bald mitteilen würden, wann sie vor dem dreiköpfigen Aufnahmeausschuss erscheinen sollten, der über die Annahme oder Ablehnung ihres Antrags entscheiden würde. Mittlerweile wussten sie auch, dass dieser Ausschuss aus Delegierten der größten Parteien im Bundestag – CDU, SPD und FDP – zusammengesetzt war. Dem Gremium lagen sämtliche während des Verfahrens gesammelten Informationen vor. Nur wenn der Antragsteller vor dem Aufnahmeausschuss überzeugend argumentierte und eine politische Verfolgung oder besondere Zwangslage deutlich machte, bekam er das Bleiberecht für die BRD. Außerdem war Ernst sich sicher, dass sie auch deshalb hierbleiben konnten, weil die jüngere Schwägerin Verwandte in Westberlin hatte.

Leni holte tief Luft. Letzte Nacht, als sie wieder einmal nicht schlafen konnte, hatte sie sich eingestanden, was sie im Grunde längst ahnte. Sie musste ehrlich zu sich selbst sein und durfte für ihre Übelkeit keine weiteren Ausreden erfinden oder gar ihren Zustand ignorieren. Sie war schwanger.

Ihren Berechnungen nach müsste das Kind Ende März zur Welt kommen. Wenn sie ihre Übelkeit und Müdigkeit nicht heruntergespielt und auf andere Gründe geschoben hätte, dann wäre sie sich darüber bereits in Falkensee im Klaren gewesen, dass sie schwanger war. Auf keinen Fall wäre sie dann geflohen, hätte niemals ihr Zuhause und ihren sicheren Posten bei der *PGH Charmant* aufgegeben.

Leni wagte nicht darüber nachzudenken, was passiert wäre, wenn ihre Flucht misslungen wäre und man sie verhaftet hätte. Ihr Kind würde dann in einem Gefängnis zur Welt kommen. Sie umschlang mit beiden Armen ihren Körper.

»Wollen Sie eine Leberwurststulle?«, fragte plötzlich jemand hinter ihr.

Verdattert drehte Leni sich um. Vor ihr stand die Krankenschwester, die sie vor einer guten Woche auf dem Flur beim medizinischen Dienst kennengelernt hatte.

Sie hatte eine weiße Schürze umgebunden und ein Häubchen auf den braunen Haaren sitzen. Ohne zu fragen, setzte sie sich neben Leni auf die Bank. »Ich habe Pause und brauche frische Luft.« Die Frau hielt ihr ein halbes zugeklapptes Brot hin. »Nehmen Sie ruhig. Leberwurststullen können Leben retten.«

Leni schaute sie fragend an.

»Schon als Kind waren Leberwurstbrote meine Seelentröster«, erklärte die Krankenschwester. »Immer wenn ich traurig, ratlos oder mutlos war, musste ich eins essen. Dann fühlte ich mich besser. Leider gab es während des Kriegs kaum Wurst.«

Leni bedankte sich, griff nach dem Brot und biss vorsichtig hinein.

»Wie geht es Ihnen heute?«, fragte die Krankenschwester und sah auf Lenis Bauch.

»Sie wussten schon bei unserem ersten Treffen, dass ich schwanger bin, oder?«, schlussfolgerte Leni.

Die Fremde lächelte und meinte: »Sie wussten es doch auch.«

Leni zuckte mit den Schultern. »Wahrscheinlich … Ich wollte es nur nicht wahrhaben.«

»Warum?«

Leni lachte bitter auf. »Nun, das ist wohl der unpassendste Zeitpunkt für ein Kind.«

»Warum?«, fragte die Frau erneut.

»Warum wohl?«, entgegnete Leni genervt. »Wir sitzen hier in einem Notauffanglager und haben nichts. Keine Wohnung, keine Arbeit und vor allem kein Geld.«

»Gibt es je den richtigen Zeitpunkt für ein Kind?«, fragte die Frau zwischen zwei Bissen.

»Jeder wäre besser als dieser«, erklärte Leni niedergeschlagen.

»Meine Mutter wurde während des Ersten Weltkriegs geboren. Ich 1938, meine Schwester zwei Jahre später. Meine Zwillingsbrüder kamen während eines Bombenangriffs zur Welt. *Das* waren schlechte Zeiten.«

Leni sah sie irritiert an. »Das kann man doch nicht vergleichen.«

»Tue ich auch nicht. Ich will Ihnen nur aufzeigen, dass Ihr Kind in *ruhigen* Zeiten geboren wird. Das ist das größte Glück überhaupt. Alles andere wird sich finden.«

»Sie verstehen nicht, was ich meine. Ich bin im Westen, meine Mutter lebt auf der anderen Seite. Sie wird ihr Enkelkind niemals kennenlernen«, erklärte Leni, und Tränen schossen ihr in die Augen.

»Ja, das mag traurig sein. Aber Kinder verlassen nun mal irgendwann ihre Eltern und ziehen weiter. Glauben Sie nicht, dass Ihre Mutter glücklich ist, Sie beide an einem Ort in Freiheit und Selbstbestimmung zu wissen?«

»Sie sehen das so leicht.«

»Auch ich habe meine Familie verlassen und bin in den Westen geflohen. Sie haben großes Glück, Fräulein Arnold. Meine Schwester wäre niemals mitgekommen, denn sie steht voll und ganz hinter dem Ostregime. Bis zur letzten Minute hatte ich Angst, sie könnte herausfinden, dass ich die Flucht plante. Sie hätte mich skrupellos verraten, das weiß ich mit Sicherheit. Aber ich hatte den Osten so satt und wollte nicht mehr an meinen Freunden zweifeln. Jedes Mal, wenn mich einer anlächelte, dachte ich: *Bist du ehrlich, oder spionierst du mich aus? Bist du ein Freund oder ein Feind und Verräter?* Meine Mutter wusste, dass ich gehen würde, und sie ließ mich ziehen. Sie sagte, jeder Vogel schmeißt sein Küken aus dem Nest, nur der Mensch klammert. Glauben Sie mir, Sie haben alles richtig gemacht für Ihr Kind. Es wird seine Zukunft selbst gestalten können … Alles andere wird sich finden«, wiederholte sie.

»Ich bin nicht einmal mit Ernst verheiratet«, gestand Leni kleinlaut.

»Das können Sie ändern«, lachte die Frau und biss herzhaft in ihr Brot.

»Ob er mich …«

»Nun hören Sie auf zu grübeln und freuen Sie sich auf Ihr Kind. Hätten Sie lieber einen Jungen oder ein Mädchen?«

Darüber musste Leni nicht lange nachdenken. »Ich wünsche mir einen Jungen mit dunklen Locken.«

»Dann wird es auch so kommen. Und jetzt gehen Sie zur Essensausgabe und holen sich dort eine Banane. Weil Sie und das Kind vermehrt Magnesium benötigen, essen Sie ab heute täglich eine.«

»Bekomme ich die einfach so?«

»Sagen Sie, Schwester Beate hat es angeordnet. Ich muss zurück zur Arbeit«, sagte sie lächelnd und reichte Leni die Hand. Dann verschwand sie in dem Gebäude, in dem sich der medizinische Dienst befand.

Leni ging in den Speisesaal zur Essensausgabe. Sie stellte sich vor die breite Durchreiche, hinter der zahlreiche Frauen das Essen vorbereiteten. Geduldig wartete sie, bis man sie bemerkte, als sie spürte, dass jemand hinter sie trat.

»Wie konntet ihr mich einfach alleine zurücklassen?«, sagte eine sonore männliche Stimme.

Leni drehte sich abrupt um und stieß einen verhaltenen Schrei aus. Dann fiel sie ihrem Freund Karl um den Hals.

»Was machst du denn hier?«, stammelte sie und umarmte ihn erneut.

»Wie konntet ihr nur? So etwas macht man nicht mit seinem besten Freund«, spaßte er, doch seine Augen verrieten seine Enttäuschung.

»Du musst uns verstehen, Karl! Wir konnten niemanden in unseren Plan einweihen. Wir wussten ja selber nicht, ob wir es schaffen würden, ihn umzusetzen. Außerdem hast du niemals signalisiert, dass du die DDR verlassen willst.«

Er zuckte mit den Schultern und nickte. »Ja, das stimmt. Ich wusste es tatsächlich selbst nicht.«

»Aber jetzt bist du da, und das freut mich sehr! Ernst wird Augen machen, wenn er dich wiedersieht«, sagte sie und strahlte Karl an.

Leni musste schmunzeln, als sie wenige Minuten später Ernsts ungläubigen Blick sah, mit dem er Karl anstarrte, der mit ihr auf der Bank saß.

»Das kann nicht sein«, stammelte Ernst und umarmte den Freund. »Wie kommst du hierher? Woher wusstest du, dass wir hier sind?«

»Ich wusste es nicht. Ich habe es aber gehofft und euch hier gesucht.«

»Wie bist du rübergekommen?«, wollte Ernst wissen.

Karl grinste bei der Frage. »Wenn ich euch das erzähle, werdet ihr es mir nicht glauben wollen. Ich kann es selbst nicht fassen, dass es so einfach war.«

Leni hatte mittlerweile ihre Schwester und die anderen informiert. Gespannt saßen alle auf dem Rasen um Karl herum, um seine Fluchtgeschichte zu hören.

»Als ich nichts mehr von euch gesehen oder gehört habe«, begann er, »bin ich zu eurem Haus gegangen und habe durch die Fensterritzen gelinst. Da habe ich Ernsts auswechselbaren Kragen auf dem Boden liegen gesehen und wusste sofort: Ihr seid abgehauen.« Bei diesen Worten blickte er vorwurfsvoll in die Runde.

»Du musst verstehen, dass wir niemandem …«, begann Leni zu stottern.

Karl winkte ab. »Ich hätte es genauso gemacht«, gab er ihr recht.

»Den Kragen habe ich vollkommen vergessen«, murmelte Ernst.

»Ich hätte ihn dir mitbringen können«, lachte der Freund.

»War unser Haus geräumt?«

Karl schüttelte den Kopf. »Ich glaube, bis zu diesem Zeitpunkt hatte noch keiner mitbekommen, dass ihr diejenigen wart, die abgehauen sind. Als in der Nacht die Leuchtraketen losgingen, wussten wir natürlich alle, dass jemand auf der Flucht war. Aber dass ihr das wart, wusste zumindest am nächsten Tag noch keiner aus der Straße, nicht einmal die Stasi. Euer Haus sah aus, als ob ihr gleich wiederkommen würdet.«

»Wieso wusstest du dann, dass wir es waren?«

Karl zuckte mit den Schultern. »Ich wusste es nicht, ich hatte nur dieses Gefühl. Ihr seid die Einzigen in meinem Freundeskreis, denen ich solch einen Schritt zutraute. Ich habe hin und her überlegt, wie ich euch folgen könnte, aber die Grenze wurde nun natürlich erst recht scharf bewacht. Resigniert bin ich zu der Stelle gegangen, wo ich vermutete, dass ihr rüber seid. Die Löcher im Zaun waren noch in der Nacht repariert worden. Seltsamerweise patrouillierte dort aber nur ein junger Soldat. In der Nähe spielten ein paar Kinder. Ohne nachzudenken, habe ich mir ein kleines Mädchen geschnappt und es dem Soldaten in die Arme geworfen. Instinktiv hat er das Kind aufgefangen. Bevor er begriff, wie ihm geschah, bin ich über den Zaun gesprungen. Ich bin gerannt, über die anderen Zäune gekrabbelt und weitergerannt, bis ich drüben war. Ich habe keine Ahnung, wie ich auf diese Idee gekommen bin.«

»Er hätte schießen können«, warf Ernst ein.

»Hat er auch, aber er hat mich nicht getroffen.«

»Karl, du bist wahnsinnig«, sagte Leni kopfschüttelnd.

»Da hast du sicher recht. Ein normaler Mensch macht so etwas nicht«, lachte Karl. »Aber das spielt keine Rolle. Ich bin hier, und das allein zählt. Sobald ich meinen Bleibebescheid habe, gehe ich nach Hamburg zu Verwandten. Sie wissen Bescheid und werden mir weiterhelfen … Wohin werdet ihr gehen?«

»Wir werden in Westberlin bleiben«, sagte Leni.

Es war spät, als sie und Ernst in ihr Zimmer gingen. Ihr Schwager und seine Frau waren noch spazieren.

»Dieser Karl! Unglaublich, seine Geschichte«, sagte Ernst, als er sich zu Leni kuschelte.

»Ernst, ich muss dir etwas sagen«, begann sie. Er stützte den Kopf in die Hand und sah sie erwartungsvoll an.

»Ich bin schwanger«, sagte sie leise.

»Gott sei Dank! Ich hatte schon Angst, du wärst schwerkrank.«

Sie sah ihn erstaunt an. »Aber …«

»Nichts *aber*! Ich freue mich!«, sagte er mit leuchtenden Augen, zog sie an sich und drückte sie so fest, dass sie glaubte zu ersticken. Dann küsste er sie leidenschaftlich. »Sobald wir unsere Wohnung haben, werden wir heiraten.«

»Wovon sollen wir eine Wohnung bezahlen? Wir haben weder Geld noch Arbeit.«

»Wir haben sogar beides. Es fehlt nur die Wohnung.«

»Ich verstehe dich nicht.«

»Als ich heute mit der Arbeit in der Markthalle fertig war, bin ich zu meiner alten Firma gefahren und habe dort mit meinem ehemaligen Chef gesprochen. Du kannst dir nicht vorstellen, wie er sich gefreut hat, mich zu sehen. Er hat mir sofort eine neue Stelle angeboten und mir das hier gegeben.« Ernst stand auf und fischte aus seiner Hosentasche vierhundert Westmark.

»Wieso hat er dir so viel Geld gegeben?«

»Das ist das Krankengeld, weil ich doch einen Krankenschein abgegeben hatte, als ich das letzte Mal in Westberlin war. Ich wollte es nicht annehmen, aber der Chef sagte, ich solle es als Startkapital betrachten.«

Lenis Blick verschwamm.

»Du musst nicht weinen, mein Schatz. Wir sind Glückskinder und haben alles richtig gemacht. Und als Krönung bekommen wir nun eine Tochter.«

»Es wird ein Junge mit dunklen Locken«, lachte Leni.

Kapitel 68

Ende September 2015

Manu und ich besuchen unseren Vater jeden Tag im Heim. Wir geben uns praktisch die Türklinke in die Hand, damit immer eine von uns bei ihm ist.

Die ersten beiden Tage glaubte er noch, dass er wegen einer Herzuntersuchung im Krankenhaus sei. Doch dann verriet ihm eine Mitbewohnerin, wo er sich tatsächlich befindet. Nun weiß er, dass wir ihn belogen haben.

Seine Wut ist groß. Er macht uns Vorhaltungen, ist zynisch, böse und verletzend. Auch will er nicht glauben, dass unsere Mutter ebenfalls krank ist. »Ihr lügt alle!«, schreit er uns an.

Mir kommt es vor, als ob sein Zorn die verstopften Gehirnwindungen freispült und seine Demenz verschwindet. Er ist nicht mehr so vergesslich und scheint wieder logische Schlussfolgerungen ziehen zu können. Er kann sogar wieder ohne Hilfe gehen. Egal um welche Uhrzeit ich ihn besuche, er erwartet mich kerzengerade an der oberen Treppenstufe und beschimpft mich schon von Weitem.

Von der Heimleitung erfahre ich, dass er die anderen Bewohner anpöbelt und beleidigt. »Das Benehmen Ihres Vaters ist grenzwertig«, sagt ein Pfleger.

Daraufhin faucht meine Schwester: »Was haben Sie an der Krankheit Demenz nicht verstanden?«

»Ich arbeite mit Dementen. Meine Patienten sind normalerweise sehr zugänglich. So etwas habe ich noch nicht erlebt«, erklärt der Mann.

»Trotzdem müsste Ihnen bekannt sein, dass es bei Demenzkranken auch dieses Verhalten gibt. Unser Vater ist eben nicht mehr Herr seiner Sinne.«

Die Heimleitung empfiehlt, einige Tage nicht vorbeizukommen, damit unser Vater sich im Heim eingewöhnen kann. »Vielleicht dämpft das seine Aggressionen.«

Als wir wieder einen Besuch im Heim planen, möchten wir, dass unsere Mutter uns begleitet. Unser Vater soll sehen, dass sie tatsächlich krank ist und ihn deshalb zuhause nicht versorgen kann. Zuvor reden wir mit dem Stationsarzt in ihrer Klinik und schildern ihm unsere Situation.

»Können wir sie für einen kurzen Besuch bei unserem Vater mitnehmen?«, fragt ihn Manu.

»Ja, das können Sie. Allerdings muss ich Ihnen mitteilen, dass die stationäre Behandlung zu keinem Erfolg geführt hat. Ihre Mutter kann kaum mehr ohne Schmerzen gehen und sitzt im Rollstuhl. Deshalb raten wir zu einem mehrwöchigen Aufenthalt in einer Schmerzklinik. Wir sind der Ansicht, dass die Schmerzen mit ihrer Psyche zusammenhängen.«

»Wie meinen Sie das?«

Der Arzt sieht uns verständnisvoll an. »Ich habe mit Ihrer Mutter gesprochen und dabei festgestellt, dass sie große Angst vor der Zukunft hat. Sie spürt, dass sie der Belastung nicht mehr gewachsen ist, weiß aber nicht, wie sie etwas ändern könnte. Ihr Körper reagiert darauf.«

Ich muss mich zusammenreißen, um nicht laut aufzustöhnen. Meine Schwester ergreift meine Hand.

»Was kommt als Nächstes?«, fragt sie und sieht mich traurig an.

Als wir mit unserer Mutter ins Zimmer unseres Vaters kommen, sitzt er ebenfalls im Rollstuhl. Die Heimleitung hat uns vorgewarnt, dass er in den letzten Tagen wieder körperlich abgebaut habe. Als er seine Frau sieht, fängt er an zu weinen.

»Ich dachte, du bist tot, Lenichen«, wispert er.

Wir schieben ihre Rollstühle dicht zusammen, damit die beiden sich an den Händen nehmen können. Manu und ich verlassen leise das Zimmer.

Unsere Mutter ist seit einer Woche in einer Schmerzklinik, wo man versucht, ihr mit Spritzenkuren und anderen Medikamenten zu helfen. Bis jetzt hat nichts angeschlagen. Manu und ich sind verzweifelt und haben keine Ahnung, wie es weitergehen soll. Ruhe täte uns beiden gut, um unsere Kräfte aufzufrischen, bis unsere Eltern wieder zuhause sind. Doch stattdessen hetzen wir durch die Gegend. Abwechselnd düsen wir zu unserer Mutter, deren Klinik im nördlichen Saarland liegt, um anschließend in entgegengesetzter Richtung zu unserem Vater zu fahren.

Wir Schwestern schieben unsere eigenen Befindlichkeiten zur Seite und versuchen weiterhin zu funktionieren. Momentan fällt es uns leicht, da unser Vater friedlich ist, seit er seine Frau gesehen hat. Wir nehmen uns vor, unsere Mutter öfter ins Heim mitzunehmen, damit die beiden mehr Zeit zusammen verbringen können.

Doch ein paar Tage später schlägt die Stimmung wieder um. Mein Vater zeigt die volle Bandbreite seiner Aggressionen. Besonders bei Manuela kennt er kein Erbarmen und ist ihr gegenüber besonders frech und verletzend.

Sie ruft mich weinend an und schwört, dass sie ihn nicht mehr besuchen wird. Doch ich weiß, dass wir das mit unserem Gewissen nicht vereinbaren können.

Kapitel 69

Samstag, 9. September 1961

Ernst wartete in der kleinen Kochküche auf Leni, die sich mit Haareschneiden im Lager Marienfelde ein paar Pfennige dazuverdiente. Vor dem Mittagessen war sie noch schnell zur Schirmbildstelle gegangen. Ernst hatte sich bereits am Morgen röntgen lassen, um die Möglichkeit einer Tuberkuloseerkrankung auszuschließen. Mittlerweile hatte er neun Stempel auf seinem Laufschein. Noch drei, dann hätte er alle Stationen durch.

Er hatte bereits Kartoffeln geschält und fein gerieben, weil es zum Mittagessen Kartoffelpuffer geben sollte. Kochen war Ernsts große Leidenschaft. Seine Rinderrouladen waren in der Familie heiß begehrt. Da wurde die Tür der Küche aufgerissen, und Lenis Schwester stürmte herein.

»Wir haben das Urteil des Aufnahmeausschusses bekommen. Komm mit zu uns«, keuchte sie und war auch schon wieder aus dem Zimmer verschwunden.

Ernst trocknete sich die Hände ab und folgte ihr.

In ihrem Zimmer warteten seine Mutter, der jüngere Bruder und dessen Frau. Sein älterer Bruder hielt den geschlossenen Umschlag in Händen. Mit bangem Blick sah er Ernst an. »Was ist, wenn sie mich wegen des Unfalls …«

»Mach schon auf«, forderte Ernst ihn barsch auf und versuchte dabei zuversichtlich auszusehen.

Der Bruder nickte und zog mehrere Blätter aus dem braunen Kuvert. »*Berlin, 7. September 1961, Verhandlungsniederschrift …*«, las er laut vor und überflog dann stumm die Zeilen von Blatt eins, blätterte weiter und zitierte von Blatt zwei: »*Der Leiter des Bundesnotaufnahmeverfahrens in Berlin … Herrn … geboren 16.11.1930 … ausgewiesen durch Personalausweis … erhält – gemäß § 1 des Gesetzes über die Notaufnahme von Deutschen in das Bundesgebiet vom 22. August 1950 … durch Beschluss des Aufnahmeausschusses vom 7. September 1961 die Erlaubnis zum ständigen Aufenthalt im Bundesgebiet …*«

Ernst und seine Brüder lagen sich in den Armen. Lenis Schwester weinte vor Freude. Die Mutter rief unter Tränen:

»Wat habt ihr für ein Glück! Wat habt ihr für ein Glück!«

»Auf Seite drei steht die Begründung«, sagte der Bruder und las diese ebenfalls laut vor.

»Was ist das für ein Zusatz?«, fragte Ernst und tippte auf Blatt zwei, das in der Luft hing, als sein Bruder die dritte Seite vorlas.

»*Als Land, in dem die Aufgenommenen ihren ersten Wohnsitz zu nehmen haben, wird SAARLAND bestimmt*«, murmelte der Bruder.

Bestürzt sah er in die Runde. Schlagartig war der Freudentaumel vorbei.

»Warum Saarland? Wir wollen in Berlin bleiben«, rief Lenis Schwester.

»Wo liegt das Saarland?«, wollte die Mutter wissen.

»Jedenfalls nicht in der Nähe«, antwortete Ernst, als die Tür aufschwang und Leni hereinplatzte.

»Ernst, wir beide sollen ins Büro des Aufnahmeausschusses kommen. Was ist hier los?«, fragte sie und sah ihre Schwester irritiert an.

»Sie schicken uns fort«, antwortete diese.

»Zurück in den Osten?«

»Nein, ins Saarland.«

»Ins Saarland?«, wiederholte Leni. »Wo liegt das?«

»Keine Ahnung.«

»Ihr müsst Einspruch erheben«, sagte sie.

»Wir können froh sein, dass wir nicht abgelehnt sind und in ein Dauerlager müssen!«, meinte ihre Schwester resigniert. »Ich bin wieder schwanger und will endlich ein Zuhause für meine Kinder haben.«

Ernst sah Leni an. Bislang hatten beide der Familie Lenis Schwangerschaft verschwiegen. Da Leni nun keine Miene verzog, verlor auch Ernst kein Wort darüber. Stattdessen fragte er:

»Warum müssen wir vorstellig werden? Mein Bruder hat seinen Beschluss schriftlich und in einem Umschlag bekommen.«

»Ich weiß es nicht. Hoffentlich heißt das nichts Schlechtes«, antwortete Leni leise.

»Lass uns gehen. Sie werden schon auf uns warten.«

Minuten später nahmen Ernst und Leni vor dem Schreibtisch des Beamten Platz. Er hatte sie knapp begrüßt, ihre Akte aus dem Berg grauer Dokumente gefischt und geöffnet. Dann beugte er sich einige Augenblicke schweigend über die Papiere. Ernst spürte, wie seine Hände feucht wurden. Nervös rutschte er auf dem harten Stuhl hin und her. Schließlich räusperte sich der Mann, wischte sich über die Halbglatze und sah Ernst und Leni über den dünnen Metallrand seiner Brille an. »Ich darf Ihnen mitteilen, dass Ihnen die Erlaubnis zum ständigen Aufenthalt im Bundesgebiet zuteilwurde. Sie erhalten beide den Ausweis C.«

Ernst bremste seine aufkommende Freude und fragte: »Was bedeutet Ausweis C?«

»Wie Sie geschildert haben, hat die Flucht von Ihrem Haus aus stattgefunden, deshalb gelten Sie als Fluchthelfer. Wie wir in Erfahrung bringen konnten, stehen Sie deshalb im Fahndungsbuch des Regimes und werden per Haftbefehl gesucht. Deshalb befinden Sie und Ihre Lebenspartnerin sich in einer Zwangslage; es besteht unmittelbare Gefahr für Leib und Leben und Ihre persönliche Freiheit. Wenn wir Sie aufgrund des Haftbefehls an die DDR ausliefern würden, dann würde man Sie an der Zonengrenze sofort verhaften, wegen Fluchthilfe anklagen und verurteilen. Dieser Ausweis schützt Sie vor einer Ausweisung aus dem Bundesgebiet. Auch Ihre Familienangehörigen bekommen einen Ausweis C.«

Ernst ergriff Lenis Hand und drückte sie sanft. Der Beamte reichte ihnen die Pässe.

»Dann können wir Marienfelde verlassen und uns hier eine Wohnung suchen?«, fragte Leni.

Der Beamte schüttelte den Kopf. »Sie werden in ganz Westberlin keine Wohnung finden. Wegen der vielen Flüchtlinge der letzten Jahre herrscht akuter Wohnungsmangel. Es gibt kaum noch freie Wohnungen … im Grunde gibt es keine mehr. Deshalb müssen auch Ihre anderen Familienmitglieder Berlin verlassen.«

»Aber ich habe die Zusage meines ehemaligen Arbeitsgebers, wieder bei meiner alten Firma arbeiten zu können. Vielleicht kann er uns eine Wohnung vermitteln«, warf Ernst ein.

»Ein *Vielleicht* reicht nicht! Wenn es nicht klappt mit der Wohnung, sitzen Sie auf der Straße. Wir aber haben die Pflicht, Sie nicht ohne Unterkunft gehen zu lassen.«

»Aber wo sollen wir denn hin?«, rief Leni aufgebracht.

»Nach Bayern oder ins Saarland. Da dort die Bevölkerungsdichte nicht so hoch ist, haben wir für unsere Flüchtlinge in den dortigen Auffanglagern noch Kapazitäten frei. Weil wir zudem auf eine gerechte Verteilung in den einzelnen Bundesländern achten müssen, gibt es keine große Auswahl. Sie haben Glück im Unglück«, fuhr er fort. »Vor Kurzem noch hatten Flüchtlinge überhaupt keine Wahl. Drei- bis viermal am Tag wurden sie namentlich über Lautsprecher aufgerufen. Dann mussten sie sich vor den Bussen einfinden und wurden direkt zum Flughafen gefahren und in die Bundesrepublik ausgeflogen. Diese Menschen mussten dorthin gehen, wohin wir sie schickten. Die wenigsten erhielten eine Zuweisung für Westberlin. Hier im Notaufnahmelager waren so viele Menschen einquartiert, dass wir für individuelle Bedürfnisse der einzelnen keine Zeit hatten. Gespräche wie unseres heute waren aus Zeitnot auch kaum möglich. Die Leute waren froh, wenn sie Marienfelde verlassen konnten, und fragten nicht, wohin man sie brachte.«

»Wir werden darüber nachdenken«, murmelte Ernst.

Der Mann schüttelte den Kopf. »Sie haben keine Zeit mehr. Übermorgen geht ein Flugzeug der *Pan Am* nach Frankfurt. Wahrscheinlich wird es die letzte Maschine sein, die mit Flüchtlingen an Bord Westberlin verlässt. Wir haben Informationen, dass das Regime plant, Flugzeuge über sowjetzonalem Gebiet zur Landung zu zwingen, um Flüchtlinge zurückzuholen. Sie sehen, die Lage ist ernst. Sie müssen sich rasch entscheiden. Saarland oder Bayern?«

Kapitel 70

Oktober 2015

Jedes Mal, wenn ich das Pflegeheim betrete, schlägt mir ein undefinierbarer Geruch entgegen, an den ich mich auch in hundert Jahren nicht gewöhnen könnte. Mehrere ältere Menschen sitzen im Foyer und stimmen gerade begeistert Lieder an, die viele der Heimbewohner sicherlich noch aus ihrer Jugend kennen. Ich nicke freundlich und gehe an ihnen vorbei die Treppe hoch. Ein mehrstimmiger Chor begleitet mich auf meinem Weg nach oben.

Mein Vater erwartet mich schon auf seinem Zimmer.

»Hallo, Vati«, rufe ich und umarme ihn. Mittlerweile sitzt er ständig im Rollstuhl, da er sehr unsicher im Gehen geworden ist.

Da öffnet sich die Tür, und meine Schwester Manu tritt ins Zimmer.

»Ich wusste nicht, dass du auch kommst«, necke ich sie.

Manu zuckt mit den Schultern. »Was soll ich machen?«, flüstert sie und sagt dann zu unserem Vater: »Heute ist traumhaftes Wetter, Vati. Ich dachte, wir könnten draußen eine Runde drehen.«

»Das wäre toll«, antwortet er mit brüchiger Stimme.

Ein steiler Weg führt vom Pflegeheim zu Wiesen und Feldern. Meine Schwester und ich drücken gemeinsam den Rollstuhl mit unserem Vater den Berg hoch. Er hat Angst, dass wir ihn loslassen oder er verunglücken könnte, und gibt uns deshalb Kommandos: »Mehr rechts … nicht zu weit an den Acker fahren … haltet mich mit beiden Händen fest …«

Wir erkennen seine Panik und versuchen, ihn abzulenken. »Schau, Vati, das ist der Weg, auf dem ich als Kind mit dem Roller gefahren bin. Weißt du noch, wie ich auf dem Schotter ausgerutscht bin und mir die Beine aufgeschürft habe?«

Er reagiert nicht. Seine Aufmerksamkeit gilt allein den Reifen seines Rollstuhls. Ängstlich schaut er nach unten: »Passt auf! Die Reifen sind zu dicht an dem Rasen. Gleich kippe ich um!«, ruft er.

»Keine Angst, dir passiert nichts. Wir passen auf dich auf, Vati!«

Manu und ich sind völlig außer Puste, als wir am Bildnis der Muttergottes beim Wegekreuz ankommen. Von dort kann man weit über unseren ehemaligen Heimatort Lebach schauen, doch unser Vater hat dafür keinen Blick.

»Bringt mich zurück ins Hotel«, sagt er und lässt den Kopf hängen. Der Ausflug an die frische Luft hat ihn erschöpft.

Nach der Rückkehr in sein Zimmer will er sich hinlegen. Er schickt uns nach Hause.

Auch wenn unser Vater sich anscheinend mit seiner Situation arrangiert hat, fühle ich mich elend. Dabei weiß ich, dass die Entscheidung, ihn in ein Pflegeheim zu geben, die richtige war. Trotzdem liege ich Nacht für Nacht wach und mache Notfallpläne. Ich erwäge sogar, eine Pflegekraft aus Polen zu engagieren, die bei unseren Eltern wohnt, so dass unsere Mutter entlastet wird. Davon erzähle ich meiner Schwester, als wir zu unseren Autos gehen.

»Das wird nicht funktionieren. Ihre Wohnung hat doch nur zwei Zimmer. Wo soll die Frau schlafen?«, gibt Manu zu bedenken.

»Wie wäre es, wenn wir die leere Einliegerwohnung bei unserer Tante anmieten? Da sie direkt neben unseren Eltern wohnt, könnte Vati tagsüber zuhause bei Mutti sein. Er müsste nur nachts mit der Pflegekraft in die andere Wohnung gehen, damit Mutti ihre Ruhe hat.«

Ich sehe an Manus Miene, dass sie nicht viel von diesem Vorschlag hält. Sie schlägt stattdessen vor: »Frag erst mal unsere Tante, ob sie die Wohnung überhaupt vermietet. Dann sehen wir weiter.«

Ich umarme meine Schwester und erkläre: »Ich fahr direkt zu ihr.«

Vor dem Haus meiner Eltern treffe ich die Tochter einer Nachbarin, deren Elternhaus gegenüber unserem steht.

»Wie geht es deinen Eltern? Ich habe gehört, dass deine Mutter im Krankenhaus und dein Vater in der Kurzzeitpflege ist.«

Ich nicke. »Aber nicht mehr lang. Wenn unsere Mutter aus dem Krankenhaus entlassen wird, holen wir unseren Vater aus dem Heim wieder nach Hause.«

Da ich weiß, dass sie mit der Unterstützung von Pflegekräften, die bei ihnen im Haus wohnen, ihren Vater seit Jahren betreut, erzähle ich ihr von meiner Vorstellung, die Wohnung bei meiner Tante für eine Pflegekraft anzumieten.

Daraufhin sieht sie mich skeptisch an und sagt: »Wenn ich dir aus meinen Erfahrungen raten darf: Mach das nicht. Wenn dein Vater jetzt in dem Heim ist, dann lass ihn dort.«

Ich sehe sie ungläubig an. »Warum? So schwer kann das doch nicht sein. Du pflegst deinen Vater doch auch zuhause«, füge ich zaghaft hinzu, denn mein Widerstand gegen das Pflegeheim ist mittlerweile sehr porös geworden.

»Das ist was anderes. Mein Vater ist nicht dement, sondern kann sich nicht mehr allein versorgen. Da meine Geschwister und ich nicht hier wohnen, muss er zuhause von Fremden betreut werden. Doch wenn du glaubst, es wird dadurch leichter, irrst du dich. Glaub mir, der Druck wächst sogar, weil du permanent nachsehen willst, ob die Pflegekräfte alles richtig machen. Wenn wir bei unserem Vater sind, sieht alles wunderbar aus. Dann fährt man wieder weg, und kaum ist man zuhause, überlegt man, ob er ordentlich gewindelt wurde, ob er genügend zu essen und zu trinken bekommt, ob die Frauen freundlich zu ihm sind oder ob sie ihn vielleicht in seinem Kot liegen lassen. Dazu kommt das Problem, dass mein Vater sich in seinem eigenen Haus nichts sagen lässt. Er keift den lieben langen Tag und beleidigt die Frauen so heftig, dass sie schon gedroht haben, alles hinzuschmeißen. Erst gestern hat er ihnen das frisch gekochte Essen hinterhergeworfen. Ständig leben wir in der Angst, dass sie ihn allein lassen und ohne ein Wort zurück in ihre Heimat fahren. Meine Schwester, die mich bei der Betreuung unterstützt, hat vor Aufregung schon einen leichten Herzinfarkt bekommen.«

Ich schließe die Augen. Ihre Schilderungen entmutigen mich schlagartig. Verzweifelt sehe ich sie an. »Mein Vater tut mir so unendlich leid. Wir haben ihm sein Zuhause weggenommen«, flüstere ich.

»Ich kann mich durchaus in euch hineinversetzen, aber ihr müsst aufpassen, dass ihr nicht zugrunde geht. Denk auch an deine Mutter. Euren Vater kannst du nicht mehr retten. Diese Krankheit ist unheilbar. Sie wird unaufhaltsam weiter voranschreiten. Irgendwann wird sein Geist total verschwinden. Hilf deiner Mutter, dass sie dabei nicht untergeht.«

Ich nicke. Auch wenn die Worte der Nachbarstochter brutal klingen, so weiß ich doch, dass sie aus Erfahrung spricht. Zudem fällt mir keine Erwiderung ein. Wir können tatsächlich froh sein, dass unser Vater bereits im Heim ist und sich zwischenzeitlich damit arrangiert hat.

Kapitel 71

Montag, 11. September 1961

Nachdem auch der jüngste Bruder, seine Frau und Lenis Schwiegermutter die Bleibeerlaubnis bekommen hatten, beschloss die Familie, gemeinsam ins Saarland zu gehen.

»Es reicht, dass mein Kind unsere Mutter und unseren Bruder niemals kennenlernen wird. Dann soll es wenigstens mit deinen Kindern zusammen aufwachsen«, hatte Leni schluchzend zu ihrer Schwester gesagt.

Um ihrer Familie in Thüringen mitzuteilen, dass es ihnen gut ging, wollten sie ihnen ein Päckchen schicken. Sie legten ihr gespartes Taschengeld, das sie in Marienfelde erhalten hatten, zusammen und kauften ein Pfund Kaffee, Zigaretten, Süßigkeiten und ein Fläschchen Kölnisch Wasser. Sie packten alles in einen Schuhkarton – ohne Hinweis, wer der Absender war. Ihre Mutter und ihr Bruder würden es auch so wissen, war sich Leni sicher.

Mittlerweile hatten sie erfahren, dass das kleine Bundesland, in das sie übersiedeln würden, an Frankreich und Luxemburg grenzte.

»Wer weiß, wofür das gut ist«, hatte Ernst Leni getröstet, da sie immer noch traurig war, Berlin verlassen zu müssen.

Es war ihr letzter Tag in Marienfelde. An diesem Abend sollten sie nach Frankfurt fliegen. Von dort würden sie mit dem Bus ins saarländische Homburg gebracht werden, um erneut registriert zu werden, und ein oder zwei Tage später nach Lebach, ihren zukünftigen Wohnort. Während sie ihre wenigen Habseligkeiten zusammenpackten, bat Leni:

»Ich möchte noch einmal in den Osten blicken, um Abschied zu nehmen.«

»Das kann ich verstehen«, sagte Ernst und drückte ihr einen Kuss auf die Schläfe.

Hand in Hand standen sie an der Westgrenze und blickten hinüber in ihre alte Heimat. Mehrere Soldaten der Volksarmee waren damit beschäftigt, den Grenzzaun stärker zu befestigen. Schon bald würde er unüberwindbar sein. Leni konnte es immer noch nicht fassen, dass sie den Mut aufgebracht hatten zu fliehen. Wenn sie den Zaun mit dem Stacheldraht und die spanischen Reiter betrachtete, die den Osten von Westberlin abgrenzten, überlief sie ein Schauer. Ihr wurde erneut bewusst, welcher Gefahr sie sich ausgesetzt hatten.

Plötzlich löste sich ein junger Mann aus der Arbeitsgruppe, kam näher an den Zaun und rief: »Fräulein Leni, sind Sie das? Was machen Sie im Westen? Soll ich die Grenze für Sie öffnen, damit Sie zurückkommen können?«

»Wer ist das?«, fragte Ernst irritiert.

»Der Ehemann einer Kundin meines Friseurladens«, antwortete Leni. Es bestürzte sie, ausgerechnet einen Bekannten hier am Grenzzaun anzutreffen.

In dem Augenblick kamen zwei berittene West-Polizisten auf ihren Pferden angaloppiert. Schon von Weitem brüllten sie Leni und Ernst zu:

»Bleiben Sie weg vom Zaun!«

Erschrocken wichen beide einige Meter zurück.

Als die Polizisten ihre Pferde vor ihnen anhielten, spritzte Dreck hoch.

»Bleiben Sie von der Grenze weg!«, rief der eine erneut.

»Er ist ein Bekannter«, stotterte Leni.

»Sie dürfen den Ostsoldaten nicht trauen«, rief ihnen der andere Beamte zu und erklärte dann ernst: »Erst vor ein paar Tagen hat ein Grenzer einen Flüchtling, der der Bürgermeister seines Heimatortes war, mit vorgehaltenem Maschinengewehr zurück auf die Ostseite gezwungen. Wir konnten nichts dagegen tun. Sie haben den Mann in ein Auto gezerrt und weggebracht.«

»Verlassen Sie sofort diesen Grenzstreifen. Es ist zu Ihrer eigenen Sicherheit«, riet der andere Polizist in strengem Ton.

Schockiert zogen Leni und Ernst sich zurück.

Bevor die Grenze endgültig aus ihrem Sichtfeld verschwand, drehte sich Leni noch einmal um und sah, wie der Ehemann ihrer ehemaligen Kundin ihnen immer noch hinterherblickte.

Kapitel 72

Oktober 2015

Ich habe für meinen Vater ein Stück Mokkatorte gekauft. Außerdem bringe ich ihm die neueste Ausgabe seiner Anglerzeitschrift mit, in der er so gerne blättert.

Als ich die Straße zum Heim entlangfahre, sehe ich aus den Augenwinkeln einen älteren Mann, der, gestützt auf einen Rollator, gerade das Heim verlässt. Da die Straße etwas abschüssig ist, rollt die Gehhilfe immer schneller. Der Mann kommt nicht mehr hinterher, stolpert und landet auf den Knien. Erschrocken schaue ich nun genau hin und traue meinen Augen nicht.

Es ist mein Vater, der auf dem Boden kniet.

Rasch parke ich mein Auto, springe hinaus und laufe zu ihm hin. Doch da haben ihm zwei Pflegekräfte bereits auf die Beine geholfen und führen ihn zurück ins Gebäude, während eine dritte Kraft den Rollator hinterherschiebt. Ich halte mich im Hintergrund, denn ich will zuerst mit der Heimleitung sprechen, bevor ich mit meinem Vater rede.

»Wie konnte das passieren? Wo wollte er hin?«, frage ich die Dame in ihrem Büro.

»Er wollte weg«, sagt sie erregt.

»Was soll das heißen?«

»Das kann ich Ihnen auch nicht beantworten. Der Pfleger hat ihn beobachtet, wie er zum Rollator von Frau Becker geschlichen ist, den sie vor dem Eingang abgestellt hatte. Dann ist er damit auf und davon.«

»Er hätte sich bei dem Sturz ernsthaft verletzen können. Der Weg ist viel zu abschüssig«, schimpfe ich.

»Ja, und damit das nicht wieder passiert, kommt er jetzt in die geschlossene Abteilung. Von dort kann er nicht mehr abhauen.«

»Das will ich auf keinen Fall. Ich kenne diese Abteilung. Dort sind die ganz schweren Fälle untergebracht – diejenigen, die nichts mehr von der Welt um sich herum mitbekommen und wieder mit Puppen spielen«, errege ich mich. »So weit ist unser Vater noch nicht. Ich werde mit ihm reden.«

Ich gehe hinaus, wo mein Vater in seinem Rollstuhl im Foyer sitzt. Er zieht sein Hosenbein hoch und betrachtet sein Knie.

»Hallo, Vati«, sage ich leise und umarme ihn. Ich erkenne eine kleine Schürfwunde, die leicht blutet.

»Hast du dir wehgetan?«, frage ich und stelle mich unwissend. Ich ziehe ein Taschentuch aus meiner Jackentasche und reibe vorsichtig die Blutspur fort.

Da spüre ich, wie sein Gesicht dem meinen näher kommt. »Ich habe einen Fluchtversuch gestartet«, verrät er mir leise.

Als ich überrascht reagiere, zwinkert er mir zu und

nickt hinüber zum Büro der Heimaufsicht. »Sie hat mich erwischt und wieder zurückgebracht. Aber ich werde es noch mal versuchen.«

Sein Blick ist spitzbübisch. Seine Augen strahlen wie bei einem Kind, das ein Geheimnis kennt. Ich ahne, dass er wieder einmal nicht in meiner Welt ist, und spiele mit.

»Vielleicht solltest du dich vorher stärken. Der Weg ist weit. Du schaffst ihn nicht, wenn du nicht bei Kräften bist. Außerdem musst du dir einen Plan ausdenken, denn einfach losmarschieren funktioniert nicht.«

Er schielt zu dem Büro hinüber. »Ist sie noch da?«

»Wen meinst du?«

»Die Aufseherin«, raunt er mir zu.

»Nein, ich kann niemanden sehen.«

»Dann ist es gut. Ich habe den Plan nämlich schon in der Tasche. Aber davon darf sie nichts wissen.«

Dabei klopft er auf seine Hosentasche und grinst. »Mein Fluchtplan ist hier drin. Ich habe alles aufgezeichnet und mit einem X markiert«, sagt er und sieht mich mit schelmischem Blick an. Seine Hand liegt auf der Hosentasche, damit niemand seinen Plan stehlen kann.

Wieder hat er einen Plan ersonnen – vierundfünfzig Jahre nachdem ihm sein wichtigster Fluchtplan geglückt war.

Kapitel 73

Montag, 11. September 1961

Die Sonne stand bereits tief, als sie mit dem Bus vom Notaufnahmelager Marienfelde zum Flughafen Tempelhof gebracht wurden. Nachdem man ihre Papiere kontrolliert hatte, wurden sie mit einigen anderen Flüchtlingen, die ebenfalls ausgeflogen werden sollten, in einen Warteraum gebracht.

Leni setzte sich auf einen der kalten Plastikstühle und schaute durch die Glaswand hinaus aufs Rollfeld, wo ein Flugzeug der amerikanischen Fluggesellschaft *Pan Am* auf sie wartete. Wie riesig es ist, dachte sie, da sie noch nie ein Flugzeug aus der Nähe gesehen hatte.

Da durchquerten zwei Piloten und zwei Stewardessen den Wartebereich. Die Männer in ihren dunklen Uniformen und die Frauen in den taubenblauen Kostümen mit den kleinen Hütchen auf ihren Haaren sahen attraktiv aus. Als Leni hörte, dass sie sich in ihrer Muttersprache unterhielten, erinnerte sie sich daran, wie sie als Achtjährige zum ersten Mal Englisch gehört hatte. Es war kurz nach dem Krieg gewesen, als Amerikaner in ihren Jeeps durch Ferna fuhren. Leni hatte sich mit anderen Kindern in der Mühlengasse versammelt, um auf den Konvoi zu warten. Als sie die Autos sahen, waren sie ihnen winkend entgegengelaufen. Da hatten sie zum ersten Mal dunkelhäutige Männer gesehen. Die GIs machten sich einen Spaß daraus, mit den Augen zu rollen und breit zu grinsen, damit ihre weißen Zähne in dem dunklen Gesicht aufblitzten.

Aber nicht nur deshalb waren Leni die Amerikaner in Erinnerung geblieben, sondern auch, weil sie Schokolade und Kaugummi – den sie bis dahin nicht gekannt hatten – an die Kinder verteilten. Als danach die Russen kamen, gab es keine Süßigkeiten.

Leni seufzte. Wenn die Amerikaner Thüringen nicht wieder hätten räumen müssen, weil es der sowjetischen Besatzungszone zugeschlagen wurde, dann würde sie jetzt nicht hier sitzen.

Sie blickte zu Ernst, der bei seinen Brüdern stand und mit ihnen ebenfalls das Flugzeug betrachtete. Erneut wurde ihr bewusst, dass sie ohne ihn niemals aus Ferna herausgekommen wäre. Auch war es allein seiner Entschlossenheit und seinem starken Willen zu verdanken, dass sie aus der Ostzone geflohen waren. Bei dem Gedanken lächelte sie und atmete tief durch. Sie hatte ihr Schicksal angenommen und würde optimistisch in die Zukunft schauen.

Es knackste aus den Deckenlautsprechern, und eine Stimme mit englischem Akzent bat die Passagiere einzusteigen.

Obwohl Leni zum ersten Mal in ihrem Leben fliegen

würde, war sie unaufgeregt. Da sie bereits Abschied von Berlin und von ihrem alten Leben genommen hatte, blickte sie, als sie die Gangway hinaufging, nicht zurück.

An der Flugzeugtür wurden sie von den Stewardessen freundlich empfangen. Sie grüßten auf Englisch und wiesen ihnen mit Handzeichen die Plätze zu. Da das Flugzeug nur halb ausgelastet war, ließen sie genügend Platz zwischen den Reisenden.

Kaum einer sprach ein Wort, und wenn, dann nur im Flüsterton. Die meisten saßen stumm da und starrten nach vorn oder aus den kleinen Fenstern der Maschine.

Da neben Ernst ein Platz frei war, setzte sich Lenis kleine Nichte zu ihnen. Mit großen Augen betrachtete das Kind die Stewardessen. Als eine ihr einen Malblock und Buntstifte reichte, schaute es die Frau ungläubig an.

»It's yours«, sagte die Amerikanerin und lächelte das Mädchen freundlich an.

Nachdem die Stewardessen die Gurte der Passagiere kontrolliert hatten, nahmen sie in den vorderen Reihen Platz und schnallten sich ebenfalls an.

Als das Flugzeug über die Startbahn rollte, verstummten die letzten Gespräche. Lenis Finger umklammerten Ernsts Hand. Sonnenstrahlen fielen ins Innere der Maschine. Leni kniff leicht die Augen zusammen. Während das Flugzeug steil abhob, wurde sie in den Sitz gepresst. Sie schaute aus dem kleinen Bullauge hinaus auf den Flughafen und dann ein letztes Mal über Berlin.

Als sie die Häuser unter sich kleiner werden sah, rollten Tränen über ihre Wangen. Um nicht laut aufzuschluchzen, presste sie die Lippen aufeinander und dachte an ihr ungeborenes Kind. Es würde ohne Stacheldraht und in einem demokratischen Land aufwachsen, in dem es frei seine Meinung vertreten konnte.

In diesem Augenblick nahm sich Leni vor, jedes Jahr an Weihnachten eine brennende Kerze ins Fenster zu stellen, damit ihre Heimat von der Welt nicht vergessen wurde. Und damit eines Tages die Mauer fallen würde.

Kapitel 74

Der Vorname meines Vaters, Ernst, stammt aus dem Althochdeutschen. Er bedeutet *ernsthaft* und *entschlossen*, auch: *der Kämpfer.* Alles davon trifft auf meinen Vater zu. Für ihn gab es nie ein *Das geht nicht!* Alles war möglich – auch die Flucht aus der DDR. Doch den Kampf gegen die Demenz verlor er. Die Krankheit kam zuerst schleichend und nahm dann rasend schnell Besitz von ihm.

Es war geplant, dass unser Vater nur so lange im Pflegeheim bleiben sollte, bis sich unsere Mutter erholt hatte. Doch schon nach zwei Wochen war uns klar, dass er zuhause nicht mehr betreut werden konnte. Nicht nur, weil unsere Mutter nach ihrem Klinikaufenthalt kränkelte, sondern auch, weil unseren Vater die Kräfte verließen. Schon bald saß er im Rollstuhl. Es war furchtbar, mit ansehen zu müssen, wie er tagtäglich abbaute – körperlich und geistig.

Manuela und ich hofften, dass er die Erinnerung an sein Zuhause nicht gänzlich verlieren würde, wenn wir ihn gelegentlich für einige Stunden nach Hause holten. Obwohl es für meine Schwester und mich ein Kraftakt war, ihn aus dem Rollstuhl ins Auto zu hieven, war es uns wichtig, dass er mit seiner Frau Zeit in seiner vertrauten Umgebung verbringen konnte. Zwar hatten wir Angst, dass es für ihn schmerzlich sein könnte, seinen kleinen Hund und seine Wohnung wiederzusehen; auch dass er womöglich nicht mehr zurück ins Pflegeheim wollte. Doch das Gegenteil war der Fall.

Alles verlief anfangs, wie wir es erhofft hatten. Er freute sich, mit seiner Frau gemeinsam das Mittagessen einzunehmen, sein Hündchen Rocky wiederzusehen und seine Uhrensammlung zu betrachten. Als es Zeit wurde, ihn zurückzufahren, war er damit einverstanden und verabschiedete sich herzlich von seiner Frau – und dem Hund.

Eine Woche später, bei seinem zweiten Besuch zuhause, fragte er nicht mehr nach Rocky. Teilnahmslos saß er am Esstisch und schaute desinteressiert auf seine Uhrenschatulle – ganz so, als ob sie nicht ihm gehören würde.

Bei seinem dritten Besuch wollte er schon nach wenigen Minuten zurück ins Krankenhaus gebracht werden – wie er das Pflegeheim nannte. Von da an holten wir ihn nicht mehr nach Hause.

Tagtäglich besuchten entweder meine Mutter, Manu, Marko oder ich unseren Vater im Heim. In dieser Zeit musste ich oft an das Gemälde aus der Kirche in Oberschlesien denken, das in der Schulung des Demenzvereins erklärt worden war. Aus dem gestandenen Kämpfer von einst war ein Kleinkind geworden, das gefüttert und gewickelt werden musste und dem das Sprechen schwerfiel.

Schon sechs Wochen später hatte er kaum mehr die Kraft, sein Bett zu verlassen. Meistens schlief er, wenn wir ihn besuchten, und wachte nur kurz auf, wenn wir uns von ihm verabschiedeten. Leider wussten wir damals noch nicht, dass dieser leichte Schlaf der Wachzustand eines Dementen ist. Wenn man uns rechtzeitig darüber aufgeklärt hätte, dann hätten wir ihm in diesen Phasen mehr von unserem Leben erzählt und ihn daran teilhaben lassen.

Zwischen Weihnachten und Neujahr lag er in einem Dämmerzustand, aus dem er nicht mehr erwachte. Als sein behandelnder Arzt uns mitteilte, dass es Zeit sei, von ihm Abschied zu nehmen, waren wir vier fast rund um die Uhr bei ihm.

Am Sonntag, dem 3. Januar 2016 schlief unser Vater am frühen Abend im Kreis seiner Familie für immer ein.

Es heißt, Demenz ist ein Sterben auf Raten, und die Angehörigen sterben mit. Zeitweise fühlt es sich tatsächlich so an. Aber wir vier haben überlebt – auch als Familie!

Im Nachhinein können wir sagen: Trotz all der Meinungsverschiedenheiten, trotz gelegentlicher Streitigkeiten hat uns diese intensive Zeit als Geschwister näher zusammengebracht. Auf der Beerdigung unseres Vaters ist ein Foto entstanden, auf dem unsere Mutter und wir drei Geschwister zu sehen sind. Mein Bruder hat daruntergeschrieben:

Wir vier haben gewankt, sind aber niemals umgefallen!

Unsere Mutter hat fast zwei Jahre gebraucht, um zu genesen. Als sie fit genug war, bin ich mit ihr und meiner Cousine, die bei der Flucht 1961 sechs Jahre alt war, im August 2018 nach Berlin gereist. Fast auf den Tag genau nach siebenundfünfzig Jahren haben die beiden Frauen das Notaufnahmelager Marienfelde besucht. Sie standen auch zum ersten Mal wieder an der Stelle, von der aus ihre Flucht damals begann. Es war ein ergreifender Augenblick, meine Mutter und meine Cousine an der ehemaligen Grenze stehen zu sehen – mit dem Wissen um ihre besondere Geschichte, die von der Demenz meines Vaters zutage gefördert worden war.

Nachwort

Liebe Leserinnen und Leser,

das Leben schreibt interessante Geschichten. So ist es auch mit meinem Roman *Die vergessene Heimat*.

Mein Vater ist tatsächlich 2014 an Demenz erkrankt. Alles, was Sie darüber in dem Roman lesen, haben meine Mutter, meine Geschwister und ich so erfahren und erlebt. Als wir damals mit der Diagnose konfrontiert wurden, ahnten wir nicht, was uns erwartete. Bis zu diesem Zeitpunkt hatten wir keinerlei Erfahrung mit dieser Krankheit. Deshalb nahmen wir an einer Schulung des Demenzvereins teil, die die Angehörigen von Erkrankten anleitet, wie man mit dem Kranken und der Krankheit umgeht. Der Leiter dieser zehn Abende, Thomas Hahn – der in meiner Geschichte Peter Maurer heißt –, nahm uns Teilnehmerinnen und Teilnehmern die Angst vor dieser Erkrankung. Dank seiner Erklärungen und seiner Ratschläge konnten wir so manche Situation mit unserem Vater besser einordnen, besser verstehen und danach handeln. Herr Hahn war unser Rettungsanker, der uns half, nicht unterzugehen, wenn der Orkan über uns hereinbrach. Meine Geschwister und ich sind der festen Überzeugung: Diese Gespräche haben dazu beigetragen, dass wir als Familie diese Zeit unbeschadet überstanden haben.

Der Romanteil über die Erkrankung meines Vaters soll kein Ratgeber sein. Da aber die wenigsten Dementen *Honig im Kopf* haben und die Realität meist anders aussieht als in dem gleichnamigen Film, hoffe ich, dass sich Angehörige von Demenzkranken nach der Lektüre gestärkt fühlen, nicht nur ihre schwierige Situation meistern zu können, sondern sich auch trauen, sich Hilfe zu holen, damit diese Krankheit ihrer oder ihres Angehörigen sie nicht auffrisst.

Auch die Geschichte über die DDR-Flucht ist so passiert, wie ich sie im Roman schildere. Meine Eltern und die anderen sieben Familienmitglieder waren die größte Gruppe, denen es nach der Grenzschließung im August 1961 gelang, in den Westen zu flüchten. Zwar war uns Kindern diese Fluchtgeschichte bekannt, allerdings nicht die Einzelheiten. Da meine Eltern – wie im Roman geschildert – auch nach der gelungenen Flucht Angst vor der Stasi hatten, haben sie nur wenig über diese Zeit erzählt. In seiner Demenz jedoch hat unser Vater die Flucht erneut geplant und durchlebt und mich in alles »eingeweiht«, denn immer wieder hat er mich für seine Frau – meine Mutter – gehalten, mit der er den Entschluss zur Flucht fasste, der ihnen und sieben weiteren Familienmitgliedern die Freiheit brachte. So schlimm diese Krankheit auch war, so haben wir durch sie diesen

Teil unserer Familiengeschichte überhaupt erst detailliert erfahren.

Da ich nun die Hintergründe und die Risiken kenne, bewundere ich die Unerschrockenheit, die meine Eltern, meine Onkel, meine Tanten sowie meine Großmutter aufgebracht haben, um der DDR zu entfliehen. Dank ihrer Entschlossenheit und ihrer Courage sind meine Geschwister, meine Cousinen und Cousins und ich in einem demokratischen Land aufgewachsen. Und das ist mit das höchste Gut, das wir bekommen konnten.

Danksagung

In meinen historischen Romanen verknüpfe ich geschichtliche Fakten mit meiner Fantasie. Es fällt mir leicht, in die Haut meiner Romanfiguren zu schlüpfen und ihre Geschichte niederzuschreiben. Als ich jedoch in *Die vergessene Heimat* meine Familiengeschichte erzählte, begab ich mich auf neues Terrain. Es war eine spannende und hochemotionale Erfahrung, die ich alleine nicht gewagt hätte. Deshalb möchte ich mich bei den Menschen bedanken, die mich bei diesem Projekt unterstützt haben:

In erster Linie gebührt mein Dank meiner Mutter Magdalena Rauscher, genannt Leni! Nicht nur, weil sie mir erlaubt hat, ihre Fluchtgeschichte in Romanform niederzuschreiben, sondern auch, weil sie in zahlreichen Stunden geduldig meine Fragen beantwortet hat. Dabei hat sie sich auf eine gedankliche Zeitreise eingelassen, die sie nicht nur zum Lachen brachte. Liebe Mutti, ich danke Dir von ganzem Herzen, dass ich ein Teil Eurer besonderen Geschichte werden und mit Dir »erneut fliehen« durfte!

Ohne das Einverständnis meiner beiden Geschwister, Manuela Jungen und Marko Rauscher, hätte ich die Demenzerkrankung unseres Vaters nicht öffentlich erzählt. Aber auch hier zeigte es sich, wie sehr wir zueinanderstehen! Denn damit ich diese Jahre detailgetreu schildern konnte, mussten wir drei uns erneut die Schuhe überstreifen, die wir vor vier Jahren ausgezogen haben. Liebe Manu, lieber Marko: Dafür, dass ihr beide euch darauf eingelassen habt und mit mir diese teilweise schmerzhaften Schritte wiederholt habt, möchte ich Euch von ganzem Herzen danken!

Als Sechsjährige floh meine Cousine Ute Rauscher mit ihren Eltern über die Grenze. Sie wusste über die Flucht nur noch wenige Einzelheiten und war deshalb von meiner Buchidee begeistert. Dank ihres Engagements kam der Kontakt zur *Erinnerungsstätte Notaufnahmelager Marienfelde e. V.* zustande. Auch ließ sie es sich nicht nehmen, meine Mutter und mich nach Berlin zu begleiten, wodurch die Erinnerungen für uns greifbar wurden. Liebes Cousinchen, meinen Dank für Deine Hilfe und Deine Begeisterung!

Obwohl das Zurückschauen meiner Tante Karin Rauscher nicht leichtfiel, brachten gerade ihre Erinnerungen das nötige Lokalkolorit in die Geschichte. Liebe Karin, auch Dir ein herzliches Dankeschön!

Mein Dank gilt auch Frau Dr. Sarah Bornhorst, Leiterin des Arbeitsbereichs Zeitzeugenarbeit / Oral History der *Stiftung Berliner Mauer,* die uns durch das Notaufnahmelager Marienfelde in Berlin führte, mir Fachliteratur empfahl und die Abschnitte über das Aufnahmeverfahren vervollständigte.

Außerdem möchte ich Herrn Thomas Müller, Leiter der Firma *Echter Nordhäuser Traditionsbrennerei*, sowie Frau Stephanie Lenzer, Archivarin, danken. Sie haben mich über ihre Produktpalette zu DDR-Zeiten aufgeklärt und mir erlaubt, diese namentlich zu nennen.

Danken möchte ich auch meiner Freundin, der Autorin Stephanie Schuster, für ihre Motivation und Begeisterung bei diesem Roman.

Um solch ein außergewöhnliches Projekt bei einem Verlag veröffentlichen zu können, braucht man Menschen, die davon überzeugt sind. Ich hatte das große Glück, gleich mehrere Mitstreiterinnen für diese Romanidee zu gewinnen:

Für ihre Begeisterung und ihre Unterstützung möchte ich mich bei meiner Literaturagentin Bettina Keil von der Literaturagentur Keil & Keil, meiner Lektorin vom Goldmann Verlag, Andrea Groll, der verantwortlichen Lektorin des Goldmann Verlags, Barbara Heinzius, meiner Außenlektorin Eva Wagner, der Journalistin Monika Metzner sowie der Verlegerin von Random House, Frau Grusche Junker, sehr herzlich bedanken. Dank Euch kann ich nun meine Familiengeschichte als Buch in Händen halten.

Auch wenn der Titel unserer Familiengeschichte *Die vergessene Heimat* lautet, so ist es meiner Mutter ein Bedürfnis klarzustellen, dass weder sie noch ihr Mann (selbst in seiner Demenz nicht) oder eines der anderen geflohenen Familienmitglieder jemals ihre Heimat vergessen haben.

Herzlichst
Deana Zinßmeister

Unsere Leseempfehlung

1024 Seiten
Auch als E-Book
und Hörbuch
erhältlich

Als Theo Decker dreizehn Jahre alt ist, verliert er seine Mutter durch ein tragisches Unglück. Er versinkt in tiefer Trauer. Auch das Gemälde, das verbotenerweise in seinem Besitz ist und ihn an seine Mutter erinnert, kann ihm keinen Trost spenden. Ganz im Gegenteil: Mit jedem Jahr, das vergeht, kommt er immer weiter von seinem Weg ab und droht, in kriminelle Kreise abzurutschen. Es scheint geradezu, als würde ihn das Gemälde, das ihn auf merkwürdige Weise fasziniert, in eine Welt der Lügen und falschen Entscheidungen ziehen, in einen Sog, der ihn unaufhaltsam mit sich reißt ...